エメラルド海
モントセラト
ナヴァール王
ルセラス州
イアコボス川
モレイン州
エルサム州
バスギアス
首都カルディール
カルディール州
ディーコンシャー州
サマートン
ティレンドール州
ルウェレン
アレシア
アテバイ
ドレイラーの断崖
レッソ
ドレイサス
アークタイル洋

フォース・ウィング
第四騎竜団の戦姫
上

レベッカ・ヤロス　原島文世 訳
REBECCA YARROS

早川書房

フォース・ウィング——第四騎竜団の戦姫——

〔上〕

FOURTH WING
by
Rebecca Yarros

Translated by
Fumiyo Harashima
First published 2024 in Japan by
Hayakawa Publishing, Inc.
This book is published in Japan by
arrangement with
Alliance Rights Agency
through Japan Uni Agency, Inc., Tokyo.

装幀／名久井直子
Cover art by Bree Archer and Elizabeth Turner Stokes
Stock art by Paratek/Shutterstock; stopkin/Shutterstock;
Darkness222/Shutterstock
大学構内図／Amy Acosta and Elizabeth Turner Stokes
大陸地図／Melanie Korte

アーロンへ

わたしだけのキャプテン・アメリカ、
さまざまな配属と、移動と、
もっとも輝かしい高みと、もっとも暗い深みとを通り抜けて、
いつもきみとわたしは一緒だったね、相棒。

芸術家に乾杯、
あなたがたは世界をかたちづくる力を持っている。

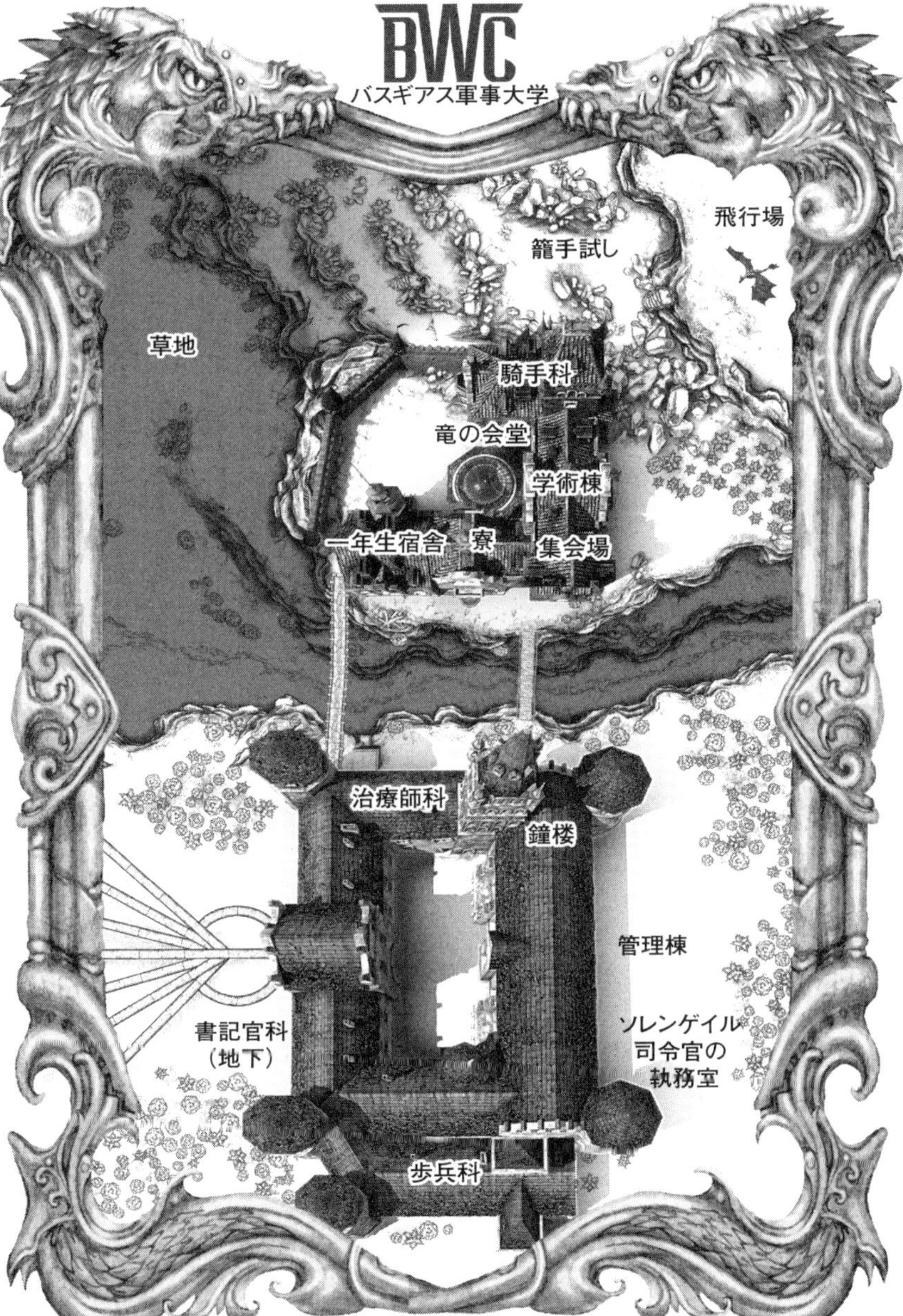
BWC
バスギアス軍事大学
飛行場
籠手試し
草地
騎手科
竜の会堂
学術棟
一年生宿舎
寮
集会場
治療師科
鐘楼
管理棟
書記官科
（地下）
ソレンゲイル
司令官の
執務室
歩兵科

登場人物

ヴァイオレット・ソレンゲイル……バスギアス軍事大学の新一年生。騎手候補生。愛称ヴィー
ゼイデン・リオーソン……三年生。第四騎竜団の団長
デイン・エートス……ヴァイオレットの幼馴染。二年生。第四騎竜団炎《えん》小隊第二分隊の分隊長

一年生（騎手候補生）
リアンノン・マティアス……ヴァイオレットの友人。愛称リー
ソーヤー……ヴァイオレットの分隊仲間。二年目の騎手候補生
リドック……ヴァイオレットの分隊仲間。お調子者
オーレリー……ヴァイオレットの分隊仲間。騎手一家の出で実技全般が得意
ルカ……ヴァイオレットの分隊仲間。意地悪で嫌味な性格
タイナン……ヴァイオレットの分隊仲間。ジャックの友人
ジャック・バーロウ……第一騎竜団所属。ヴァイオレットを目の敵にしている
オレン・ザイフェルト……第一騎竜団所属。ジャックの友人

リアム・マイリ……第四騎竜団尾《び》小隊所属。反乱の証痕《レリック》持ち。学年首席

上級生・教官・軍関係者

イモジェン……二年生。ヴァイオレットの分隊の先輩。反乱の証痕《レリック》持ち
クイン……二年生。ヴァイオレットの分隊の先輩
ボウディ……二年生。第四騎竜団尾小隊副隊長。反乱の証痕《レリック》持ち。ゼイデンの従弟《いとこ》
ギャリック・テイヴィス……三年生。第四騎竜団炎小隊隊長。反乱の証痕《レリック》持ち。ゼイデンの友人
カオリ……騎手科の教授。竜属学を担当
デヴェラ……騎手科の教授。戦況報告を担当
エメッテリオ……騎手科の教授。格技を担当
カー……騎手科の教授。魔力行使を担当
マーカム……書記官科の教授。大佐。入学前のヴァイオレットに勉強を教えていた
ノロン……バスギアス軍事大学の騎手。修復使い
パンチェク……バスギアス軍事大学の騎手科長
オーガスティン・メルグレン……ナヴァール軍の総司令官
リリス・ソレンゲイル……ヴァイオレットの母。バスギアスの司令官

ミラ……………………ヴァイオレットの姉。騎手。中尉
ブレナン…………………ヴァイオレットの兄。騎手。故人

竜

タールニナッハ（タールン）……星球尾《モーニングスターテイル》の黒竜
アンダーナウラム（アンダーナ）……羽尾《フェザーテイル》の黄金竜
スーゲイル……………………短剣尾《ダガーテイル》の紺色の青竜。ゼイデンの騎竜

軍事大学の竜騎手たちが熾烈《しれつ》な競争に明け暮れる残酷な世界を舞台に、息もつかせず繰り広げられる冒険ファンタジイ『フォース・ウィング』には、戦争、戦闘、素手の格闘、致死的な状況、流血、激しい暴力、大怪我、死、毒の投与、露骨な表現や性行為などの場面が含まれている。こうした要素に敏感な読者はよく注意したうえ、覚悟を決めてバスギアス軍事大学に足を踏み入れることをお勧めする……

以下の文章はバスギアス軍事大学書記官科主事ジェシニア・ネイルワートにより、ナヴァール語から現代語へ忠実に書き直されたものである。すべての事象は真実であり、斃《たお》れた人々の勇気を讃《たた》えるために名が残されている。その魂が死の神マレクにゆだねられんことを。

第一章

騎手なき竜は悲劇。
竜なき騎手は死す。

——『竜騎手法典』第一条第一項

徴兵日はいつでも、もっとも死に近い。ひょっとすると、だから今朝の日の出がとりわけ美しいのだろうか——人生最後の日になるかもしれないと知っているから。

わたしは重たいキャンバス地のリュックサックの紐をきつく締め、家と呼ぶ石の要塞の広い階段をとぼとぼと上っていった。ソレンゲイル司令官の執務室へ続く石の廊下にたどりつくころには、疲れて胸が苦しくなり、肺が焼けつくようだった。六カ月間きびしい身体訓練を受けた結果がこれだ——十五キロの荷物を背負い、なんとか六階分の階段をあがる能力。

もうへとへとだ。

門の外では二十歳の若者が何千人も、自分の選んだ兵科に入隊しようと待機している。ナヴァール王国でいちばん頭も体も優秀な若者たちだ。そのうち数百人は、生まれたときから騎手科のために準備してきた。選ばれし者のひとりとなる可能性のために。わたしはきっかり六カ月だ。

階段の上の広い廊下に並ぶ無表情な衛兵たちは、通りすぎても目を合わせようとしなかったけれど、別にめずらしいことでもない。それに、わたしにとっては無視されるのがいちばんましだ。バスギアス軍事大学は親切なことで知られているわけじゃない……そう、誰に対しても。たとえわたしたちのように母親が司令官という場合でもだ。

治療師だろうと書記官だろうと歩兵だろうと騎手だろうと、ナヴァールの軍人はすべて、この無慈悲な壁の内部で三年以上にわたる訓練を受け、苛烈な侵略を試みるポロミエル王国のグリフォンの乗り手たちから山岳地帯の国境を防衛する武器へと鍛えあげられる。ここでは弱者は生き残れない。とくに騎手科では。竜たちが確実にそうさせるからだ。

「あの子を死なせるつもりなの！」聞き慣れた声が執務室の厚い木の扉から響いてきて、わたしは息をのんだ。この司令官に向かって大声を出すような愚か者は大陸にひとりしかいないけれど、その女性は東方騎竜団とともに国境にいるはずだ。（ミラがきてる）

執務室からくぐもった応答があり、わたしは扉の把手《とって》に手をのばした。

「あの子じゃひとたまりもないでしょ」ミラが叫んでいるなか、重い扉を強引にひらくと、リュックの重みが前に動いて、もう少しで倒れそうになった。（もう）

司令官が机の奥で毒づき、わたしは深紅の布張りをした長椅子の背をつかんで体勢を整えた。

「いいかげんにして、母さん、この子は自分のリュックも扱えないのに」脇に駆けつけてきたミラがぴしゃりと言った。

「大丈夫だから！」悔しさに頬がほてり、むりやり姿勢を立て直す。戻ってきて五分しかたっていないのに、姉はもうわたしを助けようとしているのだ。（それは助ける必要があるからでしょ、

ばか）

　こんなことは望んでいない。こんなくだらない騎手科なんていっさいかかわりたくない。自殺願望があるわけでもないのに。バスギアス大学の入学試験に落ちて、大多数の徴集兵と一緒にそのまま軍隊に入っていたほうがましだった。でも、自分のリュックサックぐらい扱えるし、扱ってみせる。

「ああ、ヴァイオレット」力強い両手が肩を支えてくれ、心配そうな茶色い瞳がこちらを見おろした。

「お帰り、ミラ」口の端に笑みが浮かんだ。ここへきたのがさよならを言うためだとしても、わたしは数年ぶりに姉を見て、ただうれしかった。

　視線がやわらぎ、肩をつかんだ手が抱きしめようとするかのように動いたものの、ミラは一歩さがってふりかえり、わたしの隣に立って母と向かい合った。「こんなことさせられない」

「すでに決まった」母は肩をすくめた。その動きで、ぴったり仕立てられた黒い軍服の線が上下した。

　わたしは鼻で笑った。猶予が与えられるかもしれないという望みはあきらめるしかない。そもそも、無慈悲さで名を成した女性の慈悲なんて、予想どころか期待すらすべきではなかった。

「だったら取り消して」ミラは憤《いきどお》った。「この子はこれまでずっと書記官になるために訓練を受けてきたんだから。騎手になるために育てられたわけじゃないよ」

「さて、この子は間違いなくおまえではない、そうだろう、ソレンゲイル中尉？」母は塵《ちり》ひとつない机の表面に両手をつき、やや体重を預けて立ちあがった。目を細めて値踏みするようにわたしたちを見つめるまなざしは、机の太い脚に彫り込まれた竜の目つきによく似ていた。心を読むという禁じられた力がなくとも、その双眸《そうぼう》になにが映っているかは正確にわかった。

二十六歳のミラは、この母親を若くした姿そのものだ。長身で、長年の格技経験や、何百時間も竜の背で過ごして鍛えられた強靱な筋肉を誇っている。輝くばかりに健康な肌、戦闘のため母と同じ形に短く刈り込んだ金茶色の髪。でも、外見よりも、母と同じ傲慢《ごうまん》さ、自分は空《そら》に属しているというゆるぎない確信がそなわっていた。根っからの騎手なのだ。

わたしとは正反対だった。非難がましく首をふっている様子からすると、母も同意見らしい。わたしは小柄すぎ、華奢《きゃしゃ》すぎた。わずかな曲線は筋肉であるべきだし、この裏切り者の体はあきれるほど脆弱《ぜいじゃく》だ。

母が近づいてきた。壁にとりつけた台で魔法光がゆらめき、ぴかぴかの黒い軍靴《ぐんか》にきらりと反射した。わたしの長い三つ編みの先端をとりあげ、ふんと鼻で笑って離す。褐色の房は肩のすぐ上で温かな色味を失い、鋼《はがね》めいた金属的な銀色へと薄れていた。「白っぽい肌、白っぽい目、白っぽい髪」あの目で見られると、骨の髄《ずい》まで自信が吸いとられてしまう。「まるで、あの熱病がおまえの強さとともに色も奪ってしまったようだ」母の瞳の奥に悲嘆がひらめき、眉間に皺が寄った。「おまえをあの書庫に置いておくなとあの人に言ったのに」

わたしがおなかにいたとき母を殺しかけた病気を呪《のろ》う発言はこれが最初ではなかった。母が教官、父が書記官としてここバスギアス大学に配属されて以来、父の手でわたしの第二の家となった文書館についての不満もだ。

「わたしは書庫が大好きなの」と反論する。父の心臓がついに止まってから一年以上たっても、まだこの巨大な要塞の中で家と思えるのは――まだ父の存在を感じられるのは、文書館だけだった。

「書記官の娘らしい口ぶりだ」母が静かに言ったとき、父が生きていたころ存在していた女性がうかがえた。もっと寛大でもっとやさしかった……少なくとも家族に対しては。

「書記官の娘だもの」背中が悲鳴をあげていたので、リュックを肩からするりと床に落とし、自室を出てからはじめて、思い切り息を吸い込んだ。

母がまばたきすると、寛大な女性は消え、司令官だけが残った。「おまえは騎手の娘で、二十歳だ。そして今日は徴兵日。個人指導が終わるまでは許したが、去年の春伝えたとおり、私の子のひとりが書記官科に入学するのを見ているつもりはない、ヴァイオレット」

「書記官が騎手よりずっと格下だから？」わたしはぶつぶつ言った。騎手が一般社会でも軍隊でも最上位の存在だと重々承知してはいる。絆を結んだ竜たちが気晴らしに人を焼くこともその理由の一端だ。

「そうだ！」母のいつもの冷静さが崩れた。「もしおまえが今日書記官科へのトンネルへ入るような真似をするなら、この手でそのばかげた三つ編みをひっこぬき、橋の上に突き出してやる」

胃がひっくり返った。

「父さんはこんなこと望まないよ！」ミラが首筋まで紅潮させて反論した。

「おまえの父のことは大切に思っていたが、あの人は死んだ」天気予報でも伝えるような口調だった。「そうなったいまではさほど望むものもなさそうだが」

わたしは息を吸い込んだけれど、口を閉じたままでいた。言い争ったところでなんの得にもならない。前にもわたしの言うことなんてこれっぽっちも耳を貸さなかったし、今日だってなにも変わらない。

「ヴァイオレットを騎手科に送るなんて、死刑宣告と同じじゃない」ミラは議論をあきらめていないらしい。姉は決して母に言い返すのをあきらめないし、くやしいのは、母がいつでもそれでミラに敬意を表していることだ。絶対にダブルスタンダードだろう。「この子じゃ力が足りないよ、母さん！　今年になってもう腕の骨を折ってるし、一週間おきにどこかの関節をくじいてるし、背が低すぎて、戦闘でこの子を生かしておけるほど大きな竜になんて乗れないし」

「あのねえ、ミラ？」まったく、頭に、くる。ぐっとこぶしを固めると、手のひらに爪が食い込んだ。自分が生き残る見込みがごくわずかだと承知しているのと、姉に力不足を蒸し返されるのは別問題だ。「わたしが弱いって言ってるの？」

「そうじゃなくて」ミラは手を握りしめてきた。「ただ……華奢なだけ」

「それじゃ変わらないよ」竜は華奢な女と絆を結んだりしない。焼き払うだけだ。

「なるほど、その子は小柄だ」母はわたしを上から下までながめまわし、ゆったりしたクリーム色のチュニックとベルト、ズボンをじっくりと観察した。死ぬかもしれない未来のために今朝選んだものだ。

わたしは鼻を鳴らした。「これってみんなでわたしの欠点を聞く時間なの？」

「それが欠点だと言ったことはない」母は姉のほうを向いた。「ミラ。ヴァイオレットは午前中だけで、おまえがまる一週間で経験する以上の苦痛に対処している。私の子の中に騎手科で生き残る力のある者がいるとすれば、この子だ」

眉があがるのがわかった。すごく褒め言葉らしく聞こえるけれど、母に関しては、確信があったためしがない。

「徴兵日に何人対象者が死んだ、母さん？　四十？　五十？　もうひとり子どもを埋葬したくてたまらないってこと？」ミラがいきりたった。

わたしは身をすくめた。母が騎竜アムシルを通じてふるう力、嵐を使う験《しるし》の力のおかげで、室内の温度が急にさがったからだ。

兄を思い出すと胸が締めつけられた。五年前、兄が騎竜ともども南部で起きたティレンドールの反乱で戦死して以来、誰もあえてブレナンやその竜の名を口にしたことはない。母はわたしを大目に見てくれるし、ミラを尊重しているけれど、ブレナンのことは心からかわいがっていた。

父もだ。父の胸痛はブレナンの死の直後から始まった。

母は口を引き結び、報復を約束する目つきでミラをにらみつけた。

姉はごくりと唾《つば》をのんだけれど、にらみあいに屈しなかった。

「母さん」わたしは言いはじめた。「ミラは別に──」

「退出せよ、中尉」母の言葉が凍《い》てつくような室内にふんわりと湯気を浮かべた。「許可なく部隊から離れたと私に報告される前に」

ミラは姿勢を正し、一度うなずいた。軍人らしく正確にまわれ右をすると、それ以上ひとことも発することなく扉へ向かい、行きがけに小さなリュックサックをつかんで出ていった。

母とわたしがふたりきりになるのは数カ月ぶりだった。

目が合い、母が深く息を吸うと室温があがった。「入学試験において、おまえは速さと敏捷性《びんしょう》で上から四分の一に入った。うまくやれるだろう。ソレンゲイルの者はみなうまくやる」指の裏でわたしの頬に触れたけれど、やっと皮膚をかすめる程度だった。「なんと父親に似ていることか」そうささやいてから、咳払いして何歩かさがる。

思うに、軍隊では感情をあらわにすると褒めてもらえないのだろう。

「これから三年はおまえをわが子と認めることができなくなる」母は机のへりに腰をおろして言った。「バスギアス全体の司令官として、はるかに上官になるからだ」

「わかってる」どうせいまでも、かろうじて認めてもらっている程度だと思えば、たいして気にすることでもない。

「また、私の娘だからというだけで特別な待遇を受けることはいっさいない。それどころか、誰もがいっそうおまえに狙いをつけ、実力を示させようとするだろう」母は片方の眉をあげた。

「百も承知だから」母の命令を受けてから数カ月、ずっとギルステッド少佐と訓練していてよかった。

母は嘆息し、むりやり笑顔を浮かべた。「では、〝試練《しれん》〟のさいに谷で会うことになるだろう、対象者。もっとも、日没までには騎手候補生になっているだろうが」

（あるいは死ぬか）

どちらもそうは言わなかった。

「幸運を祈る、対象者ソレンゲイル」母は机の奥に戻り、退出をうながした。

「ありがとうございます、司令官」わたしはリュックを背負い、執務室から出ていった。衛兵が背後で扉を閉じた。

「あの人、完全にいかれてる」廊下の中央にいたミラが、配置された衛兵ふたりのちょうど真ん中から声をかけてきた。

「それ、母さんに報告されるよ」

「この連中だってとっくに知ってるでしょ」ミラは食いしばった歯のあいだから吐き出した。

「行こう。対象者全員の集合時刻まで一時間しかないよ。ここに飛んできたとき、門の外で何千人も待ってるのが見えた」姉は歩き出し、石の階段をおりて廊下を抜けると、わたしの部屋まで先導していった。

というか……わたしの部屋だった、、、ところだ。

留守にしていた三十分間で私物は全部荷造りされ、いまはその箱が隅に積み重ねてある。硬材の床まで心が沈み込んだ。母はわたしの全人生を箱につめさせたのだ。

「あの人がおそろしく有能なのは認める」ミラはぼやいてから、こちらを向いた。あからさまに値踏みするまなざしがわたしをなでる。「説得してやめさせられたらよかったんだけど。あんたは絶対、騎手科には向いてない」

「そう言われてるよね」わたしは片眉をあげてみせた。「何度も」

「ごめん」姉はたじろぐと、床にしゃがみこんで自分のリュックの中身を空けた。

「なにしてるの？」

「ブレナンが私にしてくれたこと」姉の静かな声を聞くと、哀しみに喉がつまった。「あんた、剣は使えるの？」

わたしはかぶりをふった。「重すぎる。でも、短剣はかなり速く使えるけど」はんとうはものすごく速い。稲妻並みだ。力で足りない部分は速度で補っている。

「そうだろうと思った。よかった。さあ、リュックをおろしてその最低なブーツを脱いで」持ち込んだ品物をよりわけ、新しいブーツと黒い軍服をよこす。「これを身につけて」

「このリュックのなにがいけないの？」と訊いたものの、ともかくリュックサックを下に置く。姉はすぐさまその口をあけ、わたしが注意深くつめたものをなにもかもひっぱりだした。「ミラ！　一晩中かかったのに！」

「あんまりつめこみすぎだし、そのブーツは死の罠だから。そんなつるつるの靴底じゃ、橋からたちまちすべりおちるよ。もしものときに備えて、あんたのためにゴム底の騎手用軍靴を作らせておいたの。で、いまはね、かわいいヴァイオレット、そのもしものときってわけ」本が宙を舞いはじめ、箱のそばに着地した。

「ちょっと、わたしが持っていけるのは運べるものだけで、そこにあるのはみんなほしいの！」わたしは姉にほうりなげられないうちに次の本にとびつき、どうにかお気に入りの陰鬱《いんうつ》な寓話集を救うことに成功した。

「そのために死んでもかまわないの？」ミラはまなざしをきつくしてたずねた。

「運べるから！」なにもかも間違ってる。わたしは本に人生を捧げることになっていたのだ。リュックサックを軽くするために隅っこにほうりだす予定なんてなかった。

「ううん。無理だね。あんたの体重はせいぜいこのリュックの三倍、橋はだいたい幅四十五センチ、地上六十メートル。しかも、さっき私が見たときには、雨雲が近づいてきてたよ。橋がちょっとすべりやすくなったからって、雨による延期なんてしてくれないからね。落ちる。死ぬよ。

さあ、私の言うことを聞く？　それとも、あしたの朝の点呼のとき、死んだ対象者に加わるつもり？」目の前の騎手には姉の痕跡すらなかった。抜け目なく狡猾《こうかつ》で、少しばかり非情な人物。試煉で自分の竜から与えられた傷痕ひとつしか残さず、三年間生きのびたのだ。「あんたはそうなるだけだよ。新たな墓石、石に焦げついたもうひとつの名前にね。本を捨てなさい」

「これは父さんがくれたんだもの」わたしはつぶやき、胸にその本を抱き込んだ。魔法の誘惑を警告する物語を集めただけの子どもっぽい本かもしれない。竜を悪者扱いさえしているけれど、わたしに残されているのはこれだけなのだ。

ミラは溜息をついた。「それ、闇を操る害虫《バーミン》どもと、そいつらのワイヴァーンについての民話を集めた古い本？　もう千回も読んでるんじゃないの？」

「もっとかも」わたしは認めた。「それと、害虫《バーミン》じゃなくてベ、ニ、ン、だから」

「父さんと父さんの寓話か」とミラ。「とにかく、絆を結んだ騎手でもないのに、魔力を媒介しようなんて思わないでよ。あと、赤い目の怪物がベッドの下に隠れてることなんてないし、あんたを二本脚の竜でさらっていって暗黒軍団に仲間入りさせることもないから」リュックサックからわたしがつめた最後の本を回収し、こちらによこす。「本を捨てなさい。父さんはあんたを助けてくれない。努力はしてくれたけどね。私もやってみた。決めて、ヴァイオレット。書記官として死ぬ？　それとも騎手として生きる？」

わたしは腕にかかえた二冊の本を見おろし、選択した。「ミラってほんとに面倒くさいんだから」寓話集は隅に置いたものの、もう一冊の分厚い本は手の中に残したまま、姉と向かい合う。

「面倒くさくても、あんたを生かしておくつもりなの。その本はなんの本？」ミラは挑発した。

「人を殺すための本」それを姉に返す。

ミラの顔にゆっくりと笑みが広がった。「なるほどね。その本はとっておいてもいいよ。さて、私がこのごちゃごちゃの残りを整理してるあいだに着替えて」頭上高く鐘が鳴り響いた。あと四十五分。

わたしは手早く着替えたものの、なにもかも別人の服のような気がした。もっとも、わたしに合わせて仕立てられたのはあきらかだ。チュニックは腕を覆うぴったりした黒いシャツに交換され、風通しのいいズボンはあらゆる曲線に沿っている革ズボンに替わった。それから、ミラがシャツの上につける胴着型のコルセットの紐を結んでくれた。

「擦《す》り傷をさけるためだよ」と説明する。

「騎手が戦闘に着ていく服みたい」たしかに、この服はなかなかかっこいい。たとえ偽者みたいな気がしても。（信じられない、これってほんとに起きてることなんだ）

「そのとおり。だってそれがあんたのやることでしょ。戦闘に行くのが」

革と見慣れない布地を組み合わせたものが鎖骨から胴のくびれのすぐ下まで体を覆い、胸をくるみ、肩の上で交差している。わたしは胸郭に沿っていくつもななめに縫いつけられている隠れた鞘《さや》を指でたどった。

「あんたの短剣用」

「四本しかないのに」わたしは床の山からその四本を拾いあげた。

「もっと手に入れることになるから」

短剣をするりと鞘におさめると、あばらそのものが武器になったようだった。この配置は巧妙だ。あばらと太腿にある鞘のおかげで、やすやすと短剣に手が届く。

鏡に映るわたしは自分だとわからないほどだった。騎手みたいに見える。まだ書記官の気分だけれど。

数分後、自分で入れた荷物の半分が木箱の上に積み重ねられた。姉はわたしのリュックサックをつめなおし、不必要だとみなしたものはなんでも、また感傷的な品はほぼすべて処分しながら、騎手科での生き残り方を早口で助言した。そのあと、これまででいちばん感傷的な真似をしてわたしをびっくりさせた──髪を編んで頭に巻きつけてあげるから、両膝のあいだに座りなさいと言ったのだ。

成人した女性ではなく子どもに戻ったようだったけれど、わたしはそうした。

「これはなに？」心臓の真上についているなにかをためしに指でひっかいてみる。

「私が考え出したもの」ミラはわたしの三つ編みを痛いほどひっぱり、きっちりと頭に巻きつけた。「あんたのために特別に作らせたの、チェニーの鱗《うろこ》を縫い込んでね。だから気をつけてよ」

「竜の鱗？」わたしはぐいっと頭を引いて姉を見た。「どうやって？　チェニーはあんなに大きいのに」

「たまたま、大きいものをすごく小さくできる騎手を知ってるの」いわくありげな笑みが姉の唇に浮かんだ。「ついでに、小さめのモノも……ずっとずっと大きくできるんだけど」

わたしはあきれた顔をしてみせた。ミラは昔から、つきあっている男たちのことをわたしよりあけすけに口にする……ふたりのどちらについても。「それって、どれだけ大きくなるわけ？」

ミラは声をたてて笑ってから、わたしの三つ編みをひっぱった。「前を向いて。髪を切るべきだったのに」髪の房を頭からぎゅっと引いては編む作業を再開する。「格技でも実戦でも不利になるし、ばかでかい的《まと》になるのは言うまでもないでしょ。誰の髪もこんなふうに先が銀色になってたりしないもの。みんなもうあんたを狙うつもりだろうしね」

「どんな長さにしても、髪の先で色素がだんだん薄くなるってよくわかってるくせに」わたしの瞳も同じように曖昧《あいまい》な色彩だ。さまざまな青と琥珀《こはく》色がまじりあった淡い榛《はしばみ》色は、絶対にどの色とも定まらないように見えた。「それに、ほかの人はみんな色合いを気にするけど、それをのぞけば、わたしの中で完全に健康なのはこの髪だけなんだから。これを切ったら、やっとまともなことをしてくれた体に罰を与えてるみたいな気がするもの。そもそも、自分が誰なのか隠す必要を感じてるわけでもないのに」

「隠す必要はないよ」ミラは三つ編みをぐいっと引いてわたしをのけぞらせ、目を合わせた。「あんたは私の知ってる中でいちばん頭がいい。それを忘れないで。その頭脳が最大の武器だってこと。みんなを出し抜いてやって、ヴァイオレット。聞いてる？」

わたしがうなずくと、姉は手をゆるめてから、ろくに息継ぎもせずに長年の知識をたった十五分にまとめ続け、そのあいだに三つ編みを仕上げてわたしを立たせた。

「よく観察して。おとなしくしてるのはいいけど、どんなものにも目を配って、周囲の全員をうまく自分のために利用すること。『竜騎手法典』は読んだ？」

「何度かね」騎手科の規則集は、ほかの兵科の規則集と比べてほんの数分の一の長さだ。たぶん騎手は規則に従うのが苦手だからだろう。

「よかった。だったら、ほかの騎手がいつでもあんたを殺せるって知ってるでしょ。鬼畜な候補生は殺そうとしてくるよ。人数が少ないほうが試煉で確率があがるってことだから。絆を結びたがる竜の数が足りたためしはないし、殺されるほど軽はずみなやつなら、どうせ竜にはふさわしくないもの」

「寝てるとき以外はね。就寝中に騎手候補生を攻撃することは極刑に処し得る違反である。第三条――」

「そうだけど、だからって夜が安全だってわけじゃないよ。できたらこれを着たまま寝て」姉はわたしのコルセットの腹部をぽんと叩いた。

「騎手の黒は獲得するはずのものでしょ。ほんとに今日は自分のチュニックを着ていかないほうがいいと思う?」わたしは両手で革をさっとなでた。

「橋の上の風は余分な布を船の帆みたいにふくらませるからね」いまではずっと軽くなったリュックを渡してくる。「服がぴったりしてるほど上では楽なの。格技が始まったら、マットの上でもそう。いつでも防御手段は身につけてて。絶対に短剣は体から離さないで」自分の太腿にさがっている鞘を指さす。

「持つ資格がないって言われそう」

「あんたはソレンゲイル家の一員でしょ」それで充分に答えになっているかのように、姉は応じた。「なにを言われたってほっときなさい」

「で、竜の鱗はずるだって思わないわけ?」

「いったん小塔に上ったらずるなんてないから。生き残るか死ぬかだけ」鐘が鳴った――あと三十分しかない。ミラはぐっと唾をのんだ。「もうすぐ時間だよ。覚悟はできた?」

「ううん」

「私もそうだった」姉の口の端に皮肉な笑みが浮かびあがる。「しかも、そのための訓練に人生を費やしてきたのにね」

「わたしは今日死んだりしない」肩にリュックをかけると、今朝より少しだけ楽に息ができた。前とは比べものにならないほど扱いやすい。

さまざまな階段をぐるぐるとおりていくあいだ、要塞の中心部、管理区域の廊下は不気味なほど静かだった。でも、下に行くにつれて外の騒がしさは高まった。正門のすぐ下の草地で、何千人もの対象者が大切な人を抱きしめている様子が窓越しに見える。たいていの家族が最後の鐘まで対象者にしがみついて離れないのは、毎年目にしていた。要塞に通じる四本の道、とりわけ大学の前で合流する地点は馬と荷馬車でふさがっている。でも、吐き気がこみあげたのは草地の端に並ぶ空《から》の荷馬車のせいだった。

あれは死体用だ。

中庭に続く最後のかどをまがる直前、ミラは立ち止まった。

「なに――うわ」わたしをぐいっと胸に引き寄せ、比較的人目のない廊下で抱きしめてくる。

「大好きだよ、ヴァイオレット。私が教えたことを全部忘れないで。死亡者名簿のもうひとつの名前にならないで」その声がふるえ、わたしは両腕を姉に巻きつけて力をこめた。

「大丈夫だから」と約束する。

ミラがうなずくと、わたしの頭のてっぺんに顎がぶつかった。「わかってる。行こう」

それだけ言って身を離し、要塞の正門のすぐ内側にある混雑した中庭へ足を踏み入れた。教官に指揮官、うちの母までが非公式に集まって、城壁の外側の混乱が内側の秩序へと変わるのを待っている。軍事大学のあらゆる出入口の中で、今日候補生が入ることのない唯一の門が正門だった。どの兵科もそれぞれの入口と施設を備えているからだ。それどころか、騎手たちはみずからの砦《とりで》まで持っている。思いあがった傲慢な連中だ。

わたしはミラのあとに続き、何歩か早足で進んで追いついた。

「デイン・エートスを見つけて」開放された門をめざして中庭を横切っているとき、ミラが告げた。

「デイン？」またデインに会えると思うとつい笑顔になり、心拍数がはねあがった。一年ぶりだ。あのおだやかな褐色の瞳や笑い方、全身をなめらかに連携させる動きがなつかしい。ふたりの友情と、条件さえ揃えばそれ以上になるかもしれないと思った瞬間が恋しかった。デインがこちらを見るときの、わたしのことが気になっていると考えているようなまなざしも。わたしはただ……ずっと会いたかったのだ。

「私が騎手科を出てから三年しかたってないけど、聞いたところじゃうまくやってるみたいだから、守ってくれるよ。そんなふうに笑わないの」ミラはたしなめた。「あの子は二年生になるし」こちらに指をふってみせる。「二年生といちゃついちゃだめ。もし誰かと寝たかったら――きっとそういう気分になるけど――」両眉をあげる。「しかも頻繁《ひんぱん》にね、この先どうなるかまったくわからないんだし。そういうときは同学年を相手にすること。体で安全を買ったって候補生に噂されるほどまずいことはないよ」

「じゃ、一年生なら誰でも好きな相手と寝ていいわけね」わたしはちょっぴりにやっとした。

「二年と三年がだめなだけで」

「そのとおり」ミラは片目をつぶった。

わたしたちは門を抜けて砦を出ると、その先の統制された混乱に加わった。

ナヴァールの六つの州がそれぞれ今年の兵役の対象者を送ってよこす。志願する場合もある。刑罰として宣告される者もいる。大半は徴集兵だ。このバスギアス大学にきた全員に共通しているのは、入学試験——筆記と、わたしが通ったのがまだ信じられない敏捷性の試験——に合格したことだ。つまり、少なくとも前線の歩兵隊の使い捨て要員として終わることはない。

ミラがわたしを連れてすりへった石畳の道沿いに南の小塔へ向かうあいだ、あたりの空気はぴりぴりした予感に満ちていた。大学本部はバスギアス山の斜面に建てられている。山頂自体の稜線を切りひらいて造られたからだ。気をもみながら待っている対象者と涙ぐむ家族の群れを威圧しているのは、無秩序に広がる建造物と塔だ。数階分の高さがある石の胸壁——内側の高々とそびえる主塔を守るために築かれた——に加え、四隅には防衛用の小塔が立ち、そのひとつに鐘がおさめられている。

群衆の大部分は北の小塔の足もとに並ぶために移動していた——歩兵科への入口だ。一部はわたしたちの後ろにある門へ向かっている——大学の南端を占める治療師科。書記官科に加わるため、中央のトンネルから要塞の地下の文書館へと入っていく数人を見つけると、羨望が胸にこみあげた。

騎手科への入口は、北の歩兵用入口と同様、塔の下部にある防備を固めた扉だ。ただし、歩兵の対象者が地上の歩兵科へそのまま歩いて入っていけるのに対し、わたしたち騎手は上っていく。

登録を待つ騎手対象者の列にミラと合流したとき、うっかり上を見るというあやまらを犯してしまった。

はるか上空、大学本部と、さらに高く南の尾根にそそりたつ騎手科の砦を隔てる渓谷にかかっているのが、次の数時間で騎手対象者を候補生と分かつことになる石の橋だ。

あのしろものを渡ることになるなんて、信じられない。

「しかも考えてみてよ、こっちは長年書記官の筆記試験に向けて準備してきたんだから」わたしの声は皮肉たっぷりだった。「平均台の練習をしておくべきだったのに」

ミラはその台詞を黙殺した。列が前進し、対象者がつぎつぎと扉の中へ姿を消していく。「風に足をとられないようにね」

わたしたちよりふたり前で、連れ合いによって若い男からひきはがされた女の人がすすり泣いている。夫婦は列から離れ、涙ながらに丘の斜面を下って、道を埋めつくす身内の群れへと向かっていった。前方にはもう親はいない。記録係のほうへ動いていく数十人の対象者だけだ。

「目の前の石をひたすら見て、下を向かないこと」顔の線をこわばらせてミラが言った。「腕を広げてバランスをとって。もしリュックがすべったら落としなさい。あんたが落ちるよりましだから」

後ろをふりかえると、数分のうちに何百人も列に並んだように見えた。「あの人たちを先に行かせるべきかも」心臓をわしづかみにされたような恐怖に襲われて、そうささやく。いったいわたしはなにをしているのだろう？

「だめ」ミラが答えた。「あの階段で長く待つほど――」塔のほうを示す。「――不安がどんどん大きくなるよ。こわくてどうしようもなくなる前に橋を渡って」

　列が移動し、また鐘が鳴った。八時だ。

　はたして、後ろにいる何千人もの集団は、自分の選んだ兵科へと完全に分かれていた。全員が名簿に登録して兵役を始めるために列を作っている。

「集中して」ミラがぴしゃりと言い、わたしはぱっと前を向いた。「きびしく聞こえるかもしれないけど、あそこで友情を求めないで、ヴァイオレット。同盟を結びなさい」

　いまやわたしたちの前にはふたりしかいなかった——ひとりは満杯のリュックサックを背負った女の子で、高い頬骨と卵形の顔が神々の女王アマリの絵画を思わせる。暗褐色の髪は数本の短い三つ編みにしてあり、やはり浅黒い首筋の肌にちょうど触れる長さだった。ふたりめはがっしりした金髪の男の子で、女の人がとりすがって泣いている。その子はさらに大きいリュックサックをかかえていた。

　そのふたりの脇から名簿登録用の机を見やり、わたしは目をみひらいた。「あれって……？」とささやく。

　ミラが視線を投げ、小声で悪態をついた。「分離派の子？　そうだよ。手首の上から始まってる、あのちらちら光る焼き印が見える？　あれは反乱の証痕《レリック》」

　わたしは驚いて眉をあげた。いままでに聞いた証痕《レリック》といえば、竜が絆を結んだ騎手の皮膚に魔法で痕をつけるものだけだ。でも、その証痕《レリック》は名誉と力の象徴で、たいていは贈ってくれた竜の形をしている。あの焼き印の渦巻や斜線は、権利の主張というより警告のように感じられた。

「竜があれをやったの？」とささやく。

ミラはうなずいた。「反乱軍の親たちを処刑したとき、メルグレン総司令官の竜がその子女全員につけたんだって母さんが言ってたけど、それ以上は話したがらなかった。この先親が反逆するのを阻止したいなら、子どもに罰を与えるのがいちばんでしょ」

なんだか……残酷な気がするけれど、バスギアスで暮らすなら、なにより大切なのは竜に疑問を持たないことだ。なにしろ、無礼だと思えば誰でも焼き払う傾向があるのだから。

「反乱の証痕《レリック》がある〝焼き印持ち〟の子たちは、もちろんほとんどティレンドールからきてるけど、ほかの州出身の親が謀叛《むほん》人になった場合もあるよ――」その顔から血の気が引き、姉はわたしのリュックの紐をつかんで自分のほうへ向かせた。「いま思い出した」声が低くなり、わたしは身を寄せた。せっぱつまった調子に心臓がはねあがる。「ゼイデン・リオーソンには絶対に近づかないこと」

肺からどっと空気が流れ出た。その名前……

「あのゼイデン・リオーソン」恐怖のまじったまなざしでミラは裏付けた。「いま三年生。身許がばれたら、その瞬間殺されるよ」

「父親が〈大反逆者〉だったんでしょ。反乱を率いた」わたしは静かに言った。「ゼイデンがここでなにをしてるわけ？」

「反乱軍を指揮した連中の子どもは全員、親の犯罪に対する処罰として徴兵されたの」ミラは列の動きに合わせて横向きに歩きながら言った。「リオーソンが橋を渡ってのけるなんてみんな予想してなかったって母さんが話してた。そのあとは、きっと誰か候補生に殺されるだろうって考えてたらしいけど、いったん竜に選ばれたら……」頭をふる。「まあ、そうなればほぼできることはないよね。騎竜団長にまで昇りつめたの」

「そんなのむちゃくちゃじゃない」わたしはいきりたった。

「ナヴァールへの忠誠は誓ってても、だからってあんたに手を出すのを控えるとは思わないよ。橋を渡ったら——必ず渡り切ってよ——ディンを探して。同じ分隊に入れてくれるだろうから、そこがリオーソンから離れてることを祈るしかないね」ミラはいっそう強くリュックの紐を握りしめた。「あの男に近づかないこと」

「諒解」わたしはうなずいた。

「つぎ」騎手科の名簿が置いてある木の机の奥から声が呼びかけた。焼き印持ちの知らない騎手がわたしの知っている書記官の隣に座っていた。フィッツギボンズ大尉の白髪の眉が皺だらけの顔の上にあがる。「ヴァイオレット・ソレンゲイル？」

わたしはうなずき、羽ペンをとりあげて名簿の次の空欄に名前を書いた。

「だが、君は書記官科にくるつもりかと思っていたよ」フィッツギボンズ大尉はそっと言った。そのクリーム色のチュニックがうらやましくて、言葉が見つからなかった。

「ソレンゲイル司令官がそうさせなかったんです」ミラが答える。

年輩の男のまなざしに悲しみが広がった。「残念だ。あれほど有望だったのに」

「まさか」フィッツギボンズ大尉の隣にいる騎手が言った。「あんた、ミラ・ソレンゲイルか？」顎が落ち、姉を英雄視していることがここにいても感じとれた。

「そう」ミラはうなずいた。「こっちは私の妹。ヴァイオレット。一年生になるから」

「橋で生き残ればな」わたしの後ろにいる誰かが忍び笑いした。「風でそのまま吹き飛ばされるかもしれないぞ」

「あんた、ストリスモアで戦っただろう」机の向こうの騎手が恐れ入って口にした。「敵陣の奥にあったあの砲台を破壊して、鉤爪勲章を受けた」

冷笑は止まった。

「いま言ってたんだけど」ミラがわたしの背中に片手をあてた。「これはわたしの妹、ヴァイオレット」

「道は知っているな」大尉がうなずき、小塔に入る開放された戸口を指さした。内部は不吉な暗さで、わたしは死にものぐるいで逃げたいという衝動と闘った。

「道は知ってます」ミラは請け合い、後ろのせせら笑ったばかが名簿に署名できるよう、わたしを連れて机の前を通りすぎた。

わたしたちは戸口で立ち止まり、向かい合った。

「死なないで、ヴァイオレット。一人っ子にはなりたくないよ」ミラはにやっと笑うと、ぽかんと口をあけてみとれる対象者の列を悠然と通りすぎ、遠ざかっていった。姉が誰なのか、なにをしたのかという噂がざわざわと広がっていく。

「あれに応《こた》えるのはたいへんだね」前の女の子が塔のすぐ内側から声をかけてきた。

「うん」わたしは同意し、リュックサックの紐をつかんで暗闇の中へ入った。螺旋《らせん》階段沿いに等距離で設けられた窓から薄暗い光が射し込んでいて、すぐに目が慣れた。

「ソレンゲイルってあの……？」死につながるかもしれない数百段の階段を上りはじめたとき、女の子は肩越しにふりかえって問いかけた。

「うん」手すりはなかったので、わたしは手を石の壁につけたままあがっていった。

「司令官の？」その前にいる金髪の男の子がたずねた。

「その本人」わたしは答え、ちらっと笑ってみせた。あんなにかたく抱きついていたお母さんがいるなら、そんなにいやなやつじゃないはずだよね？

「うわ。革の服もいいな」笑顔が返ってきた。

「ありがと。うちの姉の厚意なの」

「まだ橋にもたどりつかないうちに、この階段のふちから落ちて死んだ対象者が何人いるんだろう」さらに高く上りながら、女の子が階段の中央を見おろして言った。

「去年はふたり」女の子が見返してきたので、わたしは首をかしげた。「まあ、三人かな、そのうちのひとりが上に落っこちた女の子を数に入れれば」

茶色い目がまるくなったものの、女の子は向き直って上り続けた。「いくつ段があるの？」と訊いてくる。

「二五〇段」わたしは答え、次の五分間はみんな黙って上に進んだ。

「そんなに悪くなかった」てっぺんに近いところで列が止まったとき、女の子が明るくにっこりして言った。「ところで、あたしはリアンノン・マティアス」

「ディランだ」金髪の男の子が熱心に手をふって応じた。

「ヴァイオレット」友情を避けて同盟を結べというミラの忠告を露骨に無視して、わたしも緊張した笑みを浮かべた。

「生まれてからずっとこの日を待っていたような気がするよ」ディランが背中のリュックを動か

した。「ほんとうにこんなことができる機会が手に入ったなんて信じられるかい？　夢みたいだ」

だよね。当然のことながら、わたし以外の対象者は全員、ここにいることにわくわくしている。騎手科はバスギアス大学で徴集兵を受け入れない唯一の兵科だからだ——志願兵しかいない。

「待ちきれない」リアンノンの笑顔が大きくなった。「だって、竜に乗りたくないやつなんている？」

わたし。もっとも、理論上は楽しそうに聞こえないわけじゃない。憧れはする。ただ、卒業まで生き残る可能性がぞっとするほど低いせいで、胃がむかむかするだけだ。

「親は賛成してるのかい？」ディランがたずねた。「うちの母さんは何カ月も気を変えてくれって訴えてたからさ。騎手のほうが昇進の可能性があるって言い続けたけど、母さんは治療師科に入ってほしかったんだ」

「うちの親はあたしがやりたがってるってずっと知ってたから、かなり協力してくれたよ。それに、うちには双子の妹もいるしね。リーガンはもう夢を実現してて、結婚してもうすぐ子どもが生まれるんだ」リアンノンはこっちに視線を戻した。「あんたは？　あてさせて。ソレンゲイルなんて苗字じゃ、今年いちばんに志願したんでしょ」

「どっちかっていうと、志願させられた、って感じ」わたしの返答はやや熱意に乏しかった。

「なるほど」

「あと、騎手はたしかにほかの士官よりずっと待遇がいいよ」列がふたたび上に動き出したとき、わたしはディランに言った。さっき後ろで冷笑した対象者が汗だくで赤い顔をして追いついてきた。（ほら、いまは笑う余裕がなくなった）「もっと給料もいいし、服装規定も甘いしね」と続ける。騎手がなにを着ようが、黒でありさえすれば誰も気にしない。騎手に適用される規則は、わたしが法典から暗記したものだけだ。

「オレはすごいんだぜって自慢する権利とね」リアンノンが言い添えた。

「それもね」わたしは同意した。「革の飛行服と一緒に優越感まで支給してるみたい」

「それに、騎手はほかの兵科より早く結婚が許されるって聞いたな」ディランがつけたした。

「そう。卒業したらすぐ」もし生きのびたら。「血統をつなげたいってことに関係があるんだと思う」もっとも成功した騎手は、伝えていくべき財産だからだ。

「でなきゃ、ほかの兵科より早く死ぬからかもね」リアンノンが考え込んだ。

「ぼくは死なない」ディランはわたしが感じているより自信を持って言うと、鎖に指輪を通してぶらさげた首飾りをチュニックの下からひっぱりだした。「出発前に求婚するのは不運を招くって言われたから、ぼくらは卒業まで待ってるんだ」指輪にキスして鎖を襟の下に戻す。「これから三年は長いだろうけど、その価値はあるよ」

わたしは溜息を胸にしまっておいた。もっとも、これはいままで聞いた中でいちばんロマンチックな台詞だったけれど。

「おまえは橋を渡り切るかもしれないがな」後ろの男がせせら笑った。「こいつは谷底からの風に吹き飛ばされるさ」

わたしはあきれて天をあおいだ。

「黙って自分のことだけ気にしてなよ」石段をコツコツ鳴らして上に進みながら、リアンノンがぴしゃりと言った。

頂上が見えてきた。出口はぼやけた光に満ちている。ミラの言うとおりだった。あの雲の群れは惨事をもたらすに違いない。そうならないうちに橋の向こう側にたどりつかないと。

さらに一歩進み、リアンノンの足音がまた響く。

「その靴、見せて」背後の不愉快な男に聞かれないように、わたしはそっと言った。

眉が寄り、茶色い目に当惑しきった色が浮かんだものの、リアンノンは靴底を見せた。わたしがさっき履いていたのと同じようにつるつるだ。ずしんと心が重くなった。

列がふたたび動きはじめ、戸口からほんの数歩のところで止まった。「足の大きさは？」と問いかける。

「はあ？」リアンノンは目をぱちくりさせた。

「その足。大きさはいくつ？」

「八」眉間に二本の皺を寄せてリアンノンは答えた。

「わたしは七」すばやくそう言う。「死ぬほど痛いと思うけど、わたしの左足のブーツを履いてみて。とりかえっこしよう」右のほうには短剣が一本入っている。

「どういうこと？」頭がおかしくなったのかという目で見られた。実際そうなのかもしれない。

「これは騎手用の軍靴。石ですべりにくいの。足の指が押しつぶされて、全体にひどい履き心地だと思うけど、少なくとも雨が降ってきたときに転がり落ちない見込みがあるよ」

リアンノンはひらいた戸口——と、暗くなってきた空——を見やり、わたしに視線を戻した。

「靴を片方換えてくれるわけ？」

「向こう側につくまでね」わたしは開放された戸口の先を見た。すでに三人の対象者が両腕を大きく広げて橋を渡っているところだ。「でも、早くしないと。もうすぐ順番だから」

リアンノンはつかのま悩むように口をすぼめてから、承諾した。わたしたちは左のブーツを交換した。なんとか紐を結び終わったのは列がまた動き出す直前で、後ろの男が背中を押したので、わたしは外気にさらされた台の上によろめき出た。

「行こうや。向こう側でやることがあるやつもいるんだぜ」

その声はほんとうに癪《しゃく》にさわった。

「いまはあんたなんか相手にしてる暇はないし」わたしはつぶやき、真夏の朝の蒸し暑い空気のなか、肌に吹きつけてくる風に逆らって体の平衡を保った。（三つ編みはいい考えだね、ミラ）

小塔のてっぺんはむきだしだった。円形の建造物に沿って、わたしの胸の高さの石の胸壁がでこぼこと続いていたけれど、視界がさえぎられることはない。ふいに、渓谷と下を流れる川がおそろしく遠く感じられた。あの下で何台の荷馬車を待機させているのだろう？　五台？　六台？　わたしは統計値を知っている。橋は騎手対象者のおおよそ十五パーセントの命を奪う。この騎手科の試験——これも含めて——はすべて、候補生の騎乗能力を試すためのものだ。風の中で細い石の橋を渡り切ることさえ無理なら、竜の背中で体勢を保って戦うことなんてできるわけがない。

それに死亡率は？　きっとほかの騎手はひとり残らず、栄光のために危険を冒す価値があると思っているのだろう——または、自分は落ちないと考える傲慢さがあるか。

わたしはどちらでもない。

吐き気がこみあげて、胃を押さえる。鼻から息を吸い込んで口から出しつつ、リアンノンとディランのあとから建物のへりを歩いていった。指で石材に触れながら、橋へ向かってぐるりと進んでいく。

三人の騎手が待っている橋の入口は、小塔の壁にぽっかりと口をひらいた穴にすぎなかった。対象者たちが不安定な橋に足を踏み出す前に、袖のちぎれた服を着た騎手が名前を記録している。もうひとり、頭頂部の真ん中の細長い部分をのぞき、髪をすべて剃り落とした騎手が指示を出した。ディランは隠された指輪が幸運をもたらすかのように胸を叩くと、所定の位置に移動した。ほんとうに幸運がくるといいけれど。

三人目がこちらを向き、わたしの心臓はただ……動きを止めた。

背が高く、風に乱れた髪も、眉も黒い。暖かな淡褐色の皮膚に覆われた顎の輪郭は力強く、かすかにひげを剃った痕がうかがえる。体の前で腕組みすると、胸と腕の筋肉が波打って動き、わたしは唾をのみこんだ。それにあの目……黄金の散った黒瑪瑙《めのう》の瞳。その対照ははっとするほどで、衝撃的でさえあった——この男に関するすべてがそうだ。あまりにもけわしくて鑿《のみ》で刻んだように見えるのに、驚くほど完璧な顔立ち。まるで彫刻家が生涯かけて彫り込んだかのようだ。

しかも、そのうち一年は口もとに費やしたに違いない。

こんな極上の男を目にしたのははじめてだった。

軍事大学で暮らすというのは、山ほど男を見てきたということなのに。

左の眉に交差して頬の左上に走っているななめの傷痕さえ、いっそう魅力を増しているにすぎない。ものすごい二枚目。やけどしそうな色男。関わったら厄介なことになるとしても、それがいい、という域に達している男前。急に、どうしてミラが同学年以外関係を持つなと言ったのか、正確なところが思い出せなくなった。

「ふたりとも、向こう側で会おう！」ディランが肩越しに昂奮した笑みを浮かべて言うと、両腕を大きく広げて橋の上に踏み出した。

「次のやつの準備はいいか、リオーソン？」ちぎれた袖の騎手が言った。

ゼイデン・リオーソン？

「あんたは覚悟ができてる、ソレンゲイル？」リアンノンが前に進みながらたずねた。

黒髪の騎手が完全にわたしのほうを向き、ぱっと視線を合わせてきた。間違った理由で動悸《どうき》が激しくなる。螺旋や渦巻の曲線が織りなす反乱の証痕《レリック》は、むきだしの左手首から始まって黒い軍服の下に消え、襟もとでふたたび現れると、そこから首の上へ渦巻状にのびていき、顎の線で止まっていた。

「もう、最低」小声でつぶやくと、その目がきゅっと細まった。吹きすさぶ風がきっちり留めた三つ編みをもぎとろうとしている中で、いまの声が聞こえたかのようだ。

「ソレンゲイル？」男が歩み寄ってくる。わたしは顔をあげ……さらに見あげた。

なんてことだろう、鎖骨にも届かない。大きすぎる。百九十センチは超えているに違いない。

自分がまさにミラに言われたとおり――華奢――だという気分だったけれど、わたしは一度うなずいた。すると、きらめく黒瑪瑙の瞳が冷たい憎しみ一色に染まった。嫌悪が苦い香水のように漂ってきて、味わうことさえできそうだった。

「ヴァイオレット？」リアンノンが問いかけ、先へ進んだ。

「ソレンゲイル司令官の末っ子か」その声は低く、非難に満ちていた。

「あんたはフェン・リオーソンの息子でしょ」と切り返す。その厳然たる事実が骨の髄まで沁《し》み込んできた。わたしはつんと顎をあげ、ふるえださないようにせいいっぱい全身で踏ん張った。

〝身許がばれたら、その瞬間殺されるよ〟ミラの言葉が頭の中を転がりまわり、恐怖に喉が締めつけられた。わたしを胸壁からほうりだす気だ。体をかかえあげて、そのままこの小塔から落とすつもりだろう。橋を歩く機会さえ得られないに違いない。母がずっとわたしに使わないよう注意していた言葉――弱さのせいで死ぬことになる。

ゼイデンが深く息を吸い込み、顎の筋肉が動いた。一回。二回。「おまえの母親は俺の父を捕えて処刑を監督した」

ちょっと。ここで憎む権利があるのはそちらだけだとでも？　憤りが血管を駆けめぐる。「あんたの父親はわたしの兄を殺した。おあいこみたいね」

「まさか」あらゆる細部を記憶しているか、どんな弱点でも見つけ出そうとしているかのように、怒りに燃えたまなざしがわたしをなでていく。「おまえの姉は騎手だな。革服はそのせいか」

「かもね」わたしはその視線を受け止めた。ゼイデンの背後の橋を越えるのではなく、このにらめっこに勝てば騎手科に入る資格を得られるかのように。どちらにしても、渡り切ってみせる。ミラはきょうだいをふたりとも失ったりしない。

ゼイデンは両のこぶしを握りしめ、身をこわばらせた。

わたしは攻撃に備えた。この塔から投げ落とされるとしても、そうやすやすとやられるものか。

「大丈夫？」リアンノンがゼイデンとわたしを交互に見ながらたずねた。

ゼイデンが目をやる。「友人同士か？」

「階段で会ったんです」リアンノンは胸を張って答えた。

ゼイデンが下を向き、ちぐはぐな靴に気づいて片眉をあげた。握ったこぶしから力が抜ける。

「おもしろい」

「わたしを殺すの？」わたしはさらに顎をもたげた。

ふたりの視線がぶつかりあったときだった。空が裂けて猛烈な雨が降り出し、あっという間に髪も革の装備もまわりの石材もずぶ濡れになった。

悲鳴が大気をつんざき、いっせいに橋へと注意を向けたリアンノンとわたしは、ディランが足をすべらせたところをちょうどまのあたりにした。

わたしは息をのみ、心臓が喉まではねあがった。

ディランはあやういところで石の橋に腕をひっかけ、存在しない足がかりを必死で探して両足をばたばたさせていた。

「体をひきあげて、ディラン！」リアンノンが叫んだ。

「ああ、お願い！」わたしはぱっと手で口もとを覆ったけれど、ディランは水に濡れた石をつかみきれずに転落し、視界から消えた。その体が下の谷でどんな音をたてたとしても、風雨がさらっていった。わたしのくぐもった叫びもかき消された。

ぞっとしたまま視線を戻す。ゼイデンはずっとわたしから目を離さず、内心の読みとれない顔で黙ってこちらを見守っていた。

「橋がかわりにやってくれるのに、なぜこの手で殺して無駄な労力を費やす必要がある？」唇が物騒な笑みをたたえて弧を描いた。「おまえの番だ」

第二章

騎手科においては、殺すか殺されるかであるという誤解がある。総じて騎手はほかの候補生を暗殺しようとは考えていない……その年の竜が不足しているか、ある候補生が自分の騎竜団の重荷となっているか、どちらかでないかぎりは。その場合……興味深い事態が生じ得る。

――『騎手科指針（未承認版）』アフェンドラ少佐著

わたしは今日死んだりしない。

リアンノンが橋の入口で記録をつけている騎手に名前を告げているあいだ、その言葉がわたしのおまじないになり、頭の中で繰り返されていた。依然として、ゼイデンの憎悪のまなざしがはっきりと顔の側面に焼きついている。風が吹きつけるたびに肌を打つ雨でさえ、その熱をやわらげてはくれなかった――背筋をぞくぞくと這《は》いおりていく恐怖もだ。

ディランは死んだ。もうただの名前にすぎない。バスギアスへの道沿いにはてしなく続く墓場にまたひとつ加わる墓石。ほかの兵科の安全を選ぶより、騎手に命を賭けようとする野心的な対象者への戒《いまし》め。いまならわかる――どうしてミラが友だちを作らないようにと警告したのか。

リアンノンが小塔の入口の両側をつかむと、こちらをふりかえった。「向こう側で待ってる」嵐の中で叫ぶ。その瞳の不安はわたし自身の感情を映し出していた。

「向こう側で会おう」わたしはうなずいて、なんとかゆがんだ微笑さえ浮かべた。

リアンノンは橋に足を踏み出し、歩きはじめた。わたしは幸運の神ジーナルに無言の祈りを捧げた。今日はきっと手いっぱいだろうけれど。

「名前は?」端にいる騎手が問いかけてきた。相棒のほうは巻物の上にマントを広げ、紙を濡らすまいと無駄な試みをしている。

「ヴァイオレット・ソレンゲイル」と答えたとき、頭上で雷がとどろき、その音でなぜか心が安らいだ。わたしは昔から嵐が要塞の窓を激しく叩く夜が好きだった。身をまるめて読書していると、稲光が本を照らし出しては影を投げかけるような夜。もっとも、この土砂降りでは命を失うかもしれない。ちらりと目をやると、ディランとリアンノンの名前の末尾はすでに水で濡れてインクがにじんでいた。ディランの名前が墓石以外に記されるのはこれが最後だろう。橋の終わりには別の名簿があって、書記官たちが死亡者を数え、大好きな統計値を手に入れる。別の人生だったら、歴史的な分析のために基礎資料を読んだり記録したりしているのはわたしだっただろう。

「ソレンゲイル?」騎手が視線を上に向け、驚きに眉をあげた。「ソレンゲイル司令官と同じ?」

「そうです」まったく、早くもうんざりしてきた。しかも、どんどん悪化するだけだとわかっているのだ。母がここの司令官である以上、比較されることは避けられない。もっと悪いのは、たぶんみんな、わたしがミラのような天性の騎手か、ブレナンのようなすぐれた戦略家だと考えるだろうということだ。でなければ、ひとめ見て家族とは別物だと悟り、攻撃を宣言してくるか。胸壁の両側に手をかけて石に指先を走らせる。まだ朝日のぬくもりが残っていたけれど、雨のせいで早くも冷えてきていた。なめらかではあっても、苔《こけ》が生えていたりしてすべりやすくはない。

前方では、リアンノンが両手を広げてバランスを保ちながら橋を渡っている。道のりの四分の一ぐらいだろうか。雨の中を進むにつれて姿がぼやけてきていた。

「司令官にはひとりしか娘がいないと思っていたが？」もうひとりの騎手が問いかけた。またごおっと風が吹きつけてきたので、マントの角度を変える。下半身が小塔に守られているここでこんなに風が強いなら、橋の上ではすさまじいことになりそうだ。

「よく言われます」鼻から吸って、口から吐く。わたしはむりやり呼吸を落ち着かせ、激しい動悸《どうき》を静めようとした。もし取り乱したら死ぬ。もし足をすべらせたら死ぬ。もし……（ああもう、どうでもいい）これ以上準備できることはない。

橋にひとあしだけ踏み出し、石の壁をつかんだとき、またもや風が襲ってきて、横から小塔の開口部に叩きつけられた。

「それで竜に乗れると思うのか？」背後のむかつく対象者がばかにした。「そんなバランス感覚で、たいしたソレンゲイルだな。どの騎竜団がおまえを押しつけられるか知らないが、同情するぜ」

わたしは体勢を立て直し、リュックの紐をぐいっと引いた。

「名前は？」騎手がもう一度たずねたけれど、こちらに話しかけているわけではないのはわかっていた。

「ジャック・バーロウ」後ろの男が答えた。「この名前を覚えておけよ。おれはいつか騎竜団長になるからな」その声さえ傲慢《ごうまん》さがぷんぷんにおった。

「さっさと進め、ソレンゲイル」ゼイデンの低い声が命じた。

肩越しにふりかえると、強い視線に射すくめられた。

「どうだ、ちょっとやる気にさせてやろうか？」ジャックが両手をあげて前にとびだした。信じられない、突き落とす気だ。

恐怖が血管を駆けめぐり、わたしは動いた。安全な小塔を離れ、橋の上に駆け出す。もう後戻りはできない。

心臓がばくばくして、耳の奥で太鼓がとどろいているようだ。

〝目の前の石をひたすら見て、下を向かないこと〟ミラの助言が脳裏にこだましたものの、踏み出せば最後の一歩になるかもしれない状況で注意を払うのは難しかった。両腕をさっと広げて体の釣り合いをとり、ギルステッド少佐と中庭で練習したように、一定の歩幅で小刻みに進む。でも、風と雨、それに六十メートルの落下距離があると、練習とはまるで違った。足もとの石はところどころでこぼこしているし、漆喰《しっくい》でつなげた継《つ》ぎ目はつまずきやすい。わたしはブーツから目をそらすために前方の通路に集中した。筋肉を緊張させ、重心を固定して姿勢をまっすぐに保つ。

脈拍がはねあがり、頭がくらくらした。

（落ち着いて）冷静でいなければ。

鼻歌さえまともに歌えない音痴なので、気をそらすために歌うことはできない。でも、わたしは学者だ。文書館ほど心が落ち着く場所はない。したがって、頭に浮かんだのもそれだった。事実。論理。歴史。

〝おまえの心はもう答えを知っているんだよ。だから、ただ落ち着いて思い出しなさい〟父はいつもそう言ってくれた。ここで必要なのは、脳の論理的な部分がまわれ右をして小塔へ引き返すのを防ぐ手段だ。

「大陸にはふたつの王国が存在し――四百年間互いに争っている」わたしは語り出した。これは書記官の試験に備えて叩き込まれた、すぐに思い出せる簡単な基礎の資料だ。一歩、また一歩と橋を進んでいく。「わたしの故郷ナヴァールは広いほうの王国で、六つの個性ゆたかな州を持つ。最南端に位置する最大の州ティレンドールは、ポロミエル王国内のクロヴラ州と国境を接している」ひとことごとに呼吸が静まり、心拍が安定して、めまいがおさまってきた。

「東側にはポロミエルの残る二州、ブレイヴィク州とシグニセン州があり、エスベン山脈が天然の国境となっている」中間を示すペンキの線を通りすぎた。これでいちばん高い地点は越えたけれど、そのことを考えるわけにはいかない。（ほら、下を向かない）「クロヴラの先、敵国の向こうには、はるか遠い砂漠、〈荒れ地〉が横たわり――」

雷鳴が響き、風が叩きつけてきたので、腕をふりまわす。「もう！」

突風で体が左にかたむき、わたしは橋の上に膝をついた。両へりにしがみつき、足を踏み外さないようにうずくまる。風がまわりじゅうで吼《ほ》え猛《たけ》るあいだ、できるかぎり身を縮めていた。恐怖にわれを忘れそうになって吐き気がした。過呼吸になりかけている。

「ナヴァールの中で、ティレンドールは国境の州として最後に連合に加わり、レジナルド王に忠誠を誓った」わたしはうなりをあげる風に向かって叫び、不安に足がすくむという目の前の脅威からむりやり気をそらそうとした。「また、その六二七年後に連合離脱をもくろんだ唯一の州でもある。仮に成功していれば、最終的にわが国は無防備な状態に置かれることになっただろう」リアンノンはまだ前にいた。たぶん四分の三ぐらいの地点だろう。よかった。あの子は渡り切ってほしい。

「ポロミエル王国は主として耕作に適した平原と湿地帯からなり、みごとな織物と広大な穀物畑、小魔法を増幅する力を持つ、ほかにない透明な宝玉によって知られている」上空の黒雲にさっと視線を投げただけで、慎重に片足ずつ前に出し、じりじりと進んでいく。「対照的に、ナヴァールの山岳地帯は豊富な鉱石と東部諸州からの堅牢な木材、さらには鹿と箆鹿《ヘラジカ》を無限に提供する」

次の一歩で漆喰のかけらがいくつかはがれ、腕がぐらぐらしたので、わたしはまた平衡を取り戻すまで立ち止まった。ごくりと唾《つば》をのみこみ、ふたたび進み出す前に体重をかけてみる。

「二百年以上前に署名されたレッソン通商協定は、クロヴラとティレンドールの国境地帯にあるアテバイン前哨基地において、年四回ナヴァールの食肉と材木をポロミエル内の布と農産物と交換することを保証している」

ここから騎手科の建物が見える。砦《とりで》の巨大な石の土台が山を上って建物の基部まで続いている。たどりつくことさえできれば、この道はそこで終わっているのだ。肩の革で顔から雨粒をぬぐいとり、わたしはジャックがどこにいるか確認しようと後ろを一瞥した。

相手は四分の一の印を越えたところで足を止めていた。がっちりした体はじっと立ったままだ

――まるでなにかを待っているように。両手は脇にたらしている。風はその姿勢になんの影響も与えていないらしい。運のいいやつ。遠目にはにやにや笑っているように見えたけれど、たんに目に入った雨のせいだったかもしれない。

ここにとどまるわけにはいかない。日の出を見るまで生きのびるには、動き続けなければ。恐怖に体を支配されてはならない。わたしは両脚の筋肉にぐっと力をこめてバランスを保ち、そろそろと下の石を離して立ちあがった。

（両腕を広げて。歩く）

また風が吹きつけないうちに、なるべく先へ行っておかないと。

あの男の位置をたしかめておこうとふりかえって、血が凍った。

ジャックはわたしに背を向け、あぶなっかしくふらふらと近づいてくる次の対象者と向かい合っていた。ひょろひょろした男の子で、つめこみすぎのリュックサックを背負っている。ジャックはそのリュックの肩紐をつかんだかと思うと、わたしの見ている前で、やせっぽちの少年を殺物袋さながらに橋からほうりだした。あまりの衝撃に全身がすくんだ。

男の子が視界から消えると同時に、絶叫が一瞬耳に届き、尾を引いて遠ざかっていく。

信じられない。

「次はおまえだ、ソレンゲイル！」ジャックがどなった。わたしは峡谷から視線をひきはがし、悪意のこもった笑みに口もとをゆがめて指を突きつけている姿をまのあたりにした。相手はぞっとするほどの速度で足を進め、こちらに近づいてくる。ふたりのあいだの距離がみるみる縮まった。

（動け。いますぐ）

「ティレンドールは大陸の南西部を占めている」わたしは続けた。歩幅は均等にしたものの、せまくてつるつるする通路に焦ってしまい、一歩踏み出すたびに左足がすべりかけた。「けわしい山岳地帯からなり、西はエメラルド海、南はアークタイル洋に接するティレンドールは、ほぼ侵入不可能といえよう。地理的には天然の防護壁であるドレイラーの断崖に隔てられているが──

──」

またしても突風がぶつかってきて、片足が橋からずるっとおちた。心臓がはねあがる。つまずいて倒れると、橋が勢いよく体を受け止めた。片膝が石に叩きつけられ、鋭い痛みに悲鳴がもれる。左脚がこの地獄の橋のふちからぶらさがっているうえ、いまや後ろのジャックとたいして距離がない状態だ。わたしはあわてて両手でつかむ場所を探った。下を見るという最悪のあやまちを犯したのは、そのときだった。

水が鼻と顎を伝い落ち、石にはねかかってから落下して、六十メートル以上も下でごうごうと谷間を流れていく川にまじりあった。喉の奥で大きくなっていくかたまりをのみくだし、まばたきして懸命に動悸を静めようとする。

わたしは今日死んだりしない。

橋の両側を握りしめ、すべりやすい石に可能なかぎり体重をかけて、左脚をふりあげた。足の親指の付け根が通路を探りあてた。そこからは、どれだけ事実を列挙しても冷静ではいられなかった。摩擦力があるほうの右足を踏ん張らないと。でも、ひとつ間違えれば、下の川がどんなに冷たいか知ることになる。

(そして落下の衝撃で死ぬ)

「いま行くぞ、ソレンゲイル!」背後から声が聞こえた。

わたしは石を押しやり、ブーツが橋の上を通りますようにと祈りながらぱっと立ちあがった。もし落ちても、それはかまわない、自分の落ち度だから。でもあのくずに殺されたりするものか。

(向こう側に行けるのがいちばん。たとえほかの殺し屋が待ち構えてるとしても)まあ、騎手科の全員が殺そうとしてくるわけでもない。わたしが騎竜団の重荷になると思う候補生だけだ。騎手の中で力が尊重されるのにはわけがある。分隊だろうと小隊だろうと騎竜団だろうと、いちばん弱い部分で力量が決まるからだ。もしそこが崩れたら、全員が危険にさらされる。

ジャックはわたしがその弱点だと思っているか、たんに殺しを楽しむ精神的に不安定な異常者なのかだ。どちらにしても、もっと速く動かないと。

わたしは両腕を横に広げて、この道の終わり、リアンノンが無事足を踏み入れた砦の中庭に集中すると、雨にもかかわらず急いだ。体を緊張させ、重心を固定しながら、今回ばかりはたいていの人間より背が低いのをありがたく思った。

「落ちていくあいだじゅうわめきたてるか?」ジャックがあざ笑った。まだ大声を出しているけれど、声がさっきより近い。追いついてきたのだ。

不安を感じる余裕はなかったので、その感情を心の奥にある鉄の檻に押し込んで鍵をかけるところを想像し、意識をそらした。もう橋の終点が見えてきた。砦の入口で騎手たちが待っている。

「満杯のリュックサックも担げないようなやつが入試に受かるはずがねえ。おまえは間違いなんだよ、ソレンゲイル」ジャックが呼びかけた。前より声がはっきり聞こえたけれど、速度を落として間隔をたしかめる危険を冒したりしない。「なあ、いま殺してやるのがいちばんだと思わねえか？　竜どもに襲わせるよりずっと親切だろうが。あいつらだったら、生きたままそのぐらぐらの脚を一本ずつ食い出すだろうな。こいよ」と誘う。「喜んで助けてやるぜ」

「うるさい」わたしはつぶやいた。見あげるような砦の城壁の外側まで、あとほんの三、四メートルだ。左足がすべってふらついたものの、一拍おいただけでまた進みはじめた。あの分厚い胸壁の後ろにそそり立つ要塞は山を削って造成されている。L字型に並ぶ高い石の建物は、当然のことながら耐火性を持つ。砦の中庭を囲む城壁は厚さ三メートル、高さ二メートル半で、開口部は一カ所しかない——そして、もうすぐ、たどりつく。

体の両側に石がそびえはじめ、わたしは安堵のすすり泣きをかみ殺した。

「そこなら安全だと思ってるのか？」ジャックの声は荒々しく……近かった。

両側を壁に守られて、最後の三メートルを駆け抜ける。緊張が体を極限まで駆り立て、心臓が激しく脈打った。背後から足音が迫ってくる。端に到達したとき、ジャックが背中のリュックにとびかかってつかみそこね、片手が腰にあたった。わたしは突進し、一段高くなった橋から三十センチとびおりて、騎手がふたり待機している中庭に着地した。

ジャックが苛立《いらだ》ちのあまりわめき声をあげ、その音が万力のように胸を締めつけた。

くるりと反転してあばらの鞘《さや》から短剣を引き抜いたとたん、赤い顔で息を切らしたジャックが真上の橋にすべりこんで止まった。きゅっと細まってこちらをにらみつける氷のような青い目には殺意が刻み込まれている……そして、わたしの短剣の切っ先は、いまやそのズボンの生地に食い込んでいた——股間に。

「安全だと、思う、いまの、ところ」荒い息の合間に、なんとか絞り出す。体はがくがくしているけれど、手は充分に安定している。

「そうか？」ジャックは憤怒にわなわなとふるえていた。ひややかな青い目の上で金色の太い眉が逆立ち、巨体の線という線がわたしのほうへかたむいている。でも、あと一歩進もうとはしなかった。

「騎手科の編隊内もしくは監督下にあるあいだ。上位の候補生の面前で。別の騎手に危害を加えることは違法である」まだ喉もとに鼓動を感じつつ、わたしは法典から暗誦してみせた。「騎竜団の効率を低下させるからである。後ろの集団を見るかぎり、これが編隊だと主張できるのはあきらかだと思うよ。第三条、第――」

「うるせえ、知るか！」ジャックは動いたけれど、わたしは一歩も引かず、短剣がズボンの表面を切り裂いた。

「考え直すことをお勧めするけど」万が一相手が再考しなかったときに備えて、姿勢を調整する。

「手がすべるかもよ」

「名前は？」隣にいる女の騎手がものうげに言った。今日見た中でこれほどつまらないものはないと言わんばかりの口ぶりだ。わたしはほんの一瞬、そちらに目をやった。炎のように赤い顎までの髪を片手で耳の後ろにかきあげ、もう片方の手で名簿を持って、この場面の展開を見守っている。三つの四芒星がマントの肩に縫い取ってあり、三年生だとわかった。「騎手にしてはずいぶん小さいけど、渡り切ったみたいだね」

「ヴァイオレット・ソレンゲイル」わたしは答えたけれど、焦点はふたたび完全にジャックに合わせていた。逆立った眉の皺から雨粒がぽたぽた落ちている。「訊かれる前に言うと、そう、わたしはあのソレンゲイル」

「あの動き方を見たら不思議はないね」相手は母が名簿に使うときのようにペンを持って言った。これまでもらった中でいちばんうれしい褒め言葉かもしれない。

「で、おまえの名前は？」騎手は再度問いかけた。きっとジャックに訊いているのだろう。でも、敵を観察するのに手いっぱいで騎手のほうを向く余裕がなかった。

「ジャック。バーロウ」もう唇に意地悪そうな微笑はちらついていなかったし、わたしを殺すのをどんなに楽しめるか、冗談まじりにあざけることもなかった。その顔に浮かんでいるのは純粋な悪意で、報復を約束していた。

　不吉な予感に首筋の毛が逆立つ。

「さて、ジャック」きれいに整えた黒い山羊ひげをさすりながら、右側にいる男の騎手がゆっくりと言った。マントを羽織っておらず、すりきれた革の上着にびっしり縫いつけられた継ぎ当てに雨がしみこんでいる。「ソレンゲイル候補生はまさにおまえの急所を握ってるぞ、いろんな意味でな。いま言われたとおりだ。規則には編隊において騎手同士は敬意を払うべきと書かれている。殺したければ格技のマットの上でやるか、暇なときにしておけ。まあ、橋からおろしてもらえればの話だがな。なぜかというと、まだ地面におりていない以上、厳密に言っておまえは候補生じゃないからだ。こいつは候補生だが」

「じゃあ、足をつけた瞬間こいつの首をへし折ってやると決めたら？」ジャックはうなった。そうするつもりだと目つきが語っている。

「その場合、おまえは早く竜たちと会えるよ」赤毛がしれっとした口調で答えた。「ここらじは裁判を待ったりしないんでね。そのまま処刑するだけ」

「どうする、ソレンゲイル？」男の騎手がたずねた。「このジャックをしょっぱなから去勢してやるか？」

もう。どうする？　この角度だと殺すことはできないし、急所を切りとったらもっと憎まれるだけだろう。そんなことが可能だとして。

「規則に従うつもりはあるわけ？」ジャックに問いかける。耳鳴りがしたし、腕がものすごく重たかったけれど、短剣を的《まと》からそらすことはしなかった。

「選ぶ余地はなさそうだな」口の片側がつりあがって冷笑の形になり、ジャックは体の力を抜くと、両腕をあげて手のひらを見せた。

わたしは短剣をおろしたものの、いつでも使えるよう手にしたまま横に移動し、名簿を確認している赤毛のほうへ身を寄せた。

中庭に降り立ったジャックは、わたしを追い越しながら肩をぶつけてくると、一瞬足を止めて近々と体を寄せた。「死ね、ソレンゲイル。おれが殺してやる」

第三章

青竜はたぐいまれなゴルムファイレアスの流れを汲む。圧倒的な大きさで知られ、もっとも非情である。とりわけ、希少な短剣尾《ダガーテイル》の青竜の場合、尾の先端にあるナイフ状の棘《とげ》はひとふりで敵のはらわたをえぐりだす。

――『竜属図鑑』カオリ大佐著

ジャックがわたしを殺したいなら、順番待ちをする必要がある。そもそも、ゼイデン・リオーソンに先を越される気がする。

「今日じゃなくてね」わたしは短剣の柄《つか》をしっかり握って応じ、ジャックが覆いかぶさって息を吸ったときも、おそけ立つのをなんとかこらえた。野良犬みたいににおいを嗅いでいる。すると、相手はふんと冷笑し、砦《とりで》の広い中庭に集まって祝っている候補生と騎手の群れへ入っていった。

まだ早い時刻で、たぶん九時ごろだろうに、もう候補生が列の前にいた対象者ほど多くないのが見てとれた。圧倒的な存在感の革服から推測するところ、二年生と三年生もここにいて、新候補生を吟味しているらしい。

雨が小降りになって霧雨に変わった。人生の最難関試験をさらに困難にするためだけに訪れたようだ……でも、わたしは成功した。

生きている。

やりとげた。

体がふるえはじめ、左膝が急にずきずきしはじめた――橋桁に打ちつけたほうだ。一歩踏み出すと、膝が崩れそうになった。誰にも気づかれないうちに包帯を巻いておかないと。

「どうやらあそこに敵を作ったみたいだね」赤毛が肩に革紐で固定した物騒な弩《いしゆみ》を軽く動かした。榛《はしばみ》色の瞳に抜け目のない色を浮かべ、巻物越しにわたしをじろじろながめる。「私だったらあいつに背中からやられないように注意するね」

わたしはうなずいた。背中どころか、体のあらゆる部分に警戒しなければならないだろう。

次の対象者が橋の上を近づいてきたとき、誰かが後ろから肩をつかんでわたしをふりむかせた。

リアンノンだと気づいたときには、短剣を半分持ちあげていた。

「やったね！」にやっとして、肩をぎゅっと握ってくる。

「やったね」わたしは繰り返し、無理に笑顔を作った。いまでは腿がふるえていたものの、なんとか短剣をあばらの鞘《さや》に戻す。さて、ふたりとも候補生として無事到着したけれど、この子を信用できるだろうか？

「どんなにお礼を言っても足りないよ。あのとき助けてもらわなかったら、三回は落ちてたと思う。あんたの言うとおりだった――あの靴底、ものすごくすべりやすかった。この辺の人たち、見た？　たったいま髪にピンクの筋が入ってる女の二年生を見かけたし、竜の鱗《うろこ》を力こぶ全体に刺青《いれずみ》してるやつもいたよ」

「服従は歩兵のものだから」わたしは答えた。リアンノンが腕を組んできて、人混みのほうへひっぱっていかれる。膝が悲鳴をあげ、腰から足先まで痛みが広がった。足をひきずってしまい、体重がリアンノンの脇にかかる。

まったくもう。

この吐き気はどこからきた？　なぜふるえが止まらないのだろう？　いまにも倒れそうだ――こんなに脚がぶるぶる、頭ががんがんしている状態で、まっすぐ立っていられるはずがない。

「そういえば」リアンノンが下に目をやって言った。「靴を交換しなきゃ。ベンチがあるから――」

新品同様の黒い軍服を着た長身の人影が雑踏を離れ、こちらに向かってきた。リアンノンはどうにかよけたものの、わたしはつまずいて、まともにその胸に突っ込んでしまった。

「ヴァイオレット？」力強い手が両腕をつかんで支えてくれ、顔をあげると、見覚えのある印象的な褐色の双眸《そうぼう》が視界に入った。あきらかに衝撃を受けて目をみひらいている。

安堵の思いが体を駆けめぐった。笑おうとしたけれど、たぶんゆがんだしかめっつらにしかならなかっただろう。去年の夏より背が高くなったようだ。顎を横切るひげははじめて見たし、体つきがたくましくなっていて、思わずまばたきした……いや、もしかしたら、たんに視野の端がぼやけていたからかもしれない。わたしの夢想の中であまりにもたびたび主役を演じてきた、あの魅力的でおおらかな笑顔は、この口をすぼめた苦い顔とはまるで違ったし、すべてが少々……きびしくなったように見えたけれど、それがうまくいっていた。顎の線も眉の形も、体勢を立て直そうとするわたしの指の下にある二の腕の筋肉さえ、硬くこわばっている。去年のどこかで、デイン・エートスは人を惹《ひ》きつける男の子からいい男になっていた。

　なのに、わたしはそのブーツの上に胃の中身をぶちまけそうだ。

「きみはいったい、ここでなにをしてるんだ？」デインはどうなった。瞳に浮かんだ衝撃がなにか異質な、剣呑《けんのん》なものに変わっている。これはわたしが一緒に育った男の子じゃない。いまや一年生の騎手なのだ。

「デイン。会えてよかった」ひかえめすぎる表現だったけれど、かすかなみぶるいが全身の強いふるえに変わっていた。喉に胆汁がこみあげ、めまいのせいで吐き気がひどくなる。膝ががくっと崩れた。

「くそ、ヴァイオレット」デインはつぶやくと、わたしをひっぱってもう一度立たせた。片手で背中を、もう一方の手で肘の下を支えて、すばやく人混みから引き離すと、砦の第一守備塔に近い壁際の小部屋に連れていく。そこはひっそりと陰になった空間で、硬い木の長椅子がひとつ置いてあった。そこに座らせて、リュックサックをおろすのを手伝ってくれる。

　口に唾《つば》がどっと湧いてきた。「吐きそう」

「頭を膝のあいだに入れろ」と命令される。デインからきつい口調を向けられるのは慣れなかったけれど、言われたとおりにした。わたしが鼻から息を吸って口から出しているあいだ、デインは円を描くように背中をさすってくれた。「昂奮しているからだ。しばらく待てば楽になる」砂利の上を近づいてくる足音がした。「誰だ、おまえは？」

「リアンノン。ヴァイオレットの……友だちだけど」

　わたしは不揃いなブーツの下の砂利を見つめ、乏しい胃の中身が出てこないようにと念じた。

「聞け、リアンノン。ヴァイオレットは問題ない」ディンは指示した。「誰かに訊かれたら、昂奮しすぎたのを落ち着かせているだけだと、僕が言ったとおりに伝えろ。わかったか？」

「ヴァイオレットがどうしたかなんて、誰にも関係ないし」リアンノンはディンにおとらず辛辣《しんらつ》に言い返した。「だからなんにも言わないよ。だって、あたしが橋を渡れたのはヴァイオレットのおかげなんだから」

「それが本心だといいが」ディンは警告した。声は鋭いのに、手はなだめるようにずっと背中をさすってくれている。

「そっちが誰なのか訊きたいところだけど」リアンノンは切り返した。

「わたしのいちばん古い友だちのひとり」ふるえが次第におさまり、吐き気も薄れてきた。でも、タイミングのせいか姿勢のせいかよくわからなかったので、わたしは膝のあいだに頭を入れたまま、なんとか左のブーツの紐をほどいた。

「そうなんだ」リアンノンが答える。

「ちなみに二年生の騎手だ、候補生」ディンはうなった。

砂利がざくっと鳴った。リアンノンが一歩あとずさったらしい。

「ここなら誰にも見えないよ、ヴィー、だから急がなくていい」ディンがやさしく言った。

「せっかく橋を渡り切って、橋から投げ落とそうとしたやつからも生きのびたのに、ここで吐いたりしたら弱いやつって思われるからね」わたしはのろのろと身を起こし、背筋をのばして座った。

「まさにそのとおり」と答えが返る。「怪我してるのか？」全身くまなく見なければ気がすまないというかのように、切迫した視線が体をなでまわした。

「膝が痛くて」わたしはささやくように認めた。だってこれはディンだ。五歳と六歳だったときから知っているディン。うちの母のもっとも信頼する相談役のひとりを父とするディン。ミラが騎手科へ向けて出発したとき、そしてブレナンが死んだときにも、わたしを支えてくれたディン。

そのディンは、親指と人差し指でわたしの顎をつかみ、顔を左右にかたむけて確認した。「それだけか？　ほんとうに？」その手がわたしの両脇をすべりおりてあばらで止まった。「短剣を身につけているのか？」

リアンノンがわたしのブーツを脱ぎ、解放感に溜息をついて爪先をもぞもぞ動かした。

わたしはうなずいた。「あばらに三本、ブーツに一本」ありがたいことに。そうでなければ、いまこの場に座っていたかどうかわからない。

「ふうん」ディンは手をおろし、まるで一度も見たことがないかのような、赤の他人を前にしているかのような視線を向けてきた。でも、それからまばたきすると、その瞬間は去った。「ブーツを交換したのか。ふたりともばかみたいに見えるぞ。ヴィー、この子を信用するのか？」リアンノンに顎をしゃくってみせる。

この子は安全な砦でわたしを待ち受けて、ジャックが試みたように投げ落とすこともできたのに、そうはしなかった。

わたしはうなずいた。ここでほかの一年生を信用できる程度には信用している。

「わかったよ」ディンは立ちあがってそちらを向いた。その革服の両脇にも鞘がついていたけれど、なにも入っていないわたしと違って、どちらにも短剣がおさめてあった。「僕はディン・エートス。第二騎竜団、炎《えん》小隊、第二分隊の隊長だ」

分隊長？　眉が勢いよくあがった。騎手科の候補生の中で、いちばん高い階級は騎竜団長と小隊長だ。どちらの地位も三年生の精鋭がつとめる。二年生は分隊長になれるけれど、特別すぐれている場合にかぎられる。ほかの全員が試煉《しれん》——竜が絆を結ぶ相手を選ぶ機会——以前はただの候補生で、それ以降は騎手となる。ここでは人が死にすぎて、早々と地位を与えるわけにはいかないのだ。

「対象者がどれだけ速く渡るか落ちるかによるが、橋渡りはあと二、三時間で終わるはずだ。名簿を持っている赤毛の女を見つけて——たいてい弩を携帯している——ディン・エートスがおまえとヴァイオレット・ソレンゲイルを自分の分隊に入れたと伝えろ。去年の試煉で助けてやった貸しがあると言えばいい。ヴァイオレットはすぐにまた中庭へ連れていく」

リアンノンが目を向けてきたので、わたしはうなずいた。

「誰かにここを見られる前に行け」ディンが吼《ほ》えた。

「行くよ」リアンノンは答え、自分のブーツに足を突っ込んで、わたしが同じことをしているあいだに手早く紐を締めあげた。

「きみは大きすぎる乗馬用のブーツで橋を渡ったのか？」ディンが信じられないと言わんばかりににらみながら問いかけてきた。

「わたしのと交換しなかったら、あの子は死んでたもの」立ちあがると、膝が抗議して崩れそうになり、顔をしかめる。

「そしてきみは死ぬぞ、ふたりできみをここから出す方法を見つけなかったらな」ディンは腕をさしだした。「つかまれ。僕の部屋に行かないと。その膝に包帯を巻く必要がある」両方の眉があがった。「それとも、去年僕が知らなかった奇跡の治療法を発見したのか？」

わたしはかぶりをふって、その腕をとった。

「くそ、ヴァイオレット。くそ」ディンはわたしの腕を慎重に脇にかかえこむと、空《から》の手でリュックサックをつかみ、小部屋の先にある外壁のトンネルへ連れ込んだ。この外壁はまだ見たことさえない。歩いていくにつれて壁面の燭台《しょくだい》に魔法光がともり、通りすぎたあとで消えた。「きみはここにいるはずじゃないだろう」

「よくわかってる」いまは誰にも見られる心配がないので、いくらか足をひきずった。

「きみは書記官科にいるはずだったのに」ディンは外壁のトンネルの中を先導しながら憤慨した。

「いったいなにがあった？ 騎手科に志願したとは言わないでくれ」

「なにがあったと思うの？」と言い返すあいだに錬鉄の門に行きついた。トロル……あるいは竜を閉め出すために建てられたように見える。

ディンは毒づいた。「きみのお母さんか」

「うちの母」わたしはうなずいた。「ソレンゲイル家の一員はみんな騎手って知らなかった？」

わたしたちは円形の階段まできていた。ディンが先に立って一階と二階を通りすぎ、三階で止まると、金属と金属がこすれる音をたてて別の門をひらいた。

「ここは二年生の階だ」静かに説明する。「つまり――」

「わたしがここにあがったらいけないってことだよね、もちろん」もう少し身を寄せる。「心配しないで――誰かに見られたら、ひとめでむらむらして、一刻も早くズボンを脱がせたくてたまらなかったたって言うから」

「あいかわらず生意気だな」その唇に苦笑が浮かび、わたしたちは廊下を進み出した。

「部屋に入ったら、信憑性を増すために『ああ、ディン』とかなんとか叫んでみてもいいけど」

わたしはわりと本気で申し出た。

ディンは鼻を鳴らすと、木の扉の手前でリュックをおろし、把手《とって》の前でひねるような動作をした。錠前がカチッと鳴る音が耳に届いた。

「力があるんだ」わたしは言った。

もちろんはじめて知ったわけではなかった。ディンは二年生の騎手で、騎手は全員、いったん騎竜が力を媒介することを選べば小魔法を使える……でもこれは……ディンだ。

「そんなに驚いた顔をするなよ」相手はあきれた表情で扉をあけ、リュックを運びながら中へ入るのを手伝ってくれた。

室内は簡素で、ベッドと鏡台、衣装簞笥があるだけだった。机の上に置いてある数冊の本ぐらいしか個人的なものはない。そのうち一冊が、去年の夏わたしのあげたクロヴラ語に関する研究書だと気がついて、ちょっぴり満足感をおぼえる。ディンには昔から語学の才能があった。ベッドにかかっている毛布まで、騎手の黒一色だ。まるで、眠っているときもここにいる理由を忘れまいとしているかのようだった。窓はアーチ形で、わたしはそちらへ近づいた。透明なガラスの向こうに、峡谷を越えて広がるバスギアス大学の残りが見渡せる。

同じ軍事大学でありながら、まるで世界が違った。橋の上に対象者がふたりいたけれど、うっかり落ちるところを見ないうちに目をそらす。ひとりの人間が一日に受け入れられる死には限界があるし、わたしはもうたくさんだ。

「この中に包帯があるか？」デインがリュックサックをよこした。

「全部ギルステッド少佐からもらった」わたしはうなずいて答え、手際よく整えられたベッドの端にどさっと腰かけて、リュックの中をかきまわしはじめた。運のいいことに、ミラのほうが荷造りははるかに上手で、包帯は簡単に見つかった。

「気楽にしてくれ」デインはにやっと笑い、閉めた扉に背をもたせかけて足を交差させた。「きみがここにいるのは気に入らないが、顔を見るのはうれしいなんてもんじゃないよ、ヴィー」

顔をあげると、目が合った。この週ずっと――いや、この六カ月――胸にあった不安がやわらぎ、一瞬、ふたりだけになる。「会いたかった」弱みをさらけだしているのかもしれないけれど、どうでもいい。どうせデインは、わたしについて知る必要のあることはほとんどなんでも知っているのだ。

「ああ。僕も会いたかったよ」デインは静かに言い、その瞳がなごんだ。

胸がきゅっと締めつけられ、デインが視線を向けてきたとき、お互いに相手を意識した。触れることさえできそうな……期待感が芽生える。もしかしたら、これだけの歳月が過ぎたあとで、ついに求め合う段階が訪れたのかもしれない。それとも、向こうはたんに旧友に会えてほっとしただけなのだろうか。

「その脚に包帯をしたほうがいい」デインは扉のほうを向いた。「見ないから」

「前に見てないところなんてないじゃない」わたしは腰を弓なりにまげ、革ズボンを太腿から膝まで落とした。うわ。左足のほうが腫《は》れている。ほかの誰かがあんなふうにつまずいたら、あざができるか、場合によってはすりむく程度ですむかもしれない。でもわたしは？　膝頭がずれないように手当てしないといけないのだ。弱いのは筋肉だけじゃない。関節をつなぎとめている靭帯もまるで役に立たないときている。

「まあそうだが、ふたりでこっそり抜け出して川へ泳ぎに行くわけじゃないよな？」ディンがからかった。わたしたちはお互いの両親が配属された駐屯地のすべてで一緒に育ち、どこにいても必ず泳ぐ場所や登る木を見つけたものだ。

膝小僧をしっかり包帯で巻いたあと、治療師に教えてもらえる年齢になって以来やってきた方法で関節をまわして固定した。眠っていてもできる熟練した動作だ。怪我をした状態で騎手科を始めるという事態でなければ、心地いいほどなじみ深い。

小さな金属の金具を留めるとすぐに立ちあがり、革ズボンをお尻の上にひっぱりあげてボタンをはめる。「全部着たよ」

ディンはふりかえってわたしを一瞥した。「きみは……印象が変わったな」

「革服のせいでしょ」わたしは肩をすくめた。「なんで？　変わったのが悪いの？」リュックサックを閉じて肩に背負うのは一瞬だった。神々に感謝を、こうして包帯を巻いておけば膝の痛みはがまんできる。

「別に、ただ……」ディンはのろのろと首をふり、下唇を歯でかんだ。「変わっただけだ」

「ちょっと、ディン・エートス」わたしはにやっとしてそちらへ歩いていくと、ディンの脇にある扉の把手を握った。「わたしの水着もチュニックもロングドレスも見たことがあるくせに。効いたのは革服だったってこと？」

ふんと鼻であしらわれたけれど、その手が扉をあけようとわたしの手を包んだとき、頬がほんのり赤くなっていた。「一年離れていても、きみの生意気な舌が鈍《にぶ》っていないとわかってうれしいよ、ヴィー」

「もちろん」廊下に入っていきながら、わたしは肩越しに言葉を投げた。「この舌でずいぶんいろんなことができるしね。きっと感心するよ」顔がひきつれそうなほど満面の笑みを浮かべたとき、ほんのつかのま、騎手科にいることも、ついさっき橋を生きのびたことも忘れていた。

デインの瞳が熱を帯びた。あっちも忘れたらしい。まあ、ミラはいつでも、この壁の奥にいる騎手は内気な集団じゃないとはっきり言っていた。あした生き残れないかもしれないときに自制する理由はあまりない。

「ここからきみを出さないと」デインは言い、頭をはっきりさせなくてはというように首をふった。続いてまたあのしぐさをすると、錠がカチッとはまるのが聞こえた。廊下には誰もいなかったので、階段まで急ぐ。

「ありがとう」おりはじめたとき、そう声をかけた。「膝がずいぶん楽になった」

「まだ信じられないよ、きみを騎手科に入れるのがいい考えだとお母さんが思ったなんてな」階段を下りながら、隣から怒りの波動が伝わってくるのが感じられた。デインの側には手すりはなかったけれど、気にしていないようだ。一歩踏み外しただけで終わりなのに。

「わたしも。どの兵科を選ぶか母さんが命令してきたのは、去年の春、入学試験の次に合格したとき。そのあとすぐギルステッド少佐と鍛錬を始めたの」あした死亡者名簿を読んで、わたしの名がその中にないのを見たら、少佐はどんなに誇らしく思うだろう。

「この階段のいちばん下、主階より下に扉があって、峡谷の先にある治療師科への通路に続いている」一階に近づくと、デインが言った。「そこを抜けてきみを書記官科へ連れていこう」

「は？」わたしは一階のなめらかな石の床面を踏んだところで足を止めたけれど、デインは下へ進み続けた。

わたしがついてきていないのに気づいたのは、すでに三段下に行ってからだった。「書記官科だ」ふりむいてゆっくりと言う。

この角度だと見おろす形になり、わたしは相手をにらみつけた。「書記官科になんて行けないよ、デイン」

「なんだって？」デインの両眉がぱっとあがる。

「母さんが許すわけないもの」わたしは頭をふった。

デインは唇をひらき、また閉じ、両脇でこぶしを握りしめた。「ここにいたらきみは死ぬぞ、ヴァイオレット。こんなところにいるわけにはいかない。誰だってわかってくれるさ。きみは志願したわけじゃない——ほんとうの意味では」

怒りで背筋がのび、わたしは眉を寄せて見返した。志願させられたかどうかの話は無視して、ぴしゃりと言う。「まず、ここでの勝算がどの程度なのかは重々承知してるよ、デイン。それと、ふつう対象者の十五パーセントが橋を渡り切れないのに、わたしはこうして立ってる。つまり、すでに不利な状況を逆転したってことでしょ」

デインはもう一段さがった。「騎手科にたどりついたのがとんでもない離れ業なのを認めてないわけじゃないんだ、ヴィー。でも、きみは出ていくしかない。最初に格技のマットに乗せられた段階でおしまいだろうし、しかもそれは竜たちに気づかれる前だ、きみが……」頭をふり、歯を食いしばって目をそらす。

「わたしがなに？」むかっとした。「さっさと言ったら。わたしがほかのみんなより弱いって気づかれたとき？　そういう意味？」

「おい」ディンは片手で短く刈った薄茶の巻き毛をかきまわした。「勝手に代弁するなよ。僕が言っている意味はわかってるだろう。たとえ試煉まで生きのびたとしても、竜がきみと絆を結ぶ保証はない。現実に、去年は三十四人の候補生が絆を結べないまま無為に過ごすことになった。今年の入学生と一緒にあらためて一から始めて、再度の機会を待っているんだ。しかもその全員がなんの問題もなく健康で――」

「不愉快なこと言わないでよ」ずしんと気分が落ち込む。ディンが正しい可能性があるとしても、わたしがその話を聞きたいわけじゃない……健康でないと言われたくもなかった。

「僕はきみを死なせたくないんだ！」ディンは叫び、その声が階段の石にこだました。「いますぐ書記官科に連れていったら、まだあっちの試験に楽々合格できる。飲みに出たときに話せるとっておきのネタにできるぞ。外に戻れば――」中庭への出口を指さす。「――僕の手には負えなくなる。ここではきみを守れないんだ。完全には」

「そんなこと頼んでない！」待って……ほんとうに守ってほしくないのだろうか？　ミラが勧めたのはそういうことだったのでは？　「裏口からこっそり連れ出したいなら、どうして自分の分隊に入れるなんてリアンノンに言ったわけ？」

胸がいっそう強く痛んだ。この大陸全土でミラの次にわたしをよく知っている人なのに、そのディンさえ、騎手科ではやっていけないと考えているのだ。

「あの子を追い払うためだ、きみを連れ出せるようにな！」ディンは二段あがって距離を縮めたものの、肩をいからせた姿勢に妥協の気配はなかった。決意が物理的な形をとるとしたら、いまのディン・エートスだろう。「いちばんの親友が死ぬのを僕が見たがると思っているのか？　きみがソレンゲイル司令官の娘と知って、あいつらがなにをするか見ているのが楽しいとでも？　革服を着たからって騎手になるわけじゃない、ヴィー。みんなよってたかってきみを八つ裂きにするだろうし、そうならなければ竜たちがやるさ。騎手科には卒業か死しかないと知っているだろう。きみを救わせてくれ」全身でうなだれ、懇願のまなざしを向けられると、腹立ちもいくらかおさまった。「頼むから助け出させてくれよ」

「無理」わたしはささやいた。「母さんは即刻連れ戻すって言ったもの。わたしは騎手としてここを出るか、墓石に名前を刻まれるしかないの」

「本気で言ったわけじゃないさ」ディンはかぶりをふった。「本気で言うはずがない」

「本気だよ。ミラでも説得できなかった」

わたしの目を探ったディンは、そこに真実を見てとったかのように身をこわばらせた。「くそ」

「ほんと。くそ」肩をすくめてみせる。いま話しているのが自分の人生のことではないかのように。

「わかったよ」ディンが気持ちを入れ替えてこの情報に順応しているのが見てとれた。「別の手を見つけよう。とりあえずいまは行くぞ」わたしの手をとって、さっき出てきた小部屋へ先導する。「あっちへ出てほかの一年生と合流するんだ。僕は戻って塔の戸口から入る。僕らが知り合いなのはすぐばれるだろうが、誰にも攻撃する材料は与えるなよ」ぎゅっと手を握りしめてから離し、それ以上なにも言わずに歩み去ると、トンネルの奥へ姿を消した。

わたしはリュックサックの紐をつかみ、中庭のまだらな陽射しの中へ入っていった。雲が切れて霧雨が蒸発しかけている。騎手や候補生のほうへ向かっていくと、足の下で砂利がざくざく鳴った。

騎手千人を収容できる広大な中庭は、文書館の地図に記録されているとおりだった。ごつごつしたしずく形で、曲線の部分は厚さ三メートル以上もある巨大な外壁で構成されている。その側面に石の広間が並ぶ。山に食い込む四階建ての建物は端がまるくなっており、それが学術棟なのは知っていた。ディンに連れていかれたのは崖を見おろす右側の建物で、そこが寮だ。堂々たる丸屋根の会堂がそのふたつをつなぎ、背後の集会場、食堂、図書館への入口の役目を果たしている。わたしはぽかんとみとれるのをやめ、中庭で外壁のほうに向き直った。橋の右側には石の壇があり、騎手科長と副騎手科長らしき軍服の男性が立っていた。ふたりとも正式な軍装一式を身につけ、勲章が陽射しにきらめいている。

増え続ける人波の中にリアンノンを見つけるには数分かかった。別の女の子と話しているところで、その子は真っ黒な髪をディンと同じぐらい短く切っていた。

「きたね！」リアンノンの笑顔は本物で、心からほっとした様子だった。「心配してた。どう、いろいろ……」眉をあげてみせる。

「もう大丈夫」うなずいてもうひとりの女の子のほうを向くと、リアンノンが紹介してくれた。

名前はタラ、北にあるエメラルド海沿岸のモレイン州の出身だ。ミラのように自信に満ちた雰囲気の持ち主で、昂奮に目をきらきらさせてリアンノンと話している。両方とも子どものころから竜に夢中だったらしい。わたしは同盟を結ぶとしたら詳細を思い出せる程度に注意を払って耳をかたむけた。

中庭から聞こえるバスギアスの鐘が一時間たったことを告げ、さらに一時間が過ぎたことを知らせた。ようやく最後の候補生が中庭に足を踏み入れ、向こう側の小塔からきた騎手三人があとに続いた。

その中にゼイデンがいる。人混みで目立つのは背丈のせいだけではなかった。魚が鮫《さめ》に近づかないような、ほかの騎手がみんなよけていく雰囲気があるからだ。一瞬、あの男の験《しるし》——竜との絆から得る独自の力はなんだろう、と思わずにはいられなかった。剣呑な空気をまとい、つかつかと壇へ近づいていくゼイデンの前で、三年生でさえさっと道をあけるように見えるのはそのためなのだろうか。壇上にはいまや十人立っていた。パンチェク騎手科長が前に移動し、候補生たちと向かい合った様子からして——

「そろそろ始まりそう」リアンノンとタラに声をかけると、ふたりとも壇のほうを向いた。全員が同じ動きをする。

「今日、三百一人の諸君が橋を生きて渡り、候補生になった」パンチェク騎手科長は政治家っぽい笑顔でわたしたちを示した。この人はいつでも両手を使って話す。「よくやった。不首尾に終わったのは六十七人だ」

脳がすばやく計算をおこない、胸が締めつけられた。ほぼ二十パーセント。雨のせい？　風？

平均より高い。ここにたどりつこうとして六十七人が死んだ。

「騎手科長にとって、いまの職は足がかりにすぎないって聞いたことがある」タラがささやいた。「ソレンゲイル司令官の地位をほしがってるんだって、その次はメルグレン総司令官の」

ナヴァール全軍の総司令官。母の経歴の中で顔を合わせるたびに、メルグレンの小さなまるい目はわたしを縮こまらせたものだ。

「メルグレン総司令官の？」リアンノンがわたしの反対側からささやき返した。

「その地位につくことはないと思う」騎手科長が騎手科にきた候補生を歓迎しているとき、わたしは静かに言った。「メルグレンが竜にもらってる験《しるし》の能力は、戦闘が起こる前に結果を見通す力だから。それにまさるものはないし、先にわかってたら暗殺できないでしょ」

「法典に語られるとおり、これから真の苦難が始まる！」パンチェクは叫び、この中庭にいる、わたしの見積もりでは五百人の集団に声を届かせた。「諸君は上官に試され、同輩に狩られ、本能に導かれる。試煉まで生き残り、選ばれたならば、騎手となるだろう。そのあと、何人が卒業までたどりつくか見てみようではないか」

統計によれば、どの年でも、多少の増減はあるとはいえ、生きて卒業するのは約四分の一だ。騎手科への志願者が不足することはない。この中庭にいる候補生の誰もが、自分は選ばれた人材で、ナヴァール軍の最精鋭……竜騎手になるために必要な条件を具えていると考えている。ほんのわずかなあいだ、わたしもそうなのだろうか、と思わずにはいられなかった。もしかしたら、ただ生きのびる以上のことができるかもしれないと。

「教官が諸君を指導する」パンチェクは約束し、弧を描くように手を動かして、学術棟の人口の前に立っている教授の列を示した。「どれだけ学ぶかは諸君次第だ」人差し指をこちらに向ける。「統制は各部隊にゆだねられ、騎竜団長に最終決定権がある。私が関与しなければならない事態になれば……」不吉な微笑がその顔にゆっくりと広がった。「関与してほしいとは思わないだろうな」

「そういうわけで、諸君のことは騎竜団長にまかせる。最善の忠告か？　死ぬな」騎手科長は副騎手科長とともに壇上からおり、石の舞台には騎手たちだけが残った。

肩幅の広い、傷痕のある顔に冷笑を浮かべた焦げ茶色の髪の女がつかつかと前に出た。軍服の肩に並ぶ銀の棘が陽射しにきらめく。「私はナイラ、騎手科の上席騎竜団長で第一騎竜団の指揮官だ。小隊長に分隊長、位置につけ」

誰かがわたしの肩にぶつかり、リアンノンとの隙間を通り抜けていった。ほかの面々もあとに続く。やがて前方に五十人ばかりが間隔をあけて隊列を組んだ。

「小隊と分隊」軍人の家庭で育っていない場合に備えて、リアンノンに小声で教える。「各小隊に三分隊ずつ、四騎竜団にそれぞれ三小隊」

「助かる」リアンノンは答えた。

デインは第二騎竜団の小隊に立っており、こちらに顔を向けていたものの、目を合わせなかった。

「第一騎竜団！　爪《そう》小隊！　第一分隊！」ナイラが呼びあげた。

壇に近い男が手をあげた。

「候補生、名前が呼ばれたら、自分の分隊長の後ろに隊列を組め」ナイラが指示した。

弩と名簿を持った赤毛の女が進み出て名前を呼びはじめた。候補生がひとりひとり集団を離れて隊列に移動する。わたしは服装と傲慢《ごうまん》な態度からざっと判断を下しつつ数え続けた。見たところ、だいたい一分隊に十五、六名所属するようだ。

ジャックは第一騎竜団の炎小隊に呼ばれていった。

タラが尾《び》小隊に呼ばれ、まもなく第二騎竜団の呼び出しが始まった。

騎竜団長が進み出て、それがゼイデンではなかったとき、わたしは感謝の吐息をもらした。リアンノンとわたしはどちらも第二騎竜団の炎小隊第二分隊に呼ばれた。すばやく隊列に加わって正方形に並ぶ。さっと目を走らせると、この分隊には分隊長――わたしを見ようとしないデイン――と女副隊長、二年か三年らしい騎手四人、一年生が九人いるのがわかった。騎手のひとりは軍服にふたつ星をつけ、ピンク色の髪を半分剃りあげていて、反乱の証痕《レリック》つきだった。その痕が手首から肘の上まで前腕をぐるりと覆い、軍服の下に消えている。じろじろ見ているのに気づかれないよう、わたしは目をそらした。

残りの騎竜団が呼ばれているあいだ、みんな黙っていた。もう太陽がすっかり出てきて、革服に照りつけ、皮膚をじりじりと焼いている。〝おまえをあの書庫に置いておくなとあの人に言ったのに〟今朝の母の言葉がつきまとってきたけれど、備える手段があったわけじゃない。陽射しに関するかぎり、わたしには二種類の結果しかないのだ。白いかやけどするか。

命令の声が響くと、全員が壇のほうを向いた。名簿を持っている相手に視線をすえておこうとしたのに、わたしの目は裏切り者らしく右へ動いてしまい、脈が速くなった。

ゼイデンは第四騎竜団の団長として立っている位置から打算的な冷たい目でこちらをながめて

いた。まるでわたしの死を画策しているようだ。

わたしは顎をもたげた。

傷痕が走っているほうの眉があがる。それから、ゼイデンが第二騎竜団の団長になにか言うと、団長たちが全員、見るからに白熱した討議に加わった。

「なに話してるんだと思う？」リアンノンがささやいた。

「静かに」デインが小声で鋭く言った。

背筋がこわばる。ここで、こんな状況でわたしのデインでいてくれることは期待できないにしても、あの口調は神経にさわった。

やっと団長たちがこちらを向いた。ゼイデンの唇がわずかに弧を描いていたので、たちまち不安になる。

「デイン・エートス、おまえを分隊ごとオーラ・ベインヘヴンの分隊と入れ替える」ナイラが命じた。

（待って。なに？　オーラ・ベインヘヴンって誰？）

デインはうなずき、隊員のほうに向き直った。「あとに続け」一度だけ言うと、隊列をぬってすたすたと進んでいく。残された分隊はあわてて小走りでついていった。途中で別の分隊を通り越し……そして……

息そのものが肺で凍りついた。

第四騎竜団に移動している。ゼイデンの騎竜団に。

一分か、もしかしたら二分後には、新たな隊列で位置についていた。どうにか呼吸しようとつとめる。ゼイデンの整った傲岸《ごうがん》な顔にはむかつく薄ら笑いが浮かんでいた。

いまや完全になすがままだ。指揮系統の中で従属する立場になってしまった。ごく軽微な違反でも、たとえでっちあげでさえ、好きなようにわたしを処罰できるのだ。

人員の割り当てを終えてナイラが視線を向けると、ゼイデンはうなずいて進み出た。ようやくにらめっこが中断する。心臓が放れ馬なみに駆けまわっている以上、勝ったのは向こうだろう。

「これで全員が候補生だ」その声はほかの話し手より力強く、中庭じゅうに響き渡った。「分隊仲間を見てみろ。おまえを殺すなと法典が保証しているのはその連中だけだ。だが、そいつらに命を絶たれることがないからといって、ほかのやつらが試みないとはかぎらない。竜がほしいか？　自力で手に入れろ」

周囲のほとんどは喝采《かっさい》したけれど、わたしは口を閉ざしたままでいた。

今日、六十七人が墜落したか、ほかの形で死んだ。六十七人がディランのように、両親が死体を引き取るか、山裾の質素な墓石の下に埋められるのを見守るかという運命をたどった。失われた命に喝采する気にはなれなかった。

ゼイデンのまなざしがわたしの目を捉えた。胃をぎゅっと締めつける視線は一瞬でそれた。

「さぞ鼻高々な気分だろうな、一年坊主ども？」

さらなる歓呼。

「橋を渡ったあとでは無敵の気分だろう」ゼイデンは声をはりあげた。「自分が手出しできない存在だと考えているな！　精鋭になる途上にあると！　粒よりの逸材、選ばれし者だと！」

宣言するたびに歓声があがり、どんどん大きくなっていく。

（違う）あれは喝采だけじゃない。空気を叩いて屈服させる翼の響きだ。

「うわ、すごい、きれい」その姿が見えてきたとき、リアンノンが隣でささやいた——竜の群れ。

わたしはずっと竜のまわりで過ごしてきたけれど、常に距離を置いていた。竜は選んでいない人間を許容しないからだ。でも、あの八頭は？　まっすぐこちらをめざして飛んでくる——高速で。

頭上を越えそうだと思った瞬間、竜たちは垂直に飛び込み、巨大な半透明の翼で空気を打って止まった。半円形の外壁に降り立ったとき、翼が巻き起こした突風の激しさに、わたしは後ろへよろけそうになった。着地する動きで胸もとの鱗が波打ち、剃刀《かみそり》のように鋭い鉤爪が壁のふちの両端にめりこむ。なぜ外壁が厚さ三メートルもあるのかわかった。あれは防壁じゃない。要塞の境界はまさかの止まり木なのだ。

口がぽかんとひらいた。ここに住んでいた五年間で、一度もこんな光景は見たことがない。もっとも、徴兵日に起こることを見物するのは一度も許されなかった。

候補生が何人か悲鳴をあげた。

どうやら、誰もが竜騎手になりたがるのは、現実に六メートルの距離に近づいてみるまでのことらしい。

真ん前にいる紺色の青竜が特大の鼻孔から息を吹きかけてきて、蒸気が顔に叩きつけられた。頭からはつややかに光る青い角が優美かつ物騒な弧を描いてのびている。一瞬翼が広がり、たたみこまれた。第一関節の先には猛々しい鉤爪が一本生えていた。尾も同様に命取りになるけれど、この角度からは見えなかったし、尾の手がかりがないと、それぞれの竜がどの種類なのかも見分けがつかなかった。

どれも危険なことに変わりはない。

「また石工を入れないといけなくなりそうだ」ディンが口の中でつぶやいた。竜たちがつかんだ下で石が崩れ、わたしの胴ほどもあるかたまりがいくつも中庭に落ちてきたからだ。

さまざまな濃淡の赤竜が三頭、緑系の色が二頭――ミラの竜のチェニーのような――母の竜に似た茶が一頭、橙《だいだい》が一頭、そしてわたしの前にいる桁外れに大きな紺。いずれも見あげるほど大きく、砦の建造物に影を投げかけつつ、黄金の瞳を細めて容赦ない判断を下している。

絆を結んで脆弱《ぜいじゃく》な人間に験《しるし》の能力を発現させ、ナヴァールを取り巻く防御結界を織りあげる必要がなければ、確実に全員を食らっておしまいにしているだろう。でも、竜たちは無慈悲なグリフォンどもから〝隠れ谷〟――バスギアスの背後にある、竜が棲《す》み処《か》と呼ぶ谷間――を守りたがっているし、人間のほうは生きていたいので、まったくありそうにない協力関係を結んでいるわけだ。

心臓が胸から飛び出しそうにどきどきした。わたしも心臓と同意見だ。逃げ出したくてたまらない。この種族の一頭に乗ることになっているなんて、考えるだけでもばかばかしかった。

男の候補生がひとり、第三騎竜団からいきなり駆け出した。金切り声をあげながら後ろにそびえる石の塔へ逃げていく。みんなふりむいて、その姿が中央の巨大なアーチ形の扉をめざす姿を見ようとした。アーチに刻まれた文字はここからでも見えそうだったけれど、すでにその言葉は暗記している。〝騎手なき竜は悲劇。竜なき騎手は死す〟

ひとたび絆を結べば、騎手は竜なしでは生きられない。一方で、たいていの竜は人間が死んだあとも問題なく生きていられる。だから慎重に選定するのだ、臆病者を選んで恥をかかないように。まあ、どのみち竜が間違いを認めることはないにしても。

左側の赤竜がばかでかい口をひらき、わたしの体ほどもある歯を見せた。あの顎は望めば葡萄の粒のようにわたしをかみくだけるだろう。舌に沿って火がほとばしり、逃げていく候補生に向かって死の炎が噴射された。

塔の影までたどりつかないうちに、その男の子は砂利の上に盛りあがった灰の山になっていた。

（死者六十八人）

正面に視線を戻したとき、炎の熱が顔の側面に吹きつけてきた。また誰かが逃げ出してこんなふうに処刑されるとしたら、見たくない。まわりでまた悲鳴が響いた。せいいっぱい歯を食いしばって沈黙を保つ。

あと二回熱風が届いた。一度目は左側、次は右側だ。

（これで七十）

紺竜がこちらに首をかしげたようだった。あの細めた黄金の瞳がまっすぐ体をつらぬき、吐き気がするほどの不安といつのまにか胸に巣食った疑念を見透かしているようだ。膝に巻いた包帯さえ見抜かれるに違いない。わたしが不利であることを知っているのだ。あの前脚をよじ登ってまたがるには小さすぎ、騎乗するには弱すぎることを。竜はいつでも知っている。

でも、わたしは逃げない。乗り越えられないと思われるものが現れるたびにあきらめていたら、いまここには立っていないだろう。〝わたしは今日死んだりしない〟その言葉が頭にこだました。橋に乗る前にも、渡っている最中にも聞こえたように。

なんとか胸を張り、顎をふりあげる。

承認のしるしか、退屈したのか、竜は目をしばたたくと、視線をそらした。

「心変わりしたい気分のやつはまだいるか？」ゼイデンが声をあげ、背後の紺竜と同じ鋭い目つきで残った候補生の列を見渡した。「いないか？　すばらしい。来年の夏のいまごろには、だいたい半分が死んでいるはずだ」左側からいくつか間の悪いすすり泣きが聞こえる以外、隊列は静まり返っていた。「その次の年にはさらに三分の一、最後の年も同様だな。ママやパパが誰だろうが、ここで気にするやつはいない。タウリ王の次男さえ、試煉のあいだに命を落とした。そういうわけだ、もう一度訊く——いまは騎手科に入学できて無敵だという気がするか？　手出しができない存在だと？　精鋭だと？」

誰も喝采しなかった。

またもや熱風が叩きつけられた——今度はまともに顔面に——全身の筋肉が締まり、焼き払われる覚悟を決める。でも、それは炎ではなかった……ただの蒸気だ。竜たちがいっせいに息を吐き出し終わると、リアンノンの三つ編みが吹き戻された。前方の一年生はズボンを濡らしており、濃い色のしみが両脚に広がっていった。

わたしたちをおびえさせたいらしい。目標達成だ。

「いいか、あいつらにとっては手出しができないわけでも特別でもない」ゼイデンは紺竜を指さし、わたしと目を合わせながら、まるで秘密を明かすかのように少し身を乗り出した。「竜にとって、おまえたちはただの獲物だ」

第四章

試合のマットは騎手が成功するか挫折するかが決まる場所である。結局のところ、まともな竜なら自分の身も守れない騎手を選ぶことはなく、まともな候補生なら騎竜団の脅威となる存在に訓練を続けさせはしない。

——『騎手科指針（未承認版）』アフェンドラ少佐著

「エレナ・ソーサ、ブレイデン・ブラックバーン」ほかのふたりの書記官にはさまれたフィッツギボンズ大尉が死者名簿を読みあげた。わたしたちは無言で中庭に整列し、早朝の陽射しに目を細めて立っていた。

今朝は全員が騎手の黒を着ている。わたしの襟もとには一年生の印である四芒星がひとつ光り、肩には第四騎竜団の記章がついていた。きのう橋渡りが終わったあと、標準軍服が支給されたのだ。夏用の軽くてぴったりしたチュニックとズボン、付属品。でも、革の飛行服はまだだった。十月の試煉《しれん》までに半分がいなくなるのなら、体を保護する厚手の戦闘服を配る意味はない。ミラが作ってくれた防具コルセットは標準装備ではなかったけれど、まわりのみんなの軍服に変更が加えられていたので、ちゃんとなじんでいた。

この二十四時間の経験に加え、一階の宿舎でひと晩過ごしたおかげで、騎手科がどんなところか悟りつつあった。あした死ぬかもしれないという名目のもと、快楽主義と容赦ない効率性が奇妙に入りまじっている場所なのだ。

「ジェイス・サザーランド」フィッツギボンズ大尉は読み続け、隣の書記官たちが重心を移し替えた。「ドゥーガル・ルペルコ」

いまは五十人台のどこかだと思うけれど、二、三分前にディランの名前が呼ばれたとき、数がわからなくなった。この人たちにとってはこれが唯一の追悼で、砦《とりで》で口に上る機会はこれしかない。だから集中して、ひとつひとつ名前を記憶に刻もうとしたけれど、あまりにも多すぎた。

ミラに勧められたようにひと晩じゅうコルセットをつけていたので、皮膚がむずむずした。膝もずきずきしたものの、腰をかがめて巻いた包帯を調整したくてもこらえるしかなかった。一年生用宿舎のベッドでは人目を避けようがないとはいえ、みんなが目を覚ます前に包帯は巻いてあった。

寮舎の一階には候補生が百五十六人いて、広い空間に四列のベッドが整然と並んでいる。たとえジャック・バーロウが寮の三階に割り当てられていても、弱点をさらけだすつもりはない。誰が信頼できるかわかるまでは。個室は飛行服と同じだ――試煉で生き残るまで手に入らない。

「シモーヌ・カステネダ」フィッツギボンズ大尉が名簿を閉じた。「この人々の魂をマレクにゆだねる」死の神に。

わたしは目をしばたたいた。思っていたより終わりに近かったらしい。

整列に正式な終わりはなく、最後の瞬間の黙禱《もくとう》もなかった。名簿に載った名前は書記官とどもに壇上を去り、分隊長たちが全員ふりむいて各分隊に声をかけはじめたので、静けさは破られた。

「みんな朝食をとっていることを祈る。昼食前にもう機会はないからな」ディンが言い、一拍だけ目を合わせてから、無関心を装って視線をそらした。

「知り合いじゃないふりをするのがうまいよね」リアンノンが隣でささやいた。

「たしかに」わたしはそっと答えた。口の端に微笑がちらついたものの、ディンの姿にみとれつつも、なるべく無頓着な顔つきを保った。薄茶の髪に陽射しがたわむれている。首をめぐらしたとき、顎ひげの下から、なぜかきのうは見落とした顎の傷痕がのぞいているのが見えた。

「二年と三年はどこへ行くか知っていると思うが」ディンが続けているあいだに、書記官たちは中庭の端を右側へまわって自分の兵科へ帰っていった。わたしの兵科のはずだったのに、と抗議する小さな声は無視する。そのほうがよかったと思ったところで、次の日の出を見るまで生きのびる助けにはならない。

　前方に並ぶ上級生たちからざわざわと同意する声があがった。一年生として、わたしたちは第二分隊を構成する小さな四角形の後方二列にいる。

「一年生のうち、せめてひとりはきのう渡された大学の予定表を記憶しているだろう」ディンの声が頭上にとどろいた。きびしい顔をしたこのきまじめな隊長を、昔から知っている愉快な笑顔の男の子と一致させるのは難しかった。「協力しあえ。今日の午後に格技場で会うとき、全員が生きているよう期待している」

　うわ、今日格技があるのを忘れるところだった。格技場を使うのは週に二回だけだから、今日の授業を無傷でやりすごせば、あと二日は自由の身だ。少なくとも、準備を整える時間はいくらかある。例の〝籠手試《こてだめ》し〟——二ヵ月後、木の葉が色づくころには制覇する必要のある、すさまじい垂直の障害物コースに対処しなければならなくなる前に。最後の籠手試しを達成できたら、その上にある天然の断崖をなす峡谷を抜け、〝顔見せ〟のための飛行場へと向かう。そこで、今年絆を結ぶ気のある竜たちが、残った候補生をはじめて見るのだ。試煉は砦の下の谷間でおこなわれる。

わたしは新しい分隊仲間をちらりと見まわした。この中のひとりでも、谷間はもちろん、飛行場にさえ到達できるだろうか。

（あしたのことで取り越し苦労をしちゃだめ）

「で、もし生きてなかったら？」後ろにいる生意気な一年生がたずねた。

わたしはわざわざ見ようとしなかったけれど、リアンノンはふりかえり、あきれた顔でまた前を向いた。

「それなら、おまえの名前を覚える手間はかけないさ、明日の朝読みあげられるだろうからな」デインは肩をすくめて答えた。

前にいる二年生が鼻を鳴らして笑い、その動きで左の耳たぶにはまった小さな輪のイヤリングがじゃらじゃら鳴った。でも、あのピンクの髪の二年生は黙ったままだった。

「ソーヤー？」デインはわたしの左側の一年生に目を向けた。

「おれが連れていくよ」背が高くひきしまった体つきの候補生が短くうなずいて答えた。色白の顔にそばかすがぱらぱらと散っている。そばかすのある顎がぴくっと動いた。同情に胸が痛んだ。留年生のひとりだ——試煉のときに絆を結べなかったため、まる一年やりなおさなければならない候補生。

「行け」ディンが命令し、わたしたちはほかの分隊とほぼ同時に解散した。中庭の整列した隊形が雑談する候補生の群れに変わる。ディンを含め、二年と三年は別の方向へ歩いていった。

「授業に行くまでに二十分ぐらいある」ソーヤーが一年生八人に大声で呼びかけた。「学術棟四階の左手、二番目の部屋だ。さっさと動いて遅刻するなよ」みんなが聞いたかわざわざ確認したりせず、寮のほうへ立ち去る。

「あれはきついだろうね」集団のあとについて寮へ向かいながら、リアンノンが言った。「あと戻りして最初からやりなおすなんて」

「死ぬよりいいだろ」生意気男がわたしたちを右側から追い越して言った。どちらかといえば背が低めで、ひとあしごとに暗褐色の髪がぱたぱたと額の浅黒い肌にかかっている。ゆうべ食事の前に簡単な紹介を受けた記憶が正しければ、名前はリドックだ。

「たしかに」混雑している扉の前へ向かいながら、わたしは答えた。

「一年生が試煉で絆を結ばないまま生き残った場合、望めばもう一年やって再挑戦できるんだって。三年生が言ってるのを聞いたよ」リアンノンがつけくわえた。やっと最初の年を生き抜いたのに、いつか騎手になれるかもしれないという可能性のためだけに同じことを繰り返すなんて、どれほどの決意が必要だろう。二度目だってあっさり死ぬかもしれないのに。

左のほうで鳥のさえずりが響き、わたしは胸が高鳴るのを感じて人混みの向こうを見渡した。その音がなんなのかすぐわかったからだ。（ディン）

また呼びかけが聞こえ、丸屋根の会堂の入口付近だと絞り込めた。ディンは広い階段のてっぺんに立っており、目が合った瞬間、さりげなくうなずいて扉のほうを示した。

「わたし――」と言いかけたけれど、リアンノンはすでにわたしの視線をたどっていた。

「あんたの荷物を持ってくるから、あっちで会おう。ベッドの下だよね？」と訊かれる。

「いいの？」

「隣のベッドじゃん。別に手間じゃないよ。行ってきな！」リアンノンは共犯者めいた笑みをよこし、肩をぶつけてきた。

「ありがとう！」わたしはすばやくほほえんでみせ、人混みをかきわけて端っこから抜け出した。ありがたいことに食堂へ向かう候補生は多くなかったので、会堂の大きな四つの扉のひとつにこっそりすべりこむと、人目がなくなった。

思わず鋭く息を吸い込む。文書館で見た図に似ているけれど、どんな絵画でも芸術的な表現手段でも、この空間を描くことは不可能だ。圧倒的な迫力、細部という細部が精緻に造られている様子。ここは騎手科の砦のみならず、バスギアス全体でもっとも美しい建築物かもしれない。みがきぬかれた大理石の床から、やわらかな朝の光がもれてくるガラスの丸天井までは、三階分の高さがあった。左手には学術棟へ続くアーチ形をした両開きの大扉があり、右手の同じ扉は寮につながっている。正面を六段あがると四つの入口があって、集会場へ通じていた。

建物の内部をぐるりと囲んで、竜をかたどった大理石の柱が六本、赤、緑、茶、橙《だいだい》、青、黒とちらちら光りながら、等間隔で威圧的に立ちはだかっている。まるで頭上の天井からすさまじい勢いで降下してきたかのようだ。根もとの牙をむいた口の中央には、少なくとも四分隊が入れそうだったけれど、いまは空っぽだった。

深紅の大理石で彫った最初の竜を通りすぎたとき、肘を押さえられ、柱の陰、鉤爪と壁の隙間にひきずりこまれた。

「僕だよ」ふりかえってわたしと向かい合ったディンの声は低く静かだった。全身の線に緊張がみなぎっている。

「そうだと思った。鳥の鳴き真似で呼んだのはそっちだし」わたしはにやっとして頭をふってみせた。あの合図は、お互いの両親が南方騎竜団に配属され、クロヴラの国境近辺に住んでいた子ども時代から使っていたものだ。

ディンは眉をひそめて観察してきた。新しい傷はないかと探しているのだろう。「ここが人でいっぱいになるまでほんの数分しかない。膝はどうだ？」

「痛いけど、死ぬほどじゃないかな」もっとずっとひどい怪我をしたことがあるのはふたりとも知っている。でも、ぴりぴりするなと言っても無駄だ、どう見てもその気はない。

「ゆうべ誰かにヤられそうになったりはしなかったのか？」額に気遣わしげな皺が寄り、わたしは指でなでつけたりしないように腕を組んだ。ディンの心配ぶりが胸にずしんとくる。

「ヤられたらそんなにまずい？」わたしはからかい、わざと笑みを大きくした。

ディンは腕を両脇にたらし、建物の中に響き渡るほど深々と溜息をついた。「そういう意味じゃないってわかってるだろう、ヴァイオレット」

「殺そうとしてくるやつはいなかったよ、ディン。傷つけようとさえしなかった」わたしは壁によりかかって膝にかかる体重を減らした。「殺し合いを始めるにはみんなくたびれすぎてたし、生きててほっとしてたんじゃないかな」明かりが消えたあと、宿舎はずいぶん早く静かになったようだった。きのうの精神的な消耗に関しては、それなりに利点があったらしい。

「それに、食事はすませたんだな？　六時の鐘が鳴るとすぐ寮から追い出されるだろう」

「ほかの一年生と食べたよ、それから、お説教しようとか思わないうちに言っておくと、鐘が鳴る前に膝の包帯は布団の中で巻き直したし、髪も編んだから。何年も書記官の時間に合わせて生活してきたんだよ、ディン。あの人たちは一時間早く起きるの。実は朝食当番に立候補したいと思ってるぐらい」

ディンはわたしの頭をちらりと見やった。先端が銀色になった髪はきっちり編んでお団子にし、色の濃い頭頂部あたりの髪にピンで留めてある。「切るべきだ」

「そういうの、始めないでよ」わたしは首をふった。

「ここで女が髪を短くしているのには理由があるんだ、ヴィー。格技のマットで髪をつかまれたが最後――」

「髪なんて格技のマットでいちばん心配しなくていいところでしょ」わたしは言い返した。

デインは目をみひらいた。「僕はただきみの安全を確保しようとしているだけだ。今朝きみをフィッツギボンズ大尉の手に押し込んで、ここから連れ出してくれと懇願しなかったのは、運がよかっただけだぞ」

わたしはそのこけおどしの台詞を無視した。時間の無駄だし、デインから手に入れなければならない情報がひとつある。「なんでうちの分隊は第二騎竜団から第四に移されたの？」

相手は身をこわばらせて目をそらした。

「教えて」存在しない事態を深読みしているのかどうか、知っておかなければ。

「くそ」ディンはつぶやき、片手で髪をぐしゃぐしゃとかきまわした。「ゼイデン・リオーソンはきみに死んでほしいんだ。きのうの件以来、幹部のあいだでは周知の事実だよ」

なるほど。過剰反応ではなかったらしい。

「分隊を動かしたのは、わたしを直接指揮下に置くため。なんでも望みどおりにできて、誰からもなんにも訊かれないようにね。わたしは母さんへの復讐の道具ってわけ」すでに知っていることを確認しただけだ。心拍が乱れすらしなかった。「そうじゃないかと思った。たんに想像をたくましくしてるわけじゃないって知っておく必要があったの」

「きみの身に危害を加えさせたりしない」ディンは一歩踏み出すと、わたしの顔を両手で囲み、親指でなだめるように頬骨の上をなでた。

「できることはたいしてないけどね」わたしは壁を押してその手の中から抜け出した。「授業に行かなくちゃ」すでに会堂を通っていく候補生の声がちらほら建物にこだましている。

一瞬ディンは歯を食いしばり、眉間の皺が戻ってきた。「とにかくせいいっぱい目立たないようにするんだ、とくに戦況報告の時間には。どうせ髪の色で素性はばれるだろうが、あれは全学年が受ける唯一の授業だ。二年生の誰かが見張りに立てないかやってみる――」

「誰も歴史の時間にわたしを暗殺したりしないから」わたしはあきれた。「学術棟でだけは心配する必要なんてないでしょ。ゼイデンがなにをするっていうわけ？　授業からひきずりだして廊下の真ん中で剣を突き刺すとか？　それとも、ほんとに戦況報告の講義の真っ最中にわたしを刺すと思うの？」

「あの男ならやりかねない。あいつはとんでもなく冷酷なんだ、ヴァイオレット。どうしてあの竜に選ばれたと思う？」

「きのう壇の後ろにいた紺竜？」胃がねじれた。あの黄金の瞳がこちらを値踏みしていた様子……

デインはうなずいた。「スーゲイルは短剣尾《ダガーテイル》の青竜の雌で……凶暴だ」ごくりと唾《つば》をのみこむ。

「誤解しないでくれ。僕のカーハだって怒らせるとたちが悪い——剣尾《ソードテイル》の赤竜はみんなそうだ——しかし、竜さえたいていはスーゲイルを避けて通る」

わたしはデインを見つめた。顎の特徴となっている傷痕と、なじみがあるのに見慣れない、きびしい表情を浮かべた双眸《そうぼう》を。

「なんだ？」と問いかけられた。周囲の声が大きくなってきて、足音が行き来している。

「竜と絆を結んだんでしょ。デインはわたしには知識さえない力を持ってるんだよね。魔法で扉をあけるし。分隊長になったし」言っている内容が頭にしみこむよう、ひとことずつゆっくりと口にする。デインがどれだけ変わったか、真の意味で把握できることを期待して。「ただ、理解するのが難しいだけ。いまでも……デインなんだって」

「いまでも僕だよ」デインは態度をやわらげ、チュニックの短い袖をめくって、肩にしるされた一頭の赤竜の証痕《レリック》を見せた。「いまはこれがついているってだけだ。それに、力に関しては、ほかの竜と比べてカーハはかなりの量の魔法を流してくれるが、扱いに熟達したとはとても言えないな。僕はそれほど変わってないよ。証痕《レリック》の絆を通じて発動する小魔法については、扉をあけたり速度をあげたり、あの不便な羽ペンのかわりにインクペンに力を供給したりっていう典型的なことができるくらいかな」

「験《しるし》の力はなんなの？」どの騎手も竜が力を媒介してくれるようになれば小魔法は使えるけれど、験《しるし》は傑出した独自の能力で、それぞれの竜と騎手の固有の絆から生まれる最強の技能だ。

同じ験《しるし》を持つ騎手もいる。炎使い、氷使い、水使いはいちばんよくある験《しるし》の能力で、どれも戦闘では役に立つ。

また、騎手を特別の存在にする験《しるし》もある。

母は嵐の力をふるうことができる。

メルグレンは戦闘の結果を見通せる。

ゼイデンの験《しるし》はなんだろうとつい思ってしまう――予想もしていないときにわたしを殺すために使うのだろうか。

「僕は人の最近の記憶が読める」ディンは静かに認めた。「覚《さとり》が心を読むとか、そういうのじゃない――人に手をあてないとできないから、危険人物とはいえない。だが、僕の験《しるし》は一般に知らされていないんだ。たぶんゆくゆくは諜報に使われると思う」肩についている第四騎竜団の記章の下にある羅針盤の記章を指さす。あの紋をつけているのは、験《しるし》が機密扱いだという意味だ。きのうは気づかなかっただけだった。

「まさか」わたしは微笑し、ゼイデンの軍服にはなんの記章もなかったと思い出して、気を落ち着けるように息を吸った。

ディンはうなずき、わくわくした様子で唇をほころばせた。「僕はまだ学んでいる途中だ。もちろん、カーハの近くにいればいるほどうまくできるが、そうだな。誰かのこめかみに手をあてるだけで、相手の見たものが視《み》えるんだ。あれは……信じがたいよ」

その験《しるし》はディンを際立たせるどころではないだろう。尋問の手段として、軍でもっとも貴重な存在になるはずだ。「それなのに変わってないって言うなんて」わたしは半分からかった。

「この場所はほぼあらゆる点で人をゆがめ得るんだ、ヴィー。下品さも上品さもそぎおとして、核心にあるきみ自身をあきらかにする。ここではそうあることを求められる。これまでの絆を断ち切って、騎竜団に対して忠誠心を持つように仕向けられる。一年生が家族や友人との連絡を許されない理由はたくさんあるが、そのひとつだ。でなければきみに手紙を書いていたよ、わかるだろう。だが、一年ぐらいで、きみをいちばんの親友と考えていることが変わるわけじゃない。僕は同じディンだし、来年のいまごろ、きみはまだヴァイオレットだろう。そのときにも僕らの関係は変わっていないはずだ」

「もしわたしがまだ生きてたらね」と冗談を言ったとき、鐘が鳴った。「授業に行かなきゃ」

「ああ、僕のほうは飛行場に遅れそうだな」ディンは柱の端のほうを示した。「いいか、リオーソンはそれでも騎竜団長だ。きみを狙うとしても、法典の規定の範囲内でやる方法を見つけるだろう、少なくとも人目があるところでは。僕は……」頬が紅潮した。「アンバー・メイヴィス──第三騎竜団の現団長──と去年すごく親しかった。だから言うが、法典は団長たちにとって神聖なものだ。さあ、先に行ってくれ。格技場で会おう」安心させるようにほほえむ。

「じゃあね」わたしは笑い返し、くるりと背を向けると、巨大な柱の根もとをまわって、やや混雑してきた会堂の奥へ歩いていった。そこには候補生が数十人いて、建物から建物へと移動しており、自分の位置を確認するのにちょっとかかった。

橙と黒の柱のあいだに学術棟への入口を見つけ、人混みにまぎれてそちらへ進みはじめる。

会堂の中央を横切ったとき、うなじの毛が逆立ち、背筋に悪寒が走って、足が止まった。まわりで候補生が動いていたけれど、視線が上のほう、集会場へ通じる階段のてっぺんへと引き寄せられる。

(うわ、どうしよう)

ゼイデン・リオーソンが目を細めてわたしをながめていた。胸もとで組んだままのたくましい腕は軍服の袖がまくりあげられていて、証痕《レリック》に覆われた皮膚がまる見えだ。隣で三年生がひとりなにか言ったけれど、ゼイデンはあからさまに無視した。

心臓がはねあがって喉もとにつっかえた。たぶんあそこまでの距離は六メートルぐらいだろう。指がぴくりと動き、あばらに差してある短剣の一本をつかもうとした。ここでやる気だろうか？会堂のど真ん中で？　大理石の床は灰色だから、職員が血を処理するのは難しくないはずだ。

相手は首をかしげ、あのあり得ないほど黒々とした瞳でわたしをじっと観察した。まるでどこがいちばん弱いか判定しているかのように。

逃げ出すべきだろう。でも、少なくともこの位置にいれば、近づいてくるのが見える。

ゼイデンの注意がそれ、わたしの右側をちらりと見てから、一方の眉をあげてみせた。

柱の陰からディンが現れたので、どきっとした。

「なにをして――」近寄りながら、ディンは当惑に眉をひそめて言いかけた。

「階段の上。四番目の扉」わたしは鋭くささやいてさえぎった。

周囲の人の流れがとぎれ、ディンの視線がぱっとあがった。小声で毒づくと、さりげないどころではない態度でわたしに近づく。人の数が少ないというのは、目撃者も少ないということだけれど、その気になったゼイデンが全兵科の前でわたしを殺す可能性がないと思うほど愚かではなかった。

「親同士が近いのはとっくに知っている」残酷な微笑に唇をゆがめて、ゼイデンが呼びかけてきた。「だが、ふたりともそこまで露骨にふるまう必要があるのか？」

まだ会堂に残っていた少数の候補生がふりむいてこちらを見た。

「あててみよう」ゼイデンはディンとわたしにかわるがわる目を向けて続けた。「幼なじみか？初恋の相手かもしれないな？」

「理由もなくディンに危害を加えたりできないよね？」わたしはささやいた。「分隊長だもの、理由もないし、団長会議も招集してないのに。第四条第三項」

「そのとおりだ」ディンはわざわざ声を低めることもなく答えた。「だが、きみは違う」

「おまえはもっと巧妙に気持ちを隠すと思っていたがな、エートス」ゼイデンが動き、階段をおりてきた。

まったく。もう。もう。

「走れ、ヴァイオレット」ディンが命令した。「い、いますぐ」

わたしは逃げ出した。

第五章

メルグレン総司令官の命令に真っ向から逆らっていることは承知の上で、本日の会見で示された計画に正式に反対いたします。反乱を指揮した面々の子女を両親の処刑に立ち会わせるべきではない、というのが本官の意見であります。どのような子どもにも親が極刑に処される場面を見せるべきではありません。

――『ティレンドールの反乱』
リリス・ソレンゲイル司令官によるタウリ王への公式状況報告書

「はじめての戦況報告にようこそ」その日の午前中、デヴェラ教授は広々とした教室の一段さがった床から言った。肩につけた炎《えん》小隊のあざやかな紫の記章が短い髪によく似合っている。階段状になった円形の一室は、学術棟の講堂の一方の端をそっくり占めていた。ここでおこなわれる授業は戦況報告だけで、候補生全員を収容できるふたつしかない部屋のひとつでもある。ぎしぎし鳴る木の席は満杯で、最上級生の三年生は後ろの壁際に立っていたけれど、全員が入れた。

三分隊分の一年生しかいなかったその前の歴史の時間とは大違いだ。まあ、少なくともうちの分隊の一年生はみんな一緒に座っている。これで全員の名前が思い出せたらいいのに。

リドックは憶えやすかった――歴史の授業中ずっと、生意気な論評を加えて冷やかしていたからだ。もっとも、ここで同じことをしない程度にはわきまえていてほしかった。デヴェラ教授は冗談の通じる人じゃない。

「過去には、騎手が卒業前に従軍することはめったになかった」奥の壁にとりつけられた高さ六メートルの大陸地図の前をゆったりと往復しながら、口もとをひきしめてデヴェラ教授は続けた。そこには国境沿いの防衛前哨基地が複雑に記されている。何十個もの魔法光がこの空間を照らし出しているおかげで、窓がなくても充分明るかった。教授がずっと背負っている長剣にその光が反射した。

「たとえ従軍するとしても、必ず長時間前線の騎竜団に付き従ったことのある三年生だった。とはいえ、諸君はなにと戦っているのか完全な知識を得て卒業することを期待されている。その知識とは、各騎竜団がどこに配置されているか知るだけではないのだ」一年生のひとりひとりに顔を向け、じっくり目を合わせる。肩の階級章は大尉と示していたけれど、胸に留めた数々の勲章を見れば、騎手科で教える交代制の任務を離れる前に少佐になるだろう。「諸君は敵の政治状況と、たえまない攻撃から前哨基地を防衛する戦略について理解し、最近および現時点での戦闘のいずれに関しても詳細な知識を得ておく必要がある。こうした基本的な題目を把握できないならば、竜の背に乗る権利はない」焦げ茶色の皮膚より一段と濃い色の眉を片方あげてみせる。

「プレッシャーかけないでほしいよ」隣のリアンノンがせっせとメモをとりながらつぶやいた。

「大丈夫だよ」わたしは小声で約束した。「三年生は増援部隊として内陸の基地に送られるだけで、前線に行くことはないから」母のまわりで耳をそばだてていたから、そのくらいは知っている。

「諸君が毎日受ける授業はこれだけだ。早期に軍務につく場合、重要なのはこの講義だけなのでね」デヴェラ教授の視線が左から右へと通過し、わたしの上で止まった。つかのま、大きく目をみはったものの、よろしいというようにほほえんでうなずいてから先へ進む。「この授業は毎日あり、最新の情報に依っているため、マーカム教授の指示も仰ぐことになる。教授に対しては最大限の敬意を払うように」

前に出るよう手をふると、書記官が進み出てその脇に立った。クリーム色の軍服がデヴェラ教授の漆黒《しっこく》の軍服と対照的だった。なにかささやきかけられて身を寄せたあと、もじゃもじゃ眉毛を高くあげ、勢いよくこちらへ首をめぐらす。

マーカム大佐の疲れた視線がわたしの目を見つけたとき、よくやったという微笑は浮かんでいなかった。ただ吐息がもれただけだ。その音を耳にして、胸にずっしりと後悔がのしかかった。わたしは書記官科で教授の優等生になるはずだった。引退前の最高の業績として誇れるはずだったのだ。いまや騎手科でもっとも成功から遠そうな身だとは、なんという痛烈な皮肉だろう。

「過去を学んで習得するだけでなく、現在を記録して伝えることが書記官の義務だ」ようやく失望のまなざしをひきはがしたあと、団子鼻の中央をさすりながらマーカム教授は言った。「前線の正確な記述、戦略的判断を下すための信頼できる情報、そして――もっとも重要なことだが――将来の世代に向けて歴史を記録するための偽りない詳細がなければ、われわれに未来はない。王国としてのみならず、社会としてもだ」

まさにその理由から、わたしはずっと書記官になりたかった。いまとなっては意味がないけれど。

「今日の最初の題目だ」デヴェラ教授が地図のほうへ向かい、片手をひらめかせてポロミエル王国のブレイヴィク州と接する東の国境の真上に魔法光をあてた。「昨夜、チャキル村近辺で、東方騎竜団がブレイヴィクのグリフォンと乗り手の一班による攻撃を受けた」

（うわ、最悪）講堂内にざわめきが広がり、わたしはメモをとるため、正面の机の上にあるインク壺に羽ペンをひたした。竜の力を媒介してもらって、母が机に置いている、誰もがほしがる例のペンを使えるようになるのが待ちきれない。ふと唇がほころんだ。たしかに騎手になると役得がありそうだ。きっとあるだろう。

「当然のことながら、情報の一部は安全保護のため削除されるが、ここで言えるのは、エスペン山脈の頂上に沿って結界がゆらいだということだ」デヴェラ教授が両手を引き離すと、光が広がってブレイヴィクとの国境をなす山脈を照らし出した。「そのため、真夜中前後にナヴァール領内にグリフォンの一班を侵入させたばかりか、その乗り手が力の媒介を受けて使役することまで許した」

候補生、とくに一年生がざわつき、ずしんと胃が重くなった。乗り手に力を媒介できる生き物は竜に限定されない。ポロミエルのグリフォンもその能力を持っている。ただし、竜のみが国境の内側で竜の力をのぞく魔法すべてを不可能にする結界を発動できる。ナヴァールの国境線が円形に近いのはそれが理由だ――竜の力は隠れ谷から放射され、全前哨基地に分隊が駐屯していてさえ、一定の距離までしか届かない。その結界がなければわたしたちはおしまいだ。ナヴァールの村々はたちまちたやすい獲物となり、ポロミエルからの奇襲部隊が殺到することは避けられない。あのがめつい連中は、自分たちの持っている資源に決して飽き足りず、いつでもこちらの資源をほしがっている。向こうが通商協定に満足することを学ぶまでは、ナヴァールの徴兵制が終了する可能性はないだろう。平和を知る見込みはないのだ。

でも、いま厳戒態勢になっていないということは、結界を張り直したか、最低でも安定させたに違いない。

「東方騎竜団の一分隊が到着する前の一時間で三十七名の民間人が死亡したが、騎手と竜でなんとか撃退した」デヴェラ教授はしめくくり、胸の前で腕を組んだ。「その情報に基づいて、諸君ならどんな質問を投げかける？」指を一本あげる。「まずは一年生の回答だけを求めよう」

わたしなら、そもそもどうして結界がゆらいだのかと最初に訊くけれど、機密情報に接触する権限のない候補生だらけの部屋で、そんな質問に答えてくれるわけがない。

地図を観察してみる。エスベンの山岳地帯はブレイヴィクとの国境沿いでいちばんの高地で、もっとも攻撃の対象になりにくい。グリフォンは竜ほど高度への耐性がないのでなおさらだ。たぶん半獅子半鷲という体では、高度のある場所の薄い空気に対処できないのだろう。

これまで六百年間、領内へのあらゆる大規模攻撃を防いできたのには理由があるし、わたしたちはこの終わりのない四百年戦争において国土を守ることに成功してきた。小魔法と験《しるし》、いずれの能力もこちらのほうがすぐれているのは、竜がグリフォンより多くの力を媒介できるからだ。それなら、なぜあの山岳地帯への攻撃が？　あそこの結界をゆるがしたのはなんだろう？

「さあ、一年生、バランスを保つのが得意というだけではないところを見せなさい。騎手科にいるのにふさわしい批判的思考能力があると示すことだ」デヴェラ教授は要求した。「国境の向こうにあるものへの備えができているということが、かつてないほど重要になっているのだからな」

「結界がゆらいだのはこれがはじめてですか？」二、三列前の一年生がたずねた。

デヴェラ教授はマーカム教授と目を見交わしてから、その候補生のほうを向いた。「いや」

室内は水を打ったように静まり返り、心臓が喉もとまではねあがった。

（これが最初じゃない）

その女の子は咳払いした。「それじゃ、どのくらい……頻繁《ひんぱん》にゆらいでいるんでしょう？」

マーカム教授は鋭い目を細めて女の子を見た。「その質問は君の階級を超えている、候補生」

わたしたちのほうに注意を向ける。「現在検討中の攻撃に関する次の質問は？」

「騎竜団の損耗数は？」列の右側にいる一年生が問いかける。

「竜が一頭負傷。騎手が一名死亡」

また講堂からざわめきがあがった。卒業まで生き残っても、従軍して生きのびられるとはかぎらない。統計では大部分の騎手が退役年齢の前に死ぬ。過去二年間の騎手の死亡率ならさらに高い。

「なぜとくにその質問をした？」デヴェラ教授が候補生に訊いた。

「必要な増援部隊の数を知るためです」その男の子は答えた。

デヴェラ教授はうなずき、うちの分隊でいちばんおとなしい一年生の男の子、プライアに向き直った。手をあげたのにすぐひっこめて、黒い眉をひそめていたのだ。「なにか質問したかったのか？」

「はい」プライアがうなずくと、黒い髪の房がいくつか目にかぶさった。それから、首をふる。

「いえ。気にしないでください」

「すごい決断力」その隣でルカ――絶対に避けたい意地悪な一年生――があざけり、まわりの候補生が笑うと首をかしげてみせた。口の片端をつりあげてせせら笑い、わざとらしく長い褐色の髪を肩の後ろに払いのける。わたしと同じく、騎手科で髪を切っていない少数の女の子のひとりだ。長い髪が不利になるよう使われるとは思わない自信がうらやましいけれど、あの態度は真似したくない。しかもまだ知り合ってから一日もたっていないのだ。

「同じ分隊でしょ」オーレリーが――たぶんそういう名前だったと思う――非難した。きまじめな黒い目がルカをにらむ。「少しは仲間意識を見せなよ」

「やめてよ。質問したいかどうかさえ決められないやつと絆を結ぶ竜なんて、いるわけないでしょ。だいたい、今朝の食事のときに見た？　こいつ、ベーコンかソーセージか選べなくて、一列すっかり後ろをつまらせたんだから」ルカはコール墨でふちどった目をぐるっとまわしてみせた。

「第四騎竜団のいがみあいは終わったか？」デヴェラ教授が片眉をあげてたずねた。

「村の標高はどのくらいだったか訊いて」わたしはリアンノンにささやいた。

「はあ？」リアンノンの眉が寄った。

「とにかく訊いてよ」ディンの忠告を念頭に置こうとして急かす。七列後ろからうなじを見つめているディンの視線を感じたけれど、ゼイデンもどこかその辺にいると知っている以上、ふりかえるつもりはない。

「村の標高はどのくらいでしたか？」リアンノンが質問した。

リアンノンのほうを向いたデヴェラ教授の眉があがった。「マーカム？」

「三千メートル足らずだ」という答えだった。「なぜだね？」

リアンノンはさっと横目でこちらを見てから、咳払いした。「グリフォンの計画的な攻撃にしては、少々高い位置だという気がしたので」

「うまい」わたしは小声で言った。

「たしかに計画的な攻撃にしては少々標高がある」とデヴェラ教授。「なぜそれが気になるのか教えてくれないか、ソレンゲイル候補生？　それと、今後は自分で質問するといいかもしれないな」正面からみすえられて、わたしは席に座ったままもじもじした。

室内の頭がいっせいにこちらを向く。わたしの身許に疑問を持つ人がいたとしても、そんなものはとっくに消滅しただろう。（最高）

「その高度ではグリフォンの体力も、媒介する能力も弱まります」わたしは述べた。「結界が機能しなくなることを事前に知っていないかぎり、攻撃対象としては不合理な場所です。まして、その村までは最寄りの前哨基地からおよそ、ええと……一時間の飛行のようですし？」ちらりと地図を見て、ばかなことを言っていないかどうか確認する。「そこにあるのがチャキル村ですよね？」（これは書記官の訓練のおかげ）

「そうだ」デヴェラ教授の口の端があがり、得意げな笑みを刻んだ。「その考え方を進めてみるといい」

ちょっと待って。「騎手の一分隊が到着するのに一時間かかったと言いましたか？」眉間に皺が寄った。

「そうだ」教授は期待の目を向けてきた。

「それなら、すでに出発していたということですね」わたしは口走り、どんなにばかげて聞こえるか即座に気づいた。まわりで低い笑い声があがり、頬がほてった。

「たしかに、そいつは筋が通ってるよなあ」ジャックが最前列に座ったままふりかえり、おおっぴらに笑い飛ばした。「メルグレン総司令官は戦闘の結果を前もって知ってるが、さすがにいつ起こるかまではわからねえぞ、どあほう」

同級生のくすくす笑いが骨まで響いてくる気がした。このろくでもない机の下に這《は》い込んで消えてしまいたい。

「うるさいよ、バーロウ」リアンノンがぴしゃりと言った。

「戦闘に予知能力が必要だと思ってるのはおれじゃねえ」ジャックは冷笑して言い返した。「そんなやつが竜の背中に乗ることがあったらたいへんだぞ」またどっと笑い声があがり、首筋が燃えるように熱くなった。

「どうしてそう考えたのかね、ヴァイオレット――」マーカム教授は顔をしかめた。「ソレンゲイル候補生？」

「なぜかというと、すでに出立していないかぎり、攻撃から一時間以内に現場に到着する理にかなった手立てがないからです」わたしはジャックをにらみつけながら論拠を示した。あんな男に笑われたってどうでもいい。あいつより弱くたってずっと頭がいいんだから。「山脈に篝火《かがりび》を焚《た》いて助けを呼ぶのに三十分は必要だし、緊急時に備えて分隊がまるごと待機していることはありません。騎手の半分は寝ていたはずですから、つまり、攻撃されたときにはもう向かっていたということです」

「それでは、なぜすでに向かっていた？」デヴェラ教授がうながした。その瞳のきらめきで自分が正しいことがわかったので、一連の考えを先へ進める自信がついた。

「なぜなら、なんらかの手段で結界が破れつつあると知っていたからです」わたしは顎をもたげた。答えが合っていることを願いつつも、間違っていてほしいとデューン――戦《いくさ》の女神――に祈る。

「そいつはまったく――」ジャックが言い出した。

「そのとおりだ」デヴェラ教授がさえぎり、講堂は静まり返った。「騎竜団の竜の一頭が結界のゆらぎを感じとり、その分隊が飛んだ。そうでなければ死傷者数ははるかに増え、村の被害もずっとひどくなっていただろう」

胸に小さな自信が湧いたものの、ジャックににらまれてたちまちしぼんだ。わたしを殺すという約束は忘れていないらしい。

「続いて二年と三年だ」デヴェラ教授が命令した。「諸君が候補生にもっと敬意を示せるかどうか見てみよう」ジャックに対して片眉をあげると、背後の騎手たちから質問が飛びはじめる。

現場に派遣された騎手は何人か？

唯一の犠牲者の死因は？

村からグリフォンを追い払うにはどのくらいかかったか？

生きて尋問を受けた者はいたか？

頭の中で事実を整理しながら、わたしはすべての質問と答えを書き留めた。書記官科にいたらどんな報告書を提出していたか、どの情報が書き込むに値するだけ重要で、どれが無関係か。

「村の状態はどうでしたか？」低い声が講堂の後方から問いかけた。

体が背後に迫る脅威を認識し、うなじの毛が逆立った。

「リオーソン？」魔法光から目をかばいながら講堂のいちばん高いところを見あげて、マーカム教授が問い返す。

「村です」ゼイデンはもう一度述べた。「デヴェラ教授が言われるには、到着が遅ければ被害が大きくなっていただろうということですが、実際の状態は？ 焼き払われたか？ 破壊されたか？ 村を足がかりにしようとしていたなら、破壊しつくすことはない。したがって、攻撃の動機を判断するさいには、村の状況が重要になります」

デヴェラ教授は満足げにほほえんだ。「敵が調べ終えた建物は燃やされた。騎竜団が到着したときには、残りが荒らされている最中だった」

「なにかを探していたということだ」ゼイデンは完全に確信している口調で言った。「しかも、金目のものではない。あそこは宝石の採掘をする地域ではありません。そう考えると疑問が生じますね。敵がそれほど求めているなにをこちらが持っているのか？」

「まさしく。それが問題だ」デヴェラ教授は部屋を見渡した。「そして、リオーソンが騎竜団長である理由も、まさにそこにある。すぐれた騎手になるためには、力と勇気以上のものが必要だ」

「じゃあ、答えはなんですか？」左側の一年生がたずねた。

「わからない」デヴェラ教授は肩をすくめて応じた。「この件は、なぜわが国の平和に向けての不断の努力をポロミエル王国が拒むのか、という謎に、また一片が加わるにすぎない。なにを探していたのか？　なぜあの村なのか？　結界が破れたのはあの連中のせいなのか、それともすでにゆらいでいたのか？　明日か来週か来月か、ふたたび攻撃があって、別の手がかりが得られるかもしれない。答えを探しているなら歴史を調べるといい。そうした戦争はすでに詳細に分析され、検討されている。戦況報告は流動的な状況に対するものだ。この授業では、全員が生きて帰る機会を得るため、どんな質問をすべきか学んでもらいたい」

その口調のなにかが、今年従軍することになるのは三年生だけではないかもしれない、と告げていて、体の芯まで冷たくなった。

「あんた、冗談抜きで歴史ではどんな答えも知ってるし、戦況報告では正しい質問が全部わかってるみたい」リアンノンが頭をふりながら言った。わたしたちは昼食後、格技用マットの外側に立って、リドックとオーレリーが革の戦闘服姿でお互いにぐるぐるまわっているのを見物していた。体格は五分五分だ。リドックは小柄なほうで、オーレリーはミラそっくりの体つきをしている。父親が騎手科の卒業生なので、意外でもない。「試験勉強をする必要もないんじゃないの？」

ほかの一年生はこちら側に立っていたけれど、二年と三年は反対側に並んでいた。すでに一年戦闘訓練を受けてきた以上、当然上級生のほうが有利だ。

「書記官になる訓練を受けてたからね」肩をすくめた動作で、ミラが作ってくれた胴着がちらちら光った。網目の偽装の下で鱗《うろこ》が光を反射するときをのぞけば、支給された軍服にしっかりなじんでいる。革の裁断の仕方はそれぞれ好みがあっても、いまでは女の子全員が似たような恰好をしていた。

　男どもはおおむねシャツを着ていなかった。対戦相手につかまれると思っているからだ。個人的には、その理屈に反論するつもりはない。ながめを楽しむだけだ……もちろん敬意は払っている。つまり、うちの分隊のマットから目を離さないという意味だ。学術棟の一階を占領する広大な格技場には二十枚のマットが敷いてあるけれど、ほかの対戦は見ないようにする。片側の壁がすっかり窓と扉になっていて、風を入れるため残らず開放されているのに、まだ息づまるような暑さだった。胴着の下で背筋を汗が流れ落ちていく。

　今日の午後ここにいるのは、各騎竜団からの三分隊だ。なんともありがたいことに、第一騎竜団からはジャック・バーロウのいる第三分隊が送り込まれている。わたしが入ってきてからずっと、二列離れたマットからこっちをにらみつけているのだ。

「それって、勉強に関してはは心配してないってことだよね」リアンノンが言い、眉をあげてみせた。やはり革の胴着を選んでいるけれど、それは鎖骨の上を切り込んで首もとを固定し、動かせるよう肩がむきだしになっているものだ。

「ダンスみたいにぐるぐるまわるのをやめて攻撃しろ！」エメッテリオ教授がマットの向こう側から指示した。そこでは、デインがうちの分隊の副隊長シアンナと一緒にオーレリーとリドックの対戦を見ている。シャツを着てくれていてよかった。わたしの番がきたとき、これ以上気を散らしたくない。

「心配してるのはこれ」わたしはリアンノンに告げ、マットのほうに顎をしゃくった。

「ほんと？」三つ編みをねじって首筋で小さいお団子にしたリアンノンは、懐疑的な視線を投げてよこした。「ソレンゲイル家の一員なら、格技で危険な相手かと思ってたけど」

「そうでもないかな」ミラはこの年には十二年間格技の訓練を受けていた。わたしはなんと六カ月もの経験の持ち主だ。この体が割れ物なみに壊れやすくなければ、経験なんてたいして問題じゃなかったかもしれないけれど、まあ仕方がない。

リドックがオーレリーにとびかかったものの、ひょいとかがまれ、さっと出した片脚でひっかけられた。リドックはよろめきつつも転ばなかった。すばやく回転し、短剣を一本手に握る。

「今日は刃物を使うな！」エメッテリオ教授がマットの脇からどなった。まだ四人しか教授に会っていないけれど、間違いなくいちばん強面《こわもて》だ。もっとも、教えている科目のせいで、あの小柄な体が巨人みたいに思えるだけかもしれない。「いまは能力の評価だけだ！」

リドックがぶつくさ言って短剣を鞘《さや》におさめ、ぎりぎりでオーレリーの右フックをかわした。

「あの焦げ茶頭の一発は強烈だね」リアンノンが感心した笑顔で言ってから、ちらりと視線をよこした。

「自分はどうなの？」リドックがオーレリーのあばらにジャブを食らわせたとき、わたしはたずねた。

「くそ！」リドックは頭をふって一歩後退した。「怪我はさせたくないんだ」

オーレリーはあばらを押さえたものの、顎をふりあげた。「誰が怪我をさせたって？」

「手加減するほうが害になる」デインが腕組みして言った。「北東の国境のシグニセン人は、敵陣の奥で竜から落ちたとき、女だからといって容赦はしてくれないぞ、リドック。男と同様に殺すだろうな」

「行くよ！」オーレリーが叫び、指をまげてリドックを招いた。見たところ、たいていの候補生が騎手科に入るために子どものころから訓練してきたらしい。リドックのジャブを受け流して体をひねり、腎臓にさっと一発加えたオーレリーはとくに。

痛そう。

「うわ……すごい」リアンノンがつぶやき、オーレリーにもう一度目をやると、またこちらを見た。「あたしは格技ならまあまあ得意。うちの村はシグニセンとの国境沿いにあってさ、かなり小さいうちに身を守ることを覚えるんだよ。物理と数学も問題ない。でも、歴史？」頭をふる。

「あの授業、死ぬかも」

「歴史で落第点をとったって殺されないから」わたしが答えたとき、リドックがオーレリーに体当たりし、こちらが身をすくめるほどの勢いでマットに倒した。「わたしはこのマットで死にそう」

オーレリーはリドックの脚に自分の脚をひっかけ、てこの原理でうまくひっくり返して馬乗りになると、顔の側面にがんがんこぶしを打ち込んだ。マットに血が飛び散る。

「戦闘訓練で生きのびるこつなら、おれでも少しは教えられる」リアンノンの反対側からソーヤーが言い、茶色い無精ひげを片手でなでた。一日分のびてもそばかすは隠れていない。「しかし、歴史は得意じゃないんだ」

歯が一本飛ぶのが見え、喉に胆汁がこみあげた。

「そこまで！」エメッテリオ教授が声をあげた。

オーレリーがリドックの上から転がりおりて立つと、指で裂けた唇にさわって血を確認してから、助け起こそうと片手をさしだした。

リドックはその手をとった。

「シアンナ、オーレリーを治療師のところへ連れていけ。評価で歯を失う理由はない」エノッテリオ教授が命令した。

「取引しようか」リアンノンが茶色の瞳をわたしの目と合わせて言った。「お互いに助け合おうよ。あたしたちに歴史を教えてくれたら、格技の稽古をつけてあげる。これっていい取引じゃない、ソーヤー？」

「確実に」

「決まり」三年生のひとりがタオルでマットを拭きあげ、わたしは唾《つば》をのみこんだ。「でも、それじゃこっちが得してると思うけど」

「あたしが年号を暗記しようとするところを見たことがないからね」リアンノンは冗談を飛ばした。

ふたつほど離れたマットで、誰かが金切り声をあげ、みんなそちらを向いた。ジャック・バーロウが別の一年生をヘッドロックしていた。相手はジャックより背が低くて細かったものの、それでもわたしより二十キロは重いはずだ。

ジャックが両手で頭を押さえたまま、腕をぐいっと締めあげた。

「あいつほんとにばか――」リアンノンが言いはじめた。

格技場じゅうにごきっと骨が折れるいやな音が響き渡り、ジャックの腕の中で一年生がぐったりと動かなくなった。

「慈悲深きマレクよ」その体が床にほうりだされたとき、わたしは声をもらした。名前が呼ばれている回数を考えると、死の神はこの場所に住んでいるのではないだろうか。昼食がまた出てきそうになったけれど、ここで膝のあいだに頭を押し込めるはずもない。わたしは鼻から息を吸って口から吐き出した。

「わしはなんと言った？」教授はマットの上に突進しながら叫んだ。「きさま、こいつの首をへし折ったな！」

「こいつの首がそんなに弱いなんて、どうしてわかるはずがあるんですか？」ジャックは主張した。〝死ね、ソレンゲイル。おれが殺してやる〟きのうの脅しが記憶にすべりこんでくる。

「前を向け」エメッテリオ教授は命じたけれど、みんなが死んだ一年生から顔をそむけたとき、その口調は前よりやさしかった。「慣れる必要はない」と告げる。「だが、こういう場面でも動かなければならないのはたしかだ。次、おまえとおまえ」リアンノンと、うちの分隊の別の一年生を指さす。ずんぐりした体格に青黒い髪、骨ばった目鼻立ちの男の子だ。どうしよう、名前を憶えていない。トレヴァー？　トーマスだった？　いまの段階で名前と顔を一致させるには、はじめて会う人の数が多すぎる。

デインを見やったけれど、向こうはマットにあがったふたりをながめていた。

リアンノンは手早く一年生を片付けた。相手のこぶしをよけて自分の一発を食らわせるたびにわたしは度肝を抜かれた。動きが速いし、打撃は強烈だ。こういう致命的な組み合わせがあれば、ミラのように目立つことになりそうだった。

「降参するか？」リアンノンは一年生の男の子をあおむけに押さえつけて問いかけた。喉の真上で殴りかかる手を止めている。

タナー？　Tで始まる名前だったはずだ。

「しねえ！」一年生はわめき、リアンノンの脚に両脚をかけてバタンとひっくり返した。でも、リアンノンは転がってすばやく立ちあがり、相手をさっきと同じ姿勢に倒すと、今回はブーツで首を踏みつけた。

「どうかな、タイナン、降参したほうがよさそうだぞ」デインがにやっと笑って言った。「まるで歯が立たないじゃないか」

ああ、それだ。タイナン。

「黙れよ、エートス！」タイナンはかみついたけれど、リアンノンが喉にブーツを押しつけたので、語尾が不明瞭になった。顔がまだらに赤く染まる。

なるほど、タイナンは分別よりうぬぼれがまさっているらしい。

「降参だ」エメッテリオ教授が呼びかけたので、リアンノンはあとずさって手をさしのべた。

タイナンはその手をとった。

「おまえ――」教授が反乱の証痕《レリック》を持つピンクの髪の二年生を指さす。「それとおまえだ」その指がわたしに向けられた。

頭ひとつ分は背の高い相手だ。あの両腕ほど体も鍛えられているなら、かなりまずい状況だった。

捕まるわけにはいかない。

胸からとびだしそうなほど心臓がばくばくしたけれど、わたしはうなずいてマットに足を乗せた。「あんたならできるよ」リアンノンが言い、通りすがりにぽんと肩を叩いていった。

「ソレンゲイル」ピンクの髪の女の子は淡い緑の目をきゅっと細め、ブーツの脇からこそげ落としたものでも見るようにこちらをながめた。「母親が誰なのかみんなに知られたくないなら、本気で髪を染めるべきだね。騎手科で銀の髪の変わり種なんてあんたぐらいだよ」

「母親のことを誰が知ってようが、気にしてるなんて言ったことないけど」わたしはマットの上で二年生の周囲をめぐった。「母が国を守る軍務についていることは誇りに思ってるもの——外と中の敵、両方からね」

そのあてこすりで顎をこわばらせたのを見て、胸に希望が湧いた。今朝誰かが、腕に反乱の証《レリ》痕《ック》を持つ連中を焼き印持ちと呼んでいたけれど、そいつらは両親を処刑した母を責めている。かまうものか。わたしを憎めばいい。戦いは感情が入った瞬間に負けていると母はよく言っていた。血管に氷が流れているあの母の言うとおりでありますように、とこれほど強く祈ったことはない。

「くそ女」二年生は息巻いた。「おまえの母親はうちの家族を殺したんだ」

ぱっととびだして荒々しく腕をふりまわしてきたので、わたしはすばやく横に避け、両手をあげて一回転した。それをもう二、三回繰り返し、何度かジャブを入れて、もしかしたら計画がうまくいくかもしれないと考えはじめたときだった。

ピンクの髪はまた殴り損ねて喉の奥で低くうなり、片足で頭を狙ってきた。やすやすと頭をひっこめたものの、そこで相手が地面に伏せ、逆の足で蹴りあげたのを胸にまともに食らって、わたしは後ろにふっとんだ。どさっと音をたててマットにぶつかったときには、すでに組み敷かれていた。あり得ないほど速い。

「ここで力を使ってはだめだぞ、イモジェン！」デインがどなった。
イ、イ、イモジェンはわたしを殺そうと全力をつくしていた。
瞳がすぐ上にある。ふっと笑われたと思うと、なにか硬いものがするりとあばらをすべった。

でも、ふたりとも下を見たとき、その微笑が薄れた。短剣がふたたび鞘におさまったのに気づかずにはいられなかった。

この防具にたったいま命を救われたのだ。（ありがとう、ミラ）

ほんの一瞬、イモジェンの顔に混乱が浮かんだ。わたしは隙をついてその頬にこぶしを打ち込み、体の下から転がり出た。

握り方は正しかったはずなのに、手が悲鳴をあげていたけれど、苦痛を遮断して敵と同時に立ちあがる。

「いったいどういう防具？」お互いにぐるぐるまわりながら、イモジェンはわたしのあばらを凝視した。

「わたしの」また襲いかかってきたのをかがんでよけたものの、その動きがぶれて見えた。

「イモジェン！」エメッテリオ教授が吼《ほ》えた。「もう一度やってみろ、いいか――」

今度は違うほうに避けてしまい、捕まって床に押し倒される。マットが顔にあたり、背中に膝がめりこんで、右腕を後ろにひっぱられた。

「降参しろ！」イモジェンが叫ぶ。

できない。初日に降参したら、次のときはどうなる？「しない！」今度はこちらがタイランのように分別を失っている。しかもわたしのほうがずっと脆弱《ぜいじゃく》なのに。

腕がさらに引かれた。あらゆる思考が苦痛に埋めつくされ、視野の端が暗くなる。靭帯がのびて裂け、ぽんと関節が外れて、わたしは声をあげた。

「降参しろ、ヴァイオレット！」ディンが大声を出した。

「降参しろ！」イモジェンが迫る。

背中にのしかかられてあえぎながら、顔を横に向ける。肩がねじりあげられ、激痛に頭が真っ白になった。

「降参だ」エメッテリオ教授が言った。「そこまで」

またあれが聞こえた――骨が折れるおぞましい音――でも、今回はわたしの骨だった。

第六章

私見では、騎手の提供するあらゆる験《しるし》の力のうち、もっとも貴重なのは〝修復〟である。しかしながら、そのような験《しるし》の持ち主とともにあるとき、楽観視してはならない。修復使いは稀少であるのに対し、負傷者はそうではないからである。

――『治療師用最新手引書』フレデリック少佐著

覆いのある低いほうの通路からディンに運び出され、峡谷を越えて治療師科に連れていかれるあいだ、わたしの上腕と胸は燃えるような痛みに包まれていた。通路というのは基本的に石の橋で、上と側面も別の石で覆われている。要するに、いくつか窓のあるトンネル状のつり橋だ。でも、ディンが大股でどんどん進んでいるときには、じっくり観察するほど頭が働いていなかった。

「もうすぐだ」胸郭と膝の下をしっかりと、でも慎重な手つきで支えながら元気づけてくれる。わたしの役立たずの片腕は胸の上に乗っていた。

「ディンが自制心を失うところをみんなに見られたよ」わたしはささやいた。頭の中でせいいっぱい痛みを遮断する。これまでも数え切れないほどやってきた。いつもなら、体にひそむ脈打つ苦痛を精神的な壁で囲み、痛みはその箱の中にしか存在しないから感じないはずだ、と言い聞かせるだけのことなのに、今回はあまりうまくいかなかった。

「自制心は失っていない」扉にたどりつくと、デインは三回蹴りつけた。「大声を出してあそこから担ぎ出したくせに。あれじゃ、わたしのことを大事に思ってるみたいだよ」デインの顎の傷痕や、日焼けした肌の無精ひげに集中する。このめちゃめちゃになった肩の激痛を感じないためならなんでもよかった。

「実際、大事だからな」また蹴とばす。

（そう、いまはみんなが知ってる）

扉がひらくと、数え切れないほど何度も付き添ってもらった治療師のウィニフレッドがいて、デインがわたしを運び込めるように後ろにさがった。「また怪我人？　まったくあなたたち騎手ったら、うちのベッドを埋めつくそうとしてくれて――まあ、なんてこと、ヴァイオレット？」瞳が大きくなった。

「どうも、ウィニフレッド」わたしはなんとか苦痛をこらえて言った。

「こちらへ」診察室へ先導される。ベッドが並ぶ細長い部屋で、その半分は騎手の黒を着た人で埋まっていた。治療師は魔法を使わず、昔ながらのチンキ剤と医学の訓練に頼ってできるだけ治療してくれるけれど、修復使いは魔法を使う。うまくいけば今晩はノロンがいるだろう。この五年間ずっとわたしを修復してくれていたから。

修復の験《しるし》は騎手の中でも特別まれだ。修復使いは直し、回復させ、どんなものでももとの状態に戻す力を持っている――破れた布から粉砕された橋まで、折れた人間の骨も含めて。兄のブレナンは修復使いだった――生きていたら、もっとも偉大な修復使いのひとりになっていただろう。

デインは指示されたベッドにそっとわたしを寝かせた。そのあと、ウィニフレッドがマットレスのふち、腰に近い位置に身をかがめる。年老いた手で額をなでてもらうと、その顔に寄った皺の一本一本にほっとした。「ヘレン、ノロンを呼んできて」ウィニフレッドは通りかかった四十代の女治療師に指示した。

「だめだ！」狼狽《ろうばい》しきった声音でデインがどなった。

はい？

中年の女治療師はどう見ても迷っている様子で、デインからウィニフレッドへと視線を移した。

「ヘレン、これはヴァイオレット・ソレンゲイルよ。ここにいるのにあなたが呼ばなかったとノロンが知ったら、まあ……あなたの責任ね」ウィニフレッドはおだやかに聞こえる口調で言った。

「ソレンゲイル？」女治療師は声を高めてくりかえした。

わたしは肩がうずく中でデインに焦点を絞ろうとしたものの、部屋がぐるぐるまわりはじめた。どうしてわたしの肩を修復してほしくないのか訊きたかったけれど、また苦痛の波が襲ってくる。意識を失いそうになって、うめくことしかできなかった。

「ノロンを連れてきなさい、さもないと、その不満そうな顔ごとあの人の竜に生きたまま食われますよ、ヘレン」修復使いを呼ぶなと再度主張したデインを無視して、ウィニフレッドは白い眉を片方つりあげた。

女治療師は蒼ざめて姿を消した。

デインがベッドの近くに木の椅子を引き寄せると、その脚が床をこすって耳ざわりな音をたてた。「ヴァイオレット、痛いのはわかってるが、もしかしたら……」

「もしかしたらなんです、ディン・エートス？　この子が苦しむのを見たいの？」ウィニフレッドが叱った。「騎手科に行けばあなたが折れてしまうだろうとお母さんに言ったんですよ」こちらに身を乗り出してぶつぶつ言う。わたしの様子を評価する灰色の目は懸念に満ちていた。ウィニフレッドはバスギアス一の治療師で、処方する薬はすべて自分で調合する——そして、長年にわたって、数える気にもならないほど幾度も、わたしが厄介な状況を切り抜けるのを助けてくれた。「耳を貸そうとしたかしら？　ぜんぜん。あなたのお母さんはまったく、いやになるほど頑固ですよ」

ウィニフレッドが怪我をした腕に手をのばし、何センチか持ちあげて肩をつっついたので、わたしは顔をしかめた。

「まあ、間違いなく折れていますね」腕の状態を見て舌打ちする。「それに、この肩には医師がいるように見えますよ。なにがあったの？」とディンにたずねた。

「格技」わたしはひとことで説明した。

「あなたは黙りなさい。体力を温存して」ウィニフレッドはディンをふりかえった。「少しは役に立ちなさい、坊や。まわりにカーテンを引いてちょうだいな。この子の怪我を見る人が少ないほどいいでしょうからね」

ディンはぱっと立ちあがり、急いで従った。青い布を引いて周囲を囲み、せまいながら効果的な仕切りを作って、前に運び入れられた騎手たちと隔てる。

「これを飲んで」ウィニフレッドはベルトから琥珀《こはく》色の液体の入った小瓶をひっぱりだした。

「手当てをしているあいだ、痛みに対処できますからね」

「ノロンに修復してほしいと頼んではだめだ」ガラス瓶の栓が抜かれているとき、デインが抗議した。

「これまで五年間、私たちふたりでこの子を修復してきたんですよ」ウィニフレッドはお説教しながら小瓶を近づけた。「なにができるだのできないだのと私に言い出さないでちょうだい」

デインは片手をわたしの背中に、もう片方を頭の下にすべりこませ、液体を飲み下せるように体を起こすのを手伝ってくれた。いつもどおり飲み込むと苦かったけれど、効くのは知っている。

デインはまたわたしを寝かせてから、ウィニフレッドのほうを向いた。「痛い思いはさせたくない──だからここにきたんです。しかし、これだけ重傷を負えば、書記官科のほうで遅れて入学を認めてくれるかどうか確かめられるはずです。まだ一日しかたってないんだから」

修復使いを望まない理由が理解できるにつれ、怒りが苦痛をしのぎ、「書記官科なんて行かないから」と吐き捨てる余裕ができた。

心地よいしびれが血管を駆けめぐるのを感じ、溜息をついて目を閉じる。少したつと、いくらかはっきり考えられる程度に痛みが遠ざかったので、もう一度なんとか目をあけた。

いや、すぐだと思ったけれど、あきらかに会話が続いていたのに聞いていなかったので、どうやら数分たっていたらしい。

カーテンがさっとあいて、杖にすがったノロンが入ってきた。妻に向かってほほえむと、褐色の肌に真っ白な歯が映えた。「呼んだかね、おま──」わたしの姿を目にして笑顔がゆらぐ。

「ヴァイオレット？」

「こんにちは、ノロン」わたしはむりやり唇をゆるめた。「手をふりたいけど、腕がかたほう動からくて、もうかたほうがすごおおく重いろ」信じられない、口がまわらなくなってる？

「癒やしの精油よ」ウィニフレッドが夫に苦笑を浮かべてみせた。

「おまえと一緒にいたのかね、デイン？」ノロンが非難のまなざしをデインに向けたので、わたしは一気に十五歳に戻った気分になった。あのときは、登ってはいけない場所をよじ登り、くるぶしを折ったために連行されたのだ。

「僕はヴァイオレットの分隊長です」ノロンが近づけるように椅子を動かして道をあけながら、デインは答えた。「指揮下に置くこととしか守る手段を思いつかなかったので」

「さほどうまくやってはいないようだが？」ノロンの目が細まる。

「格技の評価日だったので」デインは説明した。「イモジェンが――二年生です――ヴァイオレットの肩を脱臼させて腕の骨を折りました」

「評価日にか？」ノロンがうなり、短剣でわたしの半袖シャツの生地を切りひらいた。少なくとも八十四にはなっているのに、まだ武器を全部入れたまま騎手の黒をまとっているのだ。

「ははおやがぁ。フェンリオーソンのぶんい――ぶんり――ぶんりぃはぁのひとりだった」わたしははっきり発音しようとして失敗しながら、ゆっくりと説明した。「わたひぃがソレンゲイルだからぁ、わかうれしょ」

「わしにはわからんぞ」ノロンは不服そうに言った。「両親の罪に対する罰として、子どもたちを騎手科に徴兵することには決して賛成ではなかった。騎手科が強制的に徴兵したことはない。一度たりともな。きわめて正当な理由があるからだ。候補生の大半は生き残らん――おそらくそれが狙いだったのだろうが。しかし、どちらにしろ、母親の名誉のためにおまえが苦しむべきではないのはたしかだ。ソレンゲイル司令官は〈大反逆者〉を捕え、ナヴァールを救った」

「それなら、修復しないでくれますか？」ディンがカーテンの外に聞かれないようにそっとたずねた。「僕はただ治療師にまかせてほしいだけです。自然に治るのに必要な時間をかけてもらいたいんです。魔法なしでね。ギプスをはめて戻ったり、肩が再建手術から回復するまで身を守ることになったりすれば、ひとたまりもない。この前の手術では四カ月かかりました。今回のことは、生きているうちに騎手科から逃がす絶好の機会なんです」

「しょひかんかなんかいかない」舌がもつれないようにするどころじゃない。「しょひかん」もう一度試してみる。「しょひかん」もう、むかつく。「なおひて」

「いつでも修復するとも」ノロンが約束した。

「この。一回。だけ」わたしはひとことひとことに集中した。「もし。しょっちゅう。修復する。必要。見られたら。みんなに。弱いって。思われる」

「だからこの機会を利用して脱出するしかないんだ！」ディンの声にひそむ恐怖が高まった。気が沈む。あらゆるものからわたしを守ることは不可能だし、わたしがくじけて、最終的に死ぬまで見守っていたら、ディンはだめになるだろう。「生き残る可能性がいちばんあるのは、ここから出てそのまま書記官科へ行くことだ」

わたしはディンをにらみ、注意深く言葉を選んだ。「母さんに。つれもどされるためだけに。きしゅかからはなれたり。しない。わたしは。残る」首をめぐらしてノロンを探すと、部屋がぐらぐらした。「修復して……でも、このいちどだけ」

「死ぬほどきついうえ、二週間ほど痛みが残るというのは知っているな？」ノロンが問いかけ、ベッドの脇の椅子に腰をおろして、わたしの肩を見つめた。

わたしはうなずいた。はじめて修復してもらうわけでもない。これだけ脆弱《ぜいじゃく》な体に生まれついたら、修復の苦痛はもとの怪我よりましという程度だ。よくあることといってもいい。

「頼む、ヴィー」ディンが静かに懇願した。「兵科を替わってくれ。自分のためでなければ、僕のために——介入するのが間に合わなかった。イモジェンを止めるべきだったんだ。僕じゃきみを守れない」

ウィニフレッドの薬を飲む前にそのもくろみに気づいていればよかった。そうすればもっと上手に説明できたのに。まったくディンのせいではないことで、いつもどおり責任を引き受けようとしているのだ。説明するかわり、わたしは深く息を吸い込んで言った。「じぶんれ、きめたことだよ」

「騎手科に戻れ、ディン」ノロンが顔をあげずに命令した。「この子がほかの一年生だったら、すでに立ち去っていたはずだ」

ディンの苦悶《くもん》のまなざしがわたしの目を捉えたので、主張する。「行って。あさ、せいれつのとき、あおう」どうせ、こんなところを見られたくない。

ディンは負けを認めて一度うなずくと、それ以上なにも言わずに背を向け、カーテンの隙間から出ていった。どうか今日の選択のために、あとでいちばんの親友が打ちのめされることになったりしませんように。

「いいかね？」ノロンがわたしの肩の上で手を浮かして問いかけた。

「これをかんで」ウィニフレッドが口の前に革紐をさしだしたので、歯でかみしめる。

「さあ、行くぞ」ノロンがつぶやき、肩を覆うように両手を掲げた。眉間に皺を寄せて神経を集中してから、ねじるような動作をする。

白熱した痛みが肩で爆発した。わたしは革紐を食いしばって絶叫し、鼓動一拍分だけ耐えたものの、二拍目で意識を失った。


その晩遅く帰ったときには、宿舎はほぼいっぱいだった。ずきずきする右腕を薄青の三角巾で吊った恰好のおかげで、ますます大きな標的となっている——そんなことが可能だとすれば。三角巾は弱い証拠だ。脆弱だと、騎竜団のお荷物だと示しているのだ。マットの上でこれほど簡単に折れるなら、竜の背に乗ったらどうなる？

日はとっくに沈んでいたけれど、室内は魔法光のやわらかな光で照らされ、ほかの一年生女子が寝る支度をしていた。腫《は》れた唇に血のしみのついた布をあてている女の子に笑いかけると、顔をしかめながら笑い返してきた。

うちの列は空いているベッドが三つあったけれど、別に死んだわけじゃないはずだ。わたしと同じように治療師科にいるかもしれないし、浴室にいる可能性もある。

「戻ってきたんだ！」リアンノンがベッドからとびおりた。もう寝巻の上下に着替えている。わたしを見たとき、目にほっとした色が浮かび、笑顔になった。

「戻ってきたよ」と安心させる。「早くも一枚シャツが減ったけど、ここにいるから」

「あした支給所でもう一枚もらえるよ」リアンノンは抱きついてきたそうな感じだったけれど、三角巾をちらりと見て一歩さがり、ベッドの端に座った。わたしも同じように自分のところに腰かけて向かい合う。「どのぐらいひどいの？」

「二、三日は痛いと思うけど、固定しておけば大丈夫。格技の手合せが始まる前にはすっかり治るはず」

もう一度これが起こらないようにする方法を思いつくまでに、まだ二週間ある。

「準備を手伝うよ」リアンノンは約束した。「ここでの友だちはあんたしかいないから、本格的に始まったとき、なるべく死んでほしくないし」口の片端があがって苦笑の形になった。

「できるだけ死なないようにする」わたしは肩と腕がずきずき痛むのをこらえてにやっとした。薬はとっくに切れていて、猛烈に痛くなってきた。「歴史を手伝ってあげるためにね」左手で体重を支え、枕の下にすべりこませる。

そこになにかあった。

「向かうところ敵なしになってみせようよ」リアンノンは宣言して、わたしたちのベッドの横を通りすぎたタラを目で追った。黒髪とみごとな曲線美を持つモレイン州出身の女の子だ。

わたしは小さな本をひっぱりだした――いや、日記だ――上に〝ヴァイオレット〟とミラの筆跡で書いてある折りたたんだメモが載っている。片手でメモをひらいた。

ヴァイオレットへ
今朝名簿を読むまでこっちにいたら、ありがたいことにあんたの名前はなかった。私はここに残れない。うちの騎竜団に戻らなきゃいけないし、たとえ残れるとしても、どうせ会わせてもらえないしね。書記官に賄賂《わいろ》を渡して、これをこっそりベッドに置いてきてもらった。

あんたの姉だってことがどんなに誇らしいか、きっとわかってくれるよね。私が騎手科に入る前の年の夏に、ブレナンがこれを書いてくれたの。おかげで助かった。あんたも助かるかもしれない。私も苦労して手に入れた知恵をあちこちに足したけど、大部分はブレナンのだし、兄さんならこれを渡したがるってわかってるから。あんたに生きててほしいと思うはずだもの。

愛をこめて、

ミラ

わたしは喉のつまりをのみこんで、メモを脇に置いた。

「なにそれ？」リアンノンがたずねた。

「うちの兄の」その言葉が口に出るか出ないかのうちに表紙をひらく。兄が死んだあと、母は伝統に従ってその所有物をすべて焼却した。兄の力強い筆遣いを目にしたのはずいぶんひさしぶりだけれど、こうして目の前にある。胸が締めつけられ、新たな悲しみが押し寄せてきた。「〝ブレナンの書〟」最初のページを読みあげてから、紙をめくって次に移る。

ミラへ

おまえはソレンゲイル家の一員だから、生きのびるだろう。僕ほどはなばなしくはないかもしれないが、誰もが僕の基準を満たせるわけじゃないしな。冗談はともかく、これは僕が学んだことすべてだ。安全な場所に保管しろ。隠しておけ。おまえは生きなきゃいけない。

ヴァイオレットが見てるからな。あの子に自分が斃《たお》れるところを見せるわけにはいかないだろう。

ブレナン

涙で目がちくちくしたけれど、まばたきして押し戻した。「ただの日記」とうそをつき、ぱらぱらとページをめくる。文章をざっと読んでいくと、からかうような皮肉っぽい口調が聞こえそうな気がした。まるで兄がここに立っていて、どんな危険も問題にせず、片目をつぶってにやっと笑っているかのようだ。ああ、ブレナンに会いたい。「五年前に死んだの」

「えっ、それは……」リアンノンは同情に満ちた目つきで身を乗り出した。「うちのほうでも、必ずしも全部燃やすわけじゃないよ。ほら、なにか持っていたいことってあるし」

「うん」わたしはささやいた。これを持っているのはなによりも大切なことだけれど、もし母に見つかったら、火に投げ込まれるに決まっている。

リアンノンがベッドに深く座り直し、歴史の教科書をひらいたので、わたしはブレナンの歴史に戻り、三ページ目を読みはじめた。

橋は生きて渡ったな。よかった。これから数日はよく観察して、注意を引くような真似をするな。各教室の位置だけじゃなく、教官が会合する場所まで示した地図を描いた。手合せのことが気になるだろうが、そんな必要はないさ、あの右フックがあればな。組み合わせは無作為に見えるだろうが、違う。一週間前に取り組みを決めているということを、教官は知らせない、ミラ。たしかにどの候補生も手合せを求めることができる。だが、教官はいちばん弱い者を排除することを目的に対戦相手を指定する。つまり、いったん本物の手合せが始まったら、その日おまえが誰と対戦するか、教官はすでに承知しているんだ。それが秘密さ――どこを見たらいいか知っていて、人目を避けて抜け出せるなら、戦う相手がわかって備えられる。

わたしは鋭く息を吸い込み、残りの記述をむさぼるように読んだ。希望が胸に花ひらく。対戦相手を知っていれば、マットにあがる前から戦いを始められる。頭が回転し、ある計画が形をとりはじめた。

格技の手合せが始まるまで二週間、そのあいだに必要なものを全部揃えなければ。バスギアスの構内をわたしほどよく知っている者はいない。なにもかもここにあるのだ。

顔にゆっくりと笑みが広がった。生きのびる方法はわかっている。

第七章

ナヴァール国内の平和を維持するため、いずれの兵科のいずれの分隊においても、三名を超えて反乱の証痕《レリック》を持つ候補生を配属してはならない。

――バスギアス軍事大学行動規範付加条項五の二

昨年の変更に加え、三名以上の焼き印持ちが集合することは治安妨害の共謀行為とみなされ、極刑に相当する罪となる。

――バスギアス軍事大学行動規範付加条項五の三

「もう」わたしはつぶやいた。爪先が岩にぶつかり、草の中に倒れ込んだからだ。腰の高さまで茂った草は、砦《とりで》の下を流れる川沿いに生えている。月はみごとに満ちて行く手を照らしていたけれど、それはつまり、身を隠すにはマントの下で汗びっしょりになるしかないということだ。万が一、門限のあとでほかの誰かがこんなところでふらふらしている場合に備えて。

イアコボス川は上の山頂から夏の雨水とともに押し寄せてくるので、一年のこの時期だと流れが速く危険きわまりない。峡谷の切り立った崖から流れ出ているからなおさらだ。きのう休憩時間に落ちた一年生が死んだのも不思議はない。橋渡り以来、ひとりも失っていないのはうちの分隊だけだ。でも、この無慈悲な学校ではそれもあまり長くは続かないだろう。

三角巾の上から重い肩掛け袋をぎゅっとつかむと、オークの古木の列に沿って川に近づく。そこでフォニリーの蔓《つる》になった実が、まもなく旬を迎えるはずだ。紫の実は熟してもすっぱくて、かろうじて食べられる程度だけれど、未熟なうちに摘んで乾かせば、すぐれた武器になる。九日間夜にこっそり抜け出したおかげで、わたしの武器はどんどん増えていた。毒についての本を持ってきたのは、まさにこれが理由だ。

格技の手合せは来週始まるから、利用できるものはなんでも利用しないと。

この五年間目印として使っていた大きな石を見つけ、川岸の木々を数える。「一、二、三」小声で言い、必要なオークの木を特定した。枝が高い位置に広がっていて、川の上まで大胆にのびているものさえある。運のいいことに、いちばん低い枝は簡単に登れた。その下の草がなぜか踏みしだかれているので、さらに登りやすい。

右腕を三角巾から出し、月明かりと記憶に頼って登りはじめると、肩にずきっと痛みが走った。すぐに薄れて鈍《にぶ》いうずきになる。毎晩リアンノンがマットの上でわたしを叩きのめすときと変わらない。うまくいけば、あしたノロンがこの邪魔な三角巾を完全に外してくれるだろう。

幹にからみついたフォニリーの蔓は一見蔦《つた》のようだけれど、この木を登ったことは何度もあるから目的の木だとわかる。ただ、これまではマントを羽織ってこんなところを登る必要がなかっただけだ。ほんとうにいらいらする。ほぼすべての枝に生地をひっかけながら、のろのろと着実に上へ進み、何時間も本を読んで過ごした大枝を通り越した。

「うわ！」樹皮の上で片足がすべった。動悸《どうき》が激しくなるのを感じつつ、もっといい足場を探る。昼間ならずっと楽だろうけれど、捕まる危険を冒すわけにはいかない。

さらに高く登っていくと、木の皮で手のひらがこすれた。この高さだと蔓の葉先が白くて、梢越しに射し込むまだらの月光の中ではろくに見えない。でも、ちょうど探していたものを発見して、わたしは笑顔になった。

「ほら、あった」紫の実は熟しておらず、美しいラベンダー色だった。申し分ない。頭上の枝に爪を食い込ませ、なんとかぐらつかずに袋から空《から》の小瓶をとりだすと、歯で栓を抜く。それから、ガラス瓶がいっぱいになるだけの実を蔓から摘みとり、また栓を押し込んだ。これと、今晩すでに採ってきた茸《きのこ》、ほかに集めたものも合わせれば、来月の手合せは乗り切れるはずだ。

あと二、三本枝が残っているだけで、もうすぐ地面に着くというとき、足もとに動きを認めて躊躇《ちゅうちょ》した。願わくはただの鹿でありますように。

でも、違った。

黒いマント姿——どうやら今夜好まれる変装らしい——の人影がふたつ、木陰に守られて歩いてきた。小柄なほうがいちばん低い枝に背をもたせかけ、フードを外した。あまりにもよく知っている、ピンクの髪を半分剃った頭があらわになる。

十日前にわたしの腕をもぎとりかけた、同じ分隊のイモジェンだ。

胃が緊張し、ふたりめの騎手がやはりフードをとったときに、きゅっと痛んだ。

ゼイデン・リオーソン。

（うわ、どうしよう）

五メートルぐらいしか離れていなかった。ここにわたしを殺すことを止めるものはない――誰もいない。恐怖で喉がこわばり、強く締めつけられた。関節が白くなるほどまわりの枝を握りしめる。呼吸音が聞こえないよう息を殺すのと、酸素不足で失神して木から転がり落ちるのと、はたしてどちらがいいだろう。

ふたりは話し出したけれど、そばに川が流れているせいで、なにを言っているのか聞きとれなかった。ほっとして胸をなでおろす。向こうの声が聞こえないなら、じっと座っていればこちらの音も届かないだろう。でも、あの男が見あげるだけで、わたしはおしまいだ。あの短剣尾《ダガーテイル》の紺竜の餌にされるなら、まさに文字どおりに。数分前にありがたく思った月光が、いまや最大の障害だった。

音をたてず、そろそろと慎重にまだら模様の月光から抜け出すと、隣の枝に移って、陰に身をひそめる。ここでイモジェンとなにをしているんだろう？　あのふたりは恋人同士？　友だち？　これっぽっちも関係ないことなのに、ああいう女が好みなのかとつい考えてしまう――美人だけれど、それ以上に残虐な手合い。まったくお似合いだ。

ゼイデンが誰かを探しているかのように川から向き直った。はたして、騎手がさらにやってきて、木の下に集まった。みんな黒いマントで握手を交わす。全員が反乱の証痕《レリック》を持っていた。

人数を確認して目をみひらく。二十人以上いる。三年が数人と二年がふたり、でも残りはみんな一年生だ。規則は知っている。焼き印持ちは三人以上集まれない。一緒にいるだけで死刑に相当する罪を犯しているのだ。これはあきらかになんらかの集会だった。まわりを狼どもがぐるぐるまわっている木の上で、葉の茂った枝にしがみついている猫になった気分だ。

なんの害もない集まりという可能性もあるのではないだろうか？　故郷が恋しいのかもしれない。たとえば、モレイン州出身の候補生はみんな、恋しくてたまらない海を思わせるというだけで、近くの湖で土曜日を過ごしている。

あるいは、焼き印持ちがバスギアスを焼き払って、両親が始めたことを終わらせようとたくらんでいるのかもしれない。

こうして頭上に座り込んで無視することもできるけれど、もし悪だくみをしているのなら、わたしの無関心──不安──のせいで人が死にかねない。ディンに伝えるのが正しい行動だろうけれど、話の内容さえ聞こえないのだ。

（どうしよう。どうしよう。どうしよう）吐き気で胃がむかむかする。もっと近寄らないと。

幹の反対側を離れず、身を隠す影にはりついたまま、わたしはナマケモノなみにじりじりと別の枝をおりていった。一本ずつ、ほんの一部だけ重みをかけてみてから体をおろす。話し声はまだ川音にかき消されていたものの、いちばん大きい声は聞きとれた。声の主は黒髪で色の白い大男で、どの一年生より二倍は肩幅が広かった。ゼイデンと向かい合って立ち、三年生の階級章をつけている。

「すでにサザーランドとルペルコを失った」と聞こえたけれど、まわりの反応はわからなかった。

さらに二段枝をおりると、話している言葉が明瞭になった。あばらから逃げ出そうというかのように心臓がばくばくしている。目をこらせば誰にでも姿が見えるほど近くにいるのだ──まあ、こちらに背を向けているゼイデンは別として。

「好きだろうが嫌いだろうが、卒業まで生き残りたかったら協力しあわないとね」イモジェンが言った。右に軽く一歩跳躍すれば、頭にすばやく蹴りを入れて、このまま無慈悲に肩を外されたお返しができるのに。

とはいえ、この瞬間は復讐より自分の命のほうが大事なので、足は動かさずにおいた。

「でも、こうやって会ってるのが見つかったら？」オリーヴ色の肌をした一年生の女の子が一同をさっと見まわして問いかけた。

「二年間こうしているが、一度も見つかっていない」ゼイデンが応じ、わたしの右下の枝にもたれて腕を組んだ。「おまえたちの誰かが言わないかぎり、見つかることはない。そして、もし言ったやつがいれば、俺にはわかる」その口調にははっきりと脅しがこもっていた。「ギャリックが言ったが、すでに一年生をふたり、本人の不注意で失った。騎手科には四十一人しか仲間がいないし、誰も失いたくはないが、みずから努力しなければその結果は避けられない。こちらは常に不利な状況だ。いいか、騎手科にいるナヴァール人はひとり残らず、おまえたちを反逆者と呼ぶ理由、もしくは失敗させる理由を探している」

ざわざわと同意のつぶやきがあがり、ゼイデンの声の真剣さに息がつまった。冗談じゃない、ゼイデン・リオーソンに関して称賛に値することなんてなにひとつ見つけたくないのに、こんなところで腹が立つほど立派な態度をとっているなんて。むかつくやつ。

たしかに、うちの州出身の上位の騎手が、同郷の仲間の生死を少しでも気にかけてくれたらいいだろうな、とは思うけれど。

「格技でやられたやつは何人いる？」ゼイデンがたずねた。

四本の手がさっとあがった。そのどれも、ほとんどの連中より頭ひとつ高い一年生のものではなかった。金髪をつんつんにとがらせ、腕組みして立っている男。リアム・マイリ。うちの騎竜団の尾《び》小隊第二分隊にいて、すでに一年の首席だ。橋は走り抜けたも同然だし、評価日には対戦相手全員をひねりつぶした。

「くそ」ゼイデンが毒づいた。顔に手をやったときの表情を見るためなら、どんなものでもさしだすのに。

大男――ギャリック――が溜息をついた。「俺が教えるさ」もう誰なのかわかっていた。第四騎竜団の炎《えん》小隊隊長だ。ディンをはさんだ直属の上官。

ゼイデンが頭をふった。「おまえはこの中でいちばん強い――」

「いちばん強いのはそっちだろ」ゼイデンの近くにいた二年生がいたずらっぽい笑みをひらめかせて返した。黄褐色の肌にふわふわした黒い巻き毛の色男で、マントの下の軍服にはうんざりするほどたくさん記章がついている。血縁があってもおかしくないほどゼイデンに似た顔立ちだった。たぶん従兄弟同士？　記憶が正しければ、フェン・リオーソンには妹がいたはずだ。ああもう、あの男の名前はなんだった？　記録を読んだのは何年も前だけれど、Bで始まっていた気がする。

「いちばんきたない手を使う、かもね」イモジェンが皮肉った。

ほぼ全員が声をたてて笑い、一年生たちさえにっこりした。

「情け容赦ないというほうがぴったりくるな」ギャリックがつけくわえる。

みんなが同意してうなずいた。リアム・マイリも含めてだ。

「ギャリックがこの中でいちばん強いが、イモジェンも肩を並べるうえ、ずっと辛抱強い」ゼイデンが指摘した。わたしの腕を折るときにはたいして辛抱強く見えなかったことを考えると、ばかばかしいかぎりだ。「だから、おまえら四人は二手に分かれてこのふたりに稽古をつけてもらえ。三人の集まりならよけいな注目は浴びないはずだ。ほかになにか問題は？」

「こんなことできない」ひょろっとした一年生が肩を落として細い指を顔にあてた。

「どういう意味だ？」ゼイデンが問いかけ、その声がけわしくなった。

「こんなことできない！」一年生が首をふる。「死。戦闘。どれもだよ！」ひとことごとに声が高くなった。「評価日に目の前で人が首をへし折られたんだ！　家に帰りたい！　それには手を貸してくれないのかよ？」

全員がぱっとゼイデンのほうに首をめぐらした。

「無理だ」ゼイデンは肩をすくめた。「おまえには不可能だろう。いま受け入れたほうがいい。これ以上俺の時間を奪うな」

息をのんだのを押し隠すことしかできなかった。下に集まっている中には、隠そうとさえしないのもいた。なんて、最低な、野郎。

ひょろひょろの男の子は愕然とした顔になり、わたしは気の毒に思わずにはいられなかった。

「そいつはちょっときつくないか、従兄どの」ゼイデンにちょっと似ている二年生が眉をあげて言った。

「なにを言ってほしい、ボウディ？」ゼイデンは首をかしげ、あくまでも冷静な声を出した。

「全員を救うことなどできない。まして自分を救うために努力しないやつはな」

「おい、ゼイデン」ギャリックが鼻梁《びりょう》をさすった。「激励の仕方ってものがあるだろう」

「激励が必要なやつは、卒業の日に騎手科から飛び立つことはないとわかっているはずだ。現実に目を向けろ。それでぐっすり眠れるなら、手を握ってやって、みんなやれるぞと中身のない空約束をしてやってもいいが、経験上、真実のほうがはるかに有益だ」頭を動かしたのは、恐怖にすくみあがった一年生を見ているのだろう。「戦争では人が死ぬ。戦いは吟遊詩人が歌うようにはなばなしいものじゃない。首をへし折られたり、六十メートル下へ墜落したりすることだ。焦げた地面にも硫黄のにおいにも、感動的なことなどない。これは――」ふりかえって砦を身ぶりで示す。「――誰もが生還を果たすおとぎばなしとは違う。冷厳で容赦ない現実だ。ここにいる全員が家に帰りつくとはかぎらない……残されている家がどんなものにしろ。間違えるな、俺たちが騎手科に足を踏み入れるときは、いつでも戦争中だ」ゼイデンはわずかに身を乗り出した。「つまり、もし覚悟を決めて生きるために闘わないのなら、無理だな。おまえが無事にやりとげることはないだろう」

あえて沈黙を破ったのは蟋蟀《こおろぎ》だけだった。

「さて、俺が実際に解決できる問題をよこせ」ゼイデンは命令した。

「戦況報告が」見分けのつく一年生が静かに言った。あの子のベッドはリアンノンとわたしから一列離れているだけだ。まったく……名前はなんだった？　あの部屋には女の子がいすぎてみんなと知り合いにはなれないけれど、第三騎竜団にいたはずだ。「ついていけないわけじゃないんですけど、情報が……」肩をすくめる。

「あれはきついね」イモジェンが反応し、ゼイデンに顔を向けた。月明かりに照らされた横顔は、わたしの肩をめちゃめちゃにした同じ人物とは思えなかった。あのときのイモジェンは残酷で、凶暴でさえあった。でも、耳の後ろにピンクの髪の短い房をかけながら、こうしてゼイデンを見ている姿は、目もとも口もとも、物腰全体がやわらいでいる。

「授業で教えられたことを覚えろ」ゼイデンが一年生にかけた声には棘《とげ》が加わっていた。「知っていることは忘れるな。だが、教わった内容はそのまま繰り返せ」

眉間に皺が寄る。あれはいったいどういう意味？　戦況報告は書記官が教える授業のひとつで、機密扱いでない軍の動きや戦線の最新状況を把握しておくためのものだ。暗記するように言われるのは、最近のできごとや、前線付近でなにが起こっているかという一般的な知識だけなのに。

「ほかには？」ゼイデンがたずねた。「いま訊いておけ。朝まで時間があるわけじゃないからな」

そのとき気がついた——三人以上で集まっていることをのぞけば、ここではなにも悪いことはしていない。陰謀もクーデターも危険もない。たんに年長の騎手が出身州の一年生の相談に乗っているだけだ。でも、デインが知ったら、道義上——

「いつヴァイオレット・ソレンゲイルを殺せるんですか？」後ろのほうにいる男が問いかけた。

血が凍った。

同意のつぶやきが全体に広がり、背筋を戦慄《せんりつ》が走り抜ける。

「そうそう、ゼイデン」イモジェンが猫なで声で言い、淡い緑の瞳で見あげた。「ようやくあたしらの復讐ができるのはいつ？」

ゼイデンはわずかに向きを変えた。そのせいで、イモジェンに眉をひそめてみせたとき、横顔と眉を横切る傷痕がちょうど見えた。「すでに言った。ソレンゲイルの末っ子は俺がやる、ふさわしい時期に処理するとな」

わたしを……処理する？　はらわたが煮えくりかえり、凍《い》てついた筋肉をとかした。わたしは処理しなければならない不都合なんかじゃない。つかのまゼイデンに感心したけれど、もう終わりだ。

「まだあの教訓を学んでないのか、イモジェン？」ゼイデンのそっくりさんが人の輪の中ほどからたしなめた。「オレの聞いたところ、マットで力を使った罰として、来月いっぱい夕食の皿洗いをさせるようにエートスが計らったらしいな」

イモジェンは勢いよくそちらへ首をめぐらした。「母さんと姉さんはあの女の母親のせいで処刑されたんだよ。肩を折るぐらいですませるべきじゃなかった」

「その母親は、ここにいるほぼ全員の両親を捕まえた張本人だ」ギャリックが反駁《はんばく》し、広い胸の前で腕を組んだ。「娘のほうではなくな。親の罪で子どもを処罰するのはナヴァールのやり方だ、ティレンドールじゃねえ」

「だからあたしらは親が何年も前にしたことのせいで徴兵されて、この死刑宣告同然の大学に押し込まれたんじゃないか――」イモジェンが言いはじめる。

「気づいているとは思うが念のため、あの子もその死刑宣告同然の大学にいるぞ」ギャリックが切り返した。「すでに同じ目に遭っているようだがな」

わたしはほんとうに、リリス・ソレンゲイルの娘だという理由で罰を受けるべきかどうか、この連中が議論している場面を見ているのだろうか？

「あいつの兄がブレナン・ソレンゲイルだということを忘れるな」ゼイデンがつけたした。「ソレンゲイルにも同様にこちらを憎む理由がある」イモジェンと質問した一年生に鋭い視線を向ける。「もう一度言う気はない。あの女は俺が処理する。反論したいやつはいるか？」

沈黙があたりを支配した。

「よし。では戻って寝ろ、三人ずつ行け」頭を動かして合図すると、一同はゆっくりと解散し、命令されたとおりに三人ずつの組で立ち去った。最後にその場を離れたのはゼイデンだった。

わたしはゆっくりと息を吸った。信じられない、もしかしたら切り抜けられるかも。

でも、全員が立ち去ったのを確かめなければ。できるだけ呼吸を一定にして、激しい動悸を静めようとする。頭の中で五百数えながら、腿が痙攣《けいれん》して指がこわばっても筋肉ひとすじ動かさなかった。

栗鼠《りす》が数匹地面を駆け抜けた。ひとりになったと確信し、はじめて木からおりる動作を再開して、草地まで最後の一メートル少々をとびおりた。幸運の神ジーナルはわたしに甘いに違いない、だって大陸でいちばん幸運な――

影が後ろから襲いかかった。悲鳴をあげようと口をひらいたものの、首に肘がまわって空気が断たれ、硬い胸板にぐっと引き寄せられる。

「叫べば殺す」ささやきが聞こえた。肘にかわって短剣の鋭い刃が喉もとに押しつけられ、わたしは慄然《りつぜん》とした。

体が凍りついた。ゼイデンの低く荒々しい声音はどこにいても聞き分けられる。

「くそソレンゲイルが」片手がわたしのマントのフードをはねのけた。

「どうしてわかったの？」憤慨しきった声が出たけれど、どうでもいい。どうせ殺されるなら、作り笑いして命乞いしながら屈したりするものか。「あててみようか、香りを嗅ぎつけたんでしょ。本に出てくるヒロインはいつでもそれで隠れてるのがばれるしね？」

相手はふんとばかにした。「俺は影を操るが、たしかに、おまえがいるとわかったのは香りのせいだな」短剣をおろして一歩離れる。

わたしは息をのんだ。「影使いの験《しるし》なの？」これほど高い地位にあがったのも当然だ。影使いは信じられないほど希少で、戦闘では喉から手が出るほどほしがられる。験《しるし》の強さによって、グリフォンの数班をいっぺんに倒すとまではいかなくても、まるごと混乱させることは可能だからだ。

「なんだ、まだエートスから警告されていないのか？　暗がりで俺とふたりきりにはなるなと」

その声が粗いビロードのように肌をなで、ぞくっとした。すぐさま太腿の鞘《さや》から自分の短剣を抜くと、くるっと向き直り、死ぬまで闘うつもりで身構える。「こういうやり方でわたしを処理するつもり？」

「盗み聞きか？」黒い眉が片方あがった。こんな相手は脅威ではないと言わんばかりに刃を鞘におさめたけれど、その行動はいよいよわたしを刺激することにしかならなかった。「さて、そうなると実際に殺す必要が出てきたか」あざけるような瞳には真実の含みがあった。

こんなのまったく……むちゃくちゃだ。

「だったらさっさとやれば」わたしはもう一本短剣を抜いた。今回はマントの下であばらに縛りつけてあったやつだ。すかさず二、三歩あとずさり、投げつけてやれる距離をとる——向こうが急襲してこなければ。

ゼイデンはわざとらしく短剣の片方を、次いでもう一方を見やり、溜息をついて胸の前で腕組みした。「その構えがせいいっぱいの防御か？　イモジェンに腕をもがれかけたのも無理はないな」

「あんたが考えるより危険なんだから」わたしは思い切り虚勢を張った。

「そうらしい。おそろしくてふるえている」口の端がつりあがり、ばかにしたような薄ら笑いが浮かぶ。

むかつく。最低。

わたしは二本の短剣をほうりあげ、切っ先をつかみとると、手首を返して相手の頭の両側に投げつけた。どちらも背後の木の幹にがっちり突き刺さる。

「外したな」身をすくめさえしない。

「そう？」最後の二本に手をのばす。「二、三歩さがってその説を試してみたら？」

双眸《そうぼう》に好奇心が広がったものの、次の瞬間それは消え、冷笑と無関心に覆われた。

五感全部が厳戒態勢に入ったけれど、相手がわたしと目を合わせたまま後退したとき、影が周囲に忍び込んでくることはなかった。ゼイデンの背中が木にぶつかり、わたしの短剣がその耳に触れる。

「外したってもう一度言ってごらん」わたしは脅し、右手の短剣の刃先を持った。

「興味深い。どこから見ても華奢《きゃしゃ》で脆弱《ぜいじゃく》そうなのに、実は暴力的だな、ちびっ子？」完璧な唇が感心したような微笑をたたえて弧を描いた。指の形をした影が踊るようにオークの幹を這《は》いあがっていく。影の指が木に刺さった短剣を引き抜き、ゼイデンの待ち構えた手の中に運び込んだ。

思わず鋭く息を吐き出す。この男は指一本動かさなくともわたしの命を奪える力を持っている——影使い。抵抗して身を守ろうとすることさえ、ばかばかしいほど無意味だ。足もとに影をまつわらせ、つかつかと近寄ってくる男の端整な容貌が、危険きわまりない能力が憎らしかった。東のシグニスの森林に生えていると本で読んだ、あの毒花のようだ。誘いかける魅力は近づくなという警告なのに、確実に近づきすぎている。

わたしは刃から柄《つか》へと短剣を握り直し、攻撃に備えた。

「その芸当はジャック・バーロウに見せてやったほうがいい」ゼイデンが言い、手のひらを上に向けて短剣をさしだしてきた。

「はあ?」これは罠だ。罠でしかない。

さらに寄ってきたので、短剣を掲げた。恐怖が体に押し寄せて、心臓がとびはね、鼓動が不規則に乱れた。

「人の首をへし折った一年生だ、おまえを殺すと衆人環視の中で誓っていたな」マントの腹部に刃を押しつけさせて、ゼイデンは説明した。わたしのマントの下に手をのばすと、太腿の鞘に短剣を一本すべりこませる。マントの側面をめくり、そこでためらった。肩からたれている長い三つ編みの上で視線が動かなくなる。一瞬、間違いなく呼吸を止めていた。そのあと、もう一本の短剣をあばらの鞘のひとつにおさめる。「あいつの頭に二、三本短剣を投げてやれば、おまえの殺害計画は考え直すと思うが」

これは……これは……変だ。わたしを混乱させようとする遊びの一種に違いない。もしそうなら、正直、ものすごくうまくやっている。

「それって、わたしを殺す名誉が自分のものだから？」と挑発する。「死んでほしいって思ってたのは、あんたのささやかな会の集合場所にあの木の下を選ぶずっと前からでしょ。もう心の中では埋葬まで済ませてそうだけど」

　ゼイデンは腹部に突きつけられた短剣をちらりと見た。「俺のささやかな会のことを誰かに話す気はあるのか？」視線が合ったとき、その瞳の奥に待ち受けていたのは冷徹な死のみだった。

「ううん」わたしはみぶるいを抑え、真実を口にした。

「なぜだ？」小首をかしげ、奇妙なものを見るようにしげしげと顔を観察してくる。「違法行為にあたるはずだ、分離派の子女が――」

「三名を超えた数で会合するのはね。ちゃんとわかってる。あんたより長くバスギアスに佇んでるんだから」わたしは顎をもたげた。

「それなのに、ママや大事なデインのもとへ駆けつけて、俺たちが集合していたと告げ口するつもりはないと？」こちらをみすえる瞳がきゅっと細まった。

　橋の上に踏み出す直前と同じように胃が締めつけられた。次にとる行動で寿命が決まると体が知っているかのようだ。「あの子たちを助けてあげてたんでしょ。どうしてそれで罰を受けなきゃいけないのかわからないもの」そんなことは、ゼイデンに対しても仲間に対しても不公平だ。あのささやかな集会は違法か？　確実に。そのために死ぬべきか？　絶対に違う。でも、わたしが伝えたらまさにそうなる。あの一年生たちは個人指導を頼んだというだけで処刑され、上級生たちは助けてあげたというだけで同じ目に遭う。「告げ口なんてしない」

　ゼイデンは見透かそうとするかのようにわたしをながめた。氷の針でつつかれているように頭皮がぴりぴりする。

手はふるえていなかったものの、次の三十秒でなにが起きるかと思うとひやひやした。この場で殺されて死体を川に投げ込まれても、下流で見つかるまでは行方がわからない。

でも、命を奪われるならその前に相手の血を流してやる、必ず。

「なるほど」ゼイデンはやんわりと言った。「その言葉を守るかどうか見てみよう。もし守るなら、残念ながら借りができたようだな」それから、身を引いて背を向け、砦まで上っていく崖の階段へと歩み去った。

ちょっと。なに？

「処理しないの？」あぜんとして眉をあげ、後ろから呼びかける。

「今夜はやめておく！」肩越しに声が投げられた。

わたしはふんと鼻を鳴らした。「なにを待ってるわけ？」

「期待されているとおもしろくない」すたすたと暗闇の中へ入っていきながら、ゼイデンは答えた。「さて、門限後に外出していると自分の騎竜団長に気づかれないうちに帰って寝ろ」

「はあ？」わたしはあんぐりと口をあけた。「あんたでしょ、うちの騎竜団長は！」

でも、その姿はすでに影の奥へ消え失せており、ばかみたいにひとりでしゃべっていることになった。

あの男、肩掛け袋になにが入っているのかとさえ訊かなかった。

腕を三角巾の中に戻し、肩にかかる重みがなくなってほっと息をついたあと、顔にゆっくりと微笑が広がった。（ばかだけど、フォニリーの実を持ってる）

第八章

毒にはあまり論じられることのない用法があるが、それは時間調整である。熟練した腕の持ち主のみが効果的に発現するよう適切に投与、塗布できる。服用させる手段はもちろん、個々の体重も考慮しなければならない。

――『野生種および栽培種の薬草の効果的使用法』ローレンス・メディナ大尉著

朝起きて着替えているとき、寮の女部屋は静かだった。反対側の窓から見える地平線から太陽がようやく顔をのぞかせたところだ。ベッドの端に干しておいた竜の鱗《うろこ》の胴着をハンガーから外し、黒い半袖シャツの上に着込む。背中の紐を締めるのがかなり上手になっていてよかった。リアンノンがベッドにいなかったからだ。

少なくとも、わたしたちの一方は待望の夜の生活を手に入れたらしい。ここの満杯のベッドの中にも、ひとりやふたりは相手をひっぱりこんでいる子がいそうだ。分隊長たちは口では門限を取り締まると言うけれど、誰も実際には気にしていない。まあ、ディンをのぞいてはという話だ。ディンはあらゆる規則を気にしている。

（ディン）胸がぎゅっとなって、髪を編んで頭に巻きつけながらわたしはほほえんだ。ディンに会うのが一日のいちばんいい時間だ。たとえ人前では個人的とはほど遠い態度をとっていても。わたしをこの場所から救い出そうと必死になっているとしても。

出る途中で肩掛け袋をつかむと、空《から》のベッドの列を通りすぎ、扉をぐいっと押しあける。あそこに寝ていた十数人は、八月まで生きのびられなかった。

（いた）

あきらかにわたしを待っていたらしく、廊下の壁から身を離したディンの瞳が輝いた。「おはよう」

口もとがゆるんで笑顔になるのはどうしようもなかった。「毎朝係の仕事に付き添ってくれる必要はないんだけど」

「僕がきみの分隊長でないときに会えるのは朝だけだろう」ディンは返し、わたしたちはひとけのない通路を歩いていった。途中で通り越した何本かの廊下は、試煉《しれん》で生き残ったら与えられる個室に通じている。「信じてくれよ、一時間早く起きる価値はあるんだ。もっとも、なぜよりによって朝食当番を選ぶのか、まだ理解できないが」

わたしは肩をすくめた。「理由があって」ほんとうにほんとうに、ほんとうにいい理由があるのだ。とはいえ、先週係を選ぶまで、一時間余分にとれた睡眠は恋しかった。

右側の扉がいきなりひらいた。目の前でぱっと動いたディンに片腕で後ろにかかえこまれ、背中に顔が埋まる。このにおいは革と石鹼《せっけん》と――

「リアンノン？」ディンがぴしゃりと言った。

「失礼！」リアンノンの目が大きくなる。

わたしはディンの腕から抜け出すと、友人の顔が見えるように脇へ動いた。「今朝はどこに行ったのかと思ってた」リアンノンの隣にタラが現れたので、にやっと笑う。「おはよう、タラ」

「おはよう、ヴァイオレット」タラはこちらに手をふってから、シャツをズボンにたくしこみつつ、廊下を遠ざかっていった。

「門限には理由があるんだ、候補生」ディンのお説教に、わたしはあきれた顔をしたくなるのをこらえた。「それに、試煉が終わるまでは誰も寮の個室に入らないことになっていると知っているだろう」

「もしかしたら、早く起きただけかもよ」リアンノンがやり返した。「ほら、そっちと同じで」いたずらっぽい笑みを浮かべてわたしたちふたりを交互に見る。

ディンは鼻柱をさすった。「とにかく……寮に戻ってそこで寝たふりをしてくれよ」

「もちろん！」リアンノンは通りすがりにわたしの手を握りしめていった。

「その調子」わたしはすばやくささやいた。リアンノンはここにきたときからタラが気に入っていたのだ。

「知ってる。ね？」リアンノンは笑顔になって身を引くと、向きを変えて廊下の扉を通り抜けた。

「分隊長に応募したときには、一年生の夜の生活を監視することなんか計画してなかったよ」厨房のほうへ進みながら、ディンはぼやいた。

「なに言ってんの。去年は自分だって一年生だったくせに」

ディンは眉をあげて考え込み、最終的に肩をすくめた。「妥当な指摘だな。そしてきみはいま一年生だ……」竜の会堂に通じるアーチ形の入口へ近づいたとき、わたしのほうへ視線が動き、先を続けようとするかのように唇がひらいた。でも、ディンは目をそらしてくるりと向き直り、扉をあけてくれた。

「ちょっと、ディン・エートス！　わたしの夜の生活について訊いてるの？」緑竜の柱を通りすぎながら、むきだしになった牙に指を走らせ、微笑をかみ殺す。

「違う！」ディンはかぶりをふってから、ふと足を止めて考えた。「ところで……訊くような夜の生活があるのか？」

食堂への階段を上っていたので、わたしは扉の直前でふりかえった。二段下にいるディンと目の位置が同じになる。「ここにきてから？」指で顎を叩いてにっこりする。「ディンには関係ない。ここにくる前？　そっちも関係ない」

「またしても、妥当な言い分だ」ディンの唇が弧を描いた。そうはいっても関係があればよかったのに、とわたしは思った。

強引に関係があることにするような愚行に走らないうちに背を向ける。ふたりで空の学習机が並ぶ図書室の入口を通りすぎ、そのまま食堂に入っていった。書記官の文書館ほど畏敬の念を引き起こす場所ではないけれど、図書室にはここでの勉強に必要な書物が全部揃っている。

「今日の心構えはできてるか？」集会場に近づくと、ディンが問いかけた。「手合せは今日の午後始まるだろう？」

胃がきゅっと締まる。

「大丈夫」と請け合ったものの、ディンはわたしの前に移動し、行く手をさえぎった。

「リアンノンと稽古していたのは知ってるが……」額に心配そうな皺が寄る。

「できるよ」と約束し、本気で言っているのが伝わるように目をのぞきこむ。「わたしのことは心配しなくていいから」ゆうべ、まさにブレナンがあるだろうと書いていた場所で、わたしの隣にオレン・ザイフェルトの名前が貼ってあった。第一騎竜団にいる背の高い金髪の男の子で、ナイフの腕前はそこそこだけれど、こぶしの一撃は強烈だ。

「いつでもきみのことは心配だよ」ディンはこぶしを握りしめた。

「心配しないで」わたしは首をふった。「自分のことは自分でなんとかできるよ」

「またきみが傷つくのを見たくないんだ」

あばらが万力のように心臓を締めつけた。

「だったら見ないで」たこのできた手をとる。「これを助けてもらうのは無理だよ、ディン。ほかの候補生と同じように、週に一回手合せをすることになるもの。しかも、そこで終わりじゃないし。試煉からも籠手試《こてだめ》しからも、ジャック・バーロウからも守ってもらうわけにはいかないでしょ――」

「あいつの近くではおとなしくしていたほうがいい」ディンは顔をしかめた。「なるべくあの大ばか野郎を避けるんだ、ヴィー。攻撃する口実を与えるな。いまでもあいつのせいで死亡者名簿に載った名前が多すぎる」

「だったら竜には好かれるね」竜はいつでも凶暴な連中を好む。

デインがわたしの手をそっと握りしめた。「とにかく近づかないことだ」

わたしはまばたきした。この忠告は、ゼイデンの〝頭に二、三本短剣を投げてやれ〟という提案とはずいぶん違う。

（ゼイデン）先週から胃にわだかまっている後ろめたさがまた少し大きくなった。規則に従えば、オークの木の下で焼き印持ちの集会を見たとデインに伝えるべきだけれど、そうしたくない。告げ口しないとゼイデンに言ったからではなく、秘密を守ることが正しいという気がしたからだ。

これまで一度もデインに秘密を持ったことはなかった。

「ヴァイオレット？　聞いてるのか？」デインがたずね、片手をあげてわたしの顔を包んだ。

ぎこちなく視線を合わせ、うなずいて繰り返す。「バーロウには近づかない」

デインは手をおろしてズボンのポケットに突っ込んだ。「あいつがきみへのちっぽけな復讐心をすっかり忘れてくれることを願うよ」

「ふつう男って、女から股にナイフを突きつけられたら忘れるもの？」わたしは片眉をあげてみせた。

「いや」デインは嘆息した。「なあ、きみを書記官科へこっそり連れていくのは、まだ手遅れじゃないんだ。フィッツギボンズ大尉が受け入れてくれるさ――」

五時十五分を知らせる鐘が鳴り、書記官科に逃げてくれと訴えるデインともう一度やりあわずにすんだ。

「大丈夫だってば。じゃ、整列のときにね」ぎゅっと手を握ると、デインを置いてその場を離れ、厨房へ向かう。ここにはいつも一番乗りだけれど、今日も例外ではなかった。

干して粉にしたフォニリーの実入りの小瓶を肩掛け袋からポケットに移し、仕事にかかったところで、ほかの当番が眠たげな目でぼやきながら入ってきた。この粉は白色に近く、ほとんど目に見えない。だから一時間後、配膳の列の定位置につき、オレン・ザイフェルトが近づいてくるのをみすましてスクランブルエッグにふりかけても、まったく気づかれなかった。

「試煉のさい、どの竜に近づき、どれから逃げるべきか判断するには、それぞれの種固有の気質を念頭に置きなさい」カオリ教授は言った。きまじめな黒い瞳を自分の鼻に向け、一瞬新入生をながめたあと、短剣尾《ダガーテイル》の緑竜から蠍尾《スコーピオンテイル》の赤竜へと投影を変える。この人は幻影使いで、騎手科で唯一、心で見た映像を投影できる験《しるし》を持つ教授だった。この授業がお気に入りのひとつなのはそういうわけだ。オレン・ザイフェルトがどんな外見か正確に知ることができたのも、教授のおかげだった。

ずうずうしく教授をだまし、別の候補生を見つける理由を偽ったことに罪悪感をおぼえているか？　別に。不正行為だと思うか？　それも思わない。わたしはミラに勧められたとおり、頭を使っているだけだ。

丸テーブルの中央に映った蠍尾《スコーピオンテイル》の赤竜は実物の数分の一で、せいぜい一・八メートルしかない。でも、実際に試煉のとき隠れ谷で待機している、火を噴く竜を正確に複製していた。

「このグリアンのように、蠍尾《スコーピオンテイル》の赤竜はもっとも気が短い」カオリ教授は続けた。まるで竜そのものであるかのように幻影にほほえみかけると、完璧に整えられた口ひげが弧を描く。みんなメモをとった。「したがって、もし怒らせたなら――」

「昼飯になる」リドックが左側から言い、クラスがどっと沸いた。三十分前に自分の分隊が教室の四分の一を占領してからというもの、ずっとわたしをにらんでいたジャック・バーロウでさえ鼻先で笑った。

「まさに」カオリ教授は応じた。「とすると、蠍尾《スコーピオンテイル》の赤竜へ近づくのに最善の方法とは？」室内を見渡す。

答えは知っていたけれど、おとなしくしていろというディインの忠告を心に留めて、手はあげなかった。

「近づかない」リアンノンが隣でつぶやき、わたしは小さく噴き出した。

「可能なら左側から、また正面から近づくほうが好まれます」ほかの分隊の女の子が答えた。

「よくできた」カオリ教授はうなずいた。「今回の試煉で、絆を結ぶ意思のある蠍尾《スコーピオンテイル》の赤竜は三頭いる」目の前の映像が違う竜に変わる。

「全部で何頭の竜ですか？」リアンノンがたずねた。

「今年は百頭だ」カオリ教授が答え、また映像を変えた。「だが、約二カ月後の顔見せで目にしたものによっては、気の変わる竜もいるかもしれん」

ずしりと心が重くなった。「去年より三十七頭も少ないんですね」試煉の二日前に竜の前を行進してご高覧いただくとき、見た目を気に入ってもらえなければ、もっと少なくなる可能性もある。もっとも、どうせたいていの場合、その行事のあとには候補生が減るけれど。

カオリ教授の黒い眉があがった。「ああ、ソレンゲイル候補生、そうだ。そして、その前の年より二十六頭少ない」

絆を結ぶことを選ぶ竜は減っているにもかかわらず、騎手科に入る騎手の数はずっと一定だ。頭がくらくらした。どの戦況報告でも東方の国境への攻撃は増えているのに、ナヴァールを守るために絆を結ぼうとする竜は減っているのだ。

「なぜ絆を結ぼうとしないか、竜たちは教えてくれるでしょうか？」別の一年生が問いかけた。

「そんなわけねえだろ、あほう」ジャックが小ばかにして、氷のような青い目で候補生をねめつけた。「竜は絆を結んだ騎手としか話さねえ、絆を結んだ騎手にしか正式名を教えねえのと一緒だ。もうそのぐらいわかってんだろ」

カオリ教授が送った視線でジャックは口をつぐんだものの、もうひとりの一年生に嘲笑を向けるのはやめなかった。「理由は明かされていない」先生は言った。「命が惜しければ、竜たちが答えようとしない質問を投げかけないことだ」

「竜の数が結界に影響を与えますか？」後ろに座っていたオーレリーが机のふちを羽ペンでとんとん叩きながら訊いた。じっと座っているのが嫌いなのだ。

カオリ教授の顎がぴくぴくと二回ひきつった。「はっきりとはわからん。従来、絆を結んだ竜の数がナヴァールの保全に影響を及ぼしたことはなかったが、戦況報告から確認できる以上、うそをつくつもりはない。結界の破損はどんどん増えている」

結界はかなり急速にゆらいでおり、デヴェラ教授が毎日の戦況報告を始めるたびに胃が締めつけられた。わたしたちが弱くなっているのか、敵が強くなりつつあるのか。いずれにしても、この教室の候補生たちがいままで以上に必要とされているということだ。

わたしでさえ。

映像はスーゲイルに変わった。ゼイデンと絆を結んでいる紺色の青竜だ。

あの最初の日、スーゲイルがこちらを完全に見抜いた目つきを思い出すと、胃がむかむかした。

「青竜に近づく心配をする必要はない。今回の試煉で絆を結ぼうとする竜がいないからだ。しかし、スーゲイルを見たとき、それとわかるようになっておくべきだろう」とカオリ教授。

「必死で逃げられるようにな」リドックがからかうように言った。

ほかの子たちが笑っているあいだ、わたしはうんうんとうなずいていた。

「スーゲイルは青竜の中でもっとも希少な短剣尾《ダガーテイル》の青竜で、いまの発言どおり、絆を結んだ騎手がいないところで出くわしたときには……確実にその場から退散すべきだな。無慈悲などという表現ではとうてい足りんし、人間が竜の法とみなしている規範に従うこともない。かつて自分の騎手だった者の血縁と絆を結んだほどだ。通常禁じられているのは周知の事実だが、スーゲイルはいつでも思いのままにふるまう。はっきり言うが、青竜を見かけたら近づかないように。とにかく……」

「逃げろ」リドックが繰り返し、やわらかそうな茶色い髪をかきまわした。

「逃げろ」カオリ教授はほほえんで同意し、上唇にかぶさった口ひげがわずかにふるえた。「ほかにも現役で活動している青竜はいる。しかし、みな戦闘がいちばん激しい東のエスベン山脈沿いにいる。どの竜もおそろしいが、スーゲイルはその中でもっとも力がある」

息が止まった。ゼイデンが影を操れるのも不思議はない――木から短剣を引き抜くばかりか、おそらく同じ短剣を投げることもできるだろう影を。それなのに……わたしを生かした。そう考えてほんのちょっぴり温かくなった気持ちを、なるべく遠くへ押しやる。

(きっともてあそぶ気でいるだけだ。襲いかかる前に獲物で遊ぶ残忍なやつってだけ)

「黒竜はどうなんです?」ジャックの隣の一年生がたずねた。「ここに一頭いるでしょう?」

ジャックの顔が輝いた。「あれがほしいな」

「見せても意味があるわけではないが」カオリ教授が手首をひらめかせると、スーゲイルは消え失せ、かわりに巨大な黒竜が現れた。幻影でさえもっと大きく、頭を見るにはややのけぞらなければならなかった。「まあ、この場でしか目にする機会はないだろうから、あくまでも諸君の好奇心を満たすためにな。これがメルグレン総司令官の騎竜をのぞいて唯一の黒竜だ」

「ものすごく大きいですね」とリアンノン。「それに、あれは棍棒尾《クラブテイル》ですか？」

「違う。星球尾《モーニングスターテイル》だ。棍棒尾《クラブテイル》と同じ打撃力を持つが、あの棘《とげ》で短剣尾《ダガーテイル》におとらず人体を切り裂く」

「両方のいちばんいいところか」ジャックが大声を出した。「殺人兵器なみに見えるぜ」

「そのとおりだ」カオリ教授は答えた。「正直に言えば、この五年間見かけとらんのでな、この映像はいささかならず古い。しかし、せっかくここに出したことだから、黒竜に関してどんな知識があるかね？」

「いちばん頭がよくて判断力がすぐれています」オーレリーが声をあげた。

「もっとも希少です」わたしは追加した。「過去……一世紀のあいだ一頭も生まれていません」

「正解だ」カオリ教授がふたたび映像を回転させると、こちらをにらみつける黄色い双眸《そうぼう》が現れた。「また、いちばん狡猾《こうかつ》でもある。黒竜を出し抜くなどということは不可能だ。この雄竜は百歳をいくつか超えており、壮年ということになる。竜種の中では戦闘竜として畏敬され、これがいなければ、ティレンドールの反乱において、こちらが敗北を喫していただろう。加えて星球尾《モーニングスターテイル》とくれば、ナヴァールでも有数の危険な竜ということだ」

「とんでもねえ験《しるし》の力を媒介しそうだ。どうやって近づくんですか？」ジャックが座ったまま前のめりになって問いかけた。強欲そのものの目つきで、隣にいる友人もそっくりだった。

ジャックみたいに残酷なやつが黒竜と絆を結ぶなんて、この国にいちばん必要ないことだ。勘弁してほしい。

「近づかんよ」カオリ教授が答えた。「前回の、かつ唯一の騎手が反乱の最中に死んで以来、絆を結ぶことに同意しておらんのだ。近寄るには隠れ谷に行くしかないが、そんなことにはならん。山峡を越えないうちに焼き払われるだろうからな」

丸テーブルの向かい側にいる赤毛で色白の女の子が席でもじもじして、反乱の証痕《レリック》を隠そうと袖をひきさげた。

「誰かがもう一度訊いてみるべきじゃないですか」ジャックが迫った。

「そうはいかんのだ、バーロウ。さて、もう一頭だけ黒竜がいて、軍に属している――」

「メルグレン総司令官のですね」ソーヤーが言った。目の前の本は閉じていたけれど、責めることはできない。この授業を受けるのが二回目だったら、わたしだってメモなんかとったりしないだろう。「コーダックでしたか？」

「ああ」カオリ教授はうなずいた。「竜の巣で最年長の剣尾《ソードテイル》だ」

「しかし、ただの好奇心として」ジャックの冷たく青いまなざしは、いまだに投影されている絆のない黒竜の映像から離れていなかった。「こいつは騎手にどんな験《しるし》の能力を与えてくれますかね？」

カオリ教授がこぶしを握ると、幻影は消えた。「さて、わからんな。験《しるし》とは、騎手と竜のあいだに生じる固有の相性の結果であって、通常は竜より騎手に関して多くを語っている。絆が強く、竜の力が大きいほど、験《しるし》も強くなる」

「そうですか。前の騎手の験《しるし》はなんだったんです？」ジャックは訊いた。

「ナオリンの験《しるし》は吸引だった」カオリ教授は肩を落とした。「ほかの竜や騎手など、さまざまな源から力を吸いあげることができ、それを使うことも分配し直すこともできた」

「すげえ」リドックは少なからず英雄視している口調だった。

「たしかに」カオリ教授が同意した。

「そんな験《しるし》があってなんで死んだんですか？」ジャックは厚い胸の前で腕組みして問いかけた。

カオリ教授はちらりとわたしに視線をよこし、一拍おいて目をそらした。「斃《たお》れた騎手を生き返らせるために力をふるい——成功はしなかったがね、蘇生を可能とする験《しるし》はないのでな——その過程で使い果たしたのだよ。試煉が済めばこの言い方になじむだろうが、〝燃えつきて〟戦友の隣で死んだ」

胸の中でなにかが動いた。説明できないのに、ふりきることもできない感情。

鐘が鳴って授業の終わりを告げ、みんな荷物をまとめはじめた。各分隊がぞろぞろと廊下へ出ていき、教室が空になる。わたしは自分の机の奥で立ちあがり、袋を肩にかけた。出口で待っているリアンノンが不思議そうな顔をしているのをよそに、「あれはブレナンのことですね？」とカオリ教授にたずねる。

こちらを見た教授のまなざしは悲しみに満ちていた。「ああ。君の兄を救おうとして死んだのだが、ブレナンはすでに手遅れだった」

「なぜそんなことをしたんです？」わたしは袋の重みをずらした。「蘇生は不可能です。どうしてブレナンがすでに死んでいたのに、実質的に自分を殺すような真似をしたんでしょう？」胸がつぶれそうなほど痛み、息ができなくなる。自分のために死んでほしいなどとブレナンが願ったはずはない。そんな人間ではなかった。

カオリ教授は座ったまま机にもたれ、口ひげの黒く短い房をひっぱりながらわたしをながめた。「ソレンゲイル家の一員だということは、ここでは利益にならんようだな」

わたしは首を縦にふった。「わたし――と、わたしの家名――をへこませてやりたいと思う候補生は何人もいます」

教授はうなずいた。「ここから出たら状況は変わる。卒業すれば、ソレンゲイル司令官の娘を生かしておくためなら、いや喜ばせるためにさえ、周囲の者がほぼなんでもすると気づくだろう。それは君の母親を好きだからではなく、恐れているか、気に入られたいからだ」

「ナオリンがそうだったんですか？」

「どちらも少しずつだな。それに時として、あれほど強力な験《しるし》を持つ騎手にとって、限界を認めることは難しいものだ。結局のところ、人は絆を結ぶことで騎手になる。しかし、死者をよみがえらせるとなると？　さて、そんなことができれば神になるだろう。どういうわけか、死すべき人の子がおのれの領分を侵すことを、マレクが喜んで受け入れるとは思えんのだよ」

「答えてくださってありがとうございます」わたしは向きを変えて出口へ歩きはじめた。

「ヴァイオレット」カオリ教授が呼びかけてきたので、くるりとふりかえる。「私は君のきょうだいをふたりとも教えた。私のような験《しるし》は、長期で騎竜団に配属するより、ここの教室のほうがはるかに有用なのでな。ブレナンは目をみはるほどの騎手であり、立派な男だった。ミラは抜け目なく、騎乗に関しては天賦《てんぷ》の才を持っている」

わたしはうなずいた。

「だが、君はどちらより賢い」

わたしは目をぱちくりさせた。兄姉と比較されて、いちばん上だと評価されることはあまりない。

「食堂で毎晩友人の勉強を手伝っている様子を見ていると、さらに思いやりもあるようだ。そのことを忘れんでくれ」

「ありがとうございます。でも、試煉のときには、賢くて思いやりがあっても役に立たないでしょうね」自虐的な笑い声がもれた。「騎手科で、たぶん大陸じゅうでも、先生ほど竜のことをよく知っている方はいません。竜は力と狡猾さを選ぶんです」

「竜たちは、選ぶ理由を人間に伝えていない」教授は机を押して離れた。「そして、力のすべてが物理的なものではないよ、ヴァイオレット」

善意のお世辞に対してふさわしい言葉が見つからなかったので、わたしはうなずくと、リアンノンと合流するために出口へ向かった。いまはっきりわかっているのは、昼食後のマットの上で思いやりは助けてくれないということだけだ。

わたしは幅広の黒いマットの脇に立ち、緊張のあまり吐きそうになりながら、リアンノンがいつもどおり敵をやっつけるのをながめていた。相手は第二騎竜団の男の子で、いくらもたたないうちにヘッドロックをかけられ、空気の供給を止められてしまった。この二週間というもの、リアンノンがわたしに叩き込もうとしてきた動きだ。

「あんなに簡単そうに見えるのに」隣に立ったデインに話しかける。肘同士が触れ合った。

「あいつはきみを殺そうとするぞ」

「え？」目をあげ、その視線をたどってマットふたつ離れた先を見る。

デインがマット越しに殺意のこもった視線を送っているゼイデンのほうは、リアンノンが第二騎竜団の一年生の首をさらに絞めあげているあいだ、退屈しきった表情を浮かべていた。

「きみの対戦相手だ」デインがそっと言った。「あいつと仲間の会話を小耳にはさんだ。あのバーロウのガキのおかげで、きみのことを騎竜団のお荷物だと考えているんだ」目を移したのはオレンで、これからおもちゃを壊そうと言わんばかりにわたしを品定めしている。

とはいえ、顔色が蒼ざめていたので、わたしはにやっとした。

「わたしは大丈夫だから」と繰り返す。ばかばかしいけれど、それが合言葉になっていた。上を脱ぎ、もはや第二の皮膚のように感じる竜の鱗の胴着と、革の戦闘服という恰好になる。短剣は四本とも鞘《さや》におさまっていた。計画どおりに行けば、まもなくもう一本加わるはずだ。

第二騎竜団の一年生が気絶し、拍手が響き渡るなか、リアンノンが勝者として立ちあがった。対戦相手の上に身をかがめ、腰の短剣を抜き取る。「これはあたしのになったみたいだね。ゆっくりお休み」と軽く頭を叩いたので、思わず笑ってしまった。

「なんで笑ってるのかわからねえな、ソレンゲイル」せせら笑う声が背後から呼びかけてきた。

ふりかえると、三メートルほど先に、板塀を背にしたジャックがいた。両脚をひらいて立ち、悪意があるとしか表現しようのない笑みを浮かべている。

「うるさい、バーロウ」中指を立ててやる。

「今日の手合せで勝ってほしいと本気で思ってるぜ」その瞳が嗜虐《しぎゃく》的な悦《よろこ》びに躍り、胃がむかむかした。「おれに機会がまわってくる前にほかのやつに殺されたら残念だからなあ。ま、負けても驚きやしねえが。菫《ヴァイオレット》ってのは実に繊細な……かよわいしろものだろ、なあ」

繊細だって、まったく。

〝頭に二、三本短剣を投げてやれば、おまえの殺害計画は考え直すと思うが〟

わたしはあばらの短剣を両方とも鞘から抜くと、一続きのなめらかな動作で投げつけた。どちらも意図したとおりの場所に突き刺さる――片方はもう少しで耳を傷つけるところだったし、もう一方は股のわずか数センチ下だ。

ジャックの瞳が恐怖に大きくなった。

わたしは臆面もなくにやっとしてみせ、手をふって指をくねくね動かしてみせた。

「ヴァイオレット」ジャックがわたしの短剣を避けて板塀から離れたとき、ディンが鋭くささやいた。

「憶えてろよ」ジャックはこちらに指を突きつけ、のしのしと立ち去ったけれど、肩の上下がちょっぴりぎくしゃくしていた。

その背中が遠ざかるのを見守ったあと、短剣を回収してあばらの鞘におさめ、ディンのもとに戻る。

「あれはいったいどういうことだ？」ディンはかっかとしていた。「あいつのそばではおとなしくしていろと言ったのに、きみは……」頭をふってみせる。「いっそう怒らせたのか？」

「おとなしくしてたってなんにもならないもの」と肩をすくめて言ったとき、リアンノンの対戦相手がマットから運び出された。「わたしがお荷物じゃないって思い知らせないとね」（それに、予想より殺すのは難しいってことも）

頭皮がぴりぴりするのは無視しようがなかったので、視線を移し、ゼイデンと目を合わせる。いまいましいことに、また例によって鼓動が一瞬止まった。まるであばらを突き抜けて影が送り込まれ、ぎゅっと心臓を握りつぶされたかのようだ。ゼイデンは傷痕のある眉をあげ、そこを離れた。隣のマットにいる第四騎竜団の候補生を観察しようと歩いていったときには、たしかに唇に微笑の影がちらついていた。

「すごいじゃん」リアンノンが反対側にきて言った。「ジャックがもらすんじゃないかと思った」

わたしはほほえみをかみ殺した。

「けしかけるのはやめろ」デインが叱りつけた。

「ソレンゲイル」エメッテリオ教授がノートを見やり、もじゃもじゃ眉毛を片方あげてから続けた。「ザイフェルト」

喉にこみあげてくる恐怖をのみこんで、わたしはマットの上にあがり、いまやあきらかに顔色の悪いオレンと向かい合った。

（ちょうど時間どおり）

脚を狙われたときのため、念のため両の足首と膝に布を巻き、できるかぎり備えはしてきた。

「個人攻撃と受け取らないでくれよ」ふたりとも両手をあげてお互いにぐるぐるまわりはじめた

とき、オレンはそう言った。「しかし、あんたは騎竜団にとって危険なだけだからな」

とびかかってきたものの、脚の動きはのろのろしていたので、わたしはくるりとよけ、腎臓に一発入れてからさっと跳躍してあとずさると、短剣を手にした。

「あんたほど危険じゃないと思うけど」わたしは非難した。

オレンの胸が一回波打ち、額に玉の汗が浮かんだけれど、相手はそれをふりはらってせわしくまばたきしながら自分のナイフに手をのばした。「うちの姉は治療師でな。あんたの骨は小枝みたいにぽきんと折れるらしいな」

「ほんとうかどうか確かめてみれば？」わたしはむりやり笑顔を作り、また向かってくるのを待った。なぜってそうするはずだからだ。マットをいくつかはさんで三回分の試合を観察した。この男は牡牛だ、力だけで柔軟性がまるでない。

嘔吐しそうなのか、オレンの全身がゆれ、空いたほうの手で口を覆って深呼吸してから、ふたたびまっすぐ立った。攻撃するべきだったけれど、そうするかわりにわたしは待った。すると、オレンは打ちかかろうとナイフを高く構えて突進してきた。

ぎりぎり最後の瞬間まで踏ん張れ、と脳がなんとか体を説得してくれたとはいえ、心臓が激しく脈打ち、攻撃が到達するまでの数秒間は拷問のように感じられた。オレンがナイフをふりおろし、わたしはすばやく左に避けつつ、自分の短剣で脇腹をざくっと刺してやった。そのまま向き直って背中を蹴り飛ばし、うつぶせに倒れ込ませる。

（いまだ）

マットに崩れ落ちたのをすかさず利用し、イモジェンにやられたように背骨に膝をめりこませると、喉に刃を押しあてる。「降参して」速《スピード》さと鋼鉄《スチール》があれば、力なんて必要ない。

「するかよ！」オレンは叫んだものの、膝の下で体がうねり、うっとえずいた。朝食以来口にしたものが残らず噴き出し、マットの脇にまで飛び散る。

最低、気持ち悪い。

「うわ、ひどい」リアンノンが嫌悪もあらわに声をあげた。

「降参して」わたしはもう一度要求したけれど、いまではオレンが本格的にもどしていたので、うっかり喉を切り裂いてしまわないように短剣を離さなければならなかった。

「降参だ」エメッテリオ教授がおぞましげに顔をゆがめて宣告した。

わたしは刃をおさめ、吐いたものが溜まった場所をよけて体の上からどいた。まだ嘔吐を続けているオレンを放置して、数十センチ手前に落ちたナイフを拾いあげる。手持ちの短剣より重くて長いけれど、このナイフはもうわたしのものだ。しかも、正当に獲得した。左腿の空いている鞘にナイフをさしこむ。

「勝ったね！」リアンノンが言い、マットから離れたわたしをぎゅっと抱きしめた。

「あっちの体調が悪かったからね」と肩をすくめて答える。

「腕っぷしが強いより、運がいいほうが絶対いいよ」リアンノンが言い返した。

「誰かにこれを片付けさせないとな」自分が病気のような顔色になったディンが言った。

わたしは勝った。


この計画でいちばん難しいのは時間調整だ。

次の週もわたしは勝った。第一騎竜団のがっちりした女の子が、リーホレル茸《たけ》のおかげでまともな一発を放てるほど集中が続かなかったからだ。幻覚を誘発する茸《きのこ》の成分がなぜか昼食にまぎれこんだらしい。膝にいい蹴りを食らったものの、二、三日包帯しておけば治る程度だった。

その翌週も勝った。第三騎竜団の背の高い男の子が、峡谷の近くの岩肌が露出した場所に生えているジーナの根のせいで、一時的にその大きな足の感覚をすべて失ってつまずいたのだ。ただしタイミングが少しずれたので、わたしの顔に二、三発いいパンチが入り、こっちも唇が裂けて十一日間消えないあざが頬に残った。まあ、ともかく顎は割られなかった。

さらに次の週も勝った。胸の大きい候補生の視界が対戦途中にぼやけたためで、お茶にタルシラの葉が入っていたのが原因だ。動きの速い子で、マットにほうりなげられ、腹部に痛烈な蹴りを食らったおかげで、色とりどりの打撲傷とブーツの足跡がくっきりとあばらに残った。その試合のあと、もう少しで屈してノロンのもとに行くところだった。でも、わたしを排除したがっているジャックや焼き印持ちにその口実を与えたくなかったので、歯を食いしばり、あばらに包帯を巻いて耐えた。

八月最後の手合せでは、前歯に隙間のあるとりわけ汗っかきの男の子をマットに沈め、五木目の短剣を稼いだ。今度のは柄《つか》にきれいなルビーがはまっていた。その子の場合、カルミンの木の皮が革の水筒に入り込み、動作が鈍《にぶ》くなって吐き気をもよおしたのだ。ちょっと効果がフォニリーの実に似すぎていたし、第三騎竜団爪《そう》小隊第三分隊の全員が同じ胃の不調を起こしたのはほんとうに気の毒だった。きっとウイルス性のなにかに違いない。ともかく、わたしはそう言っておいた。親指の関節を外され、あやうく鼻を折られそうになったあげく、ヘッドロックをかけてようやく相手を降参させたときに。

九月の初めになると、マットの上に乗る足どりにもはずみがついた。誰も殺さずに五人の敵を倒したのだ。うちの学年の四分の一は口にできない台詞だ。先月は一年生だけでほぼ二十人の名前が死亡者名簿に加わったのだから。

わたしは痛む肩をまわして、対戦相手を待った。

でも、今週予定されていたライマ・コーリーが進み出ることはなかった。

「すまんな、ヴァイオレット」エメッテリオ教授が短い黒ひげをさすりながら言った。「おまえはライマと手合せするはずだったが、まっすぐ歩けないらしく、治療師のもとへ連れていかれた」

ウォルウィンの果実の皮を生で摂取するとそうなる……たとえば、朝食の菓子パンのアイシングに混ざっていたりすると。

「それは――」まずい。「――残念ですね」わたしは顔をしかめた。（食べさせるのが早すぎた）「じゃあ今回は……」すでにあとずさりして、マットからおりかけながら言い出す。

「喜んでかわりますよ」あの声。あの口調。頭皮がぞくぞくするあの感じ……

うそ、やめて。絶対だめ。だめ。だめ。だめ。

「本気か？」エメッテリオ教授が肩越しに視線を投げてたずねた。

「もちろん」

背筋が凍った。

そして、ゼイデンがマットにあがってきた。

第九章

わたしは今日死んだりしない。

――『ブレナンの書』におけるヴァイオレット・ソレンゲイルの個人的付記

完全に終わった。

ゼイデンが進み出た――百九十センチ以上の長身でずいっと――真夜中のように黒い革の戦闘服と、ぴったりした半袖シャツという恰好は、皮膚にちらちらと黒く浮き出た反乱の証痕《レリック》をいっそう危険に見せているようだった。ばかばかしいとわかっているのに、事実でもある。

頭がまだちゃんと受け入れていないのを体が承知しているかのように、鼓動がすさまじい勢いで打ちはじめた。もうすぐ叩きのめされる……もっとひどいことになるかもしれない。

「みんな、いい経験だぞ」エメッテリオ教授が手を叩いて言った。「ゼイデンはここで指折りの猛者《もさ》だ。よく見て学べ」

「そりゃそうでしょ」わたしはつぶやいた。こちらがウォルウィンの実の皮をつまんだかのように胃がむかむかした。

ゼイデンの口の片端が満足げにつりあがり、瞳に散った金の斑点は躍っているようだった。あのサディスト、これを楽しんでいるのだ。

わたしの膝とくるぶしと手首には布が巻いてあり、治りかけた親指を保護している包帯の白が黒い革にくっきりと映えていた。

「少し格が違いすぎませんか？」ディンが一語一語に緊張をみなぎらせてマットの脇から反論した。

「力を抜け、エートス」わたしの肩越しに目をやったゼイデンのまなざしがけわしくなった。そこにディンがいるのはわかっている。わたしがマットにいるときの定位置だからだ。ディンに向けた視線を見て、にらむという意味では手心を加えられていたことに気づいた。「俺が稽古をつけたあとでもこいつが死ぬわけじゃない」

「公平とはとうてい考えられ――」ディンの声が高まった。

「おまえに考えろとは誰も頼んでいない、分隊長」ゼイデンは反撃すると、脇に移動した。体につけた武器をひとつ残らず外し――すごい数だった――イモジェンに渡す。

どういうわけか嫉妬に口の中が苦くなった。でも、ほんの数秒で相手がまた向き直ったので、理由を追求している時間はなかった。

「武器はいらないってこと？」短剣を手にしてたずねる。胸板が厚く肩幅も広く、両脇にはたくましい腕がのびている。こんな大きな的《まと》なら、簡単にあたるはずだ。

「ああ。おまえがふたり分持ってきているしな」意地の悪い微笑に口もとをゆるませ、ゼイデンは片手をのばすと、指をまげて挑発的に招いた。「始めるか」

鼓動が蜂鳥の羽ばたきより速くなり、わたしは戦う構えをとって相手の攻撃を待ち受けた。全世界が一辺六メートルしかないマットとその上の危険に集約される。

この男はうちの分隊じゃない。わたしを殺しても罰は受けない。

ばかばかしいほど立派な彫刻めいた胸に、正面から短剣を投げつける。

刃をなんと受け止めて、ゼイデンは舌打ちした。「その動きは前にも見た」

どうしよう、速すぎる。

もっと速く動かないと。それしか有利な点はない――とびだして、この六週間でリアンノンに教え込まれた短剣の一撃と蹴りの組み合わせを使う。敵はたくみに刃を避けてわたしの片脚をつかんだ。世界が回転し、急に背中を打ちつけた衝撃で肺から空気が叩き出される。

でも、とどめを刺しにはこなかった。かわりにゼイデンはさっき受けた短剣をぽんと落とし、マットから蹴りのけた。一拍おいて、なんとか肺に空気が戻ってきたので、わたしは次の短剣をふりかぶって太腿を狙った。

相手はその攻撃を前腕でさえぎり、逆の手でわたしの手首をつかんで短剣を奪いとると、顔が数センチの距離に近づくほどかがみこんだ。「今日は血を流す気分か、暴力娘《ヴァイオレンス》？」とささやいてくる。また武器がマットに落ち、頭の向こうの届かない位置へ蹴り飛ばされた。

使うために短剣を奪っているわけじゃない――それができると証明するためだけにとりあげているのだ。血が沸騰した。

「わたしの名前はヴァイオレット」と歯ぎしりする。

「俺の呼び方のほうが合っていると思うが」ゼイデンは握った手首を離して立ちあがり、手をさしのべてきた。「まだ終わっていない」

呼吸を奪われてまだ回復しきっていない胸がぜいぜいと波打ち、わたしはその手をとった。ひきあげられて立つと、体勢を立て直す間もなく腕が背中側にねじまげられる。硬い胸板に引き寄せられ、つないだ手が動かせなくなった。

「やめて！」わたしはどなった。

太腿がひっぱられ、また別の短剣が喉に押しあてられる。後頭部に胸があたった。前腕にあばらを封じ込まれると、彫像さながらに体が動かせなくなった。のけぞって頭突きしても無駄だ——背丈が違いすぎて、いやがらせぐらいにしかならない。

「このマットで向かい合った相手は誰ひとり信用するな」耳のふちに温かく息が吹きかけられ、鋭いささやきが警告した。大勢に囲まれているのに声をひそめたのには理由がある、と思い至る。わたしだけにこうして教えているのだ。

「自分に借りがある人に対しても？」やはり声を低めてやり返す。不自然な角度に肩が抗議しはじめていたけれど、動くものか。そんなことで得意がらせたりしない。

ゼイデンはわたしから奪った三本目の短剣を捨て、前方に蹴った——先の二本を手にしてディンが立っている位置へ。ゼイデンをにらみつけるまなざしには殺意がこもっていた。

「その借りをいつ返すか決めるのは俺だ。おまえではなくてな」ゼイデンはわたしの手を離し、一歩さがった。

ふりむきざま喉もとにこぶしを叩き込むと、横に払われた。

「その調子だ」息ひとつ乱さず次の攻撃をいなし、笑みを浮かべて言う。「喉を狙うのが選択肢としては最善だろう、喉もとが空いていればな」

腹が立ちすぎて反射的に前と同じやり方で蹴りを繰り出してしまい、ふたたび脚を捕えられた。今度は腿の鞘《さや》から短剣をさっと抜き取ったゼイデンは、マットに投げ出してから、手を離して失望したように片眉をあげてみせた。「失敗から学ぶことを期待していたが」短剣を蹴りやる。

残っているのは五本だけだ。すべてあばらの鞘に入っている。

一本握って防御の構えで両手を掲げ、ゼイデンの周囲をめぐりはじめたものの、心底頭にくることに、相手は向かい合おうとさえしなかった。わたしがまわりを動いているあいだ、マットの中央にブーツを踏ん張り、両腕をだらりとたらして突っ立っているだけだ。

「はねまわるだけか、攻撃するのか？」

むかつく。

わたしは前に打ちかかったけれど、あっさりよけられ、短剣は十五センチも外れて相手の肩の上を越えていった。腕をつかまれてひっぱられ、脇からくるっとひっくり返される。一瞬宙に浮いたあと、マットにぺしゃっと落ちて肋骨で衝撃を受け止めるはめになった。

腕をまげられて関節技を決められ、激痛が走ったのでわたしは声をあげて短剣をとりおとした。でも、まだ終わりではなかった。それどころか、ゼイデンは膝をあばらにめりこませ、片手で腕を押さえつけながら、反対の手で鞘から短剣を引き抜き、ディンの足もとへほうりなげた。続いてもう一本抜き、顎と首が交わるやわらかい部分に突きつけてくる。

続いて、さらに身を寄せてきた。「戦闘の前に敵を排除するのは実に賢いな——それは認める」とささやくと、温かな息が耳たぶをかすめた。

（どうしよう）わたしがしていたことを知っているのだ。その知識でなにをされるかと思うと、腕の痛みどころではない吐き気がこみあげてきた。

「問題は、ここで自分を鍛えなければ――」首筋を刃がこすったものの、血がしたたる温かい感触はなかったので、切られてはいないとわかった。「――それ以上強くはならないということだ」

「そっちはわたしが死んだほうがいいんでしょ」片頬をマットに押しつけられたまま言い返す。痛いだけじゃなくて屈辱的だ。

「そして、おまえと一緒にいるという楽しみを失うのか？」ゼイデンはあざけった。

「あんたなんか大っ嫌い」その言葉は口を閉じる間もなくすべりでてしまった。

「そう考えるのはおまえだけじゃない」

胸と腕が圧力から解放され、ゼイデンは立ちあがって短剣を両方ディンのほうへ蹴った。

あと二本。あと二本しか残っていないうえ、いまや腹立ちと憤《いきどお》りが恐怖をはるかに上まわっていた。

のばされた手を無視して起きあがると、目の前の唇が満足げな微笑をたたえて弧を描いた。

「この女は教え甲斐があるな」

「この女はのみこみが早いの」わたしは切り返した。

「それはまだわからない」ゼイデンは二歩さがって少し距離をあけてから、また指をまげて手招いた。

「あんたの言いたいことはいやというほどわかった」かみつくように言ったわたしの声が大きかったので、イモジェンが息をのむのが聞こえた。

「断っておくが、まだ始めたばかりだぞ」ゼイデンは腕を組んで踵《かかと》に体重をかけ、あきらかにこちらが動くのを待っている様子だった。

わたしは考えなかった。ただ行動した。低くかがんでその膝の裏を蹴り飛ばしたのだ。

ゼイデンは木が折れるようにずしんと倒れた。実に満足のいく音だ。わたしはとびかかり、ヘッドロックを試みた。どんなに体が大きかろうが関係ない――誰でも空気は必要だからだ。肘をまげて喉を捕え、ぎりぎりと絞めあげる。

相手はその腕に手をのばすかわり、身をひねって腿の裏をつかんだ。てこの力を失ったわたしは、ゼイデンもろとも横倒しに転がった。上になったのは向こうだった。

(まあそうなるよね)

喉にあてがわれた前腕は空気を遮断してはいなかったけれど、それができるのは明白だ。下半身でわたしを組み敷き、腿のあいだにどっかりと寝そべって腰を押さえ込んでいるので、両脇にひらいた脚はなんの役にも立たない。

周囲のあらゆるものが薄れ、視界が狭まって、正面の瞳に宿る傲慢《ごうまん》なきらめきしか見えなくなった。目に映るのも、体に感じるのも、この男だけだ。

勝たせるわけにはいかない。

残った短剣の片方をするりと抜き、肩を狙う。

手首をつかまれて頭の上にねじ伏せられる。

(まずい。まずい。まずい)

顔がおりてきて、唇と唇がほんの数センチの距離に近づいた。首筋がほてり、頬が燃えあがる。

黒瑪瑙《めのう》の瞳に散った金の斑点がひとつひとつ見分けられた。あの傷痕のくぼみや突起もすべて。きれい。むかつく。最低男。

息が止まり、裏切り者の体が熱を帯びた。(毒のある男に惹《ひ》かれたりしない)いくら言い聞かせたところで、結局のところ、すっかり魅了されている。正直になれば、はじめて見た瞬間からそうだった。

ゼイデンは指を食い込ませてわたしのこぶしをこじあけ、短剣をマットの上に飛ばすと、手首を離した。

「短剣をとれ」と命じる。

「は?」わたしは目をまるくした。すでに防御手段を奪われ、とどめを刺される体勢になっているのに。

「短剣を、とれ」ゼイデンは繰り返し、わたしの手を握ると、最後に残った短剣を引き抜いた。わたしの指ごと柄《つか》を握る。

指がからみあう感触に、皮膚がかっと熱くなった。

(毒。危険。殺したがってる)でも、そんなことは関係なかった。わかっていても、小娘みたいに脈拍が速くなる。

「おまえは小さい」侮辱のような言い方だ。

「よくわかってるけど」わたしは目をきゅっと細めた。

「だったら急所をさらす大きな動きをするな」短剣の切っ先で自分の脇腹をたどる。「あばらへの攻撃でも同様に効くはずだった」それから、わたしの手を握ったまま背中に持っていき、無防備な体勢になった。「この角度からなら、腎臓にもうまく入る」

この角度なら、ほかになにがうまく入るのか考えることを拒んで、わたしは唾《つば》をのみこんだ。

ゼイデンは決して視線をそらさず、からみあった手を腰へ導いた。「敵が鎧《よろい》をつけていれば、おそらくここが弱い。この三カ所が、動きを止められないうちに攻撃できる位置だ」

致命傷になる場所でもある。だからわたしはなんとしても避けてきたのだ。

「聞いているのか？」

わたしはうなずいた。

「ならいい。なぜかというと、出くわす敵の全員に毒を盛るわけにはいかないからだ」小声で言われ、わたしは蒼ざめた。「ブレイヴィクのグリフォンの乗り手が向かってきたとき、茶をふるまっている時間はないぞ」

「どうして知ってるの？」ようやくたずねた。まだゼイデンの腰をはさんでいる太腿も含めて、筋肉がこわばって動きを止めた。

その目が暗くなった。「そう、ヴァイオレンス、おまえは腕がいい。だが、俺はもっと毒の扱いに長《た》けた連中を知っている。こつはあれほど露骨にやらないことだ」

思わず口がひらき、露骨にならないように気をつけていたという反駁《はんばく》をのみこむ。

「もう今日は充分稽古をつけてもらったでしょう」ディンが大声を出し、ふたりだけとはほど遠い状況だったのを思い出させた。むしろ派手な見世物だ。

「あいつはいつもあんなに過保護なのか？」ゼイデンがぼやき、腕を立ててマットから数センチ身を起こした。

「わたしのことを気にかけてくれてるの」とにらみつける。

「おまえの成長をさまたげているだけだ。心配するな。そのちっぽけな毒の秘密は守ってやる」

わたしも相手の秘密をひとつかかえているのだと指摘するように、ゼイデンは片眉をあげた。それから、手をからませたままわたしの脇へ戻し、柄にルビーのはまった短剣をふたたび鞘におさめた。

その動作はどきっとするほど……煽情的《せんじょう》だった。

「武器をとりあげないの？」ゼイデンが握っていた手をほどき、さらにマットを押して起きあがったとき、わたしは挑むように言った。やっと大きく息を吸うことができ、胸郭がふくらむ。

「ああ。身を守るすべのない女というのは昔から好みでなくてな。今日はこれで終わりだ」立ちあがり、それ以上なにも言わず歩いていく。イモジェンから武器を受けとっているあいだに、わたしは体を反転させて膝をついた。全身のあらゆる部分が痛んだけれど、なんとか立てた。

ゼイデンに奪われた短剣を回収しようと近づいたとき、ディンの目には純粋な安堵が宿っていた。「大丈夫か？」

わたしはうなずいた。ふるえる指でもう一度武器を身につける。殺す機会も理由も充分すぎるほどあったのに、わたしを見逃したのはこれで二回目だ。いったいどんな遊びをしているのだろう？

「エートス」ゼイデンがマットの向こうから呼びかけた。

ディンの顔がぱっとあがり、顎がひきしまった。

「そいつを守るのはほどほどにして、もう少し指導したほうがいい」ディンが首を縦にふるまでゼイデンはじっとみすえた。

エメッテリオ教授が次の対戦を呼びあげた。

「あいつがきみを生かしておいたことにただ驚いてるよ」その晩遅く、ディンは自分の部屋で言った。親指がわたしの首と肩の筋肉をほぐしていく。

痛いけれどものすごく気持ちがいい。苦痛をこらえてこっそりあがってくるだけの価値はあった。

「マットの上でわたしの首をへし折っても、尊敬してもらえるわけじゃないしね」わたしは胸のふくらみとあばらのまわりを締めつける帯をのぞき、上半身裸で寝そべっていた。おなかと胸に毛布がふんわりとあたる。「だいたい、そういうやり方をするやつじゃないし」

肌の上でディンの両手が止まった。

ゼイデンの秘密を守っているうしろめたさで心がずしんと重くなった。「橋がかわりにやってくれるのに、なぜこの手で殺すのかわからないって言われたの」正直に答える。「ねえ、現実を認めようよ、本気で殺したければいくらでも殺す機会はあったはずだし」

「うーん」ディンはいつもの考え深い調子でうなると、ベッドの脇から身を乗り出し、こわばってずきずきする筋肉をもみほぐしてくれる作業を続けた。リアンノンが夕食後また二時間稽古をつけてくれ、その終わりにはろくに動けなくなっていたのだ。

今日の午後、ゼイデンがおびえさせたのはわたしだけじゃなかったらしい。

「ナヴァールに対して反乱をたくらんでいても、スーゲイルと絆を結ぶことってできると思う？」わたしはディンの毛布に頬を寄せてたずねた。

「最初はできると思っていた」ディンの両手が背骨をおりていき、今晩の訓練で、最後の三十分間ほとんど腕があがらなくなったほどの凝《こ》りをほぐした。「だが、そのあとカーハと絆を結んで、竜たちは隠れ谷と神聖な孵化場《ふかば》を守るためならなんでもすると気がついたんだ。リオーソンだろうが分離派の誰だろうが、本気でナヴァールを守るつもりがなければ、どんな竜も絆を結ぶことはないよ」

「でも、竜ってそもそも、騎手がうそをついてたらわかるものなの？」わたしは顔が見えるように首をめぐらした。

「ああ」ディンはにやっとした。「カーハにはわかるさ、僕の頭の中にいるからな。自分の竜からそういうことを隠すのは不可能だ」

「いつも頭の中にいるの？」訊くのが規則違反になるのは知っていた――竜がどれほど秘密主義かを考慮して、絆に関するほとんど全部が話し合ってはいけないことになっている。でも、これはディンだ。

「ああ」と応じた笑顔がやわらかくなった。「必要なら遮断することはできるが、それは試煉《しれん》のあとで教わるんだ――」表情が暗くなった。

「どうしたの？」わたしは身を起こし、枕をひとつ胸もとにかかえると、ヘッドボードに背をもたせかけた。

「今日の夕方、マーカム大佐と話したんだ」ディンは歩いていって机から椅子を引き出すと、腰をおろして両手で頭を支えた。

「なにかあった？」背筋がぞっとした。「ミラの騎竜団？」

「違う！」ディンはぱっと頭をあげ、その瞳があまりつらそうだったので、わたしはベッドから脚をおろした。「そういうことじゃない。大佐に言ったんだ……リオーソンがきみを殺したがっているると」

わたしは目をぱちくりさせ、ベッドに深く座り直した。「ああ。でも、それってたいして驚く情報でもないんじゃない？　反乱の記録を読んだ人なら、誰でも考えつくと思うけど」

「そうだが、いや、バーロウについても話したんだ、それにザイフェルトのことも」片手で髪をかきまわす。「今朝、整列の前にザイフェルトがきみを壁に押しやった様子に気づかなかったと思うなよ」眉をあげてみせる。

「あいつはただ、あの最初の手合せで短剣をとられて腹を立ててるだけだよ」わたしは枕をもっと強くつかんだ。

「それと、リアンノンが教えてくれたが、先週ベッドの上でぐしゃぐしゃになった花を見つけたって？」ディンはこちらをみすえた。

わたしは肩をすくめた。「ただのしおれた花だし」

「ばらばらにされた菫《ヴァイオレット》だろう」その口もとがひきしまったので、わたしはディンに近づいて頭に両手を乗せた。

「殺人予告の紙がついてたとかいうわけじゃないんだから」とからかい、やわらかな茶色い髪をなでる。

ディンはわたしを見あげた。魔法光のせいで、きちんと整った顎ひげの上の双眸《そうぼう》がいつもより少しきらきらして見えた。「あいつらは脅威だ」

肩をすくめる。「候補生はみんな脅されるでしょ」

「候補生がみんな毎日膝を包帯で巻くはめになるわけじゃない」ディンは逆襲した。

「怪我したらそうなるよ」だんだんいらいらしてきて、眉が寄った。「だいたい、なんで大佐に言ったわけ？　あの人は書記官だし、なにかできるとしたって手は出さないよ」

「きみをまだ受け入れてくれるそうだ」ディンは口走り、さっと手を出して、離れようとしたわたしの腰を押さえた。「身の安全のためにきみを書記官科に入れてくれるか訊いたら、大丈夫だと言われた。一年生の中に加えてもらえるよ。なにも来年の徴兵日まで待たなくてもいいんだ」

「どういうこと？」わたしは身をよじって抜け出し、いちばんの親友からあとずさった。

「きみを危険から連れ出す手立てを見つけたから、その方法をとったんだよ」ディンは立ちあがった。

「わたしには無理だと思ったから、勝手に裏でこそこそやったんでしょ」その言葉の真実が万力のように胸を締めつけ、わたしを支えるどころか空気を奪った。力が抜け、息が苦しくなる。ディンは誰よりわたしのことをよく知っているのに、ここまでやりとげてきたあとで、まだ騎手になるのが不可能だと思っているのなら……

目に涙が盛りあがったけれど、頑としてこぼさなかった。かわりに顎をひきしめ、竜の鱗《うろこ》の胴着をつかんで頭からかぶると、背中で紐を締めて結ぶ。

ディンが溜息をついた。「きみには無理だと思うなんて言ったことはないよ、ヴァイオレット」

「毎日言ってるじゃない！」わたしはかみついた。「飛行訓練に遅れるのに、整列のあとわざわざ授業まで送ってくれるときにも言ってる。わたしがマットに連れていかれるとき、自分の騎竜団長に向かってどなりながら言ってる――」

「あいつにあんな権利はない――」

「あいつはわたしの騎竜団長でしょ！」チュニックを肩からかぶって着る。「なんでもする権利があるの――処刑することも含めてね」

「だから、どうしてもここから出る必要があるんだ！」ディンは首の後ろで手を組み、行ったりきたりしはじめた。「僕はずっと見ていた、ヴィー。あの男はきみをもてあそんでいるだけだ、猫が殺す前に鼠をおもちゃにするように」

「これまでのところ、わたしは持ちこたえてる」わたしは本でずっしり重い袋を肩にかけた。

「どの手合せにも勝ってるし――」

「あいつに何度も組み伏せられた今日以外はな」ディンが肩をつかんできた。「それとも、さみを倒すのがどんなに簡単か思い知らせるために、持っている武器をすべてとりあげた部分は見逃したのか？」

わたしは顎をもたげてにらみつけた。「わたしはその場にいたし、ここで二カ月近く生きのびてきたもの。同学年の四分の一よりましってことじゃない！」

「試煉でなにが起こるか知っているのか？」ディンは声を落としてたずねた。

「人のことを無知だって言ってるわけ？」怒りで血管が切れそうだ。

「あれはただ絆を結ぶだけじゃない」ディンは続けた。「一年生全員が飛行場に投げ込まれる。

きみが一度も行ったことのないところにだ。そして二年と三年は、一年がどの竜に打診して、どの竜から逃げるか決めるのを見守ることになっている」

「どういう仕組みなのかは知ってるよ」歯を食いしばる。

「そうだ、つまり、騎手が見守っている中で、一年の連中は個人的な復讐を果たし、騎竜団の……お荷物になりそうなやつを殺す」

「わたしはお荷物なんかじゃない」また胸が締めつけられた。心の奥底では、身体的な基準でいえばそのとおりだと承知していたからだ。

「僕にとっては違う」ディンはささやき、片手をあげてわたしの頰にあてがった。「だが、あいつらは僕みたいにきみを知らないんだ、ヴィー。しかも、バーロウやザイフェルトみたいなやつがきみを追いつめているあいだ、僕らは見ていなければならない。僕が見ていなければならないんだよ、ヴァイオレット」かすれた声を聞くと、たちまち怒りが消えた。「助けることは許されていない。きみを救えないいんだ」

「ディン――」

「それに、名簿用に死体を集めるときには、どうやって死んだかなんて、誰も記録しない。竜の鉤爪におとらず、バーロウのナイフにかかって死ぬ可能性もあるんだぞ」

戦慄《せんりつ》が走り抜け、わたしはゆっくりと息をした。

「マーカム大佐は、一年目が終わるまできみのお母さんには伝えないと言っている。見つかるころにはもう書記官に任命されているはずだ。そうなればどうすることもできないさ」もう片方の手を持ちあげ、両の手のひらでわたしの顔をはさみ、自分のほうへ上向ける。「お願いだ。きみ自身のためにそうする気がないなら、僕のためにやってくれ」

　鼓動が乱れ、わたしはぐらついた。その論法のおかげで、ディンの提案にひっぱられる。（でも、ここまでやってきたのに）心の一部がささやいた。

「きみを失うことはできない、ヴァイオレット」ディンがつぶやき、額と額を合わせた。「どうしても……できないよ」

　ぎゅっと目をつぶる。これがわたしの逃げ道なのに、選びたくなかった。

「考えてみると約束してくれるだけでいい」ディンは懇願した。「まだ試煉まで四週間ある。とにかく……考えてみてくれ」その口調にひそむ希望と、やさしく抱きしめる態度がわたしの防御を突き破った。

「考えてみる」

第十章

籠手試《こてだめ》しの課題を甘く見るな、ミラ。あれはバランスと力、敏捷性《びんしょう》を試す目的で考案されている。時間はどうでもいい、頂上まで行けるかどうかが問題だ。どうしてもというときには綱《つな》に手をのばせ。最後にたどりつくほうが、死んで到達するよりましだ。

——『ブレナンの書』第四十六頁

上、上、はるか上に目を向けると、鎌首をもたげた蛇さながらに恐怖が胃にわだかまった。

「うわ、これ……」わたしにおとらず大きく頭をそらしたリアンノンが唾《つば》をのみこんだ。わたしたちが見あげているのは、絶壁と呼んだほうがいいほど急峻な稜線の正面に刻み込まれた、ぞっとするような障害物コースだった。死の罠となっているジグザグの道は、百八十度まがりながらくっきりと五つに区切られ、そのたびに難度をあげて、砦《とりで》を飛行場と隠れ谷に分けている断崖の頂《いただき》へと続いている。

「すてき」オーレリーが吐息をもらした。

リアンノンとわたしはふりむき、頭を打ったのではないかという顔でオーレリーをまじまじと見た。

「あの地獄の景色をすてきって思うわけ？」リアンノンが問いかけた。

「何年もこれを待ってたんだもん！」オーレリーはにやっとした。はしゃいで両手をこすりあわせ、ひきしまった脚から脚へと体重を移したとき、普段はきまじめな黒い目が朝日を受けて躍った。「うちの父さんが――去年引退するまで騎手だったんだけど――あたしたちが練習できるように、こういう障害物コースをしょっちゅう作ってくれてね。兄貴のチェイスが、ここで試煉《しれん》の前にいちばんよかったのはこれだったって言ってた。すっごくわくわくする」

「お兄さんは南方騎竜団にいるんだよね？」わたしはすさまじい断崖絶壁を上っていく障害物コースに焦点を合わせてたずねた。わくわくするより死の罠に見えるけれど、まあ、同意してもいい。前向きな思考は大事だよね？

「そ。クロヴラ国境の近くで戦闘なんてほとんど見かけないから、ほぼ内勤だけどね」肩をすくめ、コースの三分の二ほどのところを指さす。「崖の断面から突き出してる、あの大きな杭の列に注意しろって言ってたよ。回転するから、間に合わないとつぶされるって」

「へえ、よかった、どこから難しくなるのかと思ってたよ」リアンノンがぼそっと言った。

「ありがと、オーレリー」互いにくっつきそうな幅一メートルの丸太の列を見つけ、わたしはうなずいた。地面から立ちあがった一連のまるい踏み石のように、岩肌からその上の道へと突き出している。速く進む。わかった。（この情報を書いておいてくれてもよかったんじゃない、ブレナン）

　障害物コースはわたしの最低の悪夢を具体化していた。先週逃げてくれとディンに頼み込まれて以来はじめて、マーカム教授の申し出を真剣に考慮した。書記官科に死のコースはない、それはたしかだ。

（でも、もうここまできたのに）ああ、また聞こえた。最近ずっと肩に乗っている、あの小さな声。もしかしたら、ほんとうに顔見せで生き残ることができるかもしれない、とずうずうしく希望を持たせてくるのだ。

「なんで籠手試しって呼ばれるのか、まだよくわかってなくてさ」右側でリドックが言い、朝の肌寒さを防ごうと両手をまるめて息を吹きかけた。このささやかな谷間には陽射しが届いていないけれど、コースの最後の部分の上では明るく輝いている。

「弱い連中をとりのぞいて、確実に竜が試煉にやってくるようにするためさ」タイナンがリドックの反対側でせせら笑い、胸の前で腕組みしてあてつけがましくこちらを見た。

わたしはにらみ返したものの、すぐとりあうのをやめた。評価のときリアンノンにマットでのされてから、ずっと癇《かん》に障る態度なのだ。

「やめろ、くそが」リドックがぴしゃりと言い、分隊全員の注目を集めた。

眉があがった。これまでリドックがかっとなったり、状況をやわらげるのにユーモア以外の手を使うのは見たことがない。

「なにが問題だ？」タイナンは目にかかった黒く太い髪の房を払いのけ、リドックをにらんでおじけづかせようというかのようにくるりと向き直った。もっとも、リドックのほうが横幅は二倍あり、背が十五センチ高いところを見ると、正直効果があるとは言いがたかった。

「問題？　おまえ、バーロウやザイフェルトと親しくなったから、自分の分隊仲間にいやがらせをする権利があるとでも思ってるのか？」リドックが食ってかかった。

「そのとおりさ。分隊仲間くん」タイナンは障害物コースを身ぶりで示した。「時間の順位がつくのは個人だけじゃないんだぜ、リドック。分隊としても採点される。それで顔見せの順番が決まるんだ。どの分隊より遅れて最後尾で入ってきたやつと絆を結びたがる竜なんか、本気でいると思ってるのか？」

　なるほど、一理ある。不愉快な理屈だけど、間違いじゃない。

「今日顔見せのために時間を計るわけじゃないだろ、あほう」リドックが一歩踏み出した。

「やめろ」ソーヤーが割って入って胸をどんと突いたので、タイナンはよろけて後ろの女の子にぶつかった。「去年の顔見せを切り抜けたおれの言葉を聞いておけ——時間はなんの意味もない。去年最後にたどりついた候補生はまったく問題なく絆を結んだし、一位の分隊の候補生は何人か見送られた」

「おかげでちょっとむかついてるんだろ？」タイナンがにやにやした。

　ソーヤーはそのあてこすりを無視した。「だいたい、籠手試しと呼ばれているのは、不要な候補生をとりのぞくからじゃない」

「籠手試しと呼ばれるのは、これが隠れ谷を守っている崖だからだ」エメッテリオ教授がうちの分隊の後ろに歩み寄って言った。強まってきた陽射しを受けて剃りあげた頭がぴかぴか光った。

「加えて、実際の籠手——金属製の武装用手袋——はおそろしくすべりやすい。それで二十年ほど前にこの名前がついた」タイナンとソーヤーに片眉をあげてみせる。「ふたりとも口論は終わったか？　なにしろ、九人全員が登り切るのにきっかり一時間しかない。そのあとは次の分隊が練習する番だぞ。マットでの敏捷性を見たかぎりでは、一秒も無駄にできないだろうな」

仲間の小集団からそのとおりだと文句を言う声があがった。

「知ってのとおり、これに集中できるように、顔見せまでの二週間半は格技の手合せが延期される」エメッテリオ教授は持っていた小さなノートのページをぱらぱらとめくった。「ソーヤー、やり方を見せてやれ、すでに状況がわかっているからな。続いてプライア、トリーナ、タイナン、リアンノン、リドック、ヴァイオレット、オーレリー、ルカだ」分隊の全員を呼びあげおわると、きびしい口もとがほころんだ。「橋渡りからひとりも脱落せずに残っているのはこの分隊だけだ。信じられない快挙だぞ。分隊長はさぞ誇らしいだろう。ここで少し待て」わたしたちを通り越して進み、崖の上にいる誰かに手をふる。

きっとその相手が時計を持っているのだろう。

「エートスはとくにソレンゲイルを誇らしく思ってるよな」教官が声の聞こえないところまで遠ざかると、タイナンが嘲笑を向けてきた。

わたしはかっとなった。「ちょっと、わたしをばかにしたいなら勝手にすればいいけど、ディンを巻き込まないでよ」

「タイナン」ソーヤーが頭をふって警告した。

「うちの分隊長が隊員のひとりとヤッてても、誰も気にしないってか？」タイナンが両手を大きく広げた。

「別に――」つい頭にきて言いかけてから、わたしは深く息を吸った。「正直、わたしが誰と寝てようが、あんたにはいっさい関係ないから、タイナン」もっとも、どうせ責められるなら、その分の恩恵があってもいいのではないだろうか。わたしの知っているデインなら、このばかと同じく、指揮系統内における親交は奨励されないとかいう、例の暗黙の諒解にこだわっているだろう。でも、もしほんとうに望んでいれば行動を起こすはずでは？

「あるでしょ、あんたがえこひいきされてるってことなら！」ルカが加わった。

「いいかげんにしろっての」リアンノンが鼻梁《びりょう》をさすりながらぼやいた。「ルカ、タイナン、黙んなよ。ふたりが寝てるわけじゃないって。子どものころからの友だちなんだよ。それともあんたたち、うちの分隊長のパパがこの子のママの副官だってことも知らないわけ？」

タイナンは実際に驚いたかのように目をまるくした。「そうなのか？」

「そう」わたしは頭をふってコースに視線をそそいだ。

「くそ。いや……悪かったよ。バーロウが言ってて――」

「それがおまえの最初の間違いだよ」リドックが割り込んだ。「あのサディスト野郎の言うことに耳をかたむけると死ぬことになるぜ。あと、エートスがここにいなくて運がよかったな」

たしかに。デインはタイナンの思い込みに腹を立てるぐらいではすまなくて、ひと月は掃除当番を割り当てるに違いない。この時間は飛行場にいてよかった。

（ゼイデンだったら、ただ叩きのめすよね）

わたしはまばたきして、そんな比較も、ゼイデン・リオーソンにかかわる思考も、すべてはるか彼方へ追いやった。

「さて、行くぞ！」エメッテリオ教授がわたしたちの列の先頭へ歩いていった。「コースの上までたどりつけば自分の時間がわかるが、憶えておけ、二週間半後の顔見せ用に順位をつけるまでに、まだ練習の機会が九回ある。試煉でおまえたちに価値があると竜が考えるかどうかは、その顔見せで決まる」

「橋渡りのあとすぐ一年生に練習を始めさせたほうが、もっと道理にかなってませんか？」リアンノンがたずねた。「ほら、死なないようにもう少し余分に時間をもらえたほうが」

「いや」エメッテリオ教授は答えた。「このタイミングが課題の一部だ。なにか忠告はあるか、ソーヤー？」

ソーヤーはゆっくりと息を吐き出し、危険なコースを目でたどった。「あの絶壁のてっぺんから底まで、二メートルごとに綱がある。だから、もし落ちそうになったら手をのばしてつかむといい。三十秒遅れるが、死んだらもっと困るからな」

（最高）

「あのさ、あそこにぜんぜん問題なさそうな階段があるけど」リドックが籠手試しの広いジグザグ道の脇の崖に刻み込まれている急な階段を示した。

「階段は顔見せのあと、尾根の頂上にある飛行場に行くためのものだ」エメッテリオ教授が言うと、コースのほうへ両手をあげ、手首をひらめかせてさまざまな障害を指さしていった。

坂の上り口にある五メートルの丸太が回転しはじめる。三番目の上り坂に並ぶ柱の列がぐらぐらゆれた。最初のジグザグ道の巨大な車輪は反時計まわりにぐるぐる動き出したし、オーレリーが言及したあのちっぽけな杭はといえば、みんな逆の向きにまわっている。

「五つの上り坂はどれも、戦闘で直面する難しい動きをまねる意図で作られている」エメッテリオ教授はふりむいてこちらを見た。いつもの戦闘訓練のときと同様にいかめしい表情だ。「竜の背で保つべきバランスから、機動飛行のさい乗りこなすための筋力、また――」上に手をふり、ここからだと九十度の傾斜台に見える最後の障害を示す。「――地上で戦ったあと、なお即座に自分の竜に乗るのに必要な持久力まで な」

例の杭があたって花崗岩のかたまりがはがれた。途中のあらゆる障害にぶつかりながらコースを転がり落ち、六メートル先に衝突する。わたしの人生に隠喩というものが存在するとしたら、まあ……あれだろう。

「うわあ」トリーナが茶色い瞳をみはり、砕けた岩をながめてつぶやいた。うちの分隊でいちばん背が低いのはわたしでも、いちばん口数が少なくてひかえめなのはトリーナだ。橋渡り以来、両手の指で数えられるほどしか話しかけられたことがない。第一騎竜団に友だちがいなければ心配したところだけれど、わたしたちに心をひらかなくても騎手科で生き残ることはできる。

「大丈夫？」小声でたずねてみた。

トリーナはごくりと唾をのみこみ、赤褐色の巻き毛を額にはずませてうなずいた。

「上まで行けなかったらどうなるんですか？」右側でルカが問いかけた。長い髪をゆるく一本に編んでいて、今日は普段の横柄さが影をひそめている。「代わりの経路は？」

「代わりはない。たどりつかなければ顔見せに行けないだろうが。位置につけ、ソーヤー」エメッテリオ教授が指示し、ソーヤーはコースの始まりへ移動した。「こいつが最後の障害を通りすぎ、コースを終えるまでの過程から全員に学んでもらう。そのあと、残りは六十秒ごとに出発だ。さて……行け！」

ソーヤーは矢のように走り出した。崖の表面と平行に回転している五メートルの丸太と、次の突き立った柱も楽々と駆け抜けたものの、車輪の内側では唯一の開口部からとびだすのに三回転分かかった。でも、それ以外、最初の上り坂では一度も失敗しなかった。一度たりとも。

かどをまがると、第二の坂を構成する一連の巨大な球がぶらさがった箇所をめざし、つぎつぎと抱きつきながらとび移った。足が地面に戻ると、また向きを変え、二分割されている第三の坂をあがっていく。最初の部分では、大きな金属の棒が何本も崖の断面と平行につるされていた。ソーヤーはやすやすとぶらさがると、体重を利用してはずみをつけながら棒をゆすり、十五センチずつ高くなっていく次の棒をつかんでは絶壁を上っていった。最後の棒からは、この坂の後半部分であるひと続きのゆれる柱をこなし、ようやくまた砂利の道へとびおりる。

第四の坂、オーレリーのお兄さんが警告してくれた回転する杭のところへたどりつくころには、ソーヤーのおかげでなにもかも子どもの遊びみたいに見えてきた。もしかしたら、このコースは地上から見えるほど難しくないのかもしれない、とかすかな希望が湧いてくる。

でも、そこでソーヤーは立ち止まった。二十度の角度で頭上に高々と突き出た、ばかでかい煙突状の構造物と向かい合う。

「いける！　がんばれ！」リアンノンが隣で叫んだ。

その声が聞こえたかのように、ソーヤーはかたむいた煙突に駆け寄ると、上に向かって跳躍し、Xの形に体を突っ張って内側をつかんだ。それから、管の中をひょいひょいあがっていき、出口にたどりついて、最後の障害の前におりた。それは崖っぷちまで続く巨大な傾斜台で、ほぼ垂直に登ることになっていた。

わたしは息を止めて、ソーヤーが傾斜台まで全力疾走し、その速度と勢いを借りて、台の三分の二の位置まで駆けあがっていくのを見守った。落ちる直前、片腕をのばして傾斜台のへりをつかみ、崖の上に体をひきあげる。

リアンノンとわたしはわあっと歓声をあげた。やった。しかもほとんど非の打ちどころのない方法で。

「申し分ない技倆《ぎりょう》だ！」エメッテリオ教授が呼びかけた。「全員があれをそのまま見習うべきだぞ」

「申し分なくても、試煉では見送られたわけね」ルカが皮肉った。「竜にも少しは審美眼があるみたいね」

「やめなって、ルカ」リアンノンが言った。

あれだけ頭がよくて運動神経のいいソーヤーが、どうして絆を結べなかったのだろう。もしあれでだめなら、ほかのみんなにいったいどんな希望がある？

「わたし、あの傾斜台には背が足りない」とリアンノンにささやきかける。

リアンノンはこちらに目をよこしてから、問題の障害に視線を戻した。「あんたはものすごく速いじゃん。速度をあげれば、勢いで上まで行けるよ」

プライア――クロヴラとの国境地帯からきた内気な候補生――は、まあ予想どおりにためらったため、第三の坂で鋼鉄の棒をゆさぶるとき苦労したものの、そこは通り抜けた。ちょうどそのとき、トリーナがゆれる柱からあやうく落ちそうになり、綱に手をのばした。回転する階段にかかったときにちらっと髪の赤を見分けただけだったけれど、あの綱が地上近くで左右にゆれているときにトリーナが発した悲鳴は、全身に響き渡った。

「おまえならできる！」ソーヤーがてっぺんから下へ呼びかけた。

「あれはみんな反対の方向にまわってるから！」オーレリーが上へ叫ぶ。

「タイナン、始めろ」コースではなく懐中時計を見ながら、エメッテリオ教授が命令した。

トリーナが階段を抜けたときには、耳の奥がどきどき脈打っていたし、リアンノンが始めろと呼ばれたときにもおさまる気配はなかった。予想どおり、最初の坂をリアンノンならではの優雅さで通りすぎ、足を止める。

第二の坂の浮き球五個のうち、ふたつめにタイナンがぶらさがっていた。ちょうど道が切れている箇所だ。落ちたら第一の坂の回転丸太にあたる可能性がちょっぴり、でも圧倒的な確率で十メートル下の地面に衝突する。

「動き続けないと、タイナン！」ここから聞こえるかどうか疑問だったけれど、わたしは叫んだ。だまされやすいばかでも、分隊仲間なのだ。

タイナンは両腕でゆれ動く球にしがみついて悲鳴をあげた。完全に両手をまわすのは不可能だった——そうならないように作られているからだ。すべりおちかけている。

「リアンノンの時間が余分にかかるよ」オーレリーが退屈したように吐息をもらして言った。

「なら、これがただの練習でよかったな」リドックが応じ、それから上のタイナンに大声で呼びかけた。「どうした、タイナン？　高いところがこわいのか？　いまお荷物なのは誰だ？」

「やめなよ」わたしはリドックを肘で突いた。いまでは前ほど細くない。この七週間でかなり筋肉がついていた。「あいつがいやなやつだからって、あんたまでそうなる必要はないでしょ」

「しかし、これだけネタをもらうとなあ」リドックは答え、口の片端を得意げにあげると、あとずさりして開始位置へ向かった。

「次の球のほうへゆらして！」トリーナがコースの上から言う。

「無理だ！」ガラスが割れそうなタイナンの金切り声が谷あいにこだまし、胸が締めつけられた。

「リドック、始めろ！」エメッテリオ教授が命じた。

リドックは丸太の上を走り抜けた。

「リー！」わたしは上に呼びかけた。「綱はひとつめとふたつめのあいだ！」リアンノンはこちらにうなずきかけると、最初の浮き球にとびつき、てっぺんに抱きついた。上の鉄の横木に鎖で縛りつけられている部分の近くだ。そして横にぐるっと体重を移していく。

まさに天才的なやり方だ。わたしも使えるかもしれない。

開始位置へ向かう途中、ブーツの下で砂利がざくざく鳴った。どうやら、あれ以上鼓動が速くなるのも可能だったらしい。このいまいましい心臓ときたら、ほとんど羽ばたいているかのようだ。わたしはじっとりした手のひらを革ズボンでぬぐった。

リアンノンがタイナンの手に綱を入れてやったけれど、それをゆすって次の球まで行くかわりに、タイナンはなんと……おりていった。

綱を伝いおりていくのを見ながら、顎が外れそうになる。間違いなくこれは予想していなかった。

「ヴァイオレット、行け！」エメッテリオ教授が命令した。

（どうかご加護を、ジーナルよ）幸運の神の神殿でそんなに過ごしたことはないから、いまわたしの身になにが起ころうがたいして気にしてもらえないだろうけれど、試してみる価値はある。

坂の最初の部分を駆けあがり、数秒で回転丸太に行きつく。この地獄の平均台に胃をかきまぜられた気分だった。「ただのバランス。バランスはとれるでしょ」わたしはつぶやきながら渡りはじめた。「急ぎ足。急ぎ足。急ぎ足」渡り切るまでずっと繰り返し、終わりでとびおりて、一本ごとに高くなっていく花崗岩の円柱四本のひとつめに着地した。

およそ一メートルの間隔があったものの、なんとかすべりおちずに円柱から円柱へととび移る。(しかもここはまだ簡単なところだし)恐怖のかたまりが喉もとにこみあげてきた。

旋回する車輪にひょいと乗って走る。一回目はさっと通りすぎた唯一の開口部をとびこえ、二回目にまわってきたときにじっと目をこらした。タイミング。この障害はタイミングがすべてだ。機会が訪れたときにすかさずつかみ、全速力で開口部を駆け抜けると、ぐるっとまわって第二の坂の砂利道に走り込んだ。浮き球はすぐ目の前だったけれど、冷静になって手のひらの汗を止めないと、落下するはめになる。

(もっとも知られている事柄が少ない竜は羽尾《フェザーテイル》である)肺活量はすべて必要なので、頭の中だけで暗誦しつつ、道の端から最初の球にとびつき、リアンノンがしていたようにてっぺんに抱きついた。たちまち両肩に負荷がかかり、関節が外れないようにあらゆる筋肉を緊張させる。

(落ち着いて。落ち着いて)

体重を勢いよくかけて球をまわし、次の球まで届くようにゆさぶった。(それは羽尾《フェザーテイル》が暴力を忌み嫌い、絆を結ぶのに適さないからであると伝えられている)

視線を鎖にだけ向けて同じ動きを繰り返し、次から次へと球を乗り換えた。

(とはいえ、断言できないのは、筆者が生きているあいだに羽尾《フェザーテイル》の竜が隠れ谷を離れたことがないからである）記憶をたどって脳裏に文章を再現しながら、五番目の最後の球にたどりつく。あと一度だけゆらし、球を離して横にとびこむと、足首をひねることなく肩幅の広さの砂利道に着地した。

これは全部、次の坂への推進力だ。

「緑竜は」と小声でつぶやく。「鋭い知能で知られ、高潔なるウアニロチェクの血統の末裔《まつえい》であり、竜属の中でもっとも理性的であり続けているため、とりわけ棍棒尾《クラブテイル》の場合、包囲攻撃の武器として申し分ない」言い終えたところで、最初の金属棒の位置につき、とびだす準備をする。

「あんた……勉強してんの？」最初の球にとび乗ったオーレリーが下から呼びかけてきた。

「気持ちが落ち着くの」わたしは簡単な説明として叫び返した。恥ずかしがっている時間はない——そんなことはあとでいい。

正面には三本の鉄の横棒があり、それぞれ次の棒に対して破城槌《はじょうつい》のような向きで並んでいる。

「いまになって書記官科が魅力的な気がしてきた」わたしは声をひそめてぼやいてから、一本目に向かってとびあがった。少なくともつるつるではないので、つかんだまま手を交互に動かして進める。最初の横棒の終わりにたどりつき、両足をふった勢いで次に行くころには、肩の鈍痛がずきずきする激痛になっていた。

最初に横棒同士がぶつかってカーンと鳴った音で、指がすべった。おなかの底から恐怖が這《は》いあがってきて、わたしはあえいだ。（杏《あんず》色から人参色まで、さまざまな濃淡の橙竜はもっとも——）次の横棒に身を投げる。（——予測のつかない竜属であり、そのため常に危険因子となる）（ファ猛然と抗議する肩を無視して、かわるがわる手を動かす同じやり方で横棒を渡っていく。

イコラインの血統の末裔で――）

右手が握り損ね、体の重みで切り立った崖の断面に叩きつけられた。岩に頬がぶつかり、甲高い耳鳴りが起こって視野の端が暗くなる。

「ヴァイオレット！」リアンノンが頂上から叫んだ。

「隣！　綱は隣にあるよ！」オーレリーが下から呼びかける。

左手がすべって金属部分が指先をこすったものの、わたしは綱を見つけてつかみ、体の下の結び目に足を踏ん張った。ぎゅっとしがみついて、頭の中で鳴り響く音が薄れるまで待つ。綱をゆらして先へ進むか、このままおりるかだ。

このいまいましい騎手科で七週間生きのびたんだから、今日こんなコースに負けたりしない。岩肌を押しやり、横棒に向かって綱をゆすると、うまく届いた。すぐさま手を交互に動かしはじめる。次の横棒へ、またその次へと進み、とうとう手を離して、ゆれる鉄柱の一本目に乗った。激しい振動に脳をゆさぶられつつ、次の柱へと跳躍すると、かろうじて足がかりが得られ、続いてこの坂の終わりの砂利道にとびおりた。

オーレリーがすぐ後ろにいて、にやっと笑いながら着地する。「これ、最高！」

「どう考えても治療師に診てもらったほうがいいよ。これがおもしろいと思うんだったら、頭を打ったんじゃないの」息が苦しくてはあはあいっていたけれど、見るからにうれしそうな様子を見れば、にっこりせずにはいられなかった。

「これはただまっすぐ走り抜けるだけだから」崖の断面からにょっきり突き出た、回転する杭の階段に着いたとき、オーレリーは言った。

ここはコースの中でもいちばん切り立った区間のひとつで、幅一メートルの材木がそれぞれ根もとから回転している。杭のどれかから落ちれば、下の岩盤まで十メートル前後はあるだろう、とわたしはすばやく計算した。喉にこみあげてくる恐怖をのみくだし、この障害なら、自分の敏捷さと身の軽さが有利に働くかもしれないという可能性に集中する。

オーレリーが続けた。「ほんとだよ。立ち止まったらそのまま転がり落ちる」

うなずくと、軽くとびはねてなけなしの勇気をかき集める。それから走り出した。わたしの足は機敏で、どの杭にも次へ蹴る一瞬しか接触せず、鼓動が二、三回打つあいだに、反対側へたどりついていた。

「やった！」と声をあげ、喜んでこぶしを突きあげながらオーレリーのために道をあける。

「行って、ヴァイオレット！」オーレリーも叫んだ。「ほら、こっちも行くよ！」回転する杭から杭へととび移る足さばきはわたしより敏捷だった。

頭上で咆哮《ほうこう》がとどろき、ぎょっとして視線をあげると、ちょうど隠れ谷へ戻る途中で真上を飛んでいく短剣尾《ダガーテイル》の緑竜の下腹が見えた。

あれに慣れることは絶対になさそうだ。

悲鳴があがり、ぱっと首をめぐらしたわたしは、オーレリーがふらついて五番目の杭の上で足をすべらしたところをまのあたりにした。なぜかひどくゆっくりと、その体が前のめりになり、腹部が最後から二番目の杭にぶつかるところが視界に映る。肺の空気が凍りついた。

「オーレリー！」わたしは絶叫して突進した。指先が七番目の杭をかすめた。

目が合い、みひらいた黒い瞳に衝撃と恐怖があふれたとき、オーレリーは杭の回転で反対側にほうりだされ、落ちていった。崖の半分を。

朝の整列で立っていると、太陽の光が目に沁《し》みた。

「カルヴィン・アトウォーター」フィッツギボンズ大尉が例によって厳粛な声音で読みあげる。（第四騎竜団、爪《そう》小隊、第一分隊）戦況報告でわたしの二列後ろに座っている。座っ、て、い、た。

今朝とりたてて特別なことはない。籠手試しにおける最初の取り組みは死亡者名簿の名前を増やしたけれど、いつもの日と同じリストにすぎない……ただし、違いはある。この儀式の残酷さがこれほど強烈に感じられたことはなかった。もう最初の日とは違って、呼びあげられる名前の半分以上は知っている。視界がぼやけた。「ニューランド・ジャーヴォン」大尉が続けた。（第四騎竜団、炎《えん》小隊、第二分隊）わたしと朝食当番で一緒だった。

もう一年生は二十人以上の名前が呼ばれている。どうしてこれだけでおしまいなのだろう？ひとたび名前を口にしたら、最初から存在しなかったかのように暮らしていくのだろうか？

リアンノンが脇で体重をずらし、ふいに洟《はな》をすすった。その動きで一回だけ肩がひきつった。

「オーレリー・ドーナンズ」

涙がひと粒こぼれ、まばたきしてふりはらう。そのせいで頬を走るかさぶたのひとつが破れた。次の名前が呼ばれたとき、血がひとすじ流れたけれど、顔を汚すままにしておいた。

「ほんとうにいいのか？」次の晩、ディンが心配そうな皺を二本眉間に寄せ、わたしの肩をつかんでたずねた。

「ご両親が埋葬にこないなら、わたしがあの子のものを処分しないと。最後に目に映ったのがわたしだったから」と説明し、オーレリーのリュックサックの重みを調整しようと肩を動かした。

バスギアス大学の候補生の親なら誰でも、子どもが死んだときの選択肢は同じだ。埋葬や焼却のために遺体と所持品をひきとるか、大学が遺体を墓石の下に埋め、持ち物を燃やすかだ。オーレリーの両親は二番目を選んだ。

「それで、一緒に行かなくていいのか?」ディンはわたしの首筋に手をあてて訊いた。

わたしはかぶりをふった。「焼却用の穴がどこにあるかは知ってる」

ディンは悪態をついた。「僕がその場にいるべきだった」

「いてもなにもできなかったよ、ディン」わたしはやんわりと言い、その手を覆って指を軽く組み合わせた。「誰にもできなかった。綱に手をのばす暇もなかったもの」とささやく。あの瞬間を何度も何度も頭の中で繰り返しては、同じ結論に達していた。

「きみがてっぺんまでたどりついたか、訊く機会がなかったな」とディン。

わたしは首をふった。「煙突構造ではまって、綱を使って下におりなくちゃいけなかったから。背が低すぎて、あの大きさだと両手が届かないの。でも、今晩はそのことを考えないつもり。顔見せの日、正式に籠手試しの時間を計測するときまでには、なにか思いつくよ」

そうしなければ。最終日に候補生が下に戻ることは許されない。籠手試しを登り切るか――落ちて死ぬかだ。

「わかった。必要なら知らせてくれ」ディンは手を離した。

わたしはうなずくと、ありとあらゆる言い訳をして寮の廊下から出た。オーレリーのリュックはものすごく重かった。これを持って橋を渡るほど力があったのに、墜落してしまったのだ。

それなのに、なぜかわたしはまだ立っている。

学術棟の小塔の階段を上り、戦況報告の教室を通りすぎて、おりてくるほかの候補生たちとすれちがいながら石の屋根まで行くあいだ、オーレリーを一緒に運んでいるのだという感覚をふりはらえなかった。焼却用の穴というのは、焼却処分をする目的しかない、ただの幅の広い鉄の円筒だ。酸素を求めてあえぎながらよろよろと屋根の上に出ると、夜空を背に炎が明るく燃えあがっていた。

二カ月前なら、こんな重いリュックサックは運べなかっただろう。

肩からリュックをおろしたとき、ほかには誰もいなかった。

「残念だよ、ほんとに」とささやくと、幅広の紐に指を食い込ませ、金属の箱のふちから中へ投げ入れる。

リュックに炎が燃えつき、ごおっと音をたてていっそう火が大きくなった。これもまた、死の神マレクへの捧げ物のひとつにすぎない。

階段をおりて戻るかわりに、わたしは小塔のふちまで歩いていった。雲の多い夜だったけれど、西から近づく三頭の竜の影がわかり、籠手試しのある尾根さえ見てとれた。次の犠牲者を待ち受けているのだ。

（それはわたしじゃない）

でもその理由は？　登り切るから？　それとも、デインの頼みに屈して書記官科に隠れるから？　二番目の選択肢はいやだ、と全身が拒否した。おかげですべてに疑問をいだくことになり、門限を告げる鐘が鳴るまで、ずっとその場に立ちつくしていた。確乎たる解答が見つからないいま、わたしは階段を下っていった。

中庭にいたのは、キスしたいのか石の演壇の近くを歩きたいのか決められない恋人たちだけだった。目をそらしてそこを通り抜け、橋渡りのあとディンとわたしが最初に腰かけた小部屋へ向かう。

あれからもう二カ月近くたち、わたしは依然としてここにいる。まだ毎朝起きて日の出を見ているのだ。それにはなにか意味があるのではないだろうか。ほんのわずかでも、試煉を切り抜ける力があるという可能性はないだろうか？　ここに居場所があるかもしれないという？

中庭の城壁沿い、学術棟の建物のすぐ左にある扉がひらいた。今朝尾根を横切って籠手試しに行くために使ったトンネルへの入口だ。わたしは眉を寄せた。こんなに遅く、誰が戻ってきたのだろう。

城壁にもたれて座り、暗がりに身を隠していると、ゼイデン、ギャリック、ボウディ——ゼイデンの従弟《いとこ》——が魔法光の下を通ってこちらへ歩いてきた。

〈三頭の竜〉外に出かけて……なにをしていたのだろう？　今晩、わたしの知るかぎり軍事訓練はなかったはずだ。もっとも、三年生の行動を全部心得ているわけではないけれど。

「もっとなにかできることがあるはずだ」ボウディがゼイデンに目をやり、低い声で主張した。

三人のブーツがざくざくと砂利を踏んでわたしの前を通りすぎていく。

「できることはなにもかもやった」ギャリックが声をひそめて鋭く言った。

頭皮がぴりぴりして、ゼイデンが三メートル離れたところでぴたりと足を止めた。肩がこわばっている。

（まずい）

ここにいるのがばれている。

いつものようにゼイデンの存在で不安が高まるかわり、胸にこみあげたのは憤《いきどお》りだけだった。殺したいなら好きにすればいい。くるかくるかと待っているのはもうやめよう。おびえて廊下や教室を歩くのはおしまいにしよう。

「どうした？」ギャリックが問いかけ、すぐさま肩越しに反対側を見やった。視線の先には、門限までに寮に入るよりいちゃいちゃするほうが大事だと決めたらしい恋人たちがいる。

「先に行け。中で会おう」ゼイデンが言った。

「本気か？」ボウディの額に皺が寄り、中庭を見渡した。

「行け」ゼイデンは命じた。ぴくりとも動かずに立ったまま、ふたりが宿舎に入って左にまがり、二年生と三年生の階に通じる階段へ向かうのを見送る。どちらもいなくなってからようやくふりかえり、まさにわたしが座っている位置に顔を向けた。

「わたしがここにいるの、知ってるんでしょ」わたしは自分を叱咤《しった》して立ちあがり、隠れているとか、もっと悪いことに――おびえているなどと思われないよう、そちらへ移動した。「あと、頼むから闇を操るとかくだらない話をしないでよ。今晩はそういう気分じゃないの」

「どこに行っていたのか訊かないのか？」ゼイデンは胸の前で腕を組み、月明かりでわたしを観察した。月光に照らされるとその傷痕はいっそうおそろしげに見えたけれど、こわいと思う気力が湧いてこないようだった。

「心からどうでもいい」肩をすくめると、その動きで肩の痛みが増した。(すてき、あしたの籠手試しの練習にちょうど間に合ったなんて)

「そう。」ゼイデンは首をかしげた。「本心から言っているようだな？」

「わたしだって門限のあと外に出てるし」唇から重たい吐息がもれた。

「おまえは門限のあと外でなにをしている、一年生？」

「逃げ出すかどうか迷ってるところ」わたしは言い返した。「そっちはどうなの？ 話す気はある？」答えることはないだろうと知りつつ、からかうように問いかける。

「同じだ」

嫌味なやつ。

「ねえ、わたしを殺すつもりはあるの、ないの？ 待ってるのがすごくいやになってきたんだけど」わたしは手を肩にやってまわし、ずきずきする筋肉をさすったけれど、痛みは変わらなかった。

「まだ決めていない」まるで夕食の好みでも訊かれたかのようにあっさり答えたものの、ゼイデンはわたしの顔をみすえた。

「ああそう、決めてくれない？」わたしはいらいらと言った。「今週の計画を立てるのがずいぶん楽になるから」マーカム教授かエメッテリオ教授か。書記官か騎手か。

「俺がおまえの予定に影響を与えているのか、ヴァイオレンス？」あの唇にありありと満足げな笑みが浮かんでいる。

「自分の見込みがどの程度なのか、知る必要があるだけ」わたしはこぶしを固めた。

むかつく男は厚かましくほほえんだ。「そんな変わった誘いははじめて耳にしたが――」

「あんたに関する見込みじゃないから、このうぬぼれ屋！」むかつく。なにもかもむかつく。わたしはゼイデンの脇を通りすぎたものの、手首をつかまれた。力は強くないけれど、しっかり握られている。

　指先が触れているせいで、脈が乱れた。

「なんの見込みだ？」ゼイデンは問いかけ、その力こぶに肩が触れるほど近くまで引き寄せた。

「なんでもない」わかってもらえるはずがない。いまいましいけれど騎竜団長なのだから。それはつまり、騎手科ですべてに秀でていて、どうやってか自分の苗字さえ克服してのけたということだ。

「なんの見込みだ？」と繰り返される。「三度は訊かせるな」不穏な口調がやさしい握り方と食い違っている。もう、こんなにいいにおいがする必要があるわけ？　ミントと革と、なにか特定できないもの、柑橘《かんきつ》類と花の境目のような香り。

「これ全部を生きて乗り越える見込み！　あの腹の立つ籠手試しを登り切れないし」投げやりに手首をひっぱったけれど、離してもらえなかった。

「なるほど」向こうは頭にくるほど冷静なのに、こちらは感情の一部さえ制御できないときている。

「うん、わかってない。わたしが墜落死しそうだって喜んでるんでしょ、殺す手間がいらなくなるから」

「おまえを殺すのはなんの手間でもないさ、ヴァイオレンス。俺の手間の大部分は、おまえを生かしておくことから引き起こされているようだ」

わたしは勢いよく顔をあげて目を合わせたけれど、その表情は影に覆われて読みとれなかった。なにを考えているのかさっぱりわからない。

「お手数をかけてすみませんね」声にたっぷり皮肉をまぶす。「この場所の問題って知ってる？」また後ろに腕を引いたものの、がっちりつかまれている。「あんたが自分のでもないものにさわってること以外に？」目をきゅっと細めてにらみつける。

「もちろん教えてもらえるんだろうな」親指で脈の上をなでられて、胃が落ち着かなくなり、そのあと手首が離された。

わたしは思い直さないうちに答えた。「希望」

「希望？」ちゃんと聞こえたのか自信がないというかのように、ゼイデンは頭を近づけてきた。

「希望」とうなずく。「あんたみたいなやつには絶対にわからないだろうけど、ここにくるのが死刑宣告だってことは知ってたよ。これまでずっと書記官科に入るための訓練を受けてきたとしても関係ない——ソレンゲイル司令官が命令を下したら、無視するわけにはいかないもの」まったく、どうしてこの男にぺらぺらしゃべっているのだろう？（最悪の場合でも、こいつがなにをするっていうの？　殺す？）

「無視できるだろう」ゼイデンは肩をすくめた。「結果が好ましくないかもしれないというだけだ」

わたしはあきれた顔をした。そして、ものすごく恥ずかしいことに、自由の身になって離れるどころか、相手の強さをいくらか吸いとれるかのように少しだけ体を寄せてしまった。ともかく、この男にそれだけの余力があることは間違いない。

「勝算がどのくらいかはわかってたけど、それでもきたの。生きのびられるかもしれない、ほんのわずかな可能性に賭けてね。そのあと二ヵ月近くもなんとかやってきた。それで……」頭をふり、歯を食いしばる。「希望が出てきたの」その単語は苦い味がした。

「ああ。それなのに分隊仲間をひとり失い、煙突をうまく登ることができず、あきらめたわけか。だんだんわかってきた。あまり褒められた図ではないが、もし書記官科に逃げ出したいなら——

——」

わたしは息をのんだ。恐怖のあまり胃に穴があく。「どうしてそれを知ってるの？」もしこの男が知っているなら……口外したら、デインがあぶない。

ゼイデンの完璧な唇が弧を描き、意地の悪い笑みをたたえた。「俺はここで起こることをなにもかも知っている」周囲を闇が渦巻く。「影だ、忘れたか？　影どもはあらゆることを耳にし、目にして、覆い隠す」周囲のすべてが消え失せた。この男はここでわたしにどんなことでもできるし、そうしたところで誰にも気づかれないだろう。

「デインの計画のことを母に伝えたら、確実にご褒美がもらえると思う」わたしは静かに言った。

「俺のささやかな……おまえはなんと言っていた？　会か。そのことを伝えれば、母親はおまえに褒美をやるだろうな、確実に」

「わたしは話したりしないもの」その台詞は弁解がましく響いた。

「わかっている。おまえがまだ生きているのはそれが理由だ」ゼイデンはわたしの視線を捉えた。

「つまりこういうことだ、ソレンゲイル。希望は気まぐれで危険なものだ。集中力を盗みとり、本来向けるべき場所――起こりそうなことではなく、起こるかもしれないことへ向ける」

「じゃ、どうしろっていうの？　生きる希望なんて持つなって？　死ぬ計画だけ立ててろってこと？」

「殺される可能性がある事柄に集中しろということだ、死なない手立てを見つけるためにな」ゼイデンは頭をふった。「母親への復讐にしろ、たんに本人がやたらと人を怒らせやすいからにしろ、騎手科でおまえに死んでほしがっている連中は数え切れないほどいる。それでも、おまえは不利な条件をくつがえしてまだ生きている」影が体を包み込み、傷ついた頬の側面をなでていくのが感じられたようだった。「見ていてかなり驚かされたぞ、正直なところ」

「楽しませてあげられてよかった。わたしは寝るから」わたしはくるっと背を向けて宿舎の入口へ歩き出した。でも、相手はすぐ後ろをついてきた。あんなに異常に速く受け止めていなければ、わたしが叩きつけた扉に顔をぶつけていたはずだ。

「すねて自己憐憫《れんびん》にひたるのをやめれば、籠手試しを登るのに必要なものはなんでも持っていると気づくかもしれないぞ」背後から呼びかけてきた声が廊下にこだました。

「自己、なんて言った？」わたしはあんぐりと口をあけてふりかえった。

「人は死ぬ」ゆっくりと言ったゼイデンの顎がぴくりと動いた。それから、深く息を吸う。「これから何度でもあるだろう。ここで起こることの本質だからだ。騎手になるかどうかは、人が死んだあとの行動で決まる。なぜおまえがまだ生きているか知りたいか？　俺は毎晩、おまえを物差しにして自分を判断しているからだ。毎日、生かしておくたびに、おのれの中にまともな人間が残っていると信じることができる。だから、逃げたいならぜひとも逃げて、俺を誘惑から救ってくれ。だが、行動したいと思うならすればいい」

「だって、あの大きさじゃ身長が足りないんだもの！」誰に聞かれようがかまわず、わたしは鋭くささやいた。

「正しいやり方が唯一のやり方とはかぎらない。よく考えてみろ」そう言い残し、ゼイデンは向きを変えて立ち去った。

最低。あんなやつ。

第十一章

故人の所持品をとっておくことはマレク神に対する重大な罪である。そうした品々はあの世におられる死と死者の神に属している。正式な神殿のないところでは、どんな火でもよい。マレクのために燃やさぬ者は、マレクにより燃やされるであろう。

――『神々を鎮める指針』第二版、ローリリー少佐著

次に籠手試《こてだめ》しの練習をしたときも、わたしは最初と同様成功しなかったけれど、少なくともあれ以上分隊仲間を失うことはなかった。タイナンも完全に上までは登れないらしく、減らず口を叩くのをやめた。

タイナンの失敗の原因は浮き球だ。

わたしのほうは煙突だった。

九回目――そして最後から二回目――の籠手試しまでには、障害物コース全体に火をかけてやりたい気分になっていた。わたしの失敗の原因となっている箇所は、竜に乗るのに必要な力と敏《びん》捷《しょう》さを想定する意図で作られている。でも、この身長のせいで無理だろうということがあきらかになりつつあった。

「あたしが肩車すれば、もしかしたら……」歯の立たない敵となった岩壁をながめながら、リアンノンが頭をふった。

「それでも途中で立ち往生するよ」わたしは額から汗をぬぐって答えた。

「どうせ関係ない。コース内でほかの候補生にさわったらだめなんだ」ソーヤーが隣で腕組みした。太陽が高い位置にあるせいで、鼻の先が真っ赤になっている。

「あんた、希望や夢を押しつぶすためにここにいるわけ、それとも提案がある？」リアンノンが言い返した。「顔見せはあしただからね、なにか名案があるなら、いま出してほしいけど」

書記官科に逃げるつもりなら、今晩がその夜だ。そう考えると心臓が締めつけられた。それが論理的な選択だ。安全な道。

わたしを止めている思いは、ふたつだけだった。

ひとつは、母に見つからない保証がないということだ。マーカム教授が黙っていてくれても、あそこの教官たちが口をつぐんでいるとはかぎらない。

でも、いちばん重要なのは、もし逃げたら、隠れたら……ここでやりとげる力があったかどうか知ることは決してないということだ。とどまったら生きのびられないかもしれないけれど、出ていったとして、みずからを恥じることなく生きていけるのだろうか。

「ドリア・メリル」フィッツギボンズ大尉が壇上で言った。目鼻立ちの細部までくっきりと見えたのは、太陽が雲の陰にあるからというだけではなく、わたしが前より近くにいるからだ。候補生が死ぬたびに、整列の範囲が縮まっていく。

ブレナンと統計によれば、今日は一年生にとってもっとも危険な日のひとつだ。顔見せの日であり、飛行場にたどりつくには、まず籠手試しの坂を登らなければならない。騎手科のすべては弱い者を排除する目的で考案されている。今日も例外ではなかった。

「カムリン・ダイア」フィッツギボンズ大尉が名簿を読みあげ続ける。

わたしはひるんだ。竜属の授業で席が向かい側だった男の子だ。

「アーヴェル・ペリパ」

イモジェンとクインが——どちらも二年生だ——前方で息をのんだ。危険にさらされているのは一年生だけじゃない——わたしたちがいちばん死にやすいというだけだ。

「マイケル・イヴレム」フィッツギボンズ大尉が名簿を閉じた。「この人々の魂をマレクにゆだねる」その最後の言葉で、整列は解散になった。

「二年と三年、籠手試しの当番でなければ授業へ行け。一年生、おまえたちの底力を見せるときだ」デインが笑顔を作り、わたしをすっとばしてうちの分隊を見た。

「今日はがんばって」イモジェンがピンクの後れ毛を耳にかけ、甘ったるい微笑をまっすぐこちらに向けてきた。「あんたが落ち……込むようなことにならないといいけど」

「またあとで」わたしは顎をもたげて答えた。

イモジェンはつかのま、心底いやそうにわたしを見てから、クインと、肩までの金髪の巻き毛をはずませた副隊長のシアンナとともに歩み去った。

「幸運を祈る」ヒートンが——うちの分隊でいちばんがっしりしていて、髪を炎の形に刈り込んで赤く染めている三年生だ——心臓の位置、胸の記章のうち二個の真上を軽く叩いた。本心から、ただし口を結んだままこちらに笑いかけると、授業へ向かう。

去っていく上級生たちの背中を見つめながら、右の上腕のまるい記章はなんだろう、とわたしは首をひねった。水に浮かぶ複数の球体の意匠だ。その左側にある長剣模様の三角形の記章なら、マットの上であなどれないという意味なのは知っている。ディンから極秘事項の験《しるし》を示す記章についてて聞いてからというもの、ほかの候補生が軍服に縫いつけている記章にはよく注意を払うようにしていた。たいていは名誉のしるしのようにつけているけれど、わたしはほんとうの意味を見分けていた――いつか勝つために必要になるかもしれない情報なのだ。

「まさかヒートンがしゃべり方を知っていたとは気づかなかったな」リドックの眉間に二本の皺が現れた。

「今日丸焼きにされる可能性があるから、その前にせめて挨拶しておこうと思ったのかもね」とリアンノン。

「隊列に戻れ」ディンが命令した。

「一緒に行くの？」と訊いてみる。

ディンはまだわたしを見ないままうなずいた。

一年生八人は、周囲のほかの分隊と同様、四人ずつ二列になった。

「やりにくいね」リアンノンが横からささやきかけた。「なんだかあんたに怒ってるみたいだけど」

わたしはトリーナのほっそりした肩越しにちらりと目をやった。頭に巻きつけた三つ編みにそよ風が吹きつける。トリーナのくるくるした巻き毛も幾筋かゆるんでいた。「ディンの求めてるものをあげられないから」

リアンノンの眉があがった。

わたしはあきれた顔をしてみせた。「違う……そういうことじゃなくて」

「別にそういうことでも気にしないよ」小声で答えてくる。「あの人、かっこいいじゃん。隣同士の幼なじみの男の子だけど、びしっと決まってるって雰囲気そのものでさ」

そのとおりだったので、わたしは笑いをこらえた。ディンはまさにそんな感じだ。

「オレたちがいちばん大きな分隊だな」後ろでリドックが指摘したとき、いちばん遠くにいた分隊——第一騎竜団の——が出発し、中庭の西門からぞろぞろと出ていった。

「何人に減った？」タイナンが問いかける。「百八十人か？」

「百七十一人だ」ディンが答えた。第二騎竜団の分隊が団長に率いられて動き出した。つまり、ゼイデンがわたしたちの前のどこかにいるということだ。

緊張は障害物コースのためにとってあったものの、今日天秤《てんびん》がどちらにかたむくのかと思わずにはいられなかった。

「百頭しかいない竜に？　でも、どうするの、わたしたち……」トリーナがたずねかけて、不安そうに言葉を切る。

「こわがってるのを声に出すのはやめてよ」ルカがリアンノンの後ろからぴしゃりと言った。

「竜に臆病だと思われたら、あしたには名前だけになるんだからね」

「という発言により」リドックが語り口調になった。「さらなる不安を誘うのであった」

「黙ってて」ルカが反撃する。「ほんとのことだって知ってるでしょ」

「とにかく自信があるふりをしてれば、きっと大丈夫だよ」第三騎竜団が門に向かって進みはじめたとき、わたしは背後の分隊仲間に聞かれないように身を乗り出して声をかけた。

「ありがと」トリーナは小声で答えた。

眉をひそめたディンがやっとわたしと視線を合わせたけれど、少なくともうそつきとは呼ばれなかった。でも、あの非難の目つきは、裁判にかけられて有罪を宣告されたようなものだ。

「心配してる、リー？」次に呼ばれるとわかって、わたしはたずねた。

「あんたのために？」という反応だった。「ぜんぜん。ふたりとも勝つよ」

「ううん、あしたの歴史のテストのことだったんだけど」わたしはからかった。「今日は別に焦るようなことなんてないし」

「そう言われてみると、アリフ条約のせいで死ぬかも」リアンノンはにやっとした。

「ああ、ナヴァールとクロヴラ間の協定ね。エスベン山脈のサマートンとドレイサスにはさまれた細長い区域の上で、竜とグリフォンの双方が空域を共有するっていう」わたしは思い出してうなずいた。

「あんたの記憶力ってすごい」リアンノンがぱっと笑顔を向けてくる。

でも、記憶力で籠手試しが登れるわけじゃない。

「第四騎竜団！」どこか遠くでゼイデンが呼びかけた。号令したのが副団長ではなくあの男だというのは見なくてもわかった。「出発！」

わたしたちは列になって歩き出した。炎《えん》小隊、続いて爪《そう》小隊、最後に尾《び》小隊。

門のところが少々混雑していたものの、やがてそこを抜け、魔法光に照らされたトンネルの薄暗がりに入っていく。籠手試しへ行くために毎朝通っているところだ。道沿いの岩床の隅は影に包まれていた。

そもそも、ゼイデンの力の限界はどの程度なのだろう。影を使ってここにいる分隊すべての息の根を止めることが可能なのか、あとで休んだり力を取り戻したりする必要があるのか？　それほど強大な力には、なんらかの抑止や均衡が働いているのだろうか。

デインが後退してきて、リアンノンとわたしのあいだを歩き出した。「気を変えてくれ」ささやくような声だった。

「やだ」自分で感じているよりずっと自信ありげな響きだ。

「気を、変えて、くれ」通路をおりていきながら、片手でわたしの手を探る。間隔をつめて列を作っているせいで、その動作は周囲に見えなかった。

「無理」わたしはかぶりをふった。「カーハを捨てて書記官科に逃げろって言われたってできないでしょ。同じことだから」

「それは違う」ぎゅっと手を握られ、その指も腕も緊張しているのが感じられた。「僕は騎手だ」

「じゃあ、わたしもそうかもね」ささやいたとき、前方に光が現れた。母のせいでここから出られなかったときには、騎手になれると信じていなかった。でも、いまは選択肢がある。そして、とどまることを選んだのだ。

「そんなこと――」デインは自制し、わたしの手を離した。「きみを埋葬したくないんだ、ヴァイ」

「どっちかが相手を埋葬することになるのは避けられないよ」別にぞっとするようなことでなく、たんなる事実だ。

「僕の言ってる意味はわかってるはずだ」

光が大きくなり、籠手試しの下に通じる高さ三メートルのアーチ形の出口が見えてきた。

「頼むからこんなことしないでくれ」今回は声を低めようともせずにディンが訴えたとき、わたしたちはまだらな陽射しの中に出てきた。

その光景はいつもどおり壮観だった。ここはまだ谷間から数百メートル上った山の上だ。緑がどこまでも南へ広がっているように見え、野生の花が色とりどりに咲いている斜面のあちこちで不規則に低木がかたまっている。視線が崖の岩肌に刻まれた籠手試しへと移ると、つい障害をひとつひとつ上まで目でたどってしまった。最後に尾根の頂上――飛行場を凝視する。前に調べた地図によれば、断崖の峡谷へとつながっているはずだ。わたしは樹木が育たなくなる境を見つめて唇をかんだ。

通常なら飛行場に入れてもらえるのは騎手だけだ――顔見せをのぞいて。

「見ていられるかどうか」ディンが言い、その力強い顔に注意が引き戻された。完璧に整えた顎ひげに囲まれた厚い唇をきゅっと引き結び、硬い表情になっている。

「じゃ、目をつぶってたら」わたしには計画があった――とんでもない案だけれど、やってみる価値はある。

「橋渡りのときといまで、なにが変わったんだ?」ディンはふたたび問いかけた。その瞳にはさまざまな感情が浮かび、とうてい内心を推し量ることはできなかった。まあ、不安は別だ。それだけはなんの説明もいらない。

「わたし」


一時間後、わたしは階段状のまわる杭をとびこえ、安全な砂利道に降り立った。第三の坂を越えた。あとふたつ。しかもまだ一本も綱《つな》にさわっていない。

まだ登りはじめていないタイナンとルカが待機しているコースの下から、じっと見あげているディンの視線が感じられる気がしたけれど、下は見なかった。向こうは最後の一瞥と思うのかもしれないけれど、そんな行動をとっている暇はないし、まだ二カ所障害が残っているのに、なぐさめて時間を遅らせる余裕もない。

なにしろ、練習する機会さえなかった障害があるのだ——最後のほぼ垂直の傾斜台が。

「あんたならできるよ！」煙突構造に行きついたとき、リアンノンが上から叫んでよこした。

「でなけりゃ、みんなのために落ちてくれてもいいぞ！」別の声がどなる。間違いなくジャックだ。練習のときは少なくともうちの分隊だけだったけれど、いまはコースの下か崖の上から一年生全員が見守っている。

これから登る空洞の円柱を見あげたあと、道沿いに一メートルほど駆け戻る。

「なにやってんの？」わたしが綱の一本をつかみ、小石をばらばら落としながら崖の表面に水平にひきずってくると、リアンノンが声をあげた。

ものすごく重くて、ひっぱると抵抗があったけれど、なんとか先端を煙突構造にひっかけることができた。綱をできるかぎりぴんと張って、円筒の側面に片足をかけ、綱を引いてみる。うまくいきますように、と幸運の神ジーナルに祈りを捧げた。

「あんなことやっていいの？」誰かがぴしゃりと言った。

（現にやってるでしょ）

反対側の足を持ちあげると、筒の右側だけを使い、体重を支えながら綱をたぐって石の上を登っていく。半分ぐらい行ったところで、綱が大きな丸石をかすめてゆるんだものの、すばやくたるみを解消して登り続けた。動悸《どうき》で耳鳴りがしたけれど、つらいのは手のほうだった。手のひらが炎にあぶられているようだ。叫ぶまいと歯を食いしばった。

もうすぐだ。頂上。

もはや綱はかろうじて煙突の隅を横切る程度だったので、わたしは上半身に残されたわずかな力をふりしぼって体をひきあげ、這《は》いつくばって道によじ登った。

「よし、やったぞ！」リドックが頂上から大声でわめいた。「さすがだ！」

「立って！」リアンノンがどなった。「あとひとつ！」

胸が波打って肺がひりひりしたけれど、どうにか立ちあがる。わたしは最後の坂、飛行場へ続く唯一残った道にいた。目の前に立ちはだかっているのは、崖の断面から三メートル突き出てから、器の内側のように上へ弧を描く木製の傾斜台だ。いちばん高い地点が三メートル上の崖っぷちと同じ位置にある。

この障害は、候補生が竜の前脚を登って鞍にたどりつく能力を試すためのものだ。わたしは背が足りなかった。

でも、正しいやり方が唯一のやり方とはかぎらない、というゼイデンの言葉がひと晩じゅう頭の中をめぐっていた。日が昇って暗闇を追い払うころ、ある計画を思いついたのだ。

実地で成功することを祈るしかない。

家から持ってきたいちばん大きな短剣を鞘《さや》から抜き、汚れた手の裏側で額の汗をぬぐった。ひりひりする両手もずきずきする肩も、柱からの着地に失敗してひねった膝の痛みも忘れ去る。これまでの人生でずっとやってきたように、すべての苦痛を遮断し、壁の内側に閉じ込めて、傾斜台に神経を集中した。登り切るかどうかに人生がかかっている。

ここに綱はない。これを越える方法はたったひとつだ。

純粋に意志の力だけ。

だから、動きの速さを利用して突進した。

傾斜台を足が蹴る音が太鼓のように響き、坂がきつくなる。わたし自身がこの障害を乗り越えたことがないからといって、分隊仲間が何度もやってきたのを見ていなかったわけじゃない。体を前に投げ出し、その勢いで傾斜台の側面を上へと駆けあがっていく。

わたしは貴重な変化を、頂上まであと六十センチ近くの地点で、体がふたたび重力に負ける瞬間を待った。そこで片腕をふりあげ、傾斜台のすべすべしたやわらかい木に短剣を突き刺す――

それを使って残りの三十センチを躍りあがった。

ちょうど筒のへりを指がかすめたとき、肩が抗議の声をあげ、本能的に喉から叫びがもれた。

い、てこの力をさらに得ようと、ふちにぐっと肘をかけ、体をひっぱりあげる。短剣の柄《つか》を最後の一段として踏みしめ、崖の上へよろめき出た。

(まだ終わってない)

腹ばいになって傾斜台のほうに向くと、短剣を引き抜いた。あばらの鞘におさめてから、ふらふらと立ちあがる。やった。安堵のあまり体からすうっとアドレナリンが抜けていく。リアンノンの腕がぎゅっと巻きついてきたので、わたしは体重を預けながら空気を求めてあえいだ。リドックが大喜びでわめきたてながら背中を抱きしめてきて、サンドイッチの具さながらに押しつぶされる。抗議するところだけれど、いままっすぐ立っていられるのはふたりのおかげだった。

「あんなことできないぞ！」誰かが叫んだ。

「そんなことないさ、たったいまやっただろ！」リドックが抱く力をゆるめ、肩越しに言い返した。

膝はふるえていたものの、もちこたえていたので、わたしはせわしく息を吸い込んだ。

「やったね！」リアンノンが茶色い瞳に涙をためて顔を両手で包んできた。「やった！」

「運だよ」また息を吸い、激しい動悸に静まってくれと頼み込む。「あと。アドレナリン」

「不正行為だ！」

わたしはその声のほうをふりかえった。アンバー・メイヴィスだ。赤みがかった金髪を持つ第三騎竜団の団長は、去年デインの親密な友人だった。まさしく憤怒の表情でつめよられたゼイデンは、ほんの一メートルほど先で名簿を持ち、ストップウォッチで時間を計っているところだった。なにもかもかなり退屈だという顔つきをしている。

「さがれ、メイヴィス」ギャリックが脅した。縮れ髪の小隊長がアンバーとゼイデンのあいだに体を割り込ませたとき、ずっと背負っている二振りの剣にきらりと日の光が反射した。

「そのペテン師は、どう見ても異物を一度ならず二度までも使った」アンバーはどなった。「許されることではない！　われわれは規則に従うか死ぬかだ！」

デインとそんなに親密だったのも不思議はない――ふたりとも法典に操《みさお》を立てている。

「誰だろうと、俺の小隊の一員をペテン師と呼ぶやつは受け入れんぞ」ギャリックが警告した。向きを変えたので、いかつい肩がアンバーの姿を視界からさえぎる。「それに、うちの騎竜団の規則破りに対処するのは、うちの団長だ」ギャリックが脇に寄ったので、わたしはアンバーのぎらぎらした青い目を受け止めた。

「ソレンゲイル？」ゼイデンが名簿の上でペンを止めたまま、片方の眉をあげて問いかけた。あきらかな挑発だ。みんながあんなに記章を誇示したがるのに、第四騎竜団と騎竜団長の記章以外、ひとつもつけていない。そのことに気づくのはこれがはじめてではなかった。

「綱を使ったことに対しては、三十秒加算する罰則が相当だと思います」呼吸が落ち着いてきたので、そう答える。

「それで、ナイフは？」アンバーの目が細まった。「失格だ」ゼイデンが答えないでいると、あの目つきでそちらをにらみつける。「当然不適格だろう！　指揮下にある騎竜団の中で違法な行為を認めてはならないぞ、リオーソン！」

でも、ゼイデンはわたしから目をそらさず、黙って反応を待ち受けた。

「騎手が持ち込めるものは、自力で運ぶことの可能な品だけである――」わたしは言いはじめた。「私に向かって法典を引用しているのか？」アンバーが叫んだ。

「――それがなんであろうと、引き離されることはない」わたしは続けた。「なぜならば、ひとたび橋を渡って運ばれたものは体の一部とみなされるからである。第三条第六項付加条項B」

わたしがちらりと見やると、青い目がみひらかれた。「その付加条項は、窃盗を処刑相当の罪とするために書かれたものだ」

「そのとおりです」わたしはうなずき、その瞳と、まっすぐにこちらをみすえている黒瑪瑙《めのう》の双《そう》眸《ぼう》をかわるがわるながめた。「でも、そう定めることで、橋を渡って持ち込まれた品はすべて、騎手の一部という資格を与えられたことになります」手のひらに鋭い痛みを感じながら、ぼろぼろに欠けた刃を鞘から抜く。「これは手合せで手に入れた短剣ではありません。わたしが橋の向こうから持ってきたものですから、わたしの一部とみなされます」

ゼイデンの瞳が大きくなり、あの頭にくるほど優美な唇に満足げな笑みの影が浮かんだのをわたしは見逃さなかった。あんなに見た目がいいのに無慈悲だなんて、法典違反にするべきだ。

「正しいやり方が唯一のやり方とはかぎらない」本人の言葉を使って対抗する。

ゼイデンはわたしのまなざしを受け止めた。「やられたな、アンバー」

「あくまでも解釈上の話だ！」

「それでも負けたことに変わりはない」わずかに身をひねり、わたしなら絶対に向けてほしくない目つきで見る。

「おまえの考え方は書記官のようだぞ」アンバーはわたしに吼《ほ》えた。

侮辱のつもりだろうけれど、わたしはただうなずいた。「わかってます」

アンバーは憤然と立ち去り、わたしはまた短剣を鞘におさめた。両手を脇にたらし、ようやく肩の荷がおりた気分で瞼《まぶた》を閉じる。やりきった。またひとつ試験に通ったのだ。

「ソレンゲイル」ゼイデンが言い、わたしはぱっと目をひらいた。「べとべとだ」わざとらしく

わたしの両手に視線を落とす。

指先からぽたぽたと血がしたたっていた。

その悲惨な状態を見たとたん、苦痛が爆発し、荒れ狂う川さながらに心の堰《せき》を乗り越えてあふれだした。手のひらがずたずたになっている。

「なんとかしろ」ゼイデンが命じた。

うなずいて後退し、分隊に合流する。シャツの袖を切って両手の包帯にするのをリアンノンが手伝ってくれた。残るふたりの分隊仲間が崖を登り切ったとき、わたしは喝采《かっさい》した。

全員が登り切ったのだ。

第十二章

顔見せの日はほかのどの日とも異なる。空気は可能性と、おそらくは立腹した竜の吐く硫黄の悪臭に満ちあふれているだろう。決して赤竜の目をのぞきこんではならない。緑竜からあとずさってはならない。茶竜に不安を示したならば……まあ、とにかく示さないことだ。

――『竜属図鑑』カオリ大佐著

午前が終わるころに残っていたのは、百六十九名だった。綱《つな》を使ったあの罰の分を加えても、わたしたちは三十六分隊中、十一番で顔見せに挑むことになった――今年絆を結ぶ意思のある竜の前を、候補生たちがぶるぶるふるえながら行進させられる儀式だ。

竜たちは試煉《しれん》の前に弱い者を排除しようと決意している。そんな連中の間近を歩くのだ。不安に足がもつれ、わたしは急に、最後ならよかったのにと思った。

籠手《こて》試《だめ》しを最速で登ったのはもちろんリアム・マイリで、籠手試しの勲章を獲得した。きっと二番になる方法なんて知らないのだろう。自分がいちばん遅くはなかったので、わたしにとってはそれで充分だ。

飛行の訓練場になっている切り立った峡谷は、午後の太陽に照らされて絶景だった。秋の色をした草地が何キロも広がり、いちばんせまい部分である谷の入口で待機すると、三方向に峰がそびえている。谷の向こうには滝の線が見分けられた。いまは細々とした小川でも、水が流れる季節には激流となるだろう。

誰かが一色だけの絵筆を持ってきて景色になすりつけたように、木の葉はみな黄金色に変わりつつあった。

そこに竜がいるのだ。

背丈は七メートル半で、独自の隊列を組み、道から一メートルほどひっこんだ位置に並んでいる——わたしたちが通りすぎたとき、充分判断を下せる近さだ。

「行くぞ、第二分隊、次はおまえたちだ」ギャリックが言って手招きすると、むきだしの前腕で証痕《レリック》がきらめいた。

デインやほかの分隊長は後ろにとどまっていた。わたしが籠手試しを登り切ったことをデインが喜んでいるのか、規則をまげたと失望しているのかよくわからない。でも、わたしとしては、これほどわくわくした気分になるのははじめてだった。

「整列」ギャリックがいたって事務的な口調で指示したのは、別に意外でもなかった。そもそも統率の仕方が任務第一、配慮は後まわしという感じだからだ。ゼイデンとあんなに親しく見えるのも当然だろう。もっとも、ゼイデンとは違って、軍服の右側には炎《えん》小隊の隊長だと示す記章が整然と並び、さまざまな武器の腕前を宣伝している勲章も片手の指の数よりたくさんついている。

みんな命令に従った。今度はリアンノンとわたしが後ろのほうになる。

遠くで風が吹き荒れるような音がして、ぴたりとやんだ。ほかの誰かが不足だとみなされたのだ。

ギャリックの榛色《はしばみ》のまなざしがみんなの上をかすめた。「エートスがきちんと仕事をしていることを願うが、そうすれば草地をまっすぐ歩いていく道だと知っているはずだな。互いに少なくとも二メートルは間隔をあけることを推奨する――」

「誰かが燃やされたときのために」リドックが前方でもごもご言った。

「そのとおりだ、リドック。そうしたければかたまれ、ただし、中のひとりが気に入らなければ、竜はそのひとりをとりのぞくために、全員まとめて焼き払うと心得ておけ」ギャリックはつかのまわたしたちと視線を合わせて警告した。「それと、竜に打診するためにここにいるわけではないと憶えておけよ。もしそんな真似をすれば、今晩寮に戻ることはないだろうな」

「質問してもいいですか？」ルカが前列から声をかけた。

ギャリックはうなずいたものの、顎がぴくりと動いたので、苛立《いらだ》ったのが読みとれた。責める気にはなれない。わたしもルカにはものすごくいらいらさせられる。たえず誰にでもかみつかずにはいられないあの性格のせいで、仲間の大半は敬遠していた。

「第四騎竜団の尾《び》小隊第三分隊はもう終わってて、候補生の何人かと話したんですけど……」

「それは質問じゃない」ギャリックは眉をあげた。

うん、苛立っている。

「ええ。ただ、羽尾《フェザーテイル》が一頭いるって聞いたんですけど？」ルカの声が高くなった。

「羽尾《フェザーテイル》？」すぐ前でタイナンが唾《つば》を飛ばしながら声をあげた。「いったい誰が羽尾《フェザーテイル》なんかと絆を結びたがるんだよ？」

　わたしはあきれ、リアンノンは頭をふった。

「カオリ教授は羽尾《フェザーテイル》がいるはずだとは一度も言わなかった」ソーヤーが言った。「見せてもらった竜は一頭残らず記憶したから知ってる。百頭全部だ」

「なら、いまは百一頭だろうな」ギャリックは答え、さっさと子どもたちを追い払いたいとでもいうようにこちらをながめてから、肩越しに峡谷の入口をふりかえった。「落ち着け。羽尾《フェザーテイル》は絆を結ばない。最後に隠れ谷の外で目撃されたのはいつだったかさえ思い出せないほどだ。おそらくたんなる好奇心できただけだろう。さて、出番だ。道から離れるな。歩いていって、分隊全員が到着するまで待ち、戻ってくる。実際、ここからはこれ以上簡単なことはないぐらいだからな、ガキども、こんな単純な指示さえ守れんなら、なにが起ころうが自業自得ということだ」

　背を向けて、竜たちが座っている峡谷の崖の前にのびた小道のほうへ歩いていった。

　わたしたちは一年生の群れから離れてそのあとに続いた。包帯用に袖を破った部分から出ている肩にあたる風が冷たかったけれど、おかげで両手の血は止められた。

「全員連れてきました」ギャリックは騎手科の上席騎竜団長に声をかけた。ゼイデンに小声で話しかけている、戦況報告で数回会った女性だ。軍服には依然として特徴的な大釘の階級章がついていたけれど、今回のは黄金で、やたらと尖って見えた——まるで、今日はいっそう優秀さを誇示したいかのように。

　上席騎竜団長はうなずいてギャリックを立ち去らせた。「一列」

　みんなぞろぞろと一列に並んだ。リアンノンが後ろで、タイナンがすぐ前だ。つまり、顔見せ

のあいだじゅう、タイナンの意見を聞かされるはめになるのは確実だった。（最高）

「話せ」上席騎竜団長は命じ、胸もとで腕組みした。

「顔見せにはいい日ですね」リドックが冗談を飛ばした。

「私にではない」上席騎竜団長は半眼でリドックをみすえてから、目の前に並んだ候補生の列に動くよう合図した。「通路を歩きながら近くの分隊仲間と話せ。そうすればおまえが誰なのか、ほかの者とどれだけうまくやれるか、竜が感じとるのに役立つからだ。雑談の水準と、候補生が絆を結ぶ率には相関がある」

こう聞くと、場所を交換したくなる。

「自由に竜をながめてかまわない。とくに尾を見せびらかしている場合にはな。だが、命が惜しいなら、目を合わせることはつつしんだほうがいい。焼け跡に出くわしたら、現在燃えていないかどうか確かめるだけで先へ進め」その忠告が頭に沁《し》み込むあいだだけ言葉を切り、それからつけたす。「では、散歩のあとで」

上席騎竜団長はさっと手をふって脇に寄り、谷の中央を抜けていく砂利道を示した。その先には、今年絆を結ぶと決めた百一頭の竜が、ガーゴイルのように微動だにせず座っている。

列が出発し、わたしたちはさっき勧められた二メートルの距離をあけて続いた。

細い道をたどりながら、一歩一歩が異様に気になった。ブーツの下の地面は堅い感触で、はっきりと硫黄のにおいが残っている。

まず通りすぎたのは三頭の赤竜だった。鉤爪がわたしの体の半分近くある。

「尾も見えないぞ！」タイナンが前方で叫んだ。「どの種かどうやって見分けろっていうんだ？」

わたしはそばを通りながら、筋肉によろわれた肩を見あげるような位置に視線を固定した。

「どの種か見分けることにはなってないの」と応じる。

「知るか」タイナンが肩越しに言った。「試煉のときどれに打診するか、考えておく必要があるんだよ」

「このお散歩は、向こうが決めるためだと思うけど」わたしは切り返した。

「あいつは試煉まで行かないって、このうちの一頭が判断してくれることを願うよ」と言ったリアンノンの声は低く、かろうじてわたしに届く程度だった。

茶竜二頭に近づきながら、わたしは声をたてて笑った。どちらも母の竜アムシルより少し小さかったけれど、そんなに変わらない。

「思ってたよりちょっと大きいね」リアンノンが声を大きくして言った。「橋渡りのとき見なかったわけじゃないけどさ……」

肩越しにふりかえると、目をみひらいて道と竜をかわるがわる見ているのがわかった。緊張しているのだ。

「で、生まれるのが姪っ子か甥っ子か知ってるの？」わたしは数頭の橙竜の前を歩き続けながらたずねた。

「は？」とリアンノン。

「女の人の妊娠がある程度進むと、かなり正確に性別をあてられる治療師がいるって聞いたことがあって」

「ああ。ううん」とリアンノン。「見当もつかない。まあ、なんとなく女の子だといいなって思ってるけど。この一年が終わって、家族に手紙を書けるようになったらわかるんだろうね」

「あれはばかばかしい規則だよね」肩越しに言う。橙竜の一頭とたまたま目が合ってしまい、あわてて視線をさげた。（普通に呼吸して。恐怖をのみこんで）恐怖も弱さも殺される理由になるうえ、すでに血を流しているから、あまり有利な状況とは言いがたい。

「そうすれば騎竜団への信頼が強まるとは思わないんだ？」リアンノンが訊いてきた。

「手紙がきてもこなくても、姉への信頼は変わらないと思う」わたしは反駁《はんばく》した。「絶対に切れない絆ってあるもの」

「おまえの姉貴だったら、おれも信頼したいぜ」タイナンが口をはさみ、ふりかえって後ろ向きに歩きながらにやにやした。「すげえ騎手だしな、それにあのケツ。橋渡りの直前に見かけたんだよ、ヴァイオレット。いい女だ」

わたしたちは別の赤竜一組、そのあと茶竜一頭と緑竜二頭を通り越した。

「前を向きなよ」指をくるっとまわしてみせる。「ミラはあんたなんか朝食に平らげちゃうよ、タイナン」

「おれはただ、いい性質が全部ひとりに行って、もうひとりは残り物をもらったみたいに見えるのはどうしてかって思ってたんだよ」タイナンの視線がわたしの体をざっとなでおろした。

みぶるいが出るほど気持ち悪い。

「ろくでなし」わたしは中指を立ててみせた。

「言ってみただけさ、その特権が手に入ったら、自分で手紙を書いてみるかもな」タイナンは向き直って歩き続けた。

「甥っ子でもいいよね」会話がさえぎられたことなどなかったかのように、リアンノンが言った。「男の子だってそんなに悪くないし」

「うちの兄は最高だったけど、男の子の近くで一緒に育った経験って、兄とディンだけだからね」さらに竜たちの前を通りすぎ、呼吸が落ち着いてきた。硫黄のにおいは消えたか、それともたんに慣れただけかもしれない。燃やせるほど近くにいるのは半ダースほどの焦げ跡が証明していたけれど、竜の息吹を耳にすることも感じることもなかった。「ただ、ディンはたぶん、普通の子より規則に従うほうだったと思う。きちんとしてるのが好きで、自分の計画にちゃんとあてはまらないと、だいたいなんでもいやがるから。きっと籠手試しを登った方法のことでお説教してくるだろうな、アンバー・メイヴィスみたいに」

中間地点を通りすぎ、先へ進む。

はたして、竜たちがこちらをながめている様子がそんなにおそろしいか？　こわいのはたしかだ。でも、向こうもこの場にいたいと思っているのは同じだろう。だったら、少なくとも火の力はよく考えて使ってほしい。

「どうしてあの綱の計画を教えてくれなかったのさ？　短剣のことも？」リアンノンが傷ついたように口調を強めてたずねた。「あたしのことは信用したっていいのに」

「きのうまで思いつかなかったの」わたしは答え、肩越しにふりかえる時間をとって相手を見た。「それに、うまくいかなかったとき共犯にしたくなかったし。リーはちゃんとここに未来があるのに、わたしが失敗したからって道連れにするわけにいかないでしょ」

「あんたに守ってもらう必要はないよ」

「わかってる。でも、友だちってそうするものだよ、リー」三頭の茶竜の脇を通りながら、肩をすくめる。そのあと数分は、黒っぽい砂利の道をざくざくと踏みしめるかすかな音しか聞こえなかった。

「その頭の中に、まだほかの秘密が隠れてたりする？」とうとう、リアンノンがたずねた。

ゼイデンと焼き印持ちたちとの会合を思い出すと、罪悪感で気が重くなった。「誰かについて知っておくべきことを全部知るのって、不可能じゃないのかな」最低の気分だったけれど、少なくともうそはついていない。

リアンノンは鼻を鳴らして笑った。「それが質問を避けてるんじゃなかったらなんなのさ。こういうのはどう？　助けが必要ならあたしの手を拒まないって約束してよ」

おそろしげな緑竜たちのそばを歩いているにもかかわらず、わたしの顔には笑みが広がった。「こういうのはどう」と肩越しに投げかける。「そっちが手を貸せる状況で助けが必要なら頼む。ただし――」人差し指を立てる。「――同じ約束をしてくれればね」

「決まり」リアンノンは満面の笑みを浮かべた。

「おまえら、後ろで絆を深め終わったか？」タイナンがせせら笑った。「なにしろ、もうすぐ終わりだからな、気づいてないかもしれないが」道の真ん中で立ち止まり、右側に視線をふる。

「まだどいつを選ぶか決められないぜ」

「その傲慢《ごうまん》さがあれば、どんな竜だって、ぜひとも一生心を共有したいって思ってくれそうだね」どの竜にしろ――もしいたとして――タイナンを選ぶ竜には同情する。

分隊の残りは前方にかたまり、道の終わりでこちらを向いていた。でも、全員の視線が右側に集中している。

最後の茶竜を通り越して、わたしは鋭く息をのんだ。

「なんだ、ありゃ？」タイナンがまじまじと見た。

「歩き続けて」わたしは命令したものの、目が釘づけになっていた。

列の終わりに立っていたのは、小さな黄金の竜だった。背筋をのばしてすっくと立ち、鱗《うろこ》や角に日を照り返しながら、羽毛の生えた尾を体の脇でぱたぱた動かしている。（羽尾《フェザーテイル》だ）

わたしはぽかんと口をひらき、こちらを観察している竜の鋭い歯やすばやく動く頭を見つめた。隣にいる茶竜の完璧な小型版といったところで、まっすぐ立ってもおそらくわたしよりほんの一メートルほど高いだけだ。

タイナンの背中に突っ込んでしまい、ぎょっとする。分隊仲間が待っている通路の終点にきていたのだ。

「離れろ、ソレンゲイル」タイナンが鋭くささやいてわたしを押しやった。「いったい誰があんなものと絆を結ぶんだ？」

胸が締めつけられた。「向こうに聞こえるよ」と思い出させる。

「あれ、黄色いんだけど」ルカがまっすぐその竜を指さし、うんざりした顔で唇をゆがめた。「どう見ても戦闘で騎手を運ぶには小さすぎるってだけじゃなくて、まともな色になる力さえないってことだよね」

「なにかの間違いなんじゃないか」ソーヤーが静かに言った。「赤ん坊の橙竜だとか」

「すっかり育ってるよ」リアンノンが反論する。「ほかの竜が赤ん坊に絆を結ばせるはずがないじゃん。そもそも、生きている人間は誰も竜の赤ん坊なんて見たことがないし」

「そりゃ間違いだろ」タイナンが黄金の竜を見てふんとばかにした。「絶対におまえが絆を結ぶべきだぜ、ソレンゲイル。どっちも異常に弱いからな。相性抜群だ」

「あの竜だって、あんたを焼き殺すぐらいには強そうだけど」頬が赤くほてるのを感じてわたしは逆襲した。弱いと呼ばれた、しかもうちの分隊の前だけではなく、竜たちの前で。

ソーヤーがわたしたちのあいだにとびこみ、タイナンの襟首をつかんだ。「二度と分隊仲間にそんなことを言うな、まして絆を結んでいない竜の前で」

「離してやりなよ——みんなが思ってることを言ってるだけじゃない」ルカがぼそっと言った。

わたしはぽかんと口をあけ、ゆっくりと向き直って相手を見つめた。上級生の耳に届かないところにきたとたん、こういうことになるのだろうか？　互いを攻撃しあって。

「なに？」ルカは身ぶりでわたしの髪を示した。「その髪は半分銀色だし、背が……ちっちゃいし」作り笑いを浮かべてしめくくる。「金色と……小柄。あんたたち、ぴったりでしょ」

トリーナがソーヤーの腕に手をかけた。「竜の前で行動を間違わないで。なにをするかわからないもの」とささやく。今度は仲間が分裂しつつある。

ソーヤーがタイナンの襟を離したので、わたしはじりじりとあとずさりした。

「絆を結ぶ前にあれを殺すべきだぜ」タイナンが唾を飛ばして主張し、わたしは生まれてはじめて、やられている相手を蹴っとばしたくなった……おまけに起きあがらなくなるまで蹴り続けてやりたい。「あんなやつ、騎手を殺すことになるだけだし、あれが絆を結びたがったらこっちに選択肢はないだろ」

「いまそのことに気づいたのか？」リドックが頭をふった。

「戻らないと」プライアがそわそわと集団を見まわして言った。「その……みんなが戻ったほうがいいと思うなら。別にそうする必要はないけど」

「人生に一度でいいから」タイナンがプライアを押しのけて小道を歩きはじめながら吐き捨てた。

「自分で決めてみろよ、プライア」

ひとりひとり、推奨された間隔を置いて進み出す。今回はリアンノンがわたしの先になり、リドックが後ろについてきて、ルカが最後尾になった。

「こいつら、たしかにすごいよな」リドックが言い、その感心しきった声にわたしはにっこりした。

「ほんと」と同意する。

「正直、橋であの青竜を見たあとだと、ちょっと興ざめだよね」ルカの声はリアンノンのほうまで響き、リアンノンは信じられないという顔でふりかえった。

「あんたが竜を侮辱しなくても、充分気疲れする状況なんだけど？」と問いかける。

急いでこの場をおさめたほうがいい。「でも、もっと悪いことになってたかもよ。ほら、ワイヴァーンの列の前を歩くとか？」

「お願い、ヴァイオレット、いつもみたいに子どもだましのこわいお話をしてよ」ルカが皮肉たっぷりに言った。「あててみようか。ワイヴァーンっていうのは、グリフォンの乗り手が作り出した精鋭部隊みたいなものでしょ。こっち側が戦闘でなにか、あんたの書記官脳しか思い出せないようなことをやらかしたせいでね」

「あんた、ワイヴァーンがなにか知らない？」リアンノンがたずねてから、ふたたび歩き出した。

「親に寝る前のお話をしてもらったことがないんだ、ルカ？」

「どうぞご教示くださいな」ルカがわざとらしくゆっくりと言った。

わたしはあきれた顔をしてみせ、道に沿って歩き続けた。「民間伝承だよ」と肩越しに言う。

「竜に似てるけどもっと大きくて、脚が四本じゃなくて二本あるの。首から剃刀《かみそり》みたいな羽毛のたてがみがのびてて、人肉を好むんだよ。人間ってちょっとくさいと思ってる竜とは違ってね」

「うちの母さんは昔、妹のリーガンとあたしをおどかすのが好きだったな。口答えするとワイヴァーンに正面のポーチからさらわれるよとか、もらっちゃいけないはずのお菓子をとったら、不気味な目をしたベニンの騎手の捕虜にされるよとか」リアンノンがにやっと笑いかけてきた。その足どりが軽くなっているのがわかる。

わたしの足もだ。どの竜にも通りすがりに目をとめたけれど、鼓動は落ち着いていた。「うちの父さんは毎晩そういう寓話を読んでくれたよ」と教える。「だから一度、真剣に訊いてみたことがあるの。母さんは力を媒介できるから、いつかベニンになっちゃうのかって」

にらみつけてくる一組の赤竜の脇を通りすぎながら、リアンノンはくすくす笑った。「ベニンになるのは源から直接力を引き出したときだけのはずだって、お父さんは教えなかったわけ？」

「教えてもらったけど、その当時、うちの家族は東の国境付近に配属されてて、母さんがひと晩じゅう働いてきたあとだったの。目が真っ赤だったから、ついこわくなって悲鳴をあげはじめたんだよね」その思い出についほほえむ。「母さんにその寓話の本をひと月もとりあげられちゃった。だって、基地の衛兵がみんな駆けつけてきたんだよ。わたしは兄の後ろに隠れて、その兄は笑いが止まらなくなってて、それで、まあ……すごい騒ぎだった」そばを通ったとき、大きな橙竜が空気を嗅いだので、わたしは視線を真正面に向けたまま動かさなかった。

リアンノンの肩が笑いにふるえた。「そういう本がうちにもあったらなあ。まじめな話、母さんはあたしたちが言うことを聞かないと、好きなように話を変えてたんじゃないかと思うよ」

「そんなの、どこかの辺境の村の与太話でしょ」ルカが鼻で笑った。「ベニン？　ワイヴァーン？　少しでも教育があれば、竜が直接媒介してない魔法は、全部国の結界に阻まれるって知ってるのに」

「お話だよ、ルカ」リアンノンが肩越しに言い、すでにどれだけ進んだかわたしは気づかずにはいられなかった。「プライア、あそこまで行きたいんだったら、もうちょっと速く歩きなよ」

「もっと遅く歩いて時間をかけるべきなんじゃないかな？」リアンノンの前からプライアが提案し、手のひらを軍服の脇にこすりつけた。「まあ、ここから出たかったら、速く歩いたほうがいいのか」

赤竜が列から踏み出すと、鉤爪を一本わたしたちのほうに向けた。全身が恐怖でずしんと重くなり、心臓をわしづかみにされる。「だめ、だめ、だめ」その場に凍りついたまま、ささやいたものの、すでに遅すぎた。

赤竜は口をひらき、尖ったきらめく牙をむきだした。舌の両脇から炎が噴き出し、宙にのびてリアンノンの前方の道に襲いかかる。

リアンノンはぎょっとして声をたてた。

わたしの顔の正面を熱風が叩いた。

それで終わった。

硫黄と焦げた草と……燃えた……なにかのにおいが肺を満たし、さっきはなかった黒焦げの地面がリアンノンの前方に見えた。

「大丈夫、リー？」と呼びかける。

リアンノンはうなずいたものの、その動きはそわそわとぎこちなかった。「プライアが……あいつ……」

（プライアが死んだ）嘔吐する前のように口に唾が湧いたけれど、鼻から息を吸って口から吐き出し、その感覚がなくなるのを待った。

「歩き続けろ！」ソーヤーが小道の先から叫んだ。

「大丈夫だよ、リー。ただ……」ただなに？　死体をまたぎ越すだけ？　死体があるのだろうか？

「火は消えたよ」リアンノンが肩越しに言った。

わたしはうなずいた。なぜって、安心させるようなことはなにも言えなかったからだ。

わたしたちはなんてちっぽけなんだろう。

リアンノンが進み出し、わたしもあとに続いて、プライアだった灰の山をよけていった。

「信じられない、このにおい」ルカが愚痴をこぼした。

「少しは亡くなった人に敬意を払ってもらえない？」わたしはぴしゃりと言い、ふりかえってにらみつけようとしたけれど、リドックの顔つきを見て動きを止めた。

目を皿のようにして、ぽかんと口をあけている。「ヴァイオレット」

それはささやき声だった。つかのま、音を聞いたというより、口が言葉を刻むのを見たのかもしれない、と考える。

「ヴァイ――」

温かな蒸気がうなじに吹きつけられた。心臓がとどろき、鼓動が不規則に速くなる。これが最期になるかもしれない息を吸い込んで、わたしは竜の列のほうへ向き直った。

一頭どころか二頭の緑竜が視野を占領し、黄金の瞳でわたしの目をみすえていた。

うわ。うそ。

（緑竜に近づくには、歎願をこめて目を伏せ、承認を待つこと）読んだのはそういう文章だったよね？

視線を落としたとき、一頭がまた息を吹きかけてきた。熱くてぞっとするほど湿っていたとはいえ、まだ死んではいないのはいいことだろう。

右側の一頭が喉の奥で低く笑い声をたてた。待って、あれが求めていた承認の音？　どうしよう、ミラに訊いておけばよかった。

（ミラ）死亡者名簿を読むとき、姉はどんなに打ちのめされるだろう。

わたしは頭をあげ、鋭く息を吸った。さらに近い。左側のほうがばかでかい鼻でわたしの手を押したものの、なんとか踏みとどまり、踵《かかと》を突っ張って倒れずにすんだ。

（緑竜はいちばん理性的）

「障害物コースを登ったとき、手を切ったの」竜たちに傷口に巻いている黒い布が見通せるかのように、手のひらを掲げてみせる。

右側の竜が鼻を胸にあて、ふたたび息を吹いた。

いったい、なん、なの。

竜は空気を吸い込み、喉の奥でまたあの音をたてた。もう一頭があばらに鼻を突っ込んできたので、ちょっとひとかじりしたいと思われている場合に備えて、両腕をあげる。

「ヴァイオレット！」リアンノンが声をひそめて呼んだ。

「大丈夫だから！」わたしは叫び返してから身をすくめた。たったいま竜の耳もとで大声を出して、自分の運命を決めてしまったのでなければいいけれど。

また息を吹かれる。そして笑い声。まるでわたしのにおいを嗅ぎながら話し合っているかのようだ。

腕の下にいる竜が鼻の穴を動かし、もう一度くんくん嗅いだ。

ふいに悟って、わたしは現実とは思えないこわばった笑い声を押し出した。「チェニーのにおいがするんでしょ？」静かに問いかける。

どちらの竜も、黄金の瞳をのぞきこめるぐらい身を引いた。でも、顎は閉じていたので、話を続ける勇気が出た。

「わたしはミラの妹のヴァイオレット」ゆっくりと腕をおろし、鼻水まみれの胴着とそこに注意深く縫い込まれた防具に両手を走らせる。「去年チェニーの鱗が落ちたあとに姉が集めて、胴着に縫いつけられるように小さく縮めてもらったの。わたしの身を守る助けになるように」

右側の竜が目をしばたたいた。

左側がまた鼻をくっつけて騒々しく嗅いだ。

「何回かこの鱗に助けられてる」わたしはささやいた。「でも、ここにあることは誰も知らないの。ミラとチェニーだけ」

二頭ともこちらに向かってまばたきしたので、わたしは目を伏せてうつむいた。そうすべきだという気がしたからだ。カオリ教授は竜に近づくあらゆる方法を教えてくれたけれど、離れてもらう手立てはただのひとつも教えてくれなかった。

二頭はじりじりとさがっていき、とうとう列の自分の位置についたのが視界の端に映った。そこでわたしはようやく顔をあげた。

幾度か深呼吸して、ふるえないように筋肉を固定しようとする。

「ヴァイオレット」リアンノンは数十センチしか離れておらず、瞳に恐怖の色が浮かんでいた。きっとあの竜たちの頭の真後ろにいたに違いない。

「無事だよ」わたしは笑顔を作ってうなずいた。「胴着の下に竜の鱗の覆いがついてるの」小声で言う。「うちの姉の竜のにおいを嗅ぎつけられたみたい」信頼を求められているなら、さしだそう。「お願い、誰にも言わないで」

「言わないよ」リアンノンはささやいた。「あんた、大丈夫?」

「寿命が二、三年縮んだ以外はね」わたしは笑った。その音は不安定で、かなりヒステリーに近かった。

「ここから出よう」リアンノンはごくりと唾をのみ、竜の列にさっと目をやった。

「いい考え」

リアンノンが向きを変えて自分の場所に戻ったので、わたしは五メートルの距離をあけて追いかけた。

「ちびった気がするぜ」リドックが言い、ぞろぞろと草地を抜けていきながら、わたしの笑い声はいくらか甲高くなっただけだった。

「本気であいつらに食われるかと思った」ルカが述べた。

「わたしも」と認める。

「食われてもしかたなかったけどね」ルカは続けた。

「おまえ、ほんとに度しがたいな」リドックが大声で言ってきた。

わたしは通路に集中して歩き続けた。

「なによ？　その子はどう考えてもプライアの次に弱い部分でしょ、竜がプライアを殺したのを非難する気はないもの」ルカは主張した。「優柔不断すぎて、誰もそんなやつを騎手にしたくは――」

熱風が背中を焦がし、わたしは立ち止まった。

（リドックじゃありませんように。リドックじゃ――）

「竜もあいつを度しがたいと思ったらしいな」リドックがぼそっと言った。

うちの分隊の一年生は六人になった。

第十三章

試《し》煉《れん》に立ち会う経験ほど、謙虚な心持ちや畏敬の念をもたらすものはない……とも
かく、試煉を生きて乗り越える者にとっては。

――『竜属図鑑』カオリ大佐著

十月一日はいつも試煉の日だ。

月曜か水曜か、はたまた日曜か、どの年でも、いつにあたるかは関係ない。十月一日、騎手科の一年次の候補生は、砦《とりで》の南東にあるお椀形の森に覆われた谷間へ入っていき、生きて出られるよう祈る。

わたしは今日死んだりしない。

今日はわざわざ食事をとらなかった。だから、現在右側で立ち木に胃の中身をぶちまけているリドックに同情する。

リアンノンの背中には剣が縛りつけられていた。胸の前で片方ずつ腕をのばしながらとびはねるたび、柄《つか》が背骨にぶつかる。

「ここで耳をかたむけることを忘れるな」カオリ教授は胸をぽんと叩いてみせ、この場にいる百

四十七人の一年生の前で言った。「竜がすでに選んでいれば、心に呼びかけてくるだろう」もう一度胸を押す。「したがって、周囲だけでなく自分の気持ちに注意を払い、ともに進むがいい」そこで顔をしかめた。「もし心が別の方向へ行けと告げていたなら……その声にも耳をかたむけることだ」

「どの竜をめざす？」リアンノンがそっとたずねてきた。

「わからない」わたしは首をふったけれど、完全に失敗したという感覚を胸から追い払うことができなかった。ミラはこの段階で、見つけたいのはチェニーだと知っていたのだ。

「あのカードは暗記したんだよね？」リアンノンは眉をあげて訊いた。「どんなのがいるかわかるようにさ？」

「うん。ただ、どれともつながりを感じないだけ」ほかの騎手が目をつけた竜につながりを感じるよりましだ。今日命がけで戦いたいという願望はまったくない。「デインは茶竜にしろって説得してきたんだけど」

「デインはあんたを出ていくように説得したとき、口を出す権利を失ったからね」リアンノンは言い返した。

　まあそうだと思う。顔見せ以降の二日間で一度しか話していないのに、最初の五分でわたしを逃がそうとしたのだから。今朝は教授連にしか会っていないけれど、二年と三年の騎手がこの谷のあちこちに散らばって観察していることは承知していた。「そっちは？」

　リアンノンはにやっと笑った。「あの緑にしようかと思って。ほら、あんたに寄っていってさんざんまとわりついた竜のうち、あたしの近くにいたほう」

「まあ、食われなかったんだから、幸先《さいさき》はいいよね」不安が血管を駆けめぐっているにもかかわらず、わたしはにっこりした。

「あたしもそう思う」リアンノンが腕を組んできたので、わたしはカオリ教授の話に注意を戻した。

「連れ立って行くと、絆を結ぶより焼き払われる可能性のほうが高くなる」教授は谷の中央近くにいる誰かと議論していた。「書記官たちが統計をとっている。単独で赴《おもむ》くほうが身のためだ」

「夕食までに選ばれなかったらどうなるんですか？」左側にいる短い顎ひげの男の子が問いかけた。

その先で、ジャック・バーロウがこちらを向き、首に指を走らせているのが見えた。なんて独創的。続いて、オレンとタイナンがその両脇を固める。

分隊への忠誠もここまでだ。今日は誰もが自分のために動く。

「日暮れまでに選ばれなければ、問題があるということだ」カオリ教授は応じた。濃い口ひげの両端がたれさがっている。「教授か上級幹部が連れ出すから、あきらめるな。忘れられたと考えることのないように」懐中時計を確認する。「散開し、この谷のすみずみまでうまく利用することを憶えておけ。いまは九時だ。つまり、もういつ飛んできてもおかしくない。これ以上の言葉は、〝幸運を〟だけだ」うなずくと、ひどく真剣なまなざしで集団を見渡したので、この瞬間を再生して投影できるのだろうとわかった。

それから、教授は立ち去り、右手の丘を早足で上っていって木立に姿を消した。

頭の中がぐるぐるまわっている。いよいよだ。騎手としてこの森を出るか……むしろ、二度と出てこない可能性のほうが高い。

「気をつけて」リアンノンがわたしを抱き寄せた。体にまわされた腕の力が強まり、その三つ編みがわたしの肩にばさっとかかる。

「そっちもね」ぎゅっと抱擁を返したとたん、別の二本の腕に抱きしめられた。

「死ぬなよ」リドックが命令した。

それだけを目標に、わたしたちは残った分隊仲間と別れ、それぞれの方向をめざした。まるで紡ぎ車のなすがまま、遠心運動によって引き離されたかのように。


太陽の位置からして、頭上を飛んできた竜たちが雷のような音をとどろかせ、大地をゆるがしてつぎつぎと谷に着陸してから、少なくとも二時間はたっていそうだ。

出くわしたのは緑竜二頭、茶竜一頭、橙竜四頭、それと――

心臓が止まり、足が森の地面に縫いつけられた。視界に赤竜が踏み込んできて、立ち並ぶ巨木の天蓋のすぐ下にぬっと頭を突き出したのだ。

これはわたしの竜じゃない。どうやって知るのかよくわからないけれど、わかっている。

わたしは息をひそめ、下を向いて地面にさっと視線を落とした。竜の頭が右へ、左へとゆれているあいだ、音をたてないようにつとめる。

この一時間かそこら、候補生――いまや騎手――を背に乗せた竜たちが空中へ飛び立つのを見ていたけれど、煙が噴きあがるのも何度か目にしている。そのひとつになりたくはなかった。

竜はふうっと息を吐くと、そのまま進み続けた。棍棒尾《クラブテイル》がひょいと上に動き、低くたれさがった枝の一本にあたる。大枝はすさまじい音をたてて地面に落下した。足音が遠ざかってから、ようやくわたしは顔をあげた。

これで絆を結ぶ予定のすべての色の竜に会ったのに、どれも話しかけてこないし、心に伝わってくると聞くつながりの感覚を与えられることもなかった。

気が沈む。もしわたしが、決して騎手になれない運命の候補生だったら？　繰り返し一年生に戻され、ついになんらかの理由で死亡者名簿に載ることになるうちのひとりだったら？　いままでのことは全部無駄だったのだろうか。

受け止めるには重すぎる考えだ。

もしかしたら、谷を見ることさえできれば、カオリ教授が言っていたような感覚がつかめるかもしれない。

わたしは手近の登れそうな木を見つけ、枝から枝へと這《は》いあがりはじめた。両手からずきずきする痛みが広がったものの、気をとられないようにする。まだ手のひらを覆っている包帯が木の皮にひっかかった……これにはいらいらさせられた。数十センチごとに止まって樹皮から布をはがすはめになったからだ。

高い枝では体重が支えられないだろうと思ったので、上から四分の一あたりで止まり、付近を調べてみる。

左手では緑竜が数頭、秋の葉にくっきりと映えてまる見えの状態だった。奇妙なことに、いまは橙竜、茶竜、赤竜がいちばん景色にとけこみやすい唯一の季節だ。動きがないか見張っていると、もっと真南に二頭発見した。ただ、引き寄せる力も、その方向へ向かわなくてはという切望も感じなかったので、たぶんあの二頭もわたしの竜ではないのだろう。

あてどなくさまよっている一年生が少なくとも六人はいたので、恥ずかしくなるほどほっとした。人が自分の竜を見つけていないからといって、こんなにうれしく思うべきじゃないのに。でも、ともかくわたしだけではないとわかると、希望が湧いた。

北のほうに空き地があり、太陽を反射して鏡のようにきらりと光ったので、目を細める。

（でなければ、黄金の竜みたいに）

あのちっちゃな羽尾《フェザーテイル》がまだここにいて好奇心を満たしているらしい。どうやら木の上から自分の竜は見つからないようだったので、わたしはなるべく注意して静かにおりていった。地面に足がついた瞬間、話し声が近づいてきた。姿を見られまいと幹にくっついて隠れる。

連れ立って行動しないことになっているのに。

「だからさ、こっちへ向かったのを見たと思うぜ」そのうぬぼれた声はタイナンだとすぐにわかった。

「だといいけどな、こんなところまではるばる歩いてきてなにも見つからねえとわかったら、おまえをぶっ刺してやる」胃がねじれた。ジャックだ。ほかの誰の声も、体にこんな影響を与えたりしない。ゼイデンの声でさえ。

「自分の竜を見つけるより、あのできそこないを追跡するのに時間を使うべきだってのはたしかなのか？」心の片隅で聞き覚えがあると思ったものの、念のため隠れ場所から身を乗り出した。やっぱり、オレンだ。

さっと木の陰にひっこんだとき、三人組が通りすぎた。みんな物騒な剣を身につけている。体のあちこちに短剣が九本しまいこんであるから、わたしだって丸腰じゃない。でも、剣を効果的にふるえないのはひどく不利な条件だということはひしひしと感じた。ああいう武器はとにかく重すぎるのだ。

待って……あいつらはなにをしていると言っていた？　追跡？

「おれたちの竜がほかの騎手と絆を結ぶわけじゃねえ」ジャックがぴしゃりと言った。「待っててくれるさ。これはやっておく必要がある。あのちびのせいで誰かが死ぬことになるんだ。処分しとかねえとな」

胃がむかむかして、手のひらに爪が食い込んだ。こいつら、あの小さな黄金の竜を殺す気だ。

「見つかったらやばいぜ」オレンが意見を述べた。

ひかえめすぎる表現だ。竜が同類を殺されてすんなり受け入れるとは想像がつかないけれど。まあ、人間の群れから弱い者を間引くことに熱心なようではあるし、仲間同士でも同じことをすると考えるのは、あながちこじつけでもないのかもしれない。

「だったらその口を閉じろ、誰にも聞かれないようにな」タイナンが切り返した。例のあざける調子で声をあげたのを聞いて、顔を殴りつけてやりたくなった。

「こうするのがいちばんなんだよ」ジャックが声を低めて主張した。「人が乗れねえできそこないなのは保証つきだし、羽尾《フェザーテイル》が戦闘で役に立たねえってことも知ってるだろうが。戦うのを拒むんだぜ」声が遠くなり、三人は北へ離れていった。

あの空き地のほうへ。

「どうしよう」もうばかどもは声の届く範囲にいなかったものの、小声でつぶやく。羽尾《フェザーテイル》についてはなにひとつ知られていないから、ジャックがどこからその情報を仕入れたのか知らないけれど、いまあの思い込みにこだわっている暇はない。

カオリ教授に連絡をとる手段はないし、上級生の騎手がこちらを見張っているとしても、手がかりひとつないのに、このいかれた行動を止めてくれるとあてにするわけにはいかない。あの黄金竜は火を吐けるはずだけれど、もしできなかったら？

見つからずにすむという可能性はあるけれど……正直、自分自身さえそれで納得させることはできなかった。進んだ方向も正しいし、あの竜はきらきら光る目印同然だ。発見されてしまうに決まっている。

わたしは肩を落とすと、もどかしい気分で空に息を吐き出した。

ここに立ったまま手をこまねいているわけにはいかない。

（先まわりして警告することならできる）

堅実な計画だ。しかも、ふたつめの選択肢よりずっといい。自分より合計九十キロは余分に体重がある、武装した男三人を相手にするはめになるよりは。

わたしは足音を忍ばせ、ジャックの小集団とはやや角度を変えて森の地面を走り抜けた。森の中でディンとかくれんぼをしながら育ったのがありがたい。これなら専門技術があると自信を持って言える分野だ。

三人は先に出発していたし、空き地は思ったより近かった。こちらが選んだ木の葉に覆われた獣道と、左側のあいつらがいそうな――いや、確実にいる場所に、かわるがわる視線を走らせながら、わたしは速度をあげた。遠くにのろのろと進む姿が見てとれる。

ぽんと音がして、足もとの土が抜け、地面が迫ってきた。森の地べたに叩きつけられる直前、両手をぱっと突き出して体を支える。くるぶしが悲鳴をあげ、下唇をかんで叫び声を抑えた。ぽんという音はよくない。よかったことがない。

背後に目をやって、秋の木の葉に埋もれている落ちた枝に悪態をつく。たったいま人の足首をだめにしてくれたのだ。まったく。

（痛みを遮断して。遮断して）でも、どんな心理的錯覚を使っても、突き刺すような苦痛のせいで吐き気がこみあげるのは止められなかった。わたしはそろそろと膝をつき、左足首だけに体重をかけて慎重に立ちあがった。

空き地までの三、四メートルは、ひたすら歯を食いしばって足をひきずりながら歩いていくしかなかった。ジャックに先んじて到着したというわずかな満足感だけでも笑顔になれそうだ。

草の生えた空き地は竜が十頭入れそうなほど広く、数本の大きな木に囲まれていた。でも、黄金の竜は日焼けしようというかのようにぽつんと中央に立っている。記憶どおり美しいけれど、火を吐けないかぎり、恰好の獲物だ。

「ここから出て！」聞こえるはずだとわかっていたので、木立に隠れたまま声をひそめて呼びかける。「行かないと殺されるよ！」

頭がくるっとわたしのほうを向き、見ているほうの首が痛くなるような角度にかたむいた。

「そう！」大声でささやく。「きみ！　金色《ゴールディ》ちゃん！」

竜は黄金の瞳をまたたくと、尾をしゅっとふった。

（ちょっと、ふざけてるの）

「ほら！　逃げて！　飛んで！」しっしっと追いやるしぐさをしてから、相手がほかならぬ竜で、鉤爪だけでもわたしをずたずたに引き裂く力を持っていることを思い出し、ぱたっと手をおろした。うまくいきそうにない。むしろ逆になりつつある。

南側の木々がゆれ、ジャックが右手の剣を左右にふりながら空き地に踏み込んできた。一歩遅れて、どちらも武器を抜いたオレンとタイナンが両脇に現れる。

「どうしよう」わたしはつぶやいた。胸が締めつけられる。いまやはっきりと悲惨なことになっている。

黄金竜の頭がぱっとそちらへ向けられ、喉の奥で低いうなり声が響いた。

「痛くないようにしてやる」そう言えば殺害が許容できるとでもいうかのように、ジャックは約束した。

「焦がしてやって」わたしは小声で叫んだ。三人が近づくにつれて動悸《どうき》が激しくなる。でも、竜は火を吐かなかった。どういうわけか、できないに違いないと骨の髄《ずい》で感じる。訓練を受けた軍人三名に対して、この竜は歯しか武器がないのだ。

ほかの竜より小さくて弱いからというだけで死ぬ……まさにわたしのようだ。喉がつまった。

竜はあとずさり、うなり声を大きくしながら歯をむきだした。

胃がひっくり返り、橋を渡るときの感覚がよみがえった——次の行動がどんなものだろうと、人生が終了する可能性が圧倒的に高い。

それでも行動するのは、こんなの間違っているからだ。

「そんなことさせない！」脛《すね》の高さの草に最初の一歩を踏み出すと、ジャックの視線がこちらを向いた。足をひきずっているのを見られないよう、痛めた関節にむりやり体重をかける。くるぶしがずきずきと脈打ち、激痛が背筋を駆け上って歯がかちかち鳴った。怪我をしているのを知られてはいけない。攻撃が早まるだけだ。

ひとりずつなら、竜の逃げる時間を稼げるかもしれないけれど、三人一緒だと……

(そのことは考えないで)

「おい、見ろよ！」ジャックが剣先をこちらに向けてにやりと笑った。「鎖のいちばん弱い輪を両方とも同時にとりのぞけるぜ！」近づいてくる足を止め、友人を見やって笑い声をあげる。

ひとあし進むごとに痛みが増したものの、わたしは空き地の中央までたどりつき、ジャックたち三人と黄金の竜のあいだに立ちはだかった。

「このときを長いこと待ってたぜ、ソレンゲイル」ジャックはゆっくりと前進した。

「飛べるなら、いまがいい機会だけど」肩越しに小さな竜へ呼びかけ、あばらの鞘《さや》から短剣を二本引き抜く。

竜はしゅっと息を吐いた。なんて役に立つ子。

「竜を殺すことなんてできないでしょ」わたしは説得を試み、三人組に頭をふってみせた。血管をめぐるアドレナリンに恐怖がまじっている。

「もちろんできるさ」ジャックは肩をすくめたけれど、オレンがやや確信がなさそうな表情になったので、そちらに目をすえた。三、四メートル先で、三人は少し横に広がり、攻撃を仕掛けるのに最適な形をとった。

「だめだってば」直接オレンに話しかける。「こんなこと、わたしたちが信じるものすべてに反してる！」

オレンはたじろいだ。ジャックはひるまなかった。

「あんな弱いものを生かしておくほうがおれたちの信条に反するんだよ、戦うことさえできないものをな！」ジャックはどなった。その言葉が竜のことだけを指しているのではないと察しがついた。

「じゃあ、わたしを倒していってもらわないとね」心臓が胸の中でとどろいている。わたしは短剣を掲げ、いつでも投げられるように一本をほうりあげて切っ先をつまむと、敵とこちらを隔てている六メートル足らずの距離を評価した。

「正直、問題になるとは思わねえな」ジャックが歯をむいてうなった。

三人とも剣をあげ、わたしは深く息を吸って戦う覚悟を決めた。ここはマットの上じゃない。教官はいない。降参もない。あいつらがわたしを……わたしたちを虐殺することを止めるものはなにひとつない。

「その行動は考え直すよう、強く推奨する」声が——あの男の声が——空き地を横切った右のほうから要求した。

頭皮がぴりぴりした。全員がそちらに首をめぐらす。

胸の前で腕を組んだゼイデンが木によりかかっていた。その後ろで黄金の目を細め、牙をむきだしているのは、おそるべき短剣尾《ダガーテイル》の紺竜、スーゲイルだった。

第十四章

記録に残る竜と騎手の六百年の歴史において、絆を結んだ騎手を喪《うしな》ったことから竜が精神的に立ち直れなかった事例は数百を数える。これは絆がとりわけ強い場合に起こり、文書化された三つの事例においては、竜の早すぎる死さえもたらした。

――『ナヴァール、編集されざる歴史』ルイス・マーカム大佐著

ゼイデン。はじめてその姿を見て胸に希望が湧いた。あの男ならこんなことはさせない。わたしのことは憎んでいても、騎竜団長なのだ。三人が竜を殺すのを黙って見てはいられないはずだ。でも、騎手科の規則を誰よりもよく心得ているのは、たぶんわたしだった。

（見過ごすしかない）喉に苦いものがこみあげ、ひりひりする感覚を抑えようと顎を突き出す。ゼイデンがなにを望むかはいつでも議論の余地があるけれど、ここでは問題にならない。傍観することしかできないのだ。干渉するわけにはいかないから。

自分の死の見物人ができたということらしい。ありがたすぎる。

希望もこれでおしまいだ。

「で、もしその行動を考え直すのがいやだったら？」ジャックが叫んだ。

ゼイデンが視線をよこす。これだけ遠いのに、間違いなく歯を食いしばったのが見えた。

〝希望は気まぐれで危険なものだ。集中力を盗みとり、本来向けるべき場所――起こりそうなことではなく、起こるかもしれないことへ向ける〟ゼイデンの言葉がぎくりとするほど明確によみがえり、わたしは視線をひきはがして目の前にある三つの起こるかもしれないことに集中した。

「あんたにできることはないだろうが？　騎竜団長？」ジャックがどなった。

やはり規則を知っているようだ。

「おまえが今日心配すべきなのは俺じゃない」ゼイデンが答え、スーゲイルが首をかしげた。ちらりと見たとき、その瞳には脅威しか読みとれなかった。

「ほんとにやるつもり？」わたしはタイナンに問いかけた。「分隊仲間を攻撃するの？」

「分隊なんか今日はなんの意味もないさ」相手は悪意のある笑みに唇をゆがめて凄《すご》んだ。

「つまり、飛ぶのはだめってこと？」肩越しにまた質問を投げると、黄金の竜は喉の奥で低く音をたてて応じた。「すてき。まあ、その鉤爪で援護してくれたらほんとにありがたいけど」

しゅっしゅっと二回音が聞こえ、わたしはちらっと竜の鉤爪を見おろした。

というか……前足というべきか。

「ちょっと、うそでしょ。鉤爪がないの？」

三人組のほうをふりかえった瞬間、ジャックが鬨《とき》の声をあげてこちらに駆け出した。わたしはためらわなかった。みるみる縮まっていく距離越しに短剣を放ち、利き腕の肩に命中させる。ジャックは剣を取り落とし、今度は苦痛の声をあげて、がくりと膝をついた。

よし。

でも、同時にとびだしてきたオレンとタイナンが目前に迫っていた。わたしは二本目の短剣をタイナンに投げ、太腿にあてて速度を落としたものの、止めるには至らなかった。

オレンが首を狙ってきたのでひょいとかがみ、別の短剣を抜いて、ちょうどあの手合せのときにしたようにあばらを裂く。くるぶしのせいで蹴りどころかまともにこぶしさえ入れられない以上、得物に頼るしかない。

オレンはすばやく立ち直り、剣を持ったまま反転して、たくみに腹部を切りつけてきた。ミラの防具がなければ内臓がとびだしていただろう。そのかわり、刃が鱗《うろこ》をかすめて体からすべりおちた。

「なんだと?」オレンは大きく目をみひらいた。

「肩をやられた!」ジャックがよろよろと立ちあがり、ほかのふたりの気をそらした。「動けねえ!」関節をつかんだので、わたしはにやっとした。

「生まれつき関節が弱いとそういう利点があってね」と言い、別の短剣を手にする。「どこを攻撃したらいいか正確にわかるわけ」

「そいつを殺せ!」なおも肩を握りしめてジャックが命令した。何歩かあとずさってから、向きを変えて反対方向へ走り出し、あっという間に立ち並ぶ木々の奥へ姿を消してしまう。

あの卑怯者。

タイナンが剣を繰り出してきたので、くるりとよけた。一瞬、激痛に視界がかすんだものの、後ろに腕をふりまわして相手の脇腹に短剣を突き刺す。すかさず一回転して、とびかかってきたオレンの顎に肘を叩き込み、頭をくらくらさせてやった。

「このアマ、、！」血の流れ出す脇腹に手のひらを押しつけてタイナンが絶叫した。「なんて独創的な――」オレンのぼうっとした顔につけこんで、腰を切り裂いてやる。「――侮辱！」

この動きは高くついた。タイナンの剣が骨に沿って右の上腕に食い込んだのだ。喉から悲鳴がほとばしった。

防具のおかげであばらをつらぬくのは避けられたけれど、明日にはひどいあざになるだろう。体をよじって離れ、剣から腕をひきはがすと、血が大量に流れ出した。

「後ろだ！」ゼイデンが叫んだ。

身をひるがえすと、いつでも肩から首を切り離せると言わんばかりにオレンの剣が高くふりあげられていた。でも、黄金の竜が顎をがちっと鳴らしたので、オレンは恐怖に満ちた目つきでふらふらと脇に寄った。いまこの竜に歯があることに気づいたとでもいうのだろうか。

わたしはさっと横に踏み出し、その頭蓋骨の根もとに短剣の柄《つか》を叩きつけた。

意識を失って崩れ落ちたオレンが地面に倒れたことも確認せず、血みどろの剣を構えたタイナンのほうへ向き直る。

「介入はできないぞ！」タイナンがゼイデンにどなった。でも、騎竜団長がどう反応するか確認できるほど視線を動かす勇気はない。

「ああ、だが状況を語ることはできる」ゼイデンが切り返した。

この場ではあきらかにこちらの味方らしく、すっかり混乱してしまった。どんなことよりもわたしの死を望んでいるはずなのに。もっとも、守っているのはわたしの命ではなく、黄金竜なのかもしれない。

危険を冒してちらりと目をやる。たしかに、スーゲイルは怒っているようだ。頭部が蛇のようにうねっているし——威嚇《いかく》を示す明白なしるしだ——あの細まった黄金の瞳はタイナンに焦点を絞っている。そのタイナンは、いまやマットの上でやったようにわたしの周囲をめぐろうとしていた。でも、絶対に小さな黄金竜とのあいだに入れるものか。

「腕がやられてるぞ、ソレンゲイル」汗の浮いた蒼白な顔で、鋭くささやいてくる。

「わたしは痛くても動くのに慣れてるの、おばかさん。あんたは？」血が腕を伝って刃先からしたたりおち、手のひらの包帯にしみこんでいく。その状態でも可能だと証明するためだけに、右手の短剣を掲げてみせた。意味ありげな視線を脇腹に落としてやる。「どこに切りつけたか正確に知ってるからね。すぐ治療師のところへ行けなかったら、体内の出血で死ぬよ」

タイナンは憤怒の形相で攻撃に移った。

短剣を飛ばそうとしたけれど、血まみれの手からすりぬけてしまい、一メートルほど先の草の上にどさっと落ちた。

もう強がりだけでは助からないとわかっていた。

腕はぼろぼろだ。脚も使いものにならない。でも、せめて死ぬ前にジャック・バーロウを逃げ出させてやった。

人生最後の思考としては悪くない。

タイナンが必殺の一撃をふりおろそうと両手で剣を持ちあげた、ちょうどそのときだった。右側にちらりと動きが見えた。ゼイデンだ。規則など無視して、わたしが殺されるのを止めようとするかのように進み出る。

どんな理由だろうと、この男がわたしを救おうとすることに驚きを感じる間もなく、突風が背中に叩きつけられた。わたしは前に倒れ込み、平衡を保とうと両腕を横に突き出しながら、痛めた足首の上に座り込んだ。激痛が走り、顔をしかめる。

タイナンはあんぐりと口をあけ、よろよろとあとずさった。首と胴が直角に近くなるほどのけぞっている。どんどん後退していくうちに、わたしたちはふたりとも影に包まれた。

わたしは胸を波立たせ、必死で空気を求めながら、なぜタイナンが退却しているのか確かめようと、思い切って肩越しにふりかえった。

心臓が喉もとまではねあがる。

傷痕の残る巨大な黒い翼の一方に黄金竜をくるみこんで立っていたのは、これまで目にしたうちでいちばん大きな竜――カオリ教授が授業で見せてくれた、絆を結んでいない黒竜だった。わたしの背丈はその足首にさえ達していない。

竜がばかでかい頭をさげ、唾液のしたたる歯をむきだすと、胸の奥からうなり声が響き渡り、周囲の地面が震動した。

頭上に熱い息が吹きかけられ、全身の細胞ひとつひとつにさざなみのように恐怖が広がっていく。

《脇へ寄れ、銀の子》太くしわがれた、間違いなく男性の声が命じた。

わたしはまばたきした。ちょっと。なに？　いまわたしに話しかけた？

《さよう。おまえよ。どけ》その口調に反論の余地はまったくなかった。失神したオレンの体につまずきそうになりながら、わたしが足をひきずって横に移動しているとき、タイナンが金切り声をあげながら走り出し、木立のほうへ逃げていった。

黒竜の目が細くなり、タイナンをにらみつける。口が大きくひらいたかと思うと、炎が噴き出して草地を横切った。わたしの顔の側面に熱気を叩きつけ、進路上のあらゆるものを焼き払っていく……タイナンを含めて。

黒焦げになった通り道の両側で火がぱちぱちはぜた。次はこちらの番だろうかと思いつつ、わたしはゆっくりとふりむいて竜と顔を合わせた。

巨大な黄金の瞳にみすえられたものの、地面をしっかりと踏みしめて顎をもたげる。

《足もとの敵にとどめを刺したほうがよかろう》

眉が勢いよくあがった。口が動いていない。わたしに話しかけているのに……口が動いていない。どうしよう。頭の中でしゃべっているからだ。「意識のない人は殺せないもの」首をふったけれど、それが竜の提案への抗議なのか、混乱の結果なのかは議論の余地があった。

《同じ機会を与えられたならば、その男はおまえを殺すであろうな》

わたしはまだ気絶したまま足の脇の草むらに横たわっているオレンを見おろした。洞察力に富む評価に反駁《はんばく》できるわけではなかった。「まあ、それはこの男の人格に対する意見だから。わたしの人格じゃなくてね」

竜の反応は目をしばたたいただけで、それがいいことなのか悪いことなのかよくわからなかった。

視野の端で青がひらめき、ごおっと音をたててゼイデンとスーゲイルが飛び立った。わたしは見あげるほどの黒竜と小さな黄金竜と一緒に取り残された。どうやら、わたしの命に対する懸念は短時間で消えたらしい。

竜の大きな鼻孔が広がった。《血が流れておる。止めよ》

腕だ。

「そんなに簡単じゃないの、ここを突き刺したのが――」わたしはまた首をふった。ほんとうに竜と言い争っているのだろうか？　信じられないほど現実離れしている。「ねえ？　それってすごくいい考えかも」なんとかシャツの右袖を切りとって傷に巻きつけると、生地の端を歯で押さえてぎゅっと縛り、圧迫して血を押さえた。「ほら。これでまし？」

《まあよかろう》竜は首をかしげてみせた。《手も縛っておるな。よく血を流すのか？》

「そうならないように努力してる」

竜はふんと鼻で笑った。《ゆくぞ、ヴァイオレット・ソレンゲイル》頭をもたげると、翼の下から黄金の竜がのぞいた。

「どうしてわたしの名前を知ってるの？」わたしはぽかんと相手を見つめた。

《さても、人間とはいかに口数が多いかを忘れるところであった》竜が嘆息すると、吐き出した空気が木々をざわざわ鳴らした。《わが背に乗れ》

えっ。まさか。この竜、選んでいるらしい……わたしを。い、い、

「背に乗れ？」わたしはばかみたいにおうむ返しに答えた。「自分を見たことある？　どれだけ大きいか知ってる？」あの上に登るなら、それこそ梯子《はしご》がいる。

竜がよこした視線は、苛立《いらだ》たしげとしか表現しようがなかった。《百年も生きておれば、おの

れの占める空間の範囲など充分に承知しておるわ。さあ、乗れ》

黄金竜が大きな竜の翼の陰から出てきた。目の前のでかぶつに比べるとちっぽけで、見たところ、あの歯をのぞいてまったく防御手段がないらしい。まるではしゃぎたがる子犬だ。「この子をほうっていけないもの」と言う。「オレンが目を覚ますか、ジャックが戻ってきたらどうなると思う？」

黒竜はしゅっと息を吐いた。

黄金竜は身をかがめ、翼を動かしてから、空に飛び立った。金色の翼を陽射しにきらめかせながら、木立のてっぺんをかすめて舞いあがる。

なるほど、飛べるらしい。二十分前に知っていたかった。

《乗れ》黒竜はうなり、地面と草地のまわりの木々をゆらした。

「わたしを選ぶってことじゃないでしょ」と主張する。「わたしは――」

《この上は言わぬ》

諒解。

喉を絞められたように恐怖がこみあげ、わたしはよろよろと竜の脚に近づいた。これは木登りとは違う。手でつかむところも楽な道筋もない。石のように硬い、足がかりにはなりそうもない鱗がずらりと並んでいるだけだ。くるぶしと腕も役に立たないし。いったいどうやってあそこまであがれというのだろう？　左腕をあげ、息を吸い込んでから、前脚に手をかける。

鱗はわたしの手より大きくて厚く、さわると驚くほど温かかった。複雑な模様を描いて次の鱗に重なっており、つかめる隙間はない。

《おまえは騎手であろう、違うのか？》

「その点に関しては、目下のところ論議の的《まと》みたいね」鼓動がとどろいた。動きが遅すぎるという理由で、生きたままあぶられるだろうか？

じれったそうな低い音を胸の奥で不満げに響かせてから、竜が体をのばし、前脚を傾斜路のようにしたので、わたしは仰天した。竜は決して誰にもいいい首《こうべ》をたれないのに、こうして登りやすいように頭をさげてくれている。急勾配とはいえ、これならなんとかなりそうだ。

わたしは躊躇《ちゅうちょ》しなかった。足首を使わずに体重の釣り合いがとれるよう、這《は》って前脚に登っていく。でも、肩を乗り越え、たてがみのように首の大部分を覆う鋭い棘《とげ》の列を避けて背中にたどりつくころには、腕にかかる負担にあえいでいた。

信じられない。竜の背に乗っているのだ。

《座れ》

わたしは座席――翼のすぐ前にある鱗の生えたなめらかなくぼみ――を見つけ、カオリ教授に教わったとおりに膝をまげた。それから、首と肩が交わる部分の、鞍頭と呼ばれる厚く盛りあがった鱗の連なりをつかんだ。この竜はどこもかしこも、練習したどの模型より大きかった。わたしの体はどんいな竜だろうと長く乗れるようにできていない。ましてこれだけの大きさなんて。どうやっても座り続けるのは不可能だ。まさに最初で最後の騎乗になるだろう。

《わが名はタールニナッハ、ムーシュトクチャムとフィアクランフェイルの息子、狡猾《こうかつ》なるドゥブマディンの血統を継《つ》ぐ者》竜がすっくと立ちあがったので、わたしの目の高さは空き地を囲む木々の梢と同じ位置になった。もう少し強く太腿で締めつけてみる。《しかし、飛行場にたどりつくまでこの名を記憶にとどめておくことは期待しておらぬ。どのみち思い出させねばなるまいが、それまではタールンと呼ぶがよい》

すばやく息を吸ったけれど、その名前を――歴史を――処理している暇はなかった。竜は少し身をかがめ、わたしを乗せたまま空に飛び立った。

それはたぶん、投石器から発射されたあとの石のような感覚だったと思う。ただし、この特別な石の上にとどまるには、全身の力をふりしぼる必要があるということをのぞいては。

「うそでしょ！」タールンの巨大な翼が空気を打って従え、上へ上へと飛翔していくにつれ、地面がみるみる遠ざかった。

体が浮きあがり、わたしは両手を背中に食い込ませてしがみつこうとしたけれど、風と角度がきつすぎて、握り方がゆるんだ。

手がすべる。

「待って！」ずるずると翼を通りすぎ、たちまち星球尾《モーニングスターテイル》の鋭い鱗へと近づきながら、あわててつかむ場所を求めてタールンの背中を両手でひっかく。「だめ、だめ、だめ！」

タールンは左にかたむいた。手がかりを得る望みがあったとしても、その時点で消え失せる。

わたしは空中を落下していた。

第十五章

試煉《しれん》で生き残ったからといって、飛行場まで竜に騎乗して生きのびるとはかぎらない。選ばれることが唯一の試験ではないし、乗りこなせなければまっすぐ地面に落ちるだけだ。

――『ブレナンの書』第五十頁

恐怖に喉がつまり、鼓動が乱れた。足もとの山岳地帯へと真っ逆さまに落ちていくと、風が勢いよく体をかすめ、ずっと下にいる黄金竜の鱗《うろこ》に日の光がきらりと反射した。

わたしは死ぬ。あり得る結末はそれだけだ。

万力があばらと肩をがっちりとつかみ、下降を止めた。ふたたび上へひっぱられ、鞭《むち》のように体がしなる。

《体裁《ていさい》が悪いではないか。やめよ》

わたしはタールンの鉤爪につかまれていた。価値がないと判断して墜落死させるかわりに、なんと……捕まえてくれたのだ。「曲芸を披露してるときに背中に乗ったままでいろって言われても困るんだけど!」わたしは上へどなった。

タールンはちらりと見おろした。瞳の上にある隆起があきらかに弓なりにあがる。《単純な飛行を曲芸とは呼ぶまい》

「あんたに単純なものなんてなにひとつないでしょ！」鉤爪の節に両腕を巻きつけたとき、その鋭い爪がなんの害も与えずに体の脇を覆っていることに気づいた。こんなに大きいのに、山沿いに飛びながらも気を配っているのだ。

〝ナヴァールでも有数の危険な竜ということだ〟カオリ教授の講義。ほかになにを言っていた？唯一の絆を結んでいない黒竜は、今年絆を結ぶのに同意しなかった。この五年間目撃されていない。ティレンドールの反乱で前の騎手が死んだ。

タールンがわたしの体をふりあげて離し、上空に投げ出したので、手足をばたつかせる。ほうりだされた高さに胃がぎゅっと縮こまった。鼓動が一拍、二拍、それだけ落下したところで、黒竜がさっと上昇し、背中の翼のあいだに受け止めてくれた。

《さあ、座席に乗り、此度《こたび》は持ちこたえよ、さもなくば、われが真実おまえを選んだと信ずるものなどおるまい》タールンはうなった。

「わたしがまだ信じられないんだけど！」座席に戻るのはほのめかされているほど簡単ではないと伝えたい気分だったけれど、巨体が平らになり、空気を受けた翼が風の抵抗を減らしてなめらかに滑空した。わたしはその背中をじりじりと這《は》い戻り、とうとう座席にたどりついて、ふたたび腰を落ち着けた。手が痙攣《けいれん》するほど強く鱗の突起にしがみつく。

《脚を強くせねばならぬな。訓練しておらぬのか？》

憤激が背筋を駆け上った。「したに決まってるでしょ！」

《叫ばずともよい。きちんと聞こえておる。おそらく山じゅうにその声が届いておるであろうよ》
誰の竜でも気難しいのだろうか？　それともわたしの竜だけ？
目をみひらく。わたしは……竜を手に入れた。しかもただの竜じゃない。タールニナッハがいるのだ。
《もっと膝を締めよ。背に乗っておるのもろくに感じぬぞ》
「努力してるところ」タールンが左にかたむいたので、膝を締めつけると腿の筋肉がふるえた。今回はさっきよりそっと動いてくれ、前のように急な角度ではなくゆるやかな弧を描いて方角を変えると、バスギアスへ戻っていく。「わたしはただ……ほかの騎手ほど強くないだけ」
《おまえが何者か、どのような立場にあるかということは知っておる、ヴァイオレット・ソレンゲイル》
脚がぶるぶるふるえていたのに、やがて筋肉がこわばり、帯で固定されたかのようにぴたりと動かなくなった。ただし痛みはない。肩越しに視線を投げると、何キロも後ろにあるような気がする星球尾《モーニングスターテイル》が見えた。
タールンがこれをやっているのだ。この位置にとどめてくれている。
罪悪感が胃にわだかまった。もっと脚を鍛える訓練に集中するべきだった。時間をかけてこれに備えるべきだった。タールンが騎手を乗せておくために力を費やすのはおかしい。「ごめんなさい。ここまでやりとげられるとは思ってなかったの」
頭の中に大きな溜息が響き渡った。《われとて予想してはおらぬ。その点は共通しておるな》

もう少し高い位置に腰を落ち着け、景色を見渡す。風が目のふちから涙を吹き払っていった。たいていの騎手がゴーグルをつけることを選ぶのも無理はない。あたりには少なくとも十二頭の竜が飛んでいて、それぞれ騎手に急降下や旋回といった試験を課していた。赤竜、橙竜、緑竜、茶竜、さまざまな色が点々と空に散らばっている。

剣尾《ソードテイル》の赤竜の背から騎手が落ちたのを見て、心臓がはねあがった。タールンと違い、その竜は降下して一年生を受け止めようとはしなかった。体が地面に激突する前にわたしは目をそむけた。

（知り合いじゃない）そう自分に言い聞かせる。リアンノン。リドック。トリーナ。ソーヤー……たぶんみんな無事に絆を結んで、もう飛行場で待っているだろう。

《せいぜい見せつけてやらねばな》

「すてき」勘弁してほしい。

《落ちはせぬ。そのようなことはわれが許さぬ》脚に巻きついた帯が両手にものび、見えないエネルギーが脈打つのを感じた。《信頼せよ》

質問ではなかった。命令だ。

「さっさと終わらせようよ」手足も指も動かせない以上、タールンがどれだけたいへんなことをさせようとしても、腰をすえて楽しめるよう祈るしかない。

翼が大きく羽ばたいた。わたしの胃を下に置き去りにして、九十度の角度に思えるほど急上昇する。雪化粧した峰々の頂《いただき》に達すると、つかのま停止してから体をねじり、同じすさまじい角度でまた下へ突っ込んだ。

これまでの人生でいちばんぞっとする、それでいて最高に爽快な瞬間だった。

ふたたび身をひねってきりもみ降下するまでは。

タールンが次から次へと旋回し、急激な下降から抜け出しては大きくかたむくあいだ、大地が空になった気がするほど体があちこちにゆさぶられた。そしてまた最初から繰り返す。やがて満面の笑みが浮かんできた。

こんなすごいことはほかにない。

《さて、目的は果たしたであろう》タールンは水平に戻って右へまがり、飛行場の切り立った峡谷へ通じる谷あいを進みはじめた。太陽は稜線の背後に沈みかけていたものの、前方に浮かぶ黄金の竜が見える程度には明るかった。わたしたちを待っているかのようだ。騎手は選ばなかったにしろ、生きて来年また判断を下すだろう。大事なのはそれだけだ。

まあ、人間がそうたいしたものではないと見抜くかもしれないけれど。

「どうしてわたしを選んだの?」着陸したとたん質問攻めに遭うだろうから、聞いておかないと。

《おまえがあれを救ったがゆえよ》黄金竜に近づくと、タールンは首をかしげてみせ、竜があとについてきた。飛ぶ速度が落ちる。

「でも……」わたしは頭をふった。「竜は騎手の強さや狡猾《こうかつ》さや……獰猛《どうもう》さを評価するのに」どれもわたしにはあてはまらない。

《なるほど、この身がなにを評価すべきか、ぜひとも教示願いたい》タールンは皮肉たっぷりに応じ、籠手《こて》試《だめ》しを通りすぎて飛行場のせまい入口の上を越えた。

おびただしい数の竜をまのあたりにして、わたしは鋭く息を吸った。ひと晩で築かれた観覧席の後ろ、山の斜面に沿った岩かどに数百頭が集まっている。見物しているのだ。そして、わずか二日前に歩いたのと同じ谷底に、向かい合って二列に並んだ竜たちがいた。

《過去の年に選び、いまだ騎手科に残る者と、この日選んだ者とに分かれておる》タールンが教えてくれた。《われらは七十一番目の絆としてこの場に入る》

この観覧席の前にある壇上に母がいるはずだ。もしかしたら、おざなりな一瞥以上の反応をもらえるかもしれない。おもに注意を向けるのは新しく絆を結んだ七十組かそこらだとしても。

わたしたちが舞いおりていくと、竜の中に荒々しい祝意の咆哮《ほうこう》があがった。タールンに敬意を表しているのだ。飛行場のちょうど真ん中で群れが左右に分かれ、着陸できる場所を空けたことも同様だった。タールンはわたしを座席に固定していた帯を外し、草の上に浮かんで二、三回羽ばたいた。黄金の竜が追いつこうとして猛烈な勢いで飛んでくるのが見えた。

皮肉なものだ。タールンは隠れ谷でもっとも名高い竜だし、わたしは騎手科でもっともあり得ない騎手ときている。

《おまえは同年でもっとも頭が切れる。もっとも狡猾でもある》

わたしはその称讃をのみこんで無視した。そもそも騎手ではなく、書記官として訓練を受けたのだ。

《おまえは最小の竜をがむしゃらに守った。度胸は肉体の力にまさるもの。着地する前に知っておく必要があろうよ》

そう言われて感情が昂《たかぶ》り、喉につまったかたまりをのみこまなければならなかった。

えっ、うそ。あの言葉は口に出していない。心で思っただけなのに。

タールンはわたしの思考を読めるのだ。
《それ見よ。同年の中でもっとも頭が切れるであろう》
プライバシーはおしまいらしい。
《おまえはもはや決してひとりになることはない》
《それって、なぐさめっていうより脅しみたいに聞こえるけど》わたしは考えた。竜が騎手と精神的な絆を保つことは当然知っていたけれど、その度合いにひるんでしまう。
タールンは返事がわりに鼻で笑った。
黄金竜がタールンの二倍の速さで羽ばたきながらそばにたどりつき、一緒に飛行場のど真ん中に降り立った。衝撃にやや体がゆれたものの、わたしは座席の上で背筋をのばし、鞍頭の隆起から手を離すことさえした。
《ほら、動いてなければちゃんとつかまってられるでしょ》
タールンは翼をたたみ、肩越しにこちらをふりかえった。これまで見た竜の表情の中で、あきれている顔にいちばん近い。《こちらが選択を考え直さぬうちにおりるがよい、その後、名簿係に――》
「なにをするかは知ってる」わたしはふるえながら息を吸い込んだ。「ただ、生きてそれをすることになるとは思ってなかっただけ」おりる方法を二種類とも検討してから、なるべく長く足首をかばうため、右側に動く。飛行場に入るのは騎手だけで、治療師は立ち入りを許されていないけれど、うまくいけば医療用品一式を持ってくるのを思いついてくれた人がいるだろう。縫合と副《そ》え木が必要になるだろうから。

肩を覆う鱗を急いで越える。すると、この悲惨な足首であれだけの距離をとびおりるなんて、と嘆く前に、タールンが少し体をずらし、前脚をまげてくれた。

斜面から不満のざわめきのような音が聞こえた……もし竜が不満を言うとすれば。

《不満は言う。現に言っておる。黙殺せよ》またもや反論の余地のない口調だった。

「ありがとう」わたしはささやくと、お尻ですべりおり、衝撃のきつい部分を左足で受け止めて着地した。まるで命がけの遊び場に設置されたでこぼこの遊具だ。

《それもひとつのやり方であろうな》

竜の前に立っているほかの一年生たちを見て、顔に笑みが浮かぶのをこらえきれなかった。うれしさに目が沁《し》みるのも。わたしは生きている、そしてもう候補生じゃない。騎手だ。

最初の一歩は死ぬほど痛かったけれど、黄金竜のほうへくるりと向き直った。小竜はタールンの隣にぴったり身を寄せ、羽尾《フェザーテイル》をひらめかせながら、きらきら光る目でこちらを観察していた。

「なんとか切り抜けてくれてよかった」〝よかった〟ではとうてい言い表せない。感動した、ほっとした、ありがたく思っている。「でも、もしかしたら、次に誰かに身を守ってって言われたときには、さっさと飛んで逃げるべきじゃない？」

黄金竜は目をぱちくりさせた。《あんたを助けてたのかもよ》頭の中で響いた声は、タールンより高くて澄んでいた。

度肝を抜かれた。口がぽかんとひらき、顔の筋肉から力が抜ける。「自分の騎手じゃない人間には話しかけないことになってるって誰にも教わってないの？　面倒なことになるからやめたほうがいいよ、金色《ゴールディ》ちゃん」とささやく。「聞いた話だと、竜はその規則を破ることにはすごくきびしいって」

小竜はただ翼をたたんで座っているだけで、あの不可能なはずの角度に首をかしげてみせた。わたしはあやうく声をたてて笑いそうになった。

「うそだろ！」右側にいる赤竜の騎手が叫んだので、そちらを向く。第四騎竜団爪《そう》小隊の一年生だったけれど、名前を思い出せない。「そいつって……」おびえた瞳をみひらいて、おおっぴらにタールンを凝視する。

「うん」わたしはいっそう笑顔を大きくして答えた。「そうだよ」

すぐ前の小規模な隊列のほうへ足をひきずりながら広い飛行場を横切っていくと、くるぶしがずきずき痛んだ。いまにもばらばらになりそうだ。背後から散発的に突風が押し寄せ、どんどん竜が着陸して、名前を記録してもらうために騎手がおりてくる。でも、列が飛行場の先へとのびるにつれて、その風もおだやかになっていった。

夕闇が迫ってきて、一連の魔法光が観覧席と壇上の人々を照らし出した。そのちょうど中心、橋渡りのときにいた赤毛の騎手が名簿を記録している真上に母が腰かけている。何者なのか誰にも忘れさせまいと、勲章だのなんだのありったけ身につけたはなやかな軍装だ。壇上にはそれぞれの騎竜団を代表する将官がずらりと並んでいたけれど、リリス・ソレンゲイルより上位の勲章を受けた存在はひとりしかいなかった。

ナヴァール全軍の総司令官たるメルグレンは、ビーズめいた瞳をタールンに向け、あからさまに品定めしていた。注意がこちらに移ってきて、わたしはみぶるいを抑えた。冷たい計算しかないまなざしだ。

壇の下にいる名簿係のほうへ近づいていくと、母が立ちあがった。名簿係は竜の正式名の秘密を保つため、絆を結んだ組を記録したのち、次の騎手に前へ進むよう合図している。

カオリ教授が二メートルの壇からわたしの左側にとびおり、口をあけてタールンを見つめた。巨大な黒竜をながめまわし、細部という細部を記憶している。

「あれはまさかほんとうに――」壇の端をうろうろしていたパンチェク騎手科長が言いはじめた。一緒にいる軍服姿の上級将校十数人は、そろってあぜんとしている。

「口にするな」わたしではなくタールンに視線をそそいだまま、母が鋭くささやいた。「その子が言うまではだめだ」

なぜなら、竜の正式名を知っているのは騎手と名簿係だけだからだ。母はわたしがほんとうにタールンのものかどうか確信していないのだ。まさしくそうほのめかしている。（わたしにタールンを乗っ取ることができるとでも？）怒りが血管の中で煮えたぎり、体を駆けめぐる苦痛を上まわる。その状態で、前にひとりしか騎手がいなくなるまで列は進んでいった。

わたしを騎手科にむりやり入れたのは母だ。橋を渡るさい、生きようが死のうが気にもとめなかった。いま心配しているのは、わたしの欠点で自分の立派な評判が損なわれないか、またはわたしの絆が自分の計略を推進するかということだけだ。

そしていま、娘が無事かどうか目をやって確かめる手間さえかけず、わたしの竜をじろじろ見ている。

最低だ。

すべてが予想どおりなのに、こんなにも失望させられる。

前の騎手が記録を終えてどいたので、名簿係が顔をあげた。目をみはってタールンを見てから、愕然とした視線をわたしにおろして手招きする。

「ヴァイオレット・ソレンゲイル」と言って『騎手の書』に書き込んだ。「やりとげたのを見てうれしいよ」おぼつかない笑顔をひらめかせる。「記録用に、あなたを選んだ竜の名を教えてもらえますか」

わたしは顎をもたげた。「タールニナッハ」

《発音に少々工夫を要するやもしれぬな》タールンの声が頭にとどろいた。

《ちょっと、少なくとも憶えてはいたでしょ》漠然とそちらへ思考を返してみる。飛行場の向こうにいても聞こえるのだろうか。

《少なくとも、おまえを墜落死させてはおらぬぞ》とてつもなく退屈そうな声だったけれど、わたしの考えたことが聞こえたのはたしかだ。

女騎手はにやっとして、タールンの名前を書き留めながら頭をふった。「絆を結んだなんて信じられないな、ヴァイオレット、その竜は伝説だよ」

わたしは同意しようと口をひらき――

《アンダーナウラム》黄金竜の澄んだ高い声が心に響き渡った。《略してアンダーナ》

顔からさっと血の気が引くのがわかった。視野がぐらつくのを感じつつ、いいほうの足首を軸にして反転すると、飛行場の向こう側で、いまやタールンの前脚にはさまれて立っている黄金の竜――アンダーナ――をまじまじと見た。「いまなんて？」

「ヴァイオレット、大丈夫？」赤毛の騎手が問いかけ、周囲からも上からもみんなが身を乗り出した。

《伝えてよ》黄金竜は主張した。

《タールン。いったいどうしたら――》わたしは思考を投げた。

《名簿係にその名を伝えよ》タールンが繰り返した。

「ヴァイオレット？」名簿係がもう一度言った。「修復使いが必要？」

わたしはふりかえって咳払いした。「それと、アンダーナウラム」とささやく。

相手は大きく目をみひらいた。「両方とも？」と甲高い声をあげる。

わたしはうなずいた。

すると、すさまじい騒ぎになった。

第十六章

本職は竜属の全事項において専門家であると自負するものであるが、竜の自治の方策に関しては知られていないことが多々ある。最強の竜の中には明白な序列があり、長老には敬意が払われるものの、どのように行動規範を定めているのか、また、ふたりのほうが有利であるにもかかわらず、ただひとりの騎手と絆を結ぶことを決めたのがいつの時点か、いまだ解明できていない。

——『竜属図鑑』カオリ大佐著

「絶対にならん！」将官のひとりが叫んだ声があまり大きかったので、はるばる観覧席の端まで届いた。そこには騎手用に小さな救護所が設けられており、十二の台と、治療師科にたどりつくまで乗り切れるよう空から運び込まれた医療用品しかなかったけれど、ともかく鎮痛剤は効いてきた。

二頭の竜。わたしには……竜が二頭いる。

将官たちはこの三十分というもの、お互いにどなりあっていた。夜気はすっかり肌寒くなり、はじめて会う教官がわたしの腕の両側を縫い合わせたところだった。

運のいいことに、タイナンはほぼ筋肉をつらぬいたけれど、断ち切りはしなかった。

運が悪いのは、ジャックが三、四メートル先で肩の診察を受けているということだ。蠍尾《スコーピオンテイル》の橙竜の背中からもったいぶって歩いてくると、背後の壇上で言い争っている将官にかまわず仕事を続けている名簿係に絆を記録してもらおうとしたのだ。

ジャックは飛行場の向こう側にいるタールンをまじまじと見続けていた。

「どうだね？」カオリ教授が副《そ》え木をあてたくるぶしに包帯をきつく巻き、静かにたずねた。切れ長の黒い目には数え切れないほど別の質問が浮かんでいたものの、口には出さなかった。

「ものすごく痛いです」腫《は》れのせいで、どの紐も最大限にゆるめなければブーツを履き直せなくなるほどだったけれど、おりるとき片脚を折った第二騎竜団の女の子のように、飛行場を這《は》って横切らずにすんだのは幸いだ。その子は七つ台を隔てた先で、騎手の看護兵が脚を固定しようとしているあいだ、ひっそりと泣いていた。

「これから二カ月は、乗り降りに問題がなければ、竜との絆を強めて騎乗に集中することになる――」首をかたむけながら、副え木の包帯を結んで留める。「――見たかぎりでは、君は大丈夫だと思う――この捻挫は次の手合せが始まるまでに治るはずだ」眉間に刻まれた二本の皺が深くなった。「それとも、ノロンに連絡をとることもできるが――」

「いいえ」わたしはかぶりをふった。「治ります」

「君がそう思うなら？」向こうがそう思っていないのは歴然としていた。

「この谷の目という目が、わたしと騎竜――騎竜たちに」と訂正する。「向けられているんです。弱みを見せるわけにはいきません」

教授は眉をひそめたものの、うなずいた。

「うちの分隊で成功したのは誰か、ご存じですか？」わたしはたずねた。不安のかたまりが喉にこみあげる。（お願いだからリアンノンが生きていますように。それにトリーナも。リドックも。ソーヤーも。全員）

「トリーナとタイナンは見ていない」打撃をやわらげようとするかのように、カオリ教授はゆっくりと答えた。やわらぐことはなかったけれど。

「タイナンはきません」わたしはささやいた。罪悪感が心をむしばんだ。

《あの殺しはおまえの手柄ではない》タールンが心の中でうなった。

「なるほど」カオリ教授はつぶやいた。

「手術がいるとはどういう意味だ？」左側でジャックがわめいた。

「つまり、靭帯が数本断ち切られたようだが、治療師のもとへ行かないと確実には言えないということだよ」三角巾を固定しながら、もうひとりの教官がひたすら辛抱強く言った。

あの悪意に満ちた目をまっすぐにみすえて、わたしは微笑した。もうおびえたりしない。あのとき空き地で逃げたのはジャックのほうだった。

魔法光のもと、ジャックは憤怒で頬をまだらに染め、台の端から足をおろしてわたしに向かってきた。「きさま！」

「わたしがなに？」こちらの台のふちからすべりおり、太腿の鞘《さや》にゆるく手をかけておく。

ふたりを交互にながめたカオリ教授の眉がはねあがった。「君が？」小声で問いかけてくる。

「わたしが」ジャックから注意をそらさずに答えた。

でも、カオリ教授は割って入り、手のひらをジャックに向けた。「私なら、それ以上この子に近づかんがね」

「今度は教官の後ろに隠れるのか、ソレンゲイル？」ジャックは怪我をしていないほうの手でこぶしを握りしめた。

「あそこでも隠れなかったし、ここでも隠れてないよ」わたしは顎をあげた。「逃げたのはわたしじゃないもの」

「この子は私の後ろに隠れる必要はない。君の学年でもっとも強大な竜と絆を結んでいるのだからな」わたしをねめつけているジャックにカオリ教授が警告した。「君の橙竜はいい選択だ、バーロウ。バージだったな？　君の前に四人の騎手がいた」

ジャックはうなずいた。

カオリ教授は肩越しに竜の列を見やった。「バージは好戦的かもしれないが、タールンの目つきからして、君があと一歩でも自分の騎手に近づいたら、なんの抵抗もなく大地に骨を焼きつけるだろうな」

ジャックは信じられないという顔でわたしを見つめた。「おまえが？」

「わたしが」痛むくるぶしは、体重をかけてさえがまんできる程度のうずきになっていた。

ジャックは頭をふり、教授のほうをふりむいた。瞳に浮かんだ色が衝撃から羨望へ、恐怖へと移り変わっていく。「あそこで起きたことについてこいつがなにを言ったか知りませんが――」

「なにも」教授は胸の前で腕組みした。「知らなければならんことでもあるのかね？」

ジャックは蒼ざめ、魔法光に照らされた顔が紙のように白くなった。負傷した一年生がまたひとり、腿と胴からだらだら血を流しながら足をひきずって近づいてくる。

「知る必要がある者はもう全員知っています」わたしはジャックと視線を合わせた。

「今晩はこれで終わりだろう」暗がりで輪郭しかうかがえない竜の群れが一列になって飛んできて、カオリ教授が言った。「上級生の騎手が戻ってきた。ふたりとも自分の竜のもとへ戻りたまえ」

ジャックはふんと息を吹き、のしのしと飛行場の向こうへ去っていった。

わたしはまだ壇上に集まって白熱した議論を交わしている将官たちに目をやった。「カオリ教授、これまでに二頭の竜と絆を結んだ騎手なんているんですか？」知っている人がいるとすれば、竜属学の教授だろう。

カオリ教授はわたしと一緒にふりかえり、口論中の上級将校たちのほうを向いた。「君が最初だろうな。とはいえ、なぜ言い争っているのかわからんがね。決めるのは彼らではない」

「そうなんですか？」突風が巻き起こり、数十頭の竜が一年生の反対側に舞い降りた。何列もの魔法光がそのあいだにつるされている。

「竜が誰を選ぶかということに関しては、人間の手にゆだねられていることなどひとつもない」カオリ教授は請け合った。「われわれはたんに、主導権を握っているという幻想を保ちたいだけだ。おそらく、ほかの連中が戻ってくるまで会合をひらくのを待っていただけだろう」

「将官方が？」わたしは眉を寄せた。

教授は首をふった。「竜がだ」

竜が会合をひらく？「足首の手当てをしてくださってありがとうございました。あっちへ戻ったほうがよさそうです」わたしはためらいがちにほほえみかけてから、薄暗く照らされた飛行場を横切ってタールンとアンダーナのもとをめざした。足を止め、二頭の竜にはさまれて立つと、谷じゅうの視線の重みをひしひしと感じた。

「ねえ、あんたたちが大騒ぎを引き起こしてるんだけど」アンダーナに視線をやってからタールンを見あげる。そのあと、向きを変えてほかの一年生のように飛行場のほうを見た。「こんなこと許してもらえないよ」ああ、どうしよう、もし選べと言われたら？

ずしんと胃が落ち込んだ。

《それは〈天〉の決めることよ》タールンが言ったけれど、その声にはぴりぴりした緊張が含まれていた。《この場を離れるな。しばらくかかるやもしれぬ》

《なにが――》その質問は口の中で消えた。これまで目にしたうちでいちばん大きな、タールンさえしのぐ巨大な竜が谷の入口からつかつかと近寄ってきたからだ。その竜が通りすぎると、どの竜もあとを追って飛行場の中央に足を踏み入れた。巨竜が歩むにつれ、何十頭もが集まっていく。「あれって……」

《コーダックだ》タールンが答えた。

メルグレン総司令官の竜。

近づいてくると、翼に戦闘の傷痕が残り、穴がまだらにあいているのが見えた。タールンに黄金のまなざしを向けた様子に吐き気がこみあげてくる。コーダックは喉の奥で低くうなり、その不吉な双眸《そうぼう》をこちらに向けた。

タールンもうなり声をあげて進み出たので、ばかでかい鉤爪にはさまれる形になる。

両方とも、不満そうな威嚇《いかく》の理由がわたしであることは疑う余地がなかった。

《そう！　あんたのこと話してる！》竜の行列が通っていったときにアンダーナが言い、その列に加わった。

《われらが戻るまで、騎竜団長の近くにおれ》タールンが命じた。

きっと分隊長というつもりだったのだろう。

《なんと言ったか聞いたであろう》

違ったらしい。

あたりを見まわすと、飛行場の向こう側にゼイデンが立っていた。両脚を広げて腕を組み、タールンを見つめている。

騎手たちが不気味な沈黙を保つなか、竜の群れは境のあたりで切れ目なく飛び立ち、草地をからにした。最南端の峰の中ほどに着地し、黒々とかたまる。月明かりでは輪郭もほとんど見分けられなかった。

最後の列が飛び去ったとたん、大混乱が巻き起こった。飛行場の中央に一年生が押し寄せ、熱狂して声をあげながら友人を捜す。たまたまそこに立っていたわたしは、人混みを見渡した。ここにいてほしい——

「リー！」群衆の中にリアンノンを発見して叫び、足をひきずってそちらへ歩いていく。

「ヴァイオレット！」強く抱きしめられ、腕に新たな痛みが走った。顔をしかめると、リアンノンは体を離した。「なにがあったのさ？」

「タイナンの剣」答えが口から出たか出ないかのうちに、リドックにぱっと抱きあげられ、両足を突き出した状態でぐるぐるふりまわされた。

「いちばんとんでもないやつに乗ってきたのが誰なのか見てみろよ！」

「おろしなって！」リアンノンが叱った。「血が出てるんだから！」

「うわ、ごめん」リドックが言い、やっと足が地面についた。

「平気」包帯に新しく血がついていたものの、縫い目が破れたわけではなさそうだ。それに鎮痛剤の効果はみごとだった。「ふたりとも大丈夫？　誰と絆を結んだの？」

「短剣尾《ダガーテイル》の緑竜！」リアンノンがにやっとした。「フィレケ。それに、すごく……簡単だったよ」と溜息をつく。「あの娘《こ》を見たとたんわかった」

「ウートラム」リドックが誇らしげに言った。「剣尾《ソードテイル》の茶竜だ」

「スリシャク！」ソーヤーが両腕をリアンノンとリドックの肩に投げかけた。「剣尾《ソードテイル》の赤竜！」全員で歓声をあげ、次に抱きしめられたのはわたしだった。ここに至るまでに耐え忍んだことを考えると、この中でいちばんよかったと思うのはソーヤーだ。

「トリーナは？」ソーヤーが離してくれたとき、わたしはたずねた。

ひとり、またひとりと首をふり、答えを求めてほかの面々に目を向ける。あり得ないほどの重苦しさが心にのしかかった。それ以外の理由を探してみる。「でも……まだ絆を結んでないだけってこともあるよね？」

ソーヤーが悲しげに肩を落として首をふった。「棍棒尾《クラブテイル》の橙竜の背中から落ちるのを見た」

ずしんと心が沈む。

「タイナンは？」リドックがわたしたちを交互に見やって問いかけた。

「タールンが殺したよ」わたしは静かに言った。「弁護しておくと、タイナンが一度わたしを刺したあとだったの」身ぶりで腕の傷を示す。「それに、あいつはよりによって――」

「よりによってなんだ?」

肩をつかんで向きを変えられ、誰かの胸に押しつけられた。(ディン) その背中に両腕をまわしてぎゅっと抱きつき、深々と息をつく。

「すごいな。ヴァイオレット。とにかく……すごい」ディンはわたしをしっかりと抱きしめると、腕の長さの分だけ押しやった。「怪我をしてるぞ」

「平気だから」と請け合っても、瞳に浮かんだ懸念の色は消えなかった。どんなことをしても消えることはないのかもしれない。「でも、うちの分隊で残ってるのはこれだけ」

ディンは目をあげてほかの三人をながめ、うなずいた。「九人中四人。それは――」顎が一度だけぴくっとひきつる。「――予想されたことだ。竜たちは現在、〈天〉――竜の長老の会合をひらいている。戻ってくるまでここにいろ」と三人に告げ、それからわたしを見おろした。「きみは僕とくるんだ」

きっとディンを通して母が呼んでいるのだろう。こんなことが起こっているのだから、わたしに会いたいと思うはずだ。飛行場の向こうへ視線を送ったけれど、こちらを見ているのは母ではなく、表情の読めないゼイデンだった。

ディンが手をとってひっぱったので、ゼイデンに背を向ける。飛行場の反対側の端までついていって、暗がりに身をひそめた。(母さんのことじゃないみたいね)

「いったい実際にはなにが起こったんだ? カーハに口を割らせたが、タールンがきみを選んだばかりか、あの小さいの――アダーン？　まで同じことをしたそうだな」指がわたしの指にからんだ。褐色の瞳には狼狽《ろうばい》が渦巻いている。

「アンダーナ」わたしは訂正し、小さな黄金竜のことを考えて唇に微笑をちらつかせた。

「どちらか選ぶよう強いられるぞ」ディンの表情がきびしくなり、そこに確信がひそんでいたので、わたしはひるんだ。

「こっちが選んでるわけじゃないでしょ」頭をふってつないだ手を離す。「人間が選んだことなんてないし、わたしが最初になるつもりはないもの」だいたい、そんなことを告げるディンはなにさまのつもりだろう？

「そうなるさ」ディンは片手で髪をかきまわし、そこで冷静さが崩れた。「信じてくれ。信用してくれてるだろう？」

「もちろん信じてる――」

「だったらアンダーナを選ぶしかない」まるでその判断が既定のものであるかのようにうなずく。

「二頭のうちで安全な選択は金色のほうだ」

なぜだろう。タールンが……タールンだから？　タールンほど強い竜にはわたしが弱すぎると思っているのだろうか？

〝黙れ〟以外の答えを見つけようとして、水からあがった魚なみに口をぱくぱくさせる。タールンを拒む気なんてない。でも、わたしの心はアンダーナも拒むつもりがないのだ。

《みんなわたしにどっちか選ばせようとしてるの？》竜たちのほうへ思考を飛ばす。

反応はなかった。タールンがはじめてその領域に話しかけてきてからというもの、精神の境界が広がって、心の……延長、自分という存在の延長と感じていた場所には、いまやなにもない。

　遮断されているのだ。（あわてないで）

「選ぶつもりはないよ」今度はもっとやんわりと繰り返す。どちらも失うことになったらどうしよう？　あの二頭がなにか神聖な規則を破っていて、みんな罰を受けることになったとしたら？

「選ぶんだ。それもアンダーナでないと」ディンがわたしの肩をつかんで身を乗り出し、切迫した口調になった。「小さすぎて騎手を乗せられないことは知っているが――」

「試してはいないけど」わたしは言い訳がましく答えたものの、それが事実なのは知っていた。なにしろ物理的に無理だ。

「そんなことはいいんだ。そうするときみは騎竜団と一緒に乗れないことになるが、たぶんカオリ教授みたいに、ここに常駐する教官にしてもらえるよ」

「カオリ教授の場合は、あの験《しるし》の力が教師として不可欠だからで、竜が飛べないからじゃないでしょ」わたしは反論した。「そもそもあの人だって、内勤になる前に四年間戦闘騎竜団に所属する要件は満たしてるし」

　ディンは目をそらした。頭の中で歯車がまわって計算しているのが見えるようだ……なにを？　わたしの危険を？　選択を？　自由を？　「たとえアンダーナを戦闘に連れていったところで、殺される可能性しかない。ターンを連れていけば、ゼイデンのせいで殺される。メルグレン総司令官をおそろしいと思うか？　僕はきみより一年長くここにいるんだ、ヴィー。少なくとも総司令官に関しては、なにがくるかわかっている。ゼイデンは二倍も冷酷なだけじゃなく、予想がつかなくて危険なんだ」

わたしは目をぱちくりさせた。「待って。なんのこと言ってるの？」

「あの二頭はつがいだ。タールンとスーゲイルは、この数世紀でいちばん強力な絆を持つ一対なんだよ」

頭がぐらぐらした。つがい同士は長く離しておけない。そうでないと健康を損なうからだ。そのため必ず一緒に配属される。必ず。つまり――まさか。

「とにかく……どうしてこうなったのか教えてくれ」わたしが口ごもったのを見てとったに違いない。ディンの声がやさしくなった。

そこで、わたしは説明した。ジャックとあの殺し屋仲間がアンダーナを追いつめたこと。転んだこと、空き地のこと、ゼイデンが見ていたこと。ゼイデンが……オレンに背後から襲われたとき、驚いたことに警告して守ってくれたこと。自分で手を下さずにわたしを始末する完璧な機会だったのに、助けることを選んだのだ。それに対して、いったいどうふるまうべきなのだろう？

「ゼイデンがその場にいたのか」ディンは静かに言ったけれど、声からやさしさは消えていた。

「そう」わたしはうなずいた。「でも、タールンが出てきたらいなくなったけど」

「きみがアンダーナを守ったときにゼイデンがいた、そのあとタールンがただ……出てきたと？」ディンはゆっくりとたずねた。

「うん。たったいまそう言ったよ」時系列に混乱しているのだろうか？「なにが言いたいの？」

「なにがあったかわからないのか？ ゼイデンのしたことが？」握る力が強くなった。竜の鱗《うろこ》の覆いがあってよかった、でないとあしたあざになっていたかもしれない。

「ぜひとも、俺がなにをしたと思っているのか教えてもらいたいものだな」暗がりから人影が現れ、脈が速くなった。ゼイデンがヴェールを脱ぎ捨てるように闇を払いのけ、月明かりの中に足を踏み入れる。

　血管という血管がかっと熱くなり、あらゆる神経の末端が目覚めた。姿を見たときの体の反応がどんなにいやでも、否定はできない。あの魅力はほんとうに迷惑だ。

「試練《しれん》を操作しただろう」ディンは肩に乗せた手を落とし、騎竜団長と向かい合った。わたしとのあいだに割って入った肩がこわばっている。

　どうしよう、そんなに重大な疑惑を投げつけるなんて。

「ディン、それは……」被害妄想だ。わたしはディンの背から横に出た。ゼイデンに殺す気があればこんなに長く待っていなかったはずだ。考え得るかぎりの機会があったのに、わたしはまだこうして立っている。絆を結んで。ゼイデンの竜のつがいと。

（ゼイデンにわたしを殺す気はない）そう悟ると胸が締めつけられた。あの場で起きたことを残らず見直すはめになり、足もとが崩れていくような感覚をおぼえる。

「それは公式な告発か？」ゼイデンが邪魔者を、迷惑な相手を見るような目を向けた。

「介入したのか？」ディンは問いただす。

「俺がなんだと？」ゼイデンは黒い眉を片方つりあげ、もっと弱気な人間ならしおれてしまうようなまなざしを投げた。「その女が数で負けているうえ、すでに負傷しているところを目にしたか？　度胸は立派だが、とんでもなく無茶だと思ったか？」その視線を向けられると、爪先まで衝撃が伝わった。

「またその状況になっても、同じことをしてみせる」わたしは顎をもたげた。

「いやというほど承知している」橋で会ってからはじめて怒りを爆発させ、ゼイデンがどなった。

わたしは強く息を吸い込んだ。ゼイデンもだ。まるで、かっとなったことに自分でも衝撃を受けているかのようだった。

「こいつが自分より大きな候補生三人を撃退するところを目撃したか？」反転してディンをにらみつける。「いいか、いままでの答えはすべて肯定だ。しかし、おまえの質問は間違っているぞ、エートス。スーゲイルも見たか、と訊くべきだった」

ディンは唾《つば》をのみこんで目をそらした。あきらかに立場を考え直したらしい。

「つがいに聞いたんだよ」わたしはささやいた。スーゲイルがタールンを呼んだのだ。

「スーゲイルはもとから弱い者いじめを好まない」ゼイデンがわたしに言った。「だが、それがおまえを思いやっての行動だと誤解するな。あの小さな竜を気に入っているだけだ。残念ながら、タールンは完全にみずからの意思でおまえを選んだ」

「くそ」ディンがぼそっと言った。

「俺もまったく同感だ」ゼイデンはそちらに頭をふってみせた。「大陸じゅうでソレンゲイルほど縛りつけられたくない相手はいないというのにか。俺はやっていない」

（いたっ）胸に手をやり、あばらの内側から心臓をもぎとられていないか確かめずにいるには、あらんかぎりの自制心が必要だった。こんなふうに感じるのは絶対におかしい。こちらもゼイデンについて同じように感じているのだから。あの男は〈大反逆者〉の息子だ。父親はブレナンの死に直接責任があるのだ。

「それに、たとえ俺が干渉したとして」ゼイデンはディンのほうへ移動し、前に立ちはだかった。

「おかげでいちばんの親友と呼ぶ女が救われたと知りながら、本気でいまの非難を向けるのか？」

　ぱっと目をやると、きわめて不利な沈黙が流れた。簡単な問いなのに、気がつくと息をひそめて答えを待っていた。ディンにとって、ほんとうのところわたしはどんな存在なのだろう？

「規則が……ある」ディンは顎をあげてゼイデンと目を合わせた。

「では、たんなる好奇心から訊くが、おまえはあの場で大事なかわいいヴァイオレットを救うために、その規則を、そうだな、まげたか？」ゼイデンは凍《い》てついた声を出し、興味津々で相手の表情を観察した。

　ゼイデンはひとあし踏み出した。タールンが地上に降り立つ直前、たしかに動いた……わたしのほうへ。

　ディンの顎がぴくぴく動き、瞳の奥に葛藤《かっとう》がうかがえた。

「そんなこと訊くのは不公平でしょ」わたしがディンの脇に移動したとき、翼をはためかせる音が夜のしじまを破った。竜たちが戻ってきた。決定を下したのだ。

「これは命令だ。答えろ、分隊長」ゼイデンはわたしをちらりとも見なかった。

　ディンは唾をのみこみ、ぎゅっと目をつぶった。「いや。まげなかっただろう」

　心臓が地に落ちた。心の奥底ではずっと、ディンが人との関係よりも、わたしよりも、規則と秩序を重んじていると知っていたのに、これほど残酷に見せつけられると、タイナンの剣より深く刺さった。

　ゼイデンは鼻で笑った。

デインはすぐさま顔をあげてこちらを見た。「きみの身になにか起きたら死ぬ思いだよ、ヴィー、だが規則が――」

「大丈夫」わたしは声を押し出してその肩に触れたけれど、大丈夫ではなかった。

「竜が帰ってきたな」ゼイデンが言ったとき、ぼんやりと照らされた飛行場に最初の竜が降り立った。「隊列に戻れ、分隊長」

デインはこちらから視線をひきはがして歩み去り、あわただしく動きまわる騎手や竜の群れに加わった。

「どうしてあんなことしたの？」ゼイデンに食ってかかってから、頭をふる。理由なんかどうでもいい。「忘れて」とつぶやくと、大股でその場を離れ、タールンに待てと言われた地点へ戻っていく。

「おまえがあいつを信用しすぎているからだ」歩幅を変えることすらなく追いついてきたゼイデンは、どちらにしても答えた。「そして、誰を信じるか知ることこそ、おまえを生かしておく――俺たちを生かしておく唯一の手立てだからだ。騎手科にいるときだけでなく、卒業後も」

「俺たちなんてないから」わたしは横を駆け抜けた女騎手をよけて言った。竜が右にも左にも降り立ち、その大騒動で地面がぐらぐらゆれている。こんなに多くの竜がいっぺんに飛んでいるのは一度も見たことがなかった。

「さて、もはやそうも言っていられなくなりそうだが」ゼイデンが隣でぼそっと言い、わたしの肘をつかんで、違う方向から走ってきた別の騎手の道筋からどかした。

きのうなら頭から突っ込ませただろう。

それどころか、わざわざ押しやったかもしれない。

「つがいにしろ騎手にしろ、タールンの絆がおそろしく強いのは、あいつがそれだけ強いからだ。最後の騎手を失ったときにはあやうく死にかけた。その結果、ひきずられてスーゲイルも死ぬところだった。つがい同士の命は――」

「依存しあっている。そのことは知ってる」わたしたちは騎手の列の真ん中にくるまで進んだ。デインに対する無神経な態度にこれほど苛立《いらだ》っていなかったら、何百頭もの竜がまわりじゅうに着陸するという、なんとも壮大な光景をゆっくり観賞していただろう。でなければ、隣の男がどうやって広大な飛行場の空気を使い果たしたのか問いかけていたかもしれない。

「竜が騎手を選ぶたびに、絆はその前より強くなる。要するに、おまえが死ねば、ヴァイオレンス、連鎖して起こるできごとのせいで、俺も死ぬという結末になる可能性があるということだ」

その表情は大理石さながらに動かしがたかったけれど、瞳にこもった怒りに息が止まった。まじりけなしの……憤怒だ。「したがって、そう、当事者全員にとって運の悪いことに、もし〈天〉がタールンの選択を認めるなら、俺たちになるしかないわけだ」

まさか。信じられない。

わたしはゼイデン・リオーソンに縛りつけられてしまったのだ。

「しかも、タールンが現役に戻り、絆を結ぶ意思があるとほかの候補生が知ったいま……」ゼイデンが嘆息した。苛立ちが顔全体に広がり、がっちりした顎に力を入れて視線をそらす。

「だからタールンがあんたのそばにいろって言ったの」ささやくと、むかむかする胃に今日の行動の重大さがのしかかってきた。「絆なしの子たちを警戒したから」飛行場の反対側には少なくとも四十人以上が立っており、貪欲な目つきでこちらをながめている――オレン・ザイフェルトを含めて。

「絆なしの連中は、タールンに自分と絆を結ばせることを期待して、おまえを殺そうとしてくる」ゼイデンは近づいてきたギャリックに首をふってみせた。小隊長はわたしたちを交互に見やり、口を引き結んで飛行場の反対側へしりぞいた。「タールンは大陸でも屈指の強人な竜で、媒介される厖大《ぼうだい》な力がおまえのものになろうとしている。これから数カ月は、絆なしどもが新しく竜と組んだ騎手を狙うだろう。絆が弱いうちに殺そうとしてな。まだ竜が気を変えて選んでもらえる可能性があるうちなら、まる一年あと戻りしなくてすむ。ましてタールンを得られるとしたら？　ほぼどんなことでもやってのけるだろうな」まるで溜息をつくのが新たな本業になったかのように、また吐息をもらす。「絆なしの騎手は四十一人いて、おまえはいまや第一の標的だ」一本指を立ててみせた。

「おまけにタールンは、あんたが護衛役をしてくれると思ってるし」わたしは鼻を鳴らした。

「どれだけわたしを嫌ってるかぜんぜん知らないみたいね」

「俺が自分の命をどれだけ大切にしているか、正確に承知しているからだ」ゼイデンが言い返し、わたしの体を見おろした。「たったいま狩りの対象となると耳にしたにしては、異常なほど冷静だな」

「わたしにはいつものことだし」その視線で肌がほてるのは無視して、肩をすくめる。「それに正直、四十一人に追いかけられるほうが、あんたを警戒してひたすら物陰を見張ってるより、ずっとましだ」

そよ風が背中にあたり、アンダーナが背後に降り立った。続いて起こった突風と地響きはタールンの仕業だ。

それ以上ひとことも口にせず、ゼイデンは顔をそむけて立ち去った。いくらかななめに飛行場を横切り、スーゲイルがほかの騎竜団長の竜に影を落としている場所へと歩いていく。

《大丈夫そうって言ってよ》わたしはアンダーナとタールンに向かってつぶやいた。

《あるべき姿であろうよ》タールンが応じた声は、ぶっきらぼうであると同時に退屈そうだった。

《さっき答えなかったでしょ》まあ、これはいくらか非難がましく響いたかもしれない。

《人間は〈天〉の中で話されてることを知っちゃいけないの》アンダーナが返事をした。《そういう規則》

つまり、わたしだけでなく騎手全員が遮断されていたらしい。そう考えると奇妙に心がなぐさめられた。それに、〈天〉そのものが今日はじめて知った用語だ。竜の政治状況がすっかり明るみに出て、今晩カオリ教授は有頂天になっているに違いない。なにが決まったのだろう？

ちらりと目をやったけれど、母はわたし以外しか見ていなかった。

勲章だらけの軍服をまとったメルグレン総司令官が壇の前に移動する。ある意味ではディンの言うとおりだ——わが国の最高司令官はおそろしい。歩兵を使い捨てることをなんとも思っていないし、捕虜の尋問——と処刑——の監督における残忍さはよく知られている。ともかく、うちの家族の食卓では周知の事実だった。あの悪夢のような竜の巨体が壇の脇の空間を占拠しており、メルグレン総司令官が顔の前で両手を動かすと、集まった人々は静まり返った。

「ソレンゲイルの子に関し、竜たちが意見を表明したとコーダックが伝えてきた」小魔法のおかげで声が増幅され、飛行場にいる全員に届く。

（子じゃなくて一人前の大人）胃がねじれるのを感じつつ、わたしは心の中で訂正した。

「竜一頭に騎手ひとりが選ばれることは伝統が示しているが、二頭が同じ騎手を選んだ事例はかつてないため、それを禁ずる竜の法も存在しない」総司令官は宣言した。「われわれ騎手としては、こうしたことが……公正とは感じられないかもしれないが――」その口調は自分もそのひとりだとほのめかしていた。「――竜はみずからの法を作る。タールンと……」肩越しにふりかえると、副官がさっと駆け寄って耳もとでささやいた。「アンダーナは、いずれもヴァイオレット・ソレンゲイルを選んだ。したがって、その選択は有効である」

人々はざわめいたけれど、わたしはものすごくほっとして肩から力を抜いた。不可能な選択をしなくてすむのだ。

《そうあるべきようにな》タールンがぶつくさ言った。《竜の法に関して人間に発言権などあるはずがなかろう》

母が前に出て、声を伝えるために両手で同じしぐさをした。でも、正式に試煉をしめくくっている部分では、内容に集中できなかった。絆を結んでいない騎手たちに、来年もう一度機会があると約束しているようだ。（これから数カ月、まだ絆が弱いあいだに誰かをうまく殺して、その竜と絆を結ぼうとしなければね）

わたしはタールンとアンダーナのものだ……そのうえ、なんだか異様な形で……ゼイデンと結びついている。

頭皮がぴりぴりして、飛行場の向こうにいるその男を見やる。

視線を感じたかのようにゼイデンはこちらを向くと、指を一本立てた。〈第一の標的〉

「限界も制限も限度も知らない家族のもとへようこそ」母が言い終わると、飛行場に喝采《かっさい》が鳴り響いた。「騎手諸君、前へ」

当惑して左右を見たものの、ほかの騎手もみんな同じ行動をとっている。

《五歩ほど出るがよい》タールンが言った。

わたしはその五歩を進んだ。

「竜たちよ、いつもながら光栄に思う」母が呼びかけた。「さあ、祝おう！」

熱風が後ろから吹きつけた。わたしが苦痛に鋭く息を吐くのと同時に、両側で騎手が声をあげる。背中に火がついた気がするのに、飛行場の向こうでは誰もがやかましく歓声をあげ、こちらに走ってくる面々までいた。

騎手たちがあちこちで抱きしめられている。

《気に入るであろうよ》タールンが約束した。《唯一無二ゆえ》

痛みが鈍《にぶ》いうずきにかわり、わたしは肩越しに見やった。黒一色の……なにかが胴着からのぞいている。《なにを気に入るって？》

「ヴァイオレット！」ディンがわたしのもとにたどりつき、にっこりして両手で顔を包んだ。

「両方手に入ったじゃないか！」

「そうみたいね」唇がほころぶ。なにもかも……非現実的で、一日に起きたこととしては多すぎた。

「どこなんだ、きみの……」ディンは手を離して周囲をめぐった。「この紐をほどいてもいいか？　上のほうだけ？」とたずね、胴着の背中側の立ち襟をひっぱる。

わたしはうなずいた。何度か押したり引いたりしたあと、十月のすがすがしい空気が首の根もとに吹き込んだ。

「うわ、すごいな。これは見ておかないと」

《その小僧に離れろと伝えよ》タールンが命令した。

「タールンが離れろって言ってる」

デインはそこからどいた。

急に視界がわたしのものではなくなった。見えているのは自分の背中だ……アンダーナの目から。その背には濡れたようにきらめく証痕《レリック》がついていた。両肩いっぱいに広がる飛行中の黒い竜と、その中心でちらちらと光る黄金の竜。

「きれい」わたしはささやいた。いまや騎手として焼き印を押されたのだ。この二頭の騎手として。

《知ってるよ、あたしたち》アンダーナが答えた。

まばたきすると視界がもとに戻った。デインの手がすばやく胴着の紐を締めあげてくれ、そのあとわたしの顔を持ちあげて、自分のほうにかたむけた。

「わかっているはずだ、ヴァイオレット。きみを助けるためなら僕はなんでもする。きみの身を守るためなら」デインはうろたえた目つきで口走った。「リオーソンが言ったことは……」頭をふる。

「わかってる」心臓のどこかにひびが入ったけれど、わたしはうなずき、安心させるように言った。「いつだってわたしを安全に守りたいんだよね」ディンはなんでもするだろう。規則を破ることをのぞいて。

「僕がきみのことをどう思っているか、知ってるよな」親指が頬をなで、そのまなざしがなにかを探し求める。

やわらかな感触だったけれど、キスは力強かった。うれしくて背筋がぞくぞくする。何年もたって、ようやくディンがキスしてくれた。

胸が躍ったのは一拍に満たないあいだだった。なんの熱もない。活力もない。鋭く切りつけてくる渇望もない。がっかりして気まずい瞬間になったけれど、ディンは違ったらしい。満面の笑みを浮かべて身を引いた。

一瞬で終わってしまった。

これだけをずっと求めていたのに……それなのに……

（どうしよう）もう望んでいなかった。

第十七章

したがって、竜が強大であればあるほど、騎手に現れる験《しるし》も強力になる。より小型の竜と絆を結んだ強い騎手には用心すべきであるが、絆を結んでいない候補生に対しては、さらに警戒すべきであろう。絆を結ぶ機会を得るためなら手段を選ばないからである。

――『騎手科指針（未承認版）』アフェンドラ少佐著

この二カ月というもの、混み合った宿舎で寝ていた身としては、自分の個室があることは奇妙だったし、享楽的でさえあった。もう二度とプライバシーという贅沢を当然とは思わないだろう。

わたしは足をひきずって廊下に出ると、後ろ手に扉を閉めた。

せまい廊下を隔てて向かいにあるリアンノンの部屋の扉がひらき、ソーヤーのひきしまった長身が出てくるのが見えた。髪に指を走らせ、わたしを目にすると、眉をあげてかたまる――そばかすと変わらないぐらい顔が赤い。

「おはよう」わたしはにやっとした。

「ヴァイオレット」ソーヤーはぎこちない笑顔を作ると、一年生の寮の主廊下へ歩いていった。

第二騎竜団の恋人同士がリアンノンの隣の部屋から出てきたので、にっこりしてみせる。自分の扉によりかかって待ちながら、くるぶしをまわして試してみた。くじいたときの常で痛んだけれど、副《そ》え木とブーツがきちんと支えてくれているおかげで、体重をかけても平気だった。ほかの場所にいればば松葉杖をもらっただろう。でも、そんなことをすればもっと標的にされるだけだし、ゼイデンによると、現状でも充分大きな的《まと》なのだ。

リアンノンが部屋から出てきて、わたしを見たとたん笑顔になった。「もう朝食当番じゃないんだ？」

「きのうの夜、人気のない当番は全部絆なしにまかせるって言われたの。エネルギーを飛行訓練に向け直せるようにだって」つまり、手合せの前に対戦相手を無力化する手段を別に見つけなければならないということだ。ゼイデンの言うとおりだった。あらゆる敵を毒で倒せるとあてにしてはいけない。そうはいっても、ここで唯一有利な点を無視するつもりはないけれど。

「絆なしに憎まれる理由がまたひとつか」リアンノンがぼそっと言った。

「で、ソーヤーなの、へえ、リー？」ふたりで目の前の廊下を進みはじめ、さらに何部屋か通り越してから、竜の会堂に通じる主廊下に行きつく。一年生の部屋は二年生ほど広くないと言わざるを得ないけれど、ともかくふたりとも窓のある一室をもらえた。

リアンノンはにやっと唇をほころばせた。「お祝いしたい気分だったからさ」ちらっと横目遣いにこちらを見る。「で、なんでそっちのお祝いの話はしないわけ？」

わたしたちは集会場へ向かう人波に混じった。「一緒にお祝いしたい相手が見つからなかったから」

「ほんと？　だって、あんたとどこかの分隊長がゆうべいい雰囲気だったたって聞いたけど」

視線がぱっとリアンノンのほうへ動き、もう少しでつまずきそうになった。

「やだなあ、ヴィー。騎手科の全員があそこにいたのに、見られたとは思わないわけ？」リアンノンはあきれた顔をした。「別にお説教したりしないよ。上官と関係を持つと顰蹙《ひんしゅく》を買うからって、誰が気にするのさ？　規則はないし、あたしたちみんな、今日生きのびる保証もあるわけじゃないんだし」

「まあそうだよね」わたしは認めた。「でも、あれは……」正しい表現を探して頭をふる。「わたしたちはそんな関係じゃないの。ずっとそうなりたいって思ってたんだけど、キスされたとき――なんにも感じなかった。ほんとに。なんにも」声に失望を乗せないようにするのは不可能だった。

「へえ、それは気の毒だな」リアンノンは腕をからめてきた。「残念だったね」

「うん」と溜息をつく。

廊下の先で扉がひらき、リアム・マイリが出てきた。棍棒尾《クラブテイル》の茶竜と絆を結んだ別の一年生の腰に腕をまわしている。どうやら、ゆうべはわたし以外の全員がお祝いしていたらしい。

「おはよう、お嬢さん方」会堂に入っていくと、リドックが人混みをかきわけてやってきて、それぞれの肩に一本ずつ腕を投げかけた。「それとも、騎手の方々って言うべきかな？」

「騎手の方々って響きはいいね」リアンノンが答え、そちらに笑いかけた。

「悪くないよな」リドックは同意した。

「間違いなく死んだ人よりいいと思う。証痕《レリック》はどこについたの？」わたしはリドックに訊きながら、竜が彫刻された柱の列を通りすぎ、食堂に足を踏み入れた。

「ほら、ここ」肩にかかった腕が離れて、リドックはチュニックの袖を押しあげ、上腕についた竜の輪郭の茶色い痕を見せた。「そっちは？」

「見えないの。背中だから」

「そのほうが安全だろうな、万一あのばかでかい竜から離れることがあったら」リドックの瞳が躍った。「いやほんとに、あいつを飛行場で見たときにはもらすかと思ったぜ。おまえのは、リー？」

「あんたが絶対見ないところ」リアンノンは応じた。

「傷ついたなあ」リドックはぱっと心臓の上に手をあてた。

「うそばっかり」と切り返したものの、リアンノンの顔は笑っていた。わたしたちは食堂を抜けて集会場に入ると、朝食の列に向かった。

こちら側にいるのは不思議な感じだった。カウンターの後ろにいる姿を見て驚く。

オレンだ。

憎悪のこもったまなざしでにらまれ、背筋を氷が伝い落ちた気がした。争いへの対処法を借用されて毒を盛られては困るので、念のためオレンの持ち場を抜かし、手を加えようのない生の果物を選ぶ。

「あほうが」リドックが後ろでぶつぶつ言った。「まだあいつらがおまえを殺そうとしたなんて信じられないぜ」

「わたしには信じられるけど」肩をすくめ、いちかばちか林檎ジュースのマグカップをとった。

「鎖のいちばん弱い輪なんでしょ？　残念ながら、だとすると騎竜団のためにわたしを殺そうとする人が必ず出てくるよ」第四騎竜団の区画に向かい、三つ空席のあるテーブルを見つける。

「いいかな、ここ――」リドックが言いはじめた。

「もちろんさ！　どうぞどうぞ！」尾《び》小隊の男の子がふたり、あわててベンチから逃げ出した。

「悪いな、ソレンゲイル！」もうひとりが肩越しに言い残し、このテーブルを空っぽにして別のテーブルを探している。

なんなの？

「ちょっと、ものすごく変だったんだけど」リアンノンがテーブルの反対側をまわっていき、わたしはそのあとに続いた。ベンチをまたぎ、壁に背を向けて座ると、正面にトレイを置く。

半分本気で、におわないかどうか脇の下を嗅ぎたくなった。

「あれ、もっと変じゃないか？」リドックが論評し、食堂の反対側にいる第一騎竜団のほうを示した。

その視線をたどり、わたしは眉をあげた。ジャック・バーロウがテーブルから締め出されている。ほかの騎手が腰かけてしまい、立つしかなくなっているのだ。

「いったいなにが起きてるわけ？」リアンノンが梨にかぶりつき、もぐもぐ口を動かした。

ジャックは別のテーブルに移動した――そこの連中も場所を空けようとしなかったので、そのあとさらにふたつ先のテーブルに席を見つけた。

「おごれる者はひさしからず」わたしと同じ光景を見ていたリドックが述べたものの、ジャックが苦労しているのをながめても、満足感は得られなかった。野犬は追いつめられるとなおさら獰《どう》猛《もう》にかみつくものだ。

「こんにちは、ソレンゲイル」第一騎竜団のがっちりした女の子がわたしたちのテーブルの脇を通りかかり、硬い笑みを浮かべて言った。二番目の手合せで負かした子だ。

「どうも」わたしは遠ざかる姿にぎこちなく手をふってから、リドックとリアンノンをふりかえって声をひそめた。「あの子、手合せのときわたしに短剣を一本とられてから、一度も話しかけてこなかったんだけど」

「タールンと絆を結んだからだよ」イモジェンがピンクの髪を顔から吹き飛ばすと、わたしたちの向かいのベンチをまたいで腰をおろした。チュニックの両袖を押しあげ、反乱の証痕《レリック》をあらわにする。「試煉《しれん》の翌朝はいつでも大混乱になる。力関係が変わるし、あんたは、ソレンゲイルのおちびちゃん、いまや騎手科一強くなりそうだからね。そりゃ常識があれば誰でもこわがるようになるさ」

脈が速くなり、わたしはまばたきした。つまりそういうこと？　集会場を見まわして気がつく。これまでの集団が分かれている。以前なら脅威とみなしたような候補生の一部は、もういつもの場所に座っていなかった。

「だからいま、あんたがあたしたちと一緒にいるわけ？」リアンノンが二年生のイモジェンに片眉をあげてみせる。「なにしろ、このうちの誰かが親切な言葉をかけてもらったことなんて、片手で数えるほどしかないからさ」指を一本も立てずにこぶしを突き出す。

クインが——うちの分隊の背が高い二年生で、橋渡りからこのかた、視線をよこす手間さえかけたことがない——イモジェンの隣の席につき、ソーヤーがやってきてリアンノンの反対側に腰かけた。クインは金髪の巻き毛を耳の裏にかけ、目から前髪を払いのけた。まるい頬をゆるめて、なにかイモジェンの言ったことににっこりする。たしかに、両耳のふちに並んだあの輪っかのピアスはなかなかすてきだ。身につけている六個の記章の中で、いちばん興味をそそられるのは暗緑色――クインの目と同じ色――のやつだった。全部の記章の意味を調べておくべきだったけれど、耳にしたところでは毎年変わるらしい。

個人的には最初にもらったのが好きだ。あの炎の形の記章を第四騎竜団の標章と一緒に縫い込まなければならなかった。中心の赤っぽい数字の二は、細心の注意を払って、防具つきのコルセットの布地だけを刺すように気をつけて縫った。どんな針だろうと鱗《うろこ》に通るはずがないからだ。

でも、お気に入りは炎《えん》小隊の脇にある勲章だった。この分隊は、橋渡り以来いちばん多くの隊員が生き残っている。今年の最強分隊だ。

「前には一緒に座るほどおもしろくなかったからね」イモジェンは応じ、マフィンにかじりついた。

「あたしはふだん、つきあってる爪《そう》小隊の女の子と座ってるの。それに、どうせ大半が死ぬのに知り合ってもしょうがないでしょ」クインがつけたし、また髪を耳にかけたけれど、前のほうにはねかえってきただけだった。「悪くとらないでね」

「別にとってないけど？」わたしは林檎を食べはじめた。

あやうくその林檎を吐き出すところだった。うちの分隊のふたりしかいない三年生、ヒートンとエメリーが、イモジェンとクインをはさんで向かい側のベンチに座ったのだ。

いないのはデインとシアンナだけで、そのふたりはいつもどおり幹部連と食べていた。

「ザイフェルトは絆を結ぶと思ってたよ」まるで議論の途中だったかのように、ヒートンがテーブル越しにエメリーに声をかけた。通常なら髪の炎は赤い色だけれど、今日は緑だ。「ソレンゲイルに負けたの以外、どの手合せもうまくやったのに」

「あいつはアンダーナを殺そうとしたんだから」（どうしよう。これは秘密にしておくべきだったかも）

テーブルについている全員がこちらを向いた。

「タールンがほかの竜に伝えたんじゃないかな」わたしは肩をすくめた。

「けど、バーロウは絆を結んだんだろ？」リドックが問いかける。「もっとも、聞いた話じゃ、あいつの蠍《スコーピオンテイル》尾の橙竜は小さめみたいだけどな」

「そうよ」クインがその情報を裏付けた。「だから今朝苦労してるの」

「心配する必要ないよ――社会的な立場を失っても、あいつならほかのやり方で取り返すさ」リアンノンがぼそっと言い、わたしのトレイを見て目を細めた。「たんぱく質をとらなきゃ、ヴィー。果物だけで生きのびるわけにはいかないよ」

「確実に毒を盛られてない食べ物はこれだけだから。とくに、オレンがカウンターの向こうにいるときにはね」わたしはせっせとオレンジの皮をむいた。

「まったく、冗談じゃないったら」イモジェンがソーセージを三本かき集めてわたしの皿に載せた。「その子の言うとおりだよ。竜に乗るには全身の力がいる。ましてタールンみたいにでかい竜じゃ」

わたしはソーセージをまじまじと見た。イモジェンはオレンにおとらずわたしを憎んでいる。

それどころか、評価日にわたしの腕を折って肩を外した張本人なのだ。

《この女は信用してよい》タールンが言い、わたしはぎょっとしてオレンジを落とした。

《わたしのことを嫌ってるのに》

《口答えはやめ、なにか食え》反論の余地のない口調だった。

顔をあげて目を合わせると、イモジェンは首をかしげ、挑戦的に見返してきた。

わたしはつながっているソーセージをフォークで切り、口にほうりこんでかじりながら、ふたたび食卓の会話に集中した。

「どんな験《しるし》なの？」リアンノンがエメリーにたずねた。

風がひゅうっとテーブルを吹き抜け、グラスをがたがたゆらした。風使い。なるほど。

「すげえな」リドックが目をみはった。「どれだけの量の空気を動かせるんだ？」

「おまえの知ったことじゃない」エメリーはろくにそちらを見ようともしなかった。

「ソレンゲイル、今日の授業が終わったら顔を貸しな」イモジェンが言った。

わたしは口の中のものをのみこんだ。「はい？」

淡い緑の瞳がまっすぐこちらを捉える。「格技場へくるんだよ」

「試合対策ならもうあたしがやって――」リアンノンが言いかけた。

「よかった。これ以上手合せで負けさせる余裕はないからね」イモジェンが切り返す。「でも、体重を増やすのを手伝ってやる。また手合せが始まる前に、関節のまわりの筋肉を鍛えないと。おまえが生き残るにはそれしかないよ」

首筋の毛が逆立った。「で、いつからわたしが生き残るかどうかなんて気にするようになったの？」これは分隊関係の話じゃない。そんなはずがなかった。前はこれっぽっちも気にとめていなかったのだ。

「いまから」と言ってイモジェンはフォークを握りしめた。ただし、真相を暴露したのは、壇のほうにちらっと投げたまなざしだった。この気遣いは親切心からではないだろう。これは命令だという気がする。「朝の整列で、分隊が統合されることになってる。一小隊につき二分隊に減るはずだよ」イモジェンは続けた。「エートスは生かしておいた一年生の数が最大だったから――それで勲章だろ――そのまま分隊を持っていられるだろうけど、そんなにうまくいかなかった連中は分隊をとりあげられる。たぶん、そのときこっちに何人かくると思う」

わたしはできるだけこっそりと右に目をやり、ほかの第四騎竜団のテーブルを通り越して、ゼイデンが副団長や小隊長たちと座っている壇を見た。肩幅で座席ふたつ分は場所をとりそうなギャリックもいる。最初にこちらを見たのはギャリックだった。額に皺を寄せて……あれはなんだろう？　心配？　それから、顔をそむけた。

少しでも心配する理由があるとしたら――（知っているからだ）わたしの運命がゼイデンにつながれていると知っているのだ。

さっとゼイデンに視線を移すと、胸が痛んだ。ほんとうに、なんて、美しいのだろう。あの男が騎手科でもっとも危険だろうが、わたしの体はおかまいなしらしい。全身が熱くなり、皮膚が紅潮した。

ゼイデンは短剣を使い、皮をくるくると一本に長くつなげて林檎をむいていた。刃を動かし続けながら、ふと顔をあげてわたしと目を合わせる。

頭全体がじんじんした。

まったく、あの姿を見て物理的に反応しない部分がこの体にあるのだろうか。

ゼイデンはイモジェンをちらりと見やり、わたしに視線を戻した。それだけではっきりとわかった。あの男がわたしを鍛えろと命令したのだ。いまやゼイデン・リオーソンは、不倶戴天《ふぐたいてん》の敵を生かすつもりでいる。


数時間後、分隊が配置しなおされて死亡者名簿が読みあげられたあと、第四騎竜団の一年生は全員、新しく支給された飛行服姿で飛行場に立ち、自分の竜を待っていた。飛行服はいつもの軍服より厚く、わたしは竜の鱗の防具の上で長い上着のボタンを留めた。

ふだん軍服をどんなふうに着ているにしろ、飛行服はそれとは違い、肩の階級章と幹部の表示以外なんの標章もついていない。名前も。記章も。敵陣で竜と離れた場合に身許がばれるものはなにひとつ。武器をおさめる鞘《さや》が山ほどついているだけだ。

いつか戦争に参加することになるかもしれない、ということは考えないようにして、今朝飛行場で展開している秩序だった混乱に集中する。ほかの候補生がタールンを見る目つきや、竜たちが敬遠している様子を見過ごすことはできなかった。正直、あの牙をむかれたらわたしだってあとずさるだろう。

《いや、そうではない。なにせ実際に退《しりぞ》いてはおらぬ。おまえはその場にとどまり、アンダーナを守った》タールンの声が頭に広がり、その調子からは、むしろほかの場所にいたいと思っていることが読みとれた。

《あのときはいろいろ起こってたからってだけだよ》わたしは応じた。《今朝はアンダーナはこないの？》

《背に乗せられぬ以上、飛行訓練は必要あるまい》

《たしかに》とはいえ、会えたらよかったのに。アンダーナのほうが頭の中では静かだし、タールンほど干渉してこない。

《聞こえたぞ。そら、注意を払え》

わたしはあきれた顔をしたものの、飛行場の中央でカオリ教授が話していることに神経を集中した。教授は片手をあげ、ありふれた小魔法を使ってみんなに届くよう声を大きくしている。

あのやり方をリドックが覚えたときがおそろしい。わたしは微笑をかみ殺した。自分の分隊ばかりか、騎手科の全員を猛烈に苛立《いらだ》たせる手段を見つけ出すに違いない。

「……また、わずか九十二名という数では、現在まででもっとも小規模な学年ということになる」

肩が落ちた。《絆を結ぶ意思があるのは百一頭だと思ってたけど。それに加えてタールンでしょ？》

《意思があろうと、ふさわしい騎手を見出すとはかぎらぬ》タールンが答えた。

《それなのに、二頭がわたしを選んだの？》絆なしが四十一人いたのに？　ずいぶんな侮辱だ。

《おまえはふさわしい。少なくともこちらはそう考える。しかし、どうやら授業に注意を払っておらぬな》タールンがしゅっと息を吐いたので、温かな湯気のかたまりがうなじに吹きつけられた。

「諸君の位置に立つためなら、人殺しをも辞さないという絆なしの騎手が四十一名いる」カオリ教授は続けた。「また、いまは絆がもっとも弱い時点であると竜たちは心得ている。したがって、落ちたり失敗したりしたとき、絆なしのほうがましな選択肢だとみなされ、そのまま放置される可能性は充分にある」

「心なごむよね」わたしはつぶやいた。

タールンがたてた音は、鼻で笑う響きを連想させた。

「さあ、これから背に乗り込むぞ。そのあと、竜がすでに承知している特定の機動飛行をひと通りこなしてもらう。本日の指令は簡単だ。落ちないように」教授はしめくくった。それから、ふりかえって駆け出し、自分の竜まで三、四メートル全力疾走してから、垂直に登って背中に乗った。

ちょうど籠手試《こてだめ》しの最後の障害のように。

わたしはごくりと唾《つば》をのみこみ、あれほど朝食をつめこまなければよかったと思いつつ、タールンをふりかえった。左右でほかの騎手も同じよじ登る動作をしている。普通のときでもあれをやってのけるのは無理なのに、足首がまだ回復中の状態ではとうてい不可能だ。

タールンが肩をさげ、脚を傾斜台がわりにしてくれた。

敗北感にのみこまれそうになる。騎手科で最大の――そして間違いなくいちばん気難しい――竜と絆を結んでいるのに、その竜がわたしのために便宜を図らなければならないとは。

《便宜はこちらのためであろうが。おまえの記憶を視《み》た。よじ登ろうと短剣を脚に突き立てられてはたまらぬわ。さて、ゆくぞ》

わたしは鼻を鳴らしたものの、登っていった。座席を見つけようと棘《とげ》をまわりながら、頭をふる。きのうの名残で腿が痛み、位置について鱗の鞍頭を握ったとき、顔をしかめた。

カオリ教授の竜が空へ舞いあがる。

《しっかり捕まっておれ》

前と同じエネルギーの帯が両脚を固定するのを感じ、タールンはほんの一瞬身をかがめてから上空へとびだした。

胃がひっくり返り、風に目をかきむしられたので、危険を冒して片手を離し、飛行用眼鏡をひきさげる。たちまち楽になった。

《二番目じゃなきゃいけなかったの？》峡谷から出て高度をあげ、山並みの中へ入りながら、タールンに問いかける。基本的にバスギアスで育ったにもかかわらず、どうして竜の訓練を頻繁《ひんぱん》に目にすることがなかったのか、いま判明した。まわりにいるのはほかの騎手だけだ。《すべりおちたら全員に見られるんだけど》

《スマハトを追うことに同意したのは、ひとえに騎手がおまえの教官であったがゆえ》

《つまり先頭になりたい性格ってわけ。わかってよかった。少し神殿で過ごしてデューンにいろいろ歎願したいから、憶えといてよ》カオリ教授に焦点を合わせ、いつ機動飛行が始まるのか見守る。

《力と戦《いくさ》の女神か？》今度ははっきりと鼻で笑っていた。

《なに、竜は神々に味方してもらう必要はないって思うわけ？》うう、ここは寒い。鞍頭の上で、手袋をはめた手に力がこもった。

《人間のつまらぬ神など、竜は気にもかけぬわ》
カオリ教授が右にまがり、あとに続いたタールンが峰のひとつの切り立った斜面を急降下した。わたしは脚に力を入れたものの、座ったままでいられるのは自分の竜のおかげだと承知していた。次の上昇と、きりもみに近い動きのあいだも押さえてもらったけれど、教授の動きを全部採り入れたうえ、さらに難度をあげていることに気づかずにはいられなかった。
《飛行中ずっと押さえてくれてるわけにはいかないでしょ》
《まあ見ておれ。それとも、後ろのグラウンの騎手のように、下の氷河で削られたほうがよいか？》
ぱっと首をめぐらしたものの、大きな棘に視界をさえぎられ、見えたのはゆったりとゆれるタールンの尾だけだった。
《見るな》
《もう騎手がひとりいなくなったの？》喉がつまる。
《グラウンは選び方を誤った。いずれにせよ、彼《あれ》は決して強い絆を結ばぬ》
ああ、なんて、こと。
《こんなふうに押さえ続けてたら、戦闘で力が必要になったとき、媒介じゃなくてわたしを支えるのにエネルギーを費やすことになるじゃない》わたしは主張した。
《この程度はわが力のごく一部にすぎぬ》
まったく、この腹の立つ竜に自力で乗っていることさえできないのに、どうして騎手になれるというのだろう？

《では、思うようにやってみよ》

帯がふっと解けた。

《ありがと――うわ！》タールンが左にかたむき、腿がするりと抜けた。両手が横にずれる。指でつかむところを探ったけれど、手がかりは見つからず、わたしはそのまま脇からすべりおちた。

空気がびゅうびゅうと耳をかすめ、氷河に向かって真っ逆さまに落ちていく。なまなましい恐怖が心臓をわしづかみにし、万力のように締めつけた。下にある体の影がどんどん大きくなっていく。

タールンの鉤爪が体をつかみ、ぐっとひきあげた。試煉のときのように受け止めてくれたのだ。高く上ってから再度ほうりだされたものの、今回は少なくとも、落ちていくお尻があがってきた背中にぶつかる衝撃に備えていた。

頭の中で、うんざりした咆哮《ほうこう》らしきものが響いた。なにが言いたいのかはわからなかった。

《いったいどういう意味、それ？》タールンが水平飛行に移ったとき、急いで座席に這《は》い込んで位置につく。

《人間の言葉に訳すなら、もっとも近いのは〝大概にせよ〟であろう。さて。此度《こたび》は落ちることなく踏みとどまるか？》タールンがさっと高度をさげて隊列に戻っても、なんとか座っていられた。

《自分でこれができなきゃいけないんだってば。どっちにとっても、それが必要なの》と言い張る。

《強情な銀の人間めが》タールンはぼやき、カオリ教授を追いかけて急降下した。

わたしはまた落ちた。

もう一度。

もう一度。

その晩遅く、夕食のあとにわたしは格技場へ赴《おもむ》いた。

幾度となくタールンの背中からすべりおちたせいで、あらゆるところが痛かった。つかまれた脇の下はあざになっているに違いない。

竜の会堂を抜けて学術棟へ入っていったとき、名前を呼ぶ声が聞こえ、ディンが走って追いついてきた。

いつものように、つかのまふたりでいられる喜びがふくらむのを待ったけれど、その感覚は訪れなかった。それどころか、途方もなく気まずくなり、どうしていいかわからなかった。

いったいわたしはどうしたというのだろう。ディンはかっこよくて親切で、ほんとうに、ほんとうにいい人だ。誠実だし、いちばんの親友でもある。だったらなぜ、少しもどきどきしないのだろう？

「きみがこっちに向かったとリアンノンが言ったから」隣にたどりつくと、ディンは心配そうに眉を寄せて言った。

「これから訓練なの」わたしは無理に笑顔を作った。かどをまがると格技場はすぐ目の前で、大きなアーチ形の扉が開放されていた。

「今日の飛行訓練じゃ足りなかったのか？」ディンが肩に触れて立ち止まったので、わたしも足を止め、ふりかえって誰もいない廊下で向かい合った。
「落ちた分だったら間違いなく足りるけどね」腕の包帯を点検する。ともかく縫合したところは破れていない。
ディンの顎に力が入った。「ターールンに選ばれたら大丈夫だろうと、僕は本気で思ってたんだ」
「大丈夫だよ」わたしは声を高めて請け合った。「機動飛行のとき乗りこなせるように筋肉を鍛える必要があるだけ。それにターールンってば、なにもかもカオリ教授がやってるより難しくするって言い張るんだもの」
《おまえのためにな》
《いつでも近くにいるわけ？》わたしは心の中でぴしゃりと言い返した。
《さよう。慣れるがよい》
わたしはうなり声をあげたい衝動と闘った。この押しつけがましい、高圧的な――
《まだおるぞ》
「ヴァイオレット？」ディンが問いかけた。
「ごめん。ターールンが自分の思考に割り込んでくるのに慣れてなくて」
「いい兆候だ。絆が強まっているということさ。正直、なぜ機動飛行できみをしごいているのかよくわからないな。グリフォン以外に空からの脅威があるわけでもないし、あの鳥どもが炎のひと吹きでやられるのは誰でも知っている。お手やわらかにと言ってやってくれ」
《よけいな口を出すなと伝えよ》
「ええと……その……そうする」わたしは笑いをかみ殺した。《ほどほどにしてあげてよ。わた

しのいちばんの親友なんだから》

タールンは鼻を鳴らした。

デインの口から吐息がもれた。わたしの顔をそっと両手で包んで、一瞬唇に目を落としてから、一歩さがる。「そうだ。ゆうべのことだが……」

「タールンと絆を結んだらゼイデンに殺されるって言われたあたり？　それとも、キスしてきたあたり？」わたしは右腕に注意して、胸の前で腕を組んだ。

「キスのほうだ」デインは認め、声を低めた。「あれは……あれはやるべきじゃなかった」

安堵の念が全身を駆けめぐった。「だよね？」とにっこりする。ああよかった、同じように感じてくれて。「だからって友だちじゃなくなるわけじゃないし」

「最高の友だちだよ」デインは同意したけれど、不可解な淋しさがそのまなざしに宿っていた。

「それに、きみがほしくないという意味じゃないんだ――」

「はあ？」眉があがった。「なに言ってるの？」誤解でもあるのだろうか？

「きみが言っているのと同じことだよ」眉間に二本の皺が現れる。「指揮系統内にいる相手と体の関係を持つと、おそろしく顰蹙を買うんだ」

「ああ」あいにく、それは絶対にわたしが言っていたこととは違う。

「分隊長になるために僕がどれだけ力をつくしたか知っているだろう。来年は必ず騎竜団長になるつもりだし、きみのことがどんなに大切でも……」頭をふる。

（そうか）これはすべて、デインにとっては政治的な話ということだ。「うん」わたしはゆっくりとうなずいた。「わかった」言い寄らない唯一の理由が階級のことだからといって気にするべきではないし、ほんとうに気にしていない。でも、やや尊敬の気持ちが薄れたのはたしかだ。そんなことは少しも予想していなかったのに。

「それに、もし来年違う騎竜団に入ったら、いや、卒業後でもなんとかなるかもしれないな」デインは希望に目を輝かせて言いはじめた。

「ソレンゲイル、行くよ。ひと晩じゅうぶらぶらしてるつもりはないからね」胸の前で腕組みしたイモジェンが入口から呼んだ。「分隊長の用が終わったらって話だけどさ」

デインはあとずさりしてイモジェンとわたしを交互に見た。「あいつに訓練してもらうのか？」

「向こうから言ってくれたの」わたしは肩をすくめた。

「分隊の仲間意識とかね。いろいろ」イモジェンは微笑したけれど、目が笑っていなかった。

「心配しないでよ。ちゃんと面倒みるからさ。じゃね、エートス」

わたしはさっとデインにほほえみかけてその場を離れた。足早に追いついてきたイモジェンが、どうか確かめたりはしなかった。肩越しにふりかえって、まだいるか

わる左のかどまで先導してくれ、これまで一度も気づかなかった扉を押しあけた。そのあとガラスと石が交

室内は魔法光に照らされていて、枠や綱《つな》や滑車のついたさまざまな木製の装置、レバーのあるベンチ、壁にとりつけられた棒などでいっぱいだった。

向かい側では、あの晩森で見たティレンドールの一年生のひとりが、マットの上で腕立て伏せをしていた。ギャリックがその女の子の隣にしゃがみこんではげましている。

「大丈夫だって、ソレンゲイル」イモジェンが甘ったるい猫なで声を出した。「ここにはあたし

ら三人しかいないしね。絶対に安全だよ」

　ギャリックがふりむいた。もうひとりの一年生に反復の回数を読みあげてやりながらも、わたしと目を合わせる。一度うなずくと、自分の仕事に戻った。

「心配してるのはあんたのことだけ」わたしは言い、なめらかな木の座席がついた機械のほうへついていった。正面にクッションつきの四角い板が二枚あり、膝の位置で互いに接している。

　イモジェンは声をたてて笑った。心からの笑いを聞いたのははじめてという気がする。「もっともな言い分だね。そのくるぶしも腕も治るまでは動かせないから、竜を乗りこなすのにいちばん大事な筋肉から始めようか」イモジェンはこちらの体をちらりと見おろし、いやそうに溜息をついた。「その弱っちい内股のね」

「こんなことしてるのは、ゼイデンに言われたからってだけでしょ？」わたしはたずねた。機械の座席にお尻を載せると、両膝のあいだにクッションつきの板をはさみ、調節してもらう。

　視線が合って、相手は目を細めた。「第一原則。あんたが呼ぶときはリオーソンだよ、一年坊主。それから、あの人に関して質問は受けつけない。金輪際」

「それ、ふたつの原則だけど」ふたりについて最初に推測したことが正しいのではないかと考えはじめた。これだけ忠実なのは、恋人同士だからに違いない。

　嫉妬なんてしてない。まさか。胸の内側に広がっていく醜い穴は焼きもちなんかじゃない。そんなことはあり得ない。

　イモジェンが冷笑してレバーを引くと、たちまち木に力がかかり、ぱっと外側に動いて太腿を押しひらいた。「そら、始めな。押し戻してぴったりくっつけるんだよ。反復三十回」

第十八章

文書館よりも神聖なものはない。神殿すら再建できるが、書物をふたたび記すことは不可能である。

——『書記官科における育成指針』ダクストン大佐著

ぎしぎしと音をたてて文書館の木製の台車を押しながら、わたしは騎手科と治療師科をつなぐ橋を渡り、診療所の扉を通って、バスギアスの中心部へ入っていった。

魔法光が照らし出すトンネルを下り、目を閉じていても歩けるほどよく知っている道をたどっていく。下へ行くほど土と石のにおいが肺を満たした。図書室当番を割り当てられて一カ月、毎日のように胸の痛みに襲われていても、きのうほどつらくはなかったし、きのうはおとといほどではなかった。

文書館の入口にいる一年生の書記官にうなずきかけると、座っていた男の子はとびあがり、あわててアーチ形の扉をひらいた。

「おはよう、ソレンゲイル候補生」入口を押さえて通してくれながら言う。「きのうは会えなくて残念だった」

「おはよう、ピアソン候補生」わたしはにっこりと笑いかけ、台車を押して入っていった。騎手科の雑用の中でお気に入りはこれだ。「気分がよくなかったの」一日じゅうめまいがしていたのだ。水を充分飲まなかったせいだろうけれど、おかげで休むことはできた。

文書館は羊皮紙と製本用の糊《のり》とインクの香りがした。このにおいを嗅ぐと家に帰ってきた気がする。

洞窟めいた建物の端から端まで、高さ六メートルの書棚がずらりと並んでいる。人口にいちばん近い机の脇で待ちながら、その光景に浸った。この五年間、自分の時間の大半を費やしてきた場所。これ以上先へ行けるのは書記官だけで、わたしは騎手だ。

そう考えて唇がほころんだとき、クリーム色のチュニックとフードを身につけた女の子が近づいてきた。肩に黄金の長方形がひとつ縫いつけてある。一年生だ。その子が布を頭からとり、長い褐色の髪をあらわにして目を合わせてきたとき、わたしは満面の笑みを浮かべた。手話で伝える。「ジェシニア！」

「ソレンゲイル候補生」相手は手話を返した。澄んだ瞳をきらきら輝かせたものの、笑顔は抑え込む。

ほんの一瞬、書記官の典礼や慣習がいやでたまらなくなった。友だちを引き寄せて抱きしめても悪いことはないはずなのに、ジェシニアは落ち着きを失ったと叱られるだろう。書記官がほほえんだりしたら、仕事に対して真剣で献身的であることがわからなくなってしまう。

「会えてほんとうにうれしい」わたしは手話で言い、にこにこするのをやめられなかった。「知ってた、試験に通るはずだって」

「この一年、あなたと勉強していたからよ」ジェシニアは手話を返し、口の端があがらないように唇をひきしめた。それから、首をうなだれた。「むりやり騎手科に入れられたと聞いてぞっとしたわ。大丈夫なの？」

「わたしは元気」と請け合ってから、少し間をおき、竜の絆を示す正しいしぐさを思い出そうと記憶を探った。「いまは絆を結んでて……」感情は複雑だ。でも、タールンの背に乗って舞いあがる瞬間の感覚、イモジェンの訓練で筋肉がへたりそうになったとき、続けるようにとアンダーナがやさしくうながしてくれること、友人たちとの関係——あれこれ考えると、真実を否定することはできなかった。「幸せなの」

ジェシニアの目が大きくなった。「いつも不安にならないの、自分が——」左右を見やったけれど、わたしたちが視界に入るほど近くにいる人は誰もいなかった。「あの……死ぬんじゃないかって？」

「もちろん」わたしはうなずいた。「でも、不思議なんだけど、なんとなく慣れちゃうんだよね」

「あなたがそう言うなら」ジェシニアは疑わしげだった。「お仕事をすませましょう。これは全部返却？」

首を縦にふり、ズボンのポケットに手を入れて小さな羊皮紙の巻物を出す。それを渡して、手話で伝えた。「あと、デヴェラ教授から何冊か頼まれた分」騎手科のささやかな図書室の責任者が毎晩頼みたい本と返却分のリストをよこし、わたしが朝食前にとってくることになっている。いまおなかが鳴っているのは、たぶんそのせいだろう。

飛行訓練に加え、リアンノンに格技の稽古をつけてもらい、イモジェンから拷問のようにしごかれて余分なカロリーを燃やしつくしたせいで、食べ物の摂取可能な量がまったく新しく変わったのだ。

「ほかには?」ローブの隠れたポケットに巻物をしまってから、ジェシニアがたずねた。

文書館にいるせいかもしれないけれど、なつかしさが胸に迫り、圧倒されそうになった。

「『〈荒れ地〉寓話集』の本があるかな?」ミラの言うとおり、寓話の本なんか持ち込むような状況じゃなかったけど、体をまるめておなじみの話を読みながら過ごす夕べはすてきだろう。

ジェシニアは眉を寄せた。「その本は知らないわ」

わたしは目をぱちくりさせた。「学術書でもなんでもなくて、うちの父と一緒に読んだただの民話集だよ。正直、ちょっと陰気な感じだけど、大好きな本なの」少し考える。ワイヴァーンやベニンに対応するしぐさはないので、文字で綴《つづ》った。「ワイヴァーン、ベニン、魔法、善と悪の戦い――ね、おもしろいでしょ」にやっと笑う。わたしの本好きを理解してくれる人がいるとすれば、このジェシニアだ。

「その本のことは聞いたことがないけれど、こちらをとってくるあいだに探してみるわ」

「ありがとう。そうしてくれるとすごく助かる」これから魔法を使うことになるなら、媒介された力を穢《けが》したときどうなるか、手ごろな民間伝承を利用できるかもしれない。もちろんあれは竜と絆を結ぶ危険性について警告するためのたとえ話だろうけれど、ナヴァール統一から六百年の歴史で、力を得たせいで魂を失った騎手がいるという記録は一度たりとも読んだことがない。そうならないよう竜が守ってくれているのだ。

ジェシニアはうなずくと、台車を押して書架の中へ姿を消した。

ふつう教授と候補生両方に頼まれた本を集めるには十五分ぐらいかかるけれど、待つのはぜんぜん苦にならなかった。国の史学者になるための訓練を受けている書記官たちが、ときには何人かかたまって往来している。ふと気がつくと、わたしはフードをかぶった姿をひとりひとりながめて、見つからないと知っている顔を捜していた——父の顔を。

「ヴァイオレット？」

左を向くと、一年生の書記官の一団を連れたマーカム教授がいた。「こんにちは、教授」この人の前では無表情を保つほうが楽だった。そう期待されていると知っているからだ。

「君が図書室の雑用当番だったとは気づかなかった」教授はジェシニアがいなくなったあたりを見やった。「手伝いはいるのかね？」

「ジェシニア——」わたしは身をすくめた。「あの、ネイルワート候補生がとても親切に手伝ってくれています」

「知っているだろうが」教授はわたしを囲んだ五人の一団に言った。「このソレンゲイル候補生は、騎手科にこっそり奪われてしまうまで、私のとっておきの生徒だったのだよ」フードの陰から目を合わせてくる。「戻ってくるだろうと期待していたのだが、残念ながら、一頭どころか二頭の竜と絆を結んでしまった」

教授の右側の女の子が息をのんでから、口を覆ってもごもごと謝罪した。

「気にしないで、わたしも同じ気持ちだから」と伝える。

「君があそこのナーシャ候補生に説明してくれるかもしれんな。ちょうどいま、ここには新鮮な空気が足りないという愚痴を聞いていたところだ」マーカム教授は自分の左側にいる男の子に注意を移した。「この一団は文書館の輪番を始めたばかりでな」

ナーシャはクリーム色のフードの下で真っ赤になった。

「火事を緩和するシステムの一部なんですよ」わたしは教えてやった。「空気が少ないほうが、わたしたちの歴史が全焼する危険が減るので」

「じゃあ、この息のつまるフードは?」ナーシャは片眉をあげてみせた。

「書物を背景にしたとき、目立たなくなるでしょう」と説明する。「ほかでもないこの部屋では、人だろうと物だろうと、文書と本以上に重要ではないってことの象徴ですね」室内をすばやく見渡すと、また新たな郷愁がわきあがり、胸が痛んだ。

「まさしく」マーカム教授はナーシャに視線を向けた。「さて、それでは失礼する、ソレンゲイル候補生、仕事があるのでな。あした戦況報告で会おう」

「はい、先生」わたしは一歩さがって一団を通した。

《悲しいの?》アンダーナがそっと問いかけた。

《文書館にきてるだけ。心配しなくて大丈夫》わたしは伝えた。

《最初の家と同じぐらい二番目の家を好きになるのって、難しいね》

わたしは淋しさをのみこんだ。《二番目の家が自分に合ってれば簡単だよ》そして、騎手科はそういうものになっていた——わたしに合っている家に。文書館でしか見つからないような安らぎと孤独を求める気持ちは、アドレナリンがもたらす飛行の昂揚感とは比べものにならない。

頼まれた本や騎手科の教授連への手紙を積んだ台車とともに、ジェシニアが戻ってきた。手話で言われる。「ほんとうにごめんなさい、でもその本は見つからなかったの。蔵書目録でワイヴァーンを――そう言っていたでしょう――探すことさえやってみたのだけれど、なにもなかったわ」

わたしは一瞬、まじまじと見た。ナヴァールの書籍はほぼすべて、この文書館に写しか原本が収蔵されている。例外は超希少本か禁書だけだ。いつ民間伝承がそのいずれかになったのだろう？　もっとも、考えてみれば、書記官になるために勉強しているあいだ、『〈荒れ地〉寓話集』のような本に出くわしたことは一度もなかった。キメラ？　ある。クラーケン？　もちろん。でも、ワイヴァーンや、それを造り出したベニン？　まったくない。不思議だ。「気にしないで。探してくれてありがとう」手話で返す。

「あなた、前と違って見えるわ」ジェシニアは手話で言うと、台車を返してきた。

わたしは目をみひらいた。

「悪い意味じゃなくて、ただ……違うだけよ。顔がもっとひきしまったし、身のこなしまで……」ジェシニアは頭をふった。

「ずっと訓練を受けてるから」言葉を切り、両手を脇にたらして、どう答えるか考える。「たいへんだけど、すごく楽しくもあるんだよ。マットでの動きも速くなってきてるし」

「マット？」相手の眉が寄った。

「格技のね」

「ああ。騎手科ではお互いに戦うってことも忘れていたわ」その瞳に同情があふれた。

「ほんとうに大丈夫だから」わたしは保証した。オレンがわたしのいるところで短剣を握っているのを見たことや、ジャックがこちらに歯がみしている様子などは言わずにおく。「そっちはどう？　全部期待どおりだった？」

「なにもかも、それ以上よ。信じられないくらい。歴史を記録するだけではなく、前線からの情報を迅速に伝えるという責任は、想像もつかないほど重いものだったわ。ほんとうに充実しているの」ジェシニアはまた唇を引き結んだ。

「よかった。わたしもうれしい」本心だった。ジェシニアは息を吸い込んだ。

「でも、あなたのことが心配だわ」ジェシニアは息を吸い込んだ。「国境沿いの襲撃が増加していて……」懸念が額に皺を刻む。

「知ってる。戦況報告でその話を聞いてるから」いつも同じだ。ゆらいだ結界を攻撃し、山の高みにある村を荒らしまわり、また騎手が死ぬ。報告が入るたびに胸が痛み、分析せざるを得ない攻撃があるたびに心の一部が閉ざされていく。

「それから、デインは？」ふたりで扉のほうへ行きながらジェシニアがたずねた。「会った？」

笑顔がぐらついた。「その話はまた別の日に」

ジェシニアは吐息をもらした。「あなたに会えるように、なるべくこの時間ここにいることにするわ」

「そうしてくれると最高」引き寄せて抱きしめるのは控えて、あけてもらった扉を通り抜ける。

図書室に台車を戻し、なんとか昼食の列に並ぶころには、ほぼ時間が終わってしまった。もともとの分隊の面々がまわりでおしゃべりしているあいだ、とにかく大急ぎで口に食べ物をつめこむ。解散した第三分隊からきた新入りの一年生ふたりと二年生ふたりは、ひとつ離れたテーブルにいた。反乱の証痕《レリック》のある人物と一緒に座ることを拒否したのだ。

だったら勝手にすればいい。

「すっげえみごとだったぜ」リドックが続けた。「ソーヤーのやつ、たったいまあの物騒な大剣使いの三年生とやりあってたと思ったら――」

「自分で話させてやりなよ」リアンノンがあきれた顔で叱った。

「いや、遠慮する」ソーヤーが頭をふりながら返し、かなり不安そうにフォークを見つめた。

リドックはにやっと笑い、大得意で話を続けた。「そうしたらさ、ソーヤーの手の中で剣が勝手にねじれて、ぐるっと三年生のほうへ向かっていったんだぜ。まあ、相当大きくそれてたけどな」ソーヤーのほうへ顔をしかめてみせる。「悪い、でもそうだっただろ。おまえの剣がまがろうとしないで、あいつの腕をまっすぐ攻撃してたら――」

「あんた、金属使いなの？」クインの眉があがった。「ほんとに？」

うそでしょ、ソーヤーは金属を操れるらしい。七面鳥をもう少し、むりやりのみくだすと、まじまじとそちらを見つめる。わたしの知るかぎり、験《しるし》はおろかどんな形でも力を発現させたのは、仲間うちでこれがはじめてだった。

ソーヤーはうなずいた。「カー教授がそう言っていた。ああなったのをエートスが見て、そのままおれを教授のところへひっぱっていったんだ」

「うらやましすぎる！」リドックが胸をつかんだ。「オレも験《しるし》の力に発現してもらいたいぜ！」

「まだ制御できなくて、フォークが口蓋に突き刺さるかどうかもわからないって状況だったら、そんなにわくわくしないと思うぞ」ソーヤーはトレイを押しやった。

「たしかに」リドックは自分のトレイを見た。

「騎竜があんたを信頼して、それだけの力を全部預ける心構えができたら発現するわ」クインが言い、水を飲み干した。「六カ月ぐらいたつまでに信頼してもらえるよう願ったほうがいいけどね、でないと――」爆発のような音をたて、両手でそういう真似をしてみせる。

「ガキどもをこわがらせるのはやめなって」イモジェンが言った。「そんな例はしばらく起きてないよ、せいぜい――」言葉を切って考える。「――数十年は」みんなに凝視されたので、あきれたような顔をする。「あのさ、試煉《しれん》で竜があんたたちに転写した証痕《レリック》は、それだけの魔法を体に流し込む管なんだよ。験《しるし》を発現させて力を放出しなきゃ、数カ月あとにまずいことになる」

全員がぽかんと見つめた。

「魔力に焼きつくされるの」クインがつけたし、またあの爆発音の真似をした。

「力を抜きな、きつい締切とかじゃないんだから。ただの平均だよ」イモジェンが肩をすくめる。

「マジかよ、ここじゃいつでもなにかしら
いかい
ありやがる」リドックがこぼした。

「いくらか運がよかった気がしてきた」ソーヤーがフォークをながめて言った。

「なにか木のフォーク類を手に入れようよ」わたしはソーヤーに告げた。「あと、たぶん武器庫は避けたほうがいいかもね、それに格技でも……武器を持つのは」

ソーヤーが鼻を鳴らした。「それはほんとうだな。少なくとも、今日の午後の飛行では安全だろう」

試煉以来、飛行訓練が必須のものとして予定に加わっている。各騎竜団が交替で飛行場を使えることになっていて、今日が今週わたしたちのついている日のひとつだった。

頭皮がじんじんする。ふりかえればゼイデンがこちらを見ているだろう。わたしを。でも、向こうの思いどおりに視線を向けたりしない。試煉以来、ひとことも声をかけられていなかった。だからといって、ひとりきりでいるわけじゃない――むしろ絶対にひとりにはならなかった。廊下を歩いたり夜に格技場に向かったりするときには、必ずどこか近くに上級生がひとりいた。

しかも、全員が証痕《レリック》を持っている。

「朝に飛行訓練があるほうがいいよ」リアンノンが苦い顔になって言った。「朝と昼を食べたあとだともっとひどいからさ」

「同感」わたしは口を動かしながらなんとか声を出した。

「七面鳥を食べちまいな」イモジェンが命令する。「じゃ、今晩また」クインとふたりでトレイを片付け、洗い場の窓へ持っていく。

「稽古をつけてるときはもうちょっとましなわけ？」リアンノンがたずねた。

「ううん。でも効率的」食堂から人が減りはじめたので、みんなで洗い場の窓のほうへ向かう。「カー教授ってどんな感じ？」ソーヤーに訊いてから、七面鳥を食べ終え、自分のトレイを山に重ねた。験《しるし》が発現していないので、魔力行使の教授はまだ会ったことのない数少ない教授のひとりだ。

「ものすごくこわいぞ」ソーヤーは答えた。「一年生全体が魔力行使の授業を始めて、あの特別な指導を楽しめるようになるのが待ちきれないよ」

食堂と竜の会堂を通り抜けて中庭に入ったわたしたちは、みんな外套のボタンをはめた。十一月に入ると強風が吹き荒れ、ガラスには朝霜がおりて、初雪もそう遠くはなかった。

「うまくいくのはわかってたぜ！」ジャック・バーロウが前のほうで声をあげた。誰か女の子を脇にかかえてひっぱりながら、その頭を親しげに叩いている。

「あれ、キャロライン・アシュトンだよね？」リアンノンがジャックと学術棟のほうへ歩いていくキャロラインをながめ、あんぐりと口をあけて問いかけた。

「ああ」リドックが体をこわばらせた。「今朝グラウンと絆を結んだんだ」

「グラウンって、もう絆を結んでなかった？」リアンノンはふたりが学術棟に消えていくのを見送った。

「最初の飛行訓練で騎手が死んだの」わたしは飛行場に続く前方の門に集中した。

「じゃ、絆なしにもまだ見込みがあるってことか」リアンノンがつぶやいた。

「ああ」ソーヤーが硬い顔つきでうなずいた。「あるな」

《この飛行ではせいぜい十二回ほどしか落ちておらぬ》飛行場に着陸したとき、タールンがそう述べた。

《それ、褒めてるのかけなしてるのかわからないんだけど》わたしは深呼吸して動悸《どうき》を静めようとした。

《好きなように受けとるがよい》

心の中であきれながら座席から抜け出すと、タールンが前脚をすべりおりられるように肩をさげてくれた。この動きに慣れすぎて、ほかの騎手が地面にとびおりたり、正しい方法でおりたりできるということなど、ろくに気づきもしないくらいだ。《だいたい、もっとやりやすくできる

はずじゃないの、ねえ》

《むろん心得ておる》

《カオリ教授が単純な急降下を教えてるとき、きりもみ降下をしたのはわたしじゃないからね》

飛行場の地面に足がつき、タールンに眉をあげてみせる。

《こちらは戦闘用の訓練をしておる。あの者が教えておるのは余興にすぎぬ》タールンは黄金の瞳をまばたいて顔をそむけた。

《来週アンダーナを連れていけると思う？　ただ一緒に飛ぶだけでも？》カオリ教授に教わった点検をすべてこなし、長い鉤爪がついたタールンの指の股や、岩のように硬い下腹の鱗《うろこ》のあいだにはさまっているかもしれない破片を探す。

《なにかが皮膚にはりついておってもわからぬほどのあほうではないわ。また、アンダーナから要請されぬかぎり言い出しはせぬ。速度についてこられぬ以上、たんに望まぬ注意を引くこととなろう》

《ぜんぜん会えないんだもの》わたしは恥ずかしげもなく駄々をこねた。《不機嫌なタールンばっかりずっと押しつけられて》

《あたしはいつもここにいるよ》アンダーナが答えたけれど、黄金のきらめきはなかった。きっといつものように隠れ谷にいるのだろう。少なくともあそこにいれば守られている。

《この不機嫌なタールンは、おまえを十二回受け止めてやったところであろうが、銀の子》

《いつかはヴァイオレットって呼んでくれてもいいんだけどね》わたしは時間をかけて鱗を一列ずつ調べた。竜のいちばん大きな危険のひとつは、ほんの小さなものが鱗のあいだに刺さって除去できず、細菌感染を引き起こすことだ。

《わかっておる》タールンは繰り返した。《騎竜団長にならい、おまえをヴァイオレンスと呼んでやってもよいぞ》

《まさかそんなこと》わたしは目をきゅっと細めると、前に進み、タールンの胸が立ちあがりはじめる部分を確認した。《どれだけあいつにいらいらさせられてるか、知ってるくせに》

《いらいら？》頭上でタールンが息を吹き出す猫のような音をたてて笑った。《あの状態をそう呼ぶか、おまえの心拍が――》

《そんな話、聞きたくない》

頭の上にあるタールンの胸からうなり声が響き、骨まで振動させた。鞘《さや》におさめた短剣に両手をのばし、くるっと向きを変えると、ディンが近づいてきていた。

《なんでもない、ディンだよ》タールンの前脚のあいだから出ていくと、ディンが一メートルほど先で立ち止まった。

《怒りはあの者にふさわしくない》タールンはふたたびうなり、うなじにふわりと湯気があたった。

《落ち着いて》わたしは声をかけ、肩越しにちらりと目をやった。思わず眉があがる。

タールンは黄金の瞳を細めてディンをねめつけ、歯をむいて唾液をたらしていた。またもや威《い》嚇《かく》の声がとどろく。

《ほんとに厄介なんだから。やめてよ》わたしは言った。

《おまえに危害を加えたならば、その場で地面ごと焼き払うと伝えよ》

《もう、いいかげんにして、タールン》わたしはあきれた顔をすると、ディンに近寄った。歯を食いしばっているものの、みひらいた目に動揺がうかがえる。

《伝えよ、さもなくばカーハと話し合おうぞ》

「タールンが、わたしに危害を加えたら燃やすって」と告げているあいだに、左右の竜が騎手を置いて空へ飛び立ち、隠れ谷へ戻っていった。でもタールンはそうしなかった。それどころか、まだ過保護な父親みたいに背後に立ちはだかっている。

「危害なんか加えないさ！」ディンがぴしゃりと言った。

《一言一句そのまま伝えぬか、銀の子よ》

わたしはゆっくりと息を吐き出した。「ごめんね、実際に言ったのは、わたしに危害を加えたら、その場で地面ごと焼き払うって」肩越しにふりかえる。「こんな感じ？」

タールンはまばたきした。

ディンはわたしに視線をすえたままだったけれど、タールンが警告した、ふつふつとたぎる怒りがそこに見えた。「きみに危害を加えるぐらいなら死んだほうがましだ。それはわかっているだろう」

《これで満足？》わたしはタールンにたずねた。

《腹が空いた。羊の群れを食らうとしよう》タールンはゆうゆうと羽ばたいて舞いあがった。

「話をする必要があるんだ」ディンは声を落とし、眉をひそめた。

「わかった。一緒に帰ろう」置いていってほしいとリアンノンに合図すると、ほかの子たちと先に歩き出したので、ディンとわたしは最後尾についた。

飛行場の端でみんなから遅れる。

「どうして背中に座っていられないって言わなかったんだ？」ディンはわたしの肘をつかんでどなった。

「はい？」その手から腕をもぎ離す。

タールンが心の中でうなった。

《わたしにまかせて》と叫び返す。

「いままでカオリ教授にまかせていたのは、教授がすべて掌握していると思っていたからだ。なにしろ、騎手科一強い竜の騎手が乗りこなせていないなら、みんなが知っているはずだろう」片手でぐしゃぐしゃと髪をかきまわす。「いちばんの親友が、飛行訓練の日に毎回落ちているなら、当然僕は知っていたはずじゃないのか！」

「別に秘密じゃないし！」怒りが血管を沸騰させた。「うちの騎竜団の全員が知ってるもの！自分の分隊のことを把握してなかったんだったら気の毒だけど、断っておくとね、ディン、みんな知ってるよ。それに、ここに突っ立って子どもみたいに叱られる気はないから」わたしは憤然とディンから離れ、騎竜団に追いつこうと大股でどんどん歩いていった。

「きみは話してくれなかった」その歩調を上まわる速度で追いついてきたディンの声からは怒りが消え、傷ついた響きに変わっていた。

「なにも問題はないの」わたしは首をふった。「必要ならタールンが魔法で留めておけるし。拘束をゆるめてって頼んでるのはこっち。ちなみに、わたしだったらタールンに問いただす前によく考えるけど。先に黒焦げにして、質問はあとまわしって性格だから」

「おおいに問題だろう、それじゃタールンは力を媒介できない――」

「力の全部はってこと？」と訊きながら、飛行場から出て、籠手試《こてだめ》しの隣をおりていく階段へ向かう。「それはわかってるよ。どうして飛んでるとき拘束をゆるめるように頼んでると思ってるわけ？」内心でもどかしさがふくれあがり、まるで生きて呼吸しているかのように、理性的な思考をすべて食いつくした。

「一カ月も飛んでいるのに、きみはまだ落ちているんだぞ」声が階段の下まで追ってきた。

「騎竜団の半分がその状態だよ、ディン！」

「十何回も落ちてたりしないだろう」と逆襲される。ブーツで砂利をざくざく踏みしめながら、わたしが砦《とりで》に戻る道をめざして足を速めたときには、ディンはすぐ後ろに迫っていた。「僕はただきみを助けたいだけだ。どうやって力になればいい？」

悲しげな声音に溜息をつく。すぐ忘れてしまうけれど、この人はいちばんの親友なのに、毎日わたしが命を危険にさらしているところを見なければならないのだ。立場が逆転したらどう感じるかわからない。たぶん同じぐらい心配するだろう。だから、空気を軽くしようとして言った。

「一カ月前、三十回以上落ちてたときを見ておくべきだったね」

「三十回？」ディンの声がその箇所で高まった。

わたしはトンネルの前で足を止め、笑顔を作ってみせた。「聞くほうが現実よりひどいから、ディン。保証する」

「せめて飛行のどこで困ってるか教えてくれないか？　少しでも手伝わせてくれ」

「だめな点を数えあげてほしいの？」あきれてしまう。「腿の力が弱すぎるけど、いま筋肉をつけてるところ。手で鞍頭をつかめないけど、強くなってきた。二の腕が治るのに何週間もかかったから、そこも鍛えてる。でも、心配してくれなくても大丈夫、ディン――イモジェンが訓練してくれてるから」

「リオーソンに頼まれたからだろう」ディンは言いあて、胸の前で腕を組んだ。

「たぶんね。どうしてそれが問題なの？」

「あいつは心底きみのためを思っているわけじゃないからだ」頭をふったディンは、これまで目にしたうちでいちばん、知らない人のように見えた。「まず、あのやり方は籠手試しを登り切るために規則をまげることだし、実際、きみがどんなに不名誉な行為をしたか、一時間もアンバーに責めたてられたよ」

不名誉？　頭にきた。

「それで、そのまま拝聴したわけ？　なにがあったかわたしに訊きもせずに？」

「アンバーは騎竜団長だぞ、ヴィー。高潔さを疑うつもりはない！」

「わたしは法典で自分が正しいことを証明したし、リオーソンはそれを受け入れたの。あいつだって騎竜団長でしょ」

「わかった。きみは登り切った。誤解しないでくれ、あの崖の登り方が正しかろうが間違ってようが、きみになにかあったら耐えられない。そのあと、試煉で生き残ったなら大丈夫だろうと思ったのに、最強の竜と絆を結んでさえ……」ディンは頭をふった。

「続けてよ。言って」こぶしを固めると、手のひらに爪が食い込んだ。

「僕はきみが卒業までたどりつかないんじゃないかとおびえてる、ヴィー」ディンの背中がまるまった。「実際に行動できるかどうかにかかわらず、きみのことをどう思っているかはよくわかってるだろう。僕はこわくてたまらないんだ」

決定的だったのは最後の台詞だった。喉からこみあげてきた笑いがはじけた。

ディンの目が大きくなる。

「〝この場所は下品さも上品さもそぎおとして、核心にあるきみ自身をあきらかにする〟」わたしは今年の夏、ディンから聞いた言葉を繰り返した。「そう言ったんじゃなかった？　核心にあるほんとうのディンってそんな人なの？　決まりごとに夢中になりすぎて、大事な相手のためにいつ規則をまげたり破ったりするべきかさえ判断できないってこと？　ディンが見てるのはわたしにできないことだけで、もっといろいろ可能性があるって信じることもできないんだよね？」

褐色の瞳からぬくもりが引いた。

「ひとつはっきりさせておこうよ、ディン」一歩近づいたけれど、わたしたちの距離は広がる一方だった。「絶対に友だち以上になれないのは、別に規則が理由じゃない。わたしがまるで信頼してもらえないからだよ。あらゆる予想を覆して生きのびて、一頭どころか二頭の竜と絆を結んだいまでさえ、まだ卒業できないと思ってるんでしょ。だから悪いけど、ディンは今後、わたしからそぎおとされるくだらないものの中に入ることになるよ」肺にむりやり空気を吸い込むと、脇へ寄ってディンの横を大股ですりぬけ、トンネルへ入っていく。

一年先に騎手科に入学した去年をのぞいて、人生にディンがいなかったときを思い出せない。でも、わたしの未来に対していつまでも悲観的な態度を続けることを、これ以上受け入れるわけにはいかなかった。

中庭に入っていくと、一瞬陽射しに圧倒された。午後の授業は終わっていたので、ゼイデンとギャリックが領土を見渡す神々よろしく学術棟の建物の壁によりかかっているのが見えた。前を通りすぎると、ゼイデンが黒い眉を片方つりあげた。

わたしは中指を立ててみせた。

今日はあいつからの侮辱も黙って受けるつもりはない。

「どうしたのさ、大丈夫？」みんなに追いつくと、リアンノンが訊いてきた。

「デインがばかで――」

「これをとめてくれ！」誰かが絶叫し、頭をかかえて竜の会堂の階段を駆けおりていった。戦況報告の授業で二列前にいて、羽ペンを落としてばかりいる、第三騎竜団の一年生だ。「頼むから、とめてくれ！」金切り声をあげて中庭に転がり込む。

両手が短剣の上をさまよった。

左側に影が動き、目をやるとゼイデンが移動したのがわかった。さりげなくわたしのすぐ前に出ている。

頭をつかんだままわめいている一年生を囲んで、円形に人垣ができた。

「ジェレマイア！」誰かが叫んで進み出る。

「おまえ！」ジェレマイアはぐるっとふりむき、その三年生に指を突きつけた。「おまえはぼくがおかしくなったと思ってる！」首をかしげ、目を大きくみひらく。「どうしてわかる？　わかるはずがねえ！」まるで自分の台詞ではないかのように、声の調子が変わった。

背筋を悪寒が走り抜け、身がすくんだ。

「それにおまえ！」ジェレマイアはまた向きを変え、第一騎竜団の二年生を指さした。「あいつはいったいどうしたんだ？　なんでわめきたててる？」さらにふりかえり、ディンに焦点を合わせる。「ヴァイオレットはずっと僕を憎むのか？　生きていてほしいだけだと、どうしてわかってくれないんだ？　あいつはどうやって……？　僕の心を読んでいる！」その物真似は異様で、恥ずかしかったし、おそろしかった。

「どうしよう」わたしはささやいた。鼓動があまりに大きくて、耳の奥で血が脈打つのが聞こえるほどだ。恥ずかしいなんて言っている場合じゃない。ディンがわたしをどう思っていようと誰が気にする？　ジェレマイアの騎手の力が発現しているのだ。心が読める――感応使いだ。その力は死刑宣告だった。

左側でリドックがふらっと後退した――脇に押しのけられる――視線を向けなくても、肩に触れているたくましい腕が誰のものなのかわかっていた。ミントの香りでなぜか動悸がおさまる。

ジェレマイアは小剣を引き抜いた。「やめさせてくれ！　誰にもわからないのか？　思考が止まらないんだ！」恐慌状態に陥っているのは明白で、わたしの喉までふさがった。

「どうにかして」ゼイデンを見あげて訴える。

剣呑《けんのん》なまなざしはゆるぎなくジェレマイアに向けられていたけれど、わたしの懇願を聞いてその体がぴんとはりつめ、いまにも打って出ようと身構えた。「なんでもいい、おまえが本で学んだことを心の中で暗誦しはじめろ」

「はい？」わたしは声をひそめて訊き返した。

「自分の秘密を守りたいなら、頭を空っぽにしろ。いますぐ」ゼイデンは命令した。

そうか。まずい。

なにも思いつかなかったけれど、危険が差し迫っているのはあきらかだ。ええと……（ナヴァールの防衛基地の多くは安全な結界の外に存在している。そうした基地は危険地帯とみなされるため、軍人のみ配属されるべきであり、通常帯同する民間人は決して配置されない）

「それにおまえ！」ジェレマイアが向き直り、ギャリックと目を合わせた。「くそったれが。こいつに知られる――」ジェレマイアの足下の影がたちまち両脚を這《は》いあがり、胸に巻きついたかと思うと、幾重もの黒い帯となって口もとを覆った。

わたしは喉につまったかたまりをのみくだした。

教授がひとり、群衆をかきわけてやってきた。大きな体が一歩進むごとに、もじゃもじゃの白髪がはねる。

「あいつ、感応使いだ！」誰かが声をあげ、どうやら必要なのはそれだけだったらしい。

教授がジェレマイアの頭を両手でつかむと、静まり返った中庭の壁にごきっという音がこだました。ゼイデンの影はとけさり、ジェレマイアはぞっとするほど不自然な角度に頭をまげて地面に倒れた。首の骨が折れている。

教授は身をかがめ、驚くほどの力でジェレマイアの体を持ちあげると、竜の会堂に運び入れた。

ゼイデンが隣で鋭く息を吸い込み、ギャリックとともに学術棟へ向かって歩み去った。（それじゃ、のひとこともないわけ）

「やっぱり、験《しるし》の力はほしくないかもしれないな」リドックがぼそっと言った。

「験《しるし》が発現しなかったときに起こることと比べたら、あの死に方はありがたいぐらいだぞ」ディンが応じる。竜たちが力の媒介を始めてもいないのに、背中の証痕《レリック》が燃えるように熱くなってきたような気がした。

「で、あれが」ソーヤーがリアンノンの隣でしめくくった。「カー教授だよ」


「情報源は必ず確認しなければいけない」文書館の机の前でわたしの脇に立ち、髪をなでてくしゃくしゃにしながら、父は言った。「憶えておきなさい、直接目にした記述のほうが常に正確だが、より深く見なければならないよ、ヴァイオレット。誰がその話をしているか確認することだ」

「でも、わたしが騎手になりたかったら？」わたしはずっと幼い自分の声でたずねた。「ブレナンと母さんみたいに？」

《目を覚ませ》聞き覚えのある強烈な声が文書館じゅうに鳴り響いた。ここには属していない声だ。

「おまえはあのふたりとは違う、ヴァイオレット。あれはおまえの道ではないよ」父は申し訳なさそうな微笑をよこした。いつもの、同情はするけれど、なにもできることはないという表情だ。母がした選択に父が賛同しないとき、わたしに見せる顔つき。「結局はそれがいちばんだ。おまえの母さんはついぞ理解しなかった。騎手はわが国の武器かもしれないが、この世の真の力はすべて書記官が持っていると」

《死ぬ前に目を覚ませ！》文書館の本棚がふるえ、心臓がはねた。《ただちに！》

ぱっと目があいた。夢がばらばらに崩れていき、はっとする。ここは文書館じゃない。騎手科の自分の部屋だ――

《動け！》タールンが咆哮《ほうこう》した。

「くそ！　起きてやがる！」体の上の空気を薙《な》いだ剣に月光が反射した。

（まさか。うそ）ベッドの反対側に転がったけれど、間に合わなかった。厚い冬の毛布さえやわらげようのない勢いで、刃が背中の側面に叩きつけられる。

竜の鱗を裂けずに剣がはねかえり、アドレナリンが痛みをごまかした。

硬材の床に両膝がぶつかった。毛布から抜け出して立ちあがりつつ、枕の下に手を突っ込んで二本の短剣を引き出す。いったいこの連中はどうやって扉の鍵をあけたのだろう？

束ねていない髪を顔から吹き飛ばすと、衝撃に目をみひらいた絆なしの一年生と視線が合った。しかも、この男だけじゃない。室内には候補生が七人いた。四人は絆なしの男。三人は絆なしの女――そのうちひとりが誰なのかわかって息をのむ――ふたりだ、あの女は出口へ走っていき、去り際に扉を叩きつけていった。

扉をあけたのはあいつだ。それ以外説明がつかない。

残りはみんな武装していた。全員がわたしを殺そうと決意して、鍵のあいた扉とのあいだに立ちはだかっている。両手で短剣の柄《つか》を握りしめると、脈拍がいっそう速くなった。「出ていってくださいって頼んでも、あんまり意味はなさそうだよね？」

ここから出るには戦うしかない。

《壁から離れよ！　逃げ道をふさがれてはならぬ！》

いい点を突いている。でも、このちっぽけな部屋にはたいして行く場所がない。

「畜生！　こいつの防具は突き通せないって言っただろうが！」部屋の向こうで脱出口をふさいでいるオレンが鋭くささやいた。くず男。

「試煉のとき殺しておくべきだったね」と認める。扉は閉まっているけれど、きっと誰かに聞こえるはずだ、もし悲鳴――

女がひとりベッド越しにとびかかってきて、わたしは氷のような窓ガラスに沿ってするりとよけた。（窓！）

《高すぎる。峡谷に落ちるぞ、受け止めようにも間に合わぬ！》

窓はだめ。諒解。別の女が投げてきたナイフが戸棚に突き刺さる。ナイトガウンの袖の生地を裂かれたけれど、皮膚にはあたらなかった。わたしは袖をちぎりとって一回転し、ベッドの端をまわって短剣を放った。お気に入りの的《まと》である肩に刃が埋まり、女はひと声あげて傷を押さえながら崩れ落ちた。

ほかの武器は扉の近くにしまってある。まずい。まずい。まずい。

《もはや投げるな。手持ちの武器をしっかと握っておれ！》

助けることはできなくても、やたらと意見を押しつけることは可能らしい。

「喉を狙わないとだめだ！」オレンがどなった。「おれがやる！」

わたしは短剣を右手に持ち替え、左からの一撃を受け流して女の前腕に切りつけた。続いて右側の別の攻撃をかわし、男の腿を突き刺す。すかさず踵《かかと》を蹴り出し、襲いかかってきたもうひとりの腹にめりこませると、ベッドにあおむけにふっとばした。そいつの剣も追いかけて転がっていく。

でも、いまや机と戸棚にはさまれて逃げ場がなかった。

敵の数が多すぎる。

おまけに、全員がいっぺんに突進してきた。

あっさりと短剣が手から蹴り飛ばされ、心臓が止まった。オレンがわたしの喉をつかんで引き寄せたのだ。膝を狙って脚をさっと出したものの、素足ではなんの影響もなかった。床から体を持ちあげられて空気が遮断され、足がかりをもとめてじたばたする。

（だめ。だめ。だめ）

オレンの腕に手を食い込ませ、爪で血が出るほど皮膚をがりがりひっかいた。このあとわたしのつけた傷痕が残るかもしれないけれど、喉を絞めあげる手の力はゆるまなかった。

空気。空気がない。

《あの男がもうすぐゆくぞ！》切迫した調子でタールンが約束した。

あ、あの男って誰？　呼吸ができない。考えられない。

「とどめをさせ！」男のひとりがわめいた。「こいつを殺せば、かえって竜に感心してもらえるぞ！」

タールンが目的なのだ。

竜の憤怒の叫びが頭にとどろいたとき、オレンがわたしをおろした。ひっくり返して体に腕をまわしたので、その胸に背中が押しつけられる。おかげで足は床についたけれど、視野の端が暗くなり、肺は存在しない酸素を求めて奮闘していた。

出血している一年生が貪欲な目つきで見つめ返してきた。「やって！」その女が要求する。

「おまえの竜はおれのもんだ」オレンが耳もとで鋭くささやき、手が離れて刃に代わった。

冷たい金属が喉をくすぐり、空気がどっと肺に流れ込む。血中に酸素があふれたおかげで、これまでだと悟った。わたしは死ぬ。心臓が一拍打ち、おそらく最後になるだろう次の鼓動までのあいだ、途方もない淋しさが胸に迫った。生きていたらやりとげられただろうかと思わずにはいられない。卒業できるだけの力がついただろうか。タールンとアンダーナにふさわしくなっただろうか。ようやく母に誇りに思ってもらえただろうか？

ナイフの切っ先が肌に触れた。

寝室の扉が勢いよくひらき、石の壁に激突して木がばらばらになった。誰が立っているか見ようと首をめぐらす暇もなく、金切り声が視界をつらぬく。

《あたしの！》アンダーナが絶叫した。皮膚がじんじんするようなエネルギーが背筋を駆けおり、手足の指先に押し寄せる。次に息を吸ったとき、あたりは完全に静まり返っていた。

《逃げて！》アンダーナが迫った。

目をしばたたいて、正面の一年生がまばたきしていないことに気づいた。呼吸していない。動いていない。

誰ひとり。

この部屋にいる全員がその場に凍りついていた……わたしをのぞいて。

第十九章

大戦争への結果として、竜は西の土地を、グリフォンは中央の土地を獲得し、かの〈荒れ地〉と、軍を率いて大陸を破壊しかけたダラマー将軍の記憶を捨て去った。同盟軍は故郷へと帰帆し、絆を結んだ最初の騎手たちの庇護のもと、安全な結界内においてはじめてナヴァールの各州が連合し、平和と繁栄の時代が開始されたのである。

――『ナヴァール、編集されざる歴史』ルイス・マーカム大佐著

ちょっと。なに。これ。

室内の誰もが石と化したようだったけれど、そんなことはあり得ないとわかっていた。背後のオレンの体にはぬくもりがあったし、押すと指が肌にめりこむ。わたしは手を動かして血だらけの前腕を押しやり、首筋から刃を遠ざけた。

鋭い切っ先から血が一滴だけこぼれ、硬材の上に飛び散る。温かく濡れたものが喉を伝った。

《急いで！　もたないから！》アンダーナが弱々しい声でせきたてた。

アンダーナがこれをしている？　わたしは痛めつけられた気管にぜいぜい息を吸い込み、オレンの前腕をくぐって自由の身になると、静寂の中ですばやく横に踏み出した。

音ひとつしない不気味な静けさ。

オレンの肘と、以前第二騎竜団にいたばかでかい男のあいだをすりぬけたとき、机の上の時計は動いていなかった。誰も息をしていない。視線がぴたりと固定している。左側では短剣で切り裂いた女が前腕を押さえてうずくまり、刺した男は右側の壁にもたれて太腿に恐怖の目を向けている。

とどろく鼓動で時間を計りながら、室内で唯一空いている場所によろよろと踏み出す。でも、いまでは開放されている扉までの道筋は無人ではなかった。

黒々とした報復の天使、神々の女王の使いさながらに、ゼイデンが出口をふさいでいる。きっちり服を着込んでおり、まさしく憤怒の形相だ。両側の壁から影が渦を巻いて宙にのびていた。

橋を渡って以来はじめて、その姿を見て安堵のあまり泣きそうになった。

アンダーナが頭の中で息をのみ——混乱が再開した。

胃から吐き気がこみあげてくる。

《待ちくたびれたぞ》タールンがうなった。

ゼイデンの視線が勢いよくわたしの目を捉えた。ほんの一瞬、黒瑪瑙《めのう》の瞳を衝撃にみひらいてから、影を前方になびかせ、つかつかと進んで隣に立つ。指を鳴らすと室内が明るくなり、魔法光が頭上に浮かんだ。

「ひとり残らず殺す」その声は不気味なほど冷静で、それだけにおそろしかった。

部屋にいる全員がふりかえる。

「リオーソン！」オレンの短剣がガタンと床に落ちた。

「投降すれば助かると思うのか？」やんわりと死をちらつかせる口調を耳にして、両腕に鳥肌が立った。「睡眠中の騎手を襲うことは規範に反している」

「だが、あの竜がこいつと絆を結ぶべきじゃなかったのはわかるだろ！」オレンが手のひらをこちらに向けて両腕をあげた。「ほかならぬあんたこそ、弱いやつに死んでほしい理由が充分あるはずだ。おれたちは間違いを訂正しているだけさ」

「竜が間違うことはない」ゼイデンの影がオレン以外の襲撃者全員の喉をつかみ、絞めあげた。みんな抵抗したけれど、どうにもならなかった。顔が紫色に変わり、影に押さえつけられたままがくりと膝をつくと、目の前で命のない操り人形のように半円形に倒れ込む。

憐《あわ》れむ気にはどうしてもなれなかった。

時間はたっぷりあると言わんばかりにゼイデンが進み出て、手のひらをさしのべた。闇の触手がまた一本うごめき、床に投げ捨てられたわたしの短剣を拾いあげる。

「説明させてくれ」オレンが短剣を見やり、両手をふるわせた。

「聞く必要のあることはすべて聞いた」ゼイデンの指が柄《つか》に巻きついた。「こいつはあの場でおまえを殺すべきだったが、情けをかけた。俺はそのあやまちを犯さない」薙ぎ払う勢いが速すぎて、ほとんど動きが見えなかった。オレンの喉が水平にぱっくりと割れ、首筋と胸に血がどっと流れ落ちる。

喉を押さえても無駄だった。数秒のうちにオレンはおびただしく出血して床に崩れ落ちた。体のまわりに深紅の池が広がっていく。

「おい、ゼイデン」ギャリックが踏み込んできて、剣を鞘《さや》におさめながら部屋を見渡した。「尋問の時間もなしか？」傷を分類するかのようにわたしに視線を投げ、喉に目をとめる。

「必要ない」ゼイデンが返したとき、ボウディが入ってきて、ギャリックと同様にすばやい評価を下した。従兄弟同士の似通った容貌にはまだはっとさせられる。浅黒い肌と力強い眉の輪郭は同じでも、ボウディはゼイデンほどけわしい目鼻立ちではなく、瞳の色はやや薄い茶色だ。従兄をもっとおだやかに親しみやすくした感じだけれど、見かけてもゼイデンのそばにいるときのように体が熱くなることはない。それとも、たったいまオレンがわたしの喉から分別を絞り出してしまったのだろうか。

理屈に合わない笑い声がこみあげ、唇からはじけた。三人とも、頭を打ったのかという顔でこちらを見た。

「あててみようか」ボウディがうなじをさすりながら言った。「これから後片付けだろ？」

「必要なら助けを呼べ」ゼイデンがうなずいて答えた。

（死体だ）

（わたしは生きてる。わたしは生きてる。わたしは生きてる）内心で合言葉を繰り返していると、ゼイデンがオレンのチュニックの背で短剣の血をぬぐった。

「そうだ。おまえは生きている」ゼイデンはオレンとほかのふたりの体をまたぎ、倒れた女の肩からわたしの短剣を回収すると、戸棚のほうに歩いていった。あの女が誰なのかさえ知らないのに、向こうはわたしを殺そうとしたのだ。

ギャリックとボウディが最初の死体をいくつか部屋からひきずりだした。

「いま口に出してたって気がつかなかった」膝ががくがくしはじめ、吐き気に圧倒される。まったく、アドレナリンへのこんな反応はもう解決したと思っていたのに、木の葉のようにふるえているなんて。一方でゼイデンは、たったいま六人殺したことなどなかったかのように戸棚の中身をよりわけていた。

あんな殺戮《さつりく》はよくあることだと言わんばかりに。

「ショックのせいだ」ゼイデンが言い、フックからわたしのマントを外して、ブーツを一足とりだした。「怪我は？」短くぶっきらぼうな言い方に、苦痛を遮断していた一時的な障壁らしきものが壊れた。痛みが一気に戻ってきて、ずきずきと波打ちながら背中に集まる。昂奮状態が終わってしまったらしい。

息をするたびに肺へ割れたガラスを押し込んでいる感じがして、短く浅い呼吸を保った。それでも、なんとか立ったまま、傷のない側に石の壁があたるまであとずさって体重をかける。

「どうした、ヴァイオレンス」なだめるような言葉は、そっけない口調と食い違っていた。ゼイデンは片腕にマントをかけ、床に残った死体のあいだをぬってブーツを持ってきてくれた。「しゃんとしろ、どこを怪我したのか話せ」あの漆黒《しっこく》の革服に血のしみひとつつけず、六人殺したのだ。ブーツが足の横の床に落ち、マントは隅の小さな肘掛け椅子に投げかけられた。

息をするのもつらい状態だけれど、この弱みを認める危険を冒せるだろうか？

顎の下に指のぬくもりを感じ、顔を持ちあげられて視線がぶつかった。「呼吸がつらそうだな、そうするとおそらく――」

「肋骨」言いあてられないうちに先をひきとる。苦痛を隠そうとしても効果はなさそうだ。「ベッドの脇にいるやつに剣で脇腹を突かれたけど、あざができてるだけだと思う」骨が折れたときに響く、あの明白なぴしりという音はなかった。

「なまくらな剣だったらしいな」黒い眉が片方あがる。「おまえが革の胴着をつけて寝ている理由と関係があるなら別だが」

《その男を信頼するがよい》タールンが要求した。

《そんなに簡単じゃないの》

《さしあたっては受け入れねばならぬ》

「竜の鱗《うろこ》」わたしは右腕をあげ、ちょっと向きを変えてナイトガウンに大きくあいた穴を見せた。「ミラが作らせてくれたの。だからこんなに長く生きてられたってわけ」

ふたりの体のあいだを視線が行き来して、ゼイデンは口もとをひきしめたのち、一回うなずいた。「いい思いつきだ。もっとも、俺ならおまえがここまでやりとげた理由は複数あると言うが」その点に反論する前に、わたしの喉に目を移し、紫の手形がついているだろう箇所を見て眉をひそめる。「もっと時間をかけて殺してやるべきだった」

「わたしは平気」平気じゃない。

ゼイデンの注意がさっとわたしのまなざしに戻った。「俺には絶対にうそをつくな」歯を食いしばって吐き出された言葉はあまりにも荒々しく、うなずいて約束するしかなかった。

「痛いけどね」と認める。

「見せてみろ」

わたしは二回、口をあけて閉じた。「それ、頼んでる、命令してる？」

「好きに選べ。そいつに肋骨を折られたかどうか確認できさえすればいい」ゼイデンは両手のこぶしを固めた。

ひらいた扉から男があとふたり入ってきた。すぐあとにギャリックとボウディが続く。みんな……着替えていた。きちんと服を着込んでいる──時計を見やる──午前二時に。

「そのふたりを運べ、俺たちは最後のやつらを片付ける」ギャリックが命じると、はかの三人が仕事にかかり、残りの死体を扉から担ぎ出した。全員の腕に反乱の証痕《レリック》がちらちら光っているのに気づかずにはいられなかったけれど、観察結果は胸にしまっておいた。

「助かった」ゼイデンが言い、片手をさっとふると、カチッと音をたてて扉が閉まった。「さて、そのあばらを見せろ。時間を無駄にしているぞ」

わたしは唾《つば》をのみこんでうなずいた。折れているかどうかいま知っておいたほうがいい。背を向けたものの、全身を映す鏡の中に相手の顔が見えた。ナイトガウンのひらひらした袖から腕を抜き、布を胸の上で押さえて背中側を腰までさげる。「それをとらないと──」

「コルセットの扱いは知っている」顎が一度動き、むきだしの飢えを思わせるなにかがその顔をよぎったけれど、ゼイデンはすぐにそれを封じ込め、驚くほどやさしい手つきで髪を肩の上に押しやった。

素肌を指がかすめ、わたしはぞくぞくする感覚を抑えつけた。反応して背をそらさないよう、筋肉に力を入れる。

いったいどうしてしまったのだろう？　床にはまだ血がついているのに、下から順番に手早く紐をほどかれながら、まったく違う理由で呼吸が速くなっているとは。ゼイデンはうそをついていなかった。たしかにコルセットの外し方を心得ている。

「いったいどうやって毎朝このしろものをつけているんだ?」背中が少しずつさらされていくなか、ゼイデンが咳払いして問いかけてきた。

「わたしはものすごく体がやわらかいの。骨が折れやすいとか、関節が外れやすいって体質の一端でね」肩越しに答える。

目が合って、温かいものがふわふわとおなかを通り抜けた。その瞬間は訪れたときと同様にたちまち去り、ゼイデンはわたしの防具をはがして右脇を調べた。痛めつけられたあばらを指先がそっとなで、慎重につついていく。

「悲惨なあざになるだろうが、折れてはいないようだな」

「わたしもそう思った。確認してくれてありがとう」気まずく感じるべきだったけれど、なぜかそんなことはなかった。背中の紐を締めて端を結んでもらっているときでさえ。

「死にはしない。こっちを向け」

言われたとおりにふりむいて、寝巻を肩の上まで戻すと、ゼイデンが目の前の床に膝をついた。目が大きくなった。ゼイデン・リオーソンがすぐ前にひざまずいている。ゆたかな黒髪に指を走らせるのにぴったりの位置だ。この男の中でやわらかいのはこれだけに違いない。あの髪の毛を指にからめて感触を確かめた女は何人いる?

どうしてわたしが気にしているのだろう。

「痛みをこらえて歩くしかないな。しかも急いで処置する必要がある」ゼイデンがブーツを片方つかみ、わたしの足をぽんと叩いた。「持ちあげられるか?」

わたしはうなずき、足をあげた。すると、ゼイデンがブーツを履かせ、それぞれ紐を締めてくれたので、論理的な思考がすべてふっとんでしまった。

これが、ほんの数カ月前にはわたしの死をなんとも思っていなかった男と同一人物なのだ。わたしの脳は、この男の別の面をうまく把握することができないようだった。

「行くぞ」まるで大事なものを扱うように、肩にマントを羽織らせ、ボタンをはめてくれる。おかげで自分がショック状態にあるのがわかった。ゼイデン・リオーソンにとって、わたしは大事な存在なんかじゃないのに。髪の上に視線を漂わせ、一度まばたきしたあと、濃い色から薄い色に移り変わるもつれた房にフードをかぶせてくる。そのあと手をつかまれ、廊下へ引き出された。手に巻きついた指は力強く、しっかり握られてはいても、力が強すぎることはなかった。

ほかの扉は全部閉まっていた。あの襲撃の音は、隣の部屋の住人さえ起きない程度だったのだ。たとえオレンの手から抜け出せても、ゼイデンが現れなかったらいまごろ死んでいた。でも、どういうしてあんなことになったのだろう？

「どこに行くの？」廊下は青い魔法光でぼんやりと照らされていた。窓のない部屋に、まだ夜だと知らせる種類の明かりだ。

「ほかの連中に聞こえるほど大声でしゃべり続けたら、どこにもたどりつかないうちに止められるだろうな」

「ただ影に隠すとかなにかできないわけ？」

「ああ、ばかでかい黒雲が廊下を移動していけば、恋人同士がこっそり歩きまわるよりあやしくないからな」ゼイデンのよこした視線に、わたしは言い返すのをやめた。

ごもっとも。

恋人同士じゃないけれど。

まあ、ふさわしい状況だったら、木登りみたいに抱きつきたくないとは言わない。わたしは寮の主廊下まで歩きながら身をすくめた。この男に関するかぎり、ふさわしい状況なんて絶対に、金輪際あり得ないし、まして六人処刑した直後ならなおさらだ。

でも、言い訳しておくと、おぞましくゆがんだ形ではあっても、あの救助はものすごくかっこよかった。たとえこんな速度でぐいぐい廊下をひっぱっていかれても、命がつながっているから助けてくれただけだとしてもだ。休みたいとあばらが悲鳴をあげていたけれど、休息する間は与えられなかった。ゼイデンはわたしを連れて二年と三年の寮へあがっていく螺旋《らせん》階段を通り越し、竜の会堂に入った。

肋骨が完治するまでには何週間もかかるだろう。

会堂を抜けて学術棟へ行くあいだ、聞こえるものといえば大理石の床を踏むブーツの足音だけだった。左へまがって格技場へ向かうかわりに、ゼイデンは右へ行き、階段を下っていった。この先は倉庫につながるはずだ。

階段の途中で立ち止まったので、背負っている剣に突っ込みそうになる。それから、左手でわたしの手をつかんだまま、右手を動かした。

カチッ。ゼイデンが石を押すと、隠し扉がバタンとひらいた。

「うそでしょ」正面に長いトンネルが現れ、わたしはささやいた。

「暗がりをこわがるたちでないといいが」中に引き込まれて扉が閉じると、息づまるような闇に包まれた。

（平気。こんなのぜんぜん平気）

「だが、念のため」ゼイデンが普通の大きさの声で言い、指を鳴らした。頭上に魔法光が浮かび、周囲を照らし出す。

「ありがとう」トンネルはアーチ状の石材で支えられていて、あの入口から想像するより使われているかのように、床はなめらかだった。土のにおいがしたけれど、じめじめしてはいない。どこまでも続いていそうだ。

　ゼイデンが手を離して歩き出した。「遅れるな」

「あんたねえ――」わたしは顔をしかめた。うう、胸がずきずきする。「もう少し気を遣ってくれてもいいのに」フードを外し、とぼとぼとついていく。

「エートスのように甘やかす気はない」ゼイデンはふりむかずに言った。「そんなことをしても、バスギアスから出たら殺されるだけだ」

「甘やかされてなんかいないよ」

「甘やかされているし、おまえもわかっている。いやがってもいるな、俺の感じた印象から判断できるとすれば」後ろにさがってわたしの横を歩き出す。「それとも、そう読みとったのは間違いだったか？」

「デインはこの場所が危険すぎると思ってるの、こういう……わたしみたいな人間にはね。たったいま起きたことを考えると、正直、反論できないかも」わたしは眠っていた。ここで安全を保証されている唯一の時間のはずなのに。「わざわざまた寝る気にはなれない気がする」いらいらするほど魅力的な横顔を流し目で見る。「もし、これから安全のためにわたしと一緒に寝ようなんて考えでもしたら――」

ゼイデンは鼻で笑った。「まさか。俺は一年とは寝ない――自分が一年だったときでもだ――まして……おまえとはな」

「そっちの意味の寝るだなんて誰が言った？」わたしは反撃し、おかげであばらの痛みが増したので自分を呪《のろ》った。「マゾヒストでもなきゃあんたとなんて寝るわけないし、請け合っておくけど、わたしは違うから」そういう妄想をするのは数に入らない。

「マゾヒストなのか？」口の片側がつりあがってにやにや笑う。

「あんたは翌朝にくっついていたいタイプじゃないでしょ」わたしの唇も弧を描いた。「そっちが寝てるときわたしに殺される心配をしてるなら別だけどね」かどをまわると、トンネルはさらに続いていた。

「それはまったく気にしていない。どれだけ暴力的で短剣の扱いに長《た》けていようと、おまえが蠅一匹でも殺せるのか疑問だ。三人負傷させておいて、一度も殺そうとしなかったことに気づかなかったと思うなよ」ゼイデンは感心しないという視線を投げてよこした。

「わたし、誰も殺したことがないの」秘密を打ち明けるようにつぶやく。

「それは乗り越えるしかないだろうな。卒業後の俺たちは武器にすぎない。この門を出る前に研《と》ぎ澄まされているのがいちばんんだ」

「いま向かっているのはそこ？　門を出るの？」この中で方向感覚をすっかり失ってしまった。

「さっきなにが起きたのか、タールンに訊きに行く」ゼイデンの顎が動いた。「ちなみに襲撃の話はしていない。そもそも、あいつらはどうやって鍵をあけた？」

わたしは肩をすくめたけれど、説明する手間は省いた。信じてもらえるはずがない。自分でも信じられないぐらいなのだ。

「二度と起こらないよう原因をつきとめたほうがいい。番犬かなにかのようにおまえの部屋の床で寝るのは断る」

「待って。これって飛行場へ行く別の道？」わたしは喉とあばらの痛みを遮断しようと最善をつくした。《そっちへ連れていかれるみたい》とタールンに告げる。

《知っておる》

《あれがなんだったのか教えてくれる気はあるの？》

《知っておればな》

「そうだ」ゼイデンが答え、また道がまがった。「必ずしも周知の事実というわけではないからな。このちょっとしたトンネルのことは、おまえが口をつぐんでいる秘密に加えてもらいたい」

「あててみようか、誰かに話したらわかるんでしょ？」

「ああ」また得意げな笑みが浮かび、わたしは見つめているのを気づかれないうちに目をそらした。

「かわりにもうひとつお願いを聞いてくれるってこと？」道が上りはじめた。なだらかところではない坂だ。たった一時間足らず前になにが起こったか、ひと呼吸ごとに思い知らされる。

「この俺が願いをひとつ聞くだけでも充分すぎる。俺たちがすでに敵対していることは互いに諒解済みだろう、ソレンゲイル。さて、自力で行けるか、それとも運んでいく必要があるか？」

「それ、申し出じゃなくて侮辱に聞こえる」

「わかってきたな」でも、ゼイデンは歩調をゆるめてわたしに合わせた。

足もとの地面がゆれているかのように動いたけれど、そうじゃないことはわかっていた。頭のせい、苦痛とストレスの結果だ。足どりがふらついた。

ゼイデンの片腕が腰にまわって体を支えた。一緒に上り続けながら、その感触が心拍を速めるのがいやでたまらなかったけれど、抗議はしなかった。この男に関してはどんなことだろうと感謝なんてしたくない。でも、このミントみたいな香りはほんとうにさわやかだ。「だいたい、今晩なにをしてたの?」

「なぜ訊く?」その声音はあきらかに、訊くなとほのめかしていた。

おあいにくさま。

「数分でわたしの部屋まできたし、寝るときの恰好って感じじゃなかったから」剣を背負っていたくせに、勘弁してほしい。

「俺も武装して寝る習慣かもしれないぞ」

「だったらもっと信用できる人と寝たら」

ゼイデンは鼻を鳴らし、ほんの一瞬、微笑をひらめかせた。本物の笑顔だ。よく目にする取り繕《つくろ》った作り物の冷笑でも、あの得意げな薄ら笑いでもない。心臓が止まりそうな、ありのままの笑みで、反応せずにはいられなかった。ただし、現れたときと同じぐらいさっと消えてしまったけれど。

「じゃあ、わたしに話す気はないわけ?」とたずねる。こんなに傷ついていなかったら、苛立《いらだ》っていただろう。いつでも好きなときに頭の中でおしゃべりできるのに、なぜはるばるタールンのところまでひっぱっていく必要があるのかということにさえ、触れるつもりはなかった。

　ゼイデンが自分でタールンと話したいなら別だ。それは……度胸がある。

「ああ。三年生の用事だ」石の壁に覆われたトンネルのつきあたりにたどりついたとき、セイデンはわたしを離した。二、三回手を動かして、またカチッと音がすると、扉を押しあける。

　出てきたのは、ぴりっと身のひきしまる十一月の冷たい空気の中だった。

「なにこれ」わたしはささやいた。この出口は、飛行場の東側に積み重なった大きな石の中に作られていた。

「ここは偽装されている」ゼイデンが手をふると扉が閉まり、まるで石の一部のようにとけこんだ。


　一定した羽ばたきと聞き分けられるようになった音に顔をあげると、三頭の竜が星明かりをさえぎっておりてきたのが見えた。大地を震動させて正面に着陸する。

《騎竜団長が言葉を交わしたがっておるようだが？》タールンが一歩進み出て、スーゲイルが続いた。翼をきっちりたたみ、黄金の瞳を細めてわたしをみすえる。

　アンダーナがスーゲイルの鉤爪のあいだをちょこちょこ駆け抜けてこちらへ走ってきた。最後の三、四メートルはすべりこみ、前足を地面にめりこませてわたしの真ん前で止まると、鼻づらをあばらに押しつける。頭の中に自分のものではないと知っている感情が押し寄せ、焦って心配している気持ちが伝わってきた。

「骨は折れてないよ」わたしは請け合い、頭部のでこぼこした突起を片手でなでた。「ただあざになってるだけ」

《ほんと？》アンダーナは気遣わしげに目をみはって問いかけてきた。

「絶対ほんとだから」わたしは笑顔を作った。この子の不安をやわらげるためなら、真夜中にここまで重い足をひきずってきた甲斐があった。

「そうだ、話したい。いったいこいつにどんな力を媒介している？」ゼイデンが問いただし、タールンを……タールンではないかのように見あげた。

（うん。度胸はある）全身の筋肉がこわばる。生意気だとタールンに燃やされるに違いない。

《おのれの騎手にいかなる力を媒介することを選ぼうが、おまえの知ったことではないわ》タールンはうなり声で答えた。

順調だ、まったく。

「タールンが言ってるのは——」わたしは口をひらいた。

「聞こえた」こちらに一瞥もくれず、ゼイデンがさえぎった。

「はあ？」眉毛が髪の生え際まであがった。アンダーナがあとずさり、ほかの二頭と一緒に立った。竜は自分の騎手としか言葉を交わさない。ずっとそう教わってきたのに。

「俺にこいつを守れと要求するなら、どう考えても知る権利がある」ゼイデンが声を高めて言い返した。

《危機を伝えることに問題はなかったであろうが、人間》タールンの頭が旋回し、蛇めいた動きにわたしは警戒態勢をとった。ずいぶん動揺しているようだ。

「かろうじて間に合っただけだ」その言葉は食いしばった歯のあいだから吐き出された。「三十秒遅ければ死んでいたぞ」

《おまえが三十秒の余裕を与えられたということであろう》タールンはごろごろと胸を鳴らしてうなった。

「だから、あの場でなにが起きたか知りたいと言っている！」

わたしは鋭く息を吸い込んだ。

《傷つけないで》とタールンに頼み込む。《わたしを助けてくれたの》誰かがほかの騎手の竜に話しかけるところさえお目にかかったことがないのに、どなりつけるなんて。しかも、これほど強大な竜に。

タールンはうなり声で答えた。

「あの部屋でなにがあったか知る必要がある」ゼイデンの黒いまなざしがナイフのようにわたしをつらぬき、一瞬ののちにふたたびタールンをにらみつける。

《われの心を読もうなどと試みるな、人間、悔やむこととなろうぞ》タールンの口がひらき、あまりにもよく知っている動きで舌が巻きあがった。

わたしはふたりのあいだに割って入り、タールンに向かって顔をあげた。「ちょっと昂奮してるだけだから。焼かないでよ」

《ともかくも、その点においては同意する》女の声が頭に響き渡った。

スーゲイル。

愕然としてまばたき、短剣尾《ダガーテイル》の紺竜を見あげると、ゼイデンが隣に動いた。「話しかけられたんだけど」

「わかっている。聞こえた」胸の前で腕組みする。「つがい同士だからだ。俺がおまえに縛りつけられているのと同じ理由だ」

「そんなに楽しそうに言わなくても」

「楽しくはない」ゼイデンはわたしと向かい合った。鎖につながれている。おまえと俺はまさにそういう状態だ、ヴァイオレンス。縛りつけられている。鎖につながれている。おまえが死ねば俺も死ぬ。したがって、誰がなんと言おうと、俺には知る資格がある。ザイフェルトにナイフを突きつけられていたおまえが、次の瞬間には部屋の反対側にいた理由をだ。ターールンのおかげで発現した験《しるし》の力か？　白状しろ。いますぐに」その瞳が食い入るようにこちらを見た。

「なにがあったのかわたしは知らないの」正直に答える。

《自然はすべてのものが釣り合った状態を好む》わたしが緊張しているときにやるように、アンダーナが暗誦している口ぶりで言った。《あたしたちが最初に教わること》

向き直って黄金竜と顔を合わせ、その台詞をゼイデンに繰り返す。

「それはいったいどういうことだ？」ゼイデンはアンダーナではなくわたしに訊いた。

なるほど、ターールンの言うことは聞こえても、アンダーナの声は聞こえないらしい。

《まあ、最初じゃなかったかも》アンダーナは腰をおろし、羽《フェザーテイル》尾で霜のおりた草の上をはじいた。《最初に教わるのは、すっかり大きくなるまで絆を結ばないほうがいいってこと》片側に首をかしげる。《それとも、羊がどこにいるかが最初だったかな？　あたしは山羊のほうが好きだけど》

《これこそ羽《フェザーテイル》尾が絆を結ばぬ理由よ》ターールンが苛立ちをたっぷりこめて嘆息した。

《自分で説明させるがいい》スーゲイルが普通の爪のように鉤爪で地面を叩いてうながした。

《羽尾《フェザーテイル》が絆を結ばないほうがいいのは、うっかり人間に力を授けることがあるから》アンダーナは続けた。《竜は大きくなるまで力を媒介できないの――きちんとはね。でも、みんな特別な力を持って生まれるんだよ》

わたしはその内容を伝えた。「験《しるし》みたいな？」ゼイデンに聞こえるよう声に出してたずねる。

《いや》スーゲイルが答えた。《験《しるし》はわれわれの力と、騎手の媒介する能力との組み合わせだ。おまえという存在の核にあるおのれ自身を反映する》

アンダーナが背筋をのばし、誇らしげに頭をかたむけた。《でも、あたしは直接恵みを贈ったよ。だってまだ羽尾《フェザーテイル》だもん》

わたしはまた繰り返し、小さいほうの竜をまじまじと見た。羽尾《フェザーテイル》については、隠れ谷の外で目撃されることがないため、ほとんどなにも知られていない。保護されているのだ。羽尾《フェザーテイル》は……ごくりと唾をのみこむ。（待って）いまなんと言った？「まだ羽尾《フェザーテイル》？」

《そう！　たぶんあと二年ぐらいはね》アンダーナはゆっくりとまばたきしてから、あくびをもらした。先端の分かれた尾がくるりとまるくなる。

まさか。そんな。「あんた……あんたって雛《ひな》なの」わたしはささやいた。

《違うよ！》アンダーナは空中にぷっと湯気を吐いた。《もう二歳だもん！　雛なんか飛べもしないんだから！》

「この竜がなんだと？」ゼイデンの視線がアンダーナとわたしのあいだを行ったりきたりした。

わたしはターールンをにらみあげた。「子どもに絆を結ばせたの？　子どもを戦争に連れ出すわけ？」

《われらは人間よりはるかに速く成熟する》厚かましくも、タールンは侮辱されたと言わんばかりに反論した。《そも、アンダーナになにかをさせる者などおるまいよ》

「どれだけ速いっていうの？」わたしは息を切らした。「この子は二歳なのに！」

《あと一、二年で完全に成長するだろう。ほかの者より遅い者もいるが》スーゲイルが答えた。

《実際に絆を結ぶと思っていたなら、これの権利にもっと強く反対していた》あきらかに非難がましくアンダーナにしゅっと息を吹きかける。

「ちょっと待て。アンダーナはおまえの子か？」ゼイデンがスーゲイルのほうへ一歩踏み出した。一度も聞いたことのない口調だ。まさか……傷ついているとは。「この二年間、俺に雛を隠していたのか？」

《ばかなことを言うな》スーゲイルはごおっと突風を吐き出し、ゼイデンの髪をくしゃくしゃにした。《自分の子がまだ羽尾《フェザーテイル》のうちに私が絆を結ばせるとでも？》

《これが孵化《ふか》する前に両親は世を去った》タールンが返事をする。

心が沈んだ。「そう、かわいそうに、アンダーナ」

《年上が大勢いるから》そうすれば埋め合わせになるかのようにアンダーナは応じたけれど、父を亡くしたわたしは……それでは足りないと知っていた。

《試煉《しれん》の場からおまえを遠ざけておくほど大勢ではなかったがな》タールンがぼやいた。

《羽尾《フェザーテイル》が絆を結ばぬのは、その力があまりにも予測不能であり、不安定であるがゆえ》

「予測不能？」ゼイデンが問いかける。

《幼子におまえの験《しるし》を渡さぬのと同じことよ、そうであろう、騎竜団長？》タールンがうなったとき、アンダーナがぐったりとその前脚にもたれかかった。

「あたりまえだ。俺は一年のときでさえまともに制御できなかった」ゼイデンが首をふった。

この男が制御できていいない状態を想像すると奇妙な気がした。正直、抑えがきかなくなるところを見るためなら大金を払ってもいい。抑えがきかなくなる対象になるためなら。（だめ）わたしは即座にその気持ちに蓋をした。

《まさしく。幼すぎる者が絆を結べば、直接恵みを贈ることが可能となる。あげく騎手にたやすく吸いつくされ、燃えつきかねぬ》

「そんなこと絶対しない！」わたしはかぶりをふった。

《だから選んだんだよ》アンダーナの頭がタールンの脚にどさっと落ちた。どうしていままでわからなかったのだろう？　あのまるい目、足先……

《わかるはずがあるまい。羽尾《フェザーテイル》は姿を現さぬことになっておる》タールンが横目でつがいを見やって言った。

スーゲイルはあきれたそぶりさえ示さなかった。

「もし司令部が、騎手自身の験《しるし》に依存するのではなく、この竜の恵みを自分のものにできると知ったら……」どんどんまばたきが緩慢になっていくアンダーナを見つめて、ゼイデンがつぶやいた。

「アンダーナが狙われるよね」わたしは静かにひきとった。

《だからこそ、あれがどういう存在なのか誰にも教えてはならないのだ》スーゲイルが言った。

《うまくゆけば、おまえが騎手科を出るころには成熟しているだろう。そのうえ、長老たちはす

でに羽尾《フェザーテイル》に対し、より……厳重な保護をかけている》

「絶対に言わない」わたしは約束した。「アンダーナ、ありがとう。なにをしたにしろ、わたしの命を救ってくれて」

《時間を止めたの》小竜の口がぱかっとひらき、ふたたび顎が割れそうなあくびをもらした。

《ほんのちょっとだけどね》

待って。いまなんて？　わたしは愕然としてアンダーナの黄金の瞳を凝視した。衝撃が全身をめぐり、論理的思考を奪い去る。痛みも足もとの固い大地も、息をする必要さえ忘れた。

時間を止めるなんて誰にもできない。いいいい、どんなものにもできるはずがない。そんなの……前代未聞だ。

「なにを言われた？」ゼイデンが肩をつかんで体を支えてくれ、問いかけてきた。

タールンがうなり、湯気のかたまりがわたしたちふたりにぶつかった。

《私ならその騎手から手を離すぞ》スーゲイルが警告した。

ゼイデンは握る力をゆるめたものの、手は肩を包んだままだった。「なにを言われたのか教えてくれ。頼む」口もとがひきしまり、最後のひとことを努力して告げたのがわかった。

「時間を停止できるんだって」わたしはつっかえながらむりやり言葉を押し出した。「ちょっとだけ」

ゼイデンの顔から力が抜けた。橋で出会った屈強で物騒な騎竜団長らしく見えなくなったのははじめてだ。文字どおり愕然としてアンダーナに視線を向ける。「おまえは時間を止められるのか？」

《うん、いまはふたりともできるよ》アンダーナはのろのろと目をしばたたいた。その疲労がふわりと伝わってくる。今晩あの恵みを贈ったことは高くついたようだ。目をあけているのもやっとという様子だった。

「少しずつだけど」わたしはささやいた。

「少しずつ」その情報を理解しているところだというように、ゼイデンがゆっくりと繰り返した。

「しかも、使いすぎればあんたを殺すかもしれない」わたしはそっとアンダーナに言った。

《あたしたちをね》アンダーナは四つ足をついて立った。《でも、そんなことしないってわかってるもん》

《ふさわしくいられるように、せいいっぱいがんばる》この恵み、この途方もない力の影響はあまりにも予想外で、致命的な一撃を食らったように胃がどん底まで落ち込んだ。「わたしもカー教授に殺されるの？」

全員のまなざしが集中した。肩を握るゼイデンの力が強くなり、なだめるように親指でさすってくる。「なぜそんなことを考えた？」

「ジェレマイアは殺されたもの」恐怖を押しやり、黒瑪瑙の瞳に散らばるちっぽけな黄金の点に焦点を合わせる。「教授が騎手科全体の前で、ジェレマイアの首を小枝みたいにへし折ったのを見たでしょ」

「ジェレマイアは感応使いだ」ゼイデンの声が低まった。「心を読む者は死刑になる。それは知っているだろう」

「だったら、時間が止められるって知られたらどうなると思う？」血管の中で血が凍りつくほどぞっとした。

「知られることはない」ゼイデンは約束した。「誰も教えないからな。おまえも。俺も。あいつらもだ」片手でわたしたちの竜三頭を示してみせる。「わかったか？」

《そのとおり》タールンが言った。《知らせてはならぬ。そも、その能力がいつまであるものか定かではない。たいていの羽尾《フェザーテイル》の恵みは、成熟し、媒介を始めるとともに消え失せる》

アンダーナがまたあくびした。立ったまま眠ってしまいそうだ。

《寝て》わたしは言い渡した。《今晩助けてくれてありがとう》

《行くぞ、黄金《きん》の子》タールンが言い、三頭とも少し身をかがめ、それから突風を顔に吹きつけて飛び立った。アンダーナが力をふりしぼって二倍もせわしく羽ばたいていたので、タールンがその下まであがって体重を引き受けてやり、そのまま隠れ谷をめざした。

「時間の停止について誰にも言わないと約束してくれ」トンネルへ戻っていったとき、ゼイデンが求めてきたけれど、命令されている気分だった。「おまえの安全のためだけじゃない。希少な能力は、秘密を保てば、手持ちの中でもっとも貴重な形の通貨となる」

わたしは眉を寄せ、くっきりとした線で首筋を這《は》いあがる反乱の証痕《レリック》をながめた。この男を信頼するなとみんなに警告している、裏切り者の息子という焼き印。もしかしたら、黙っているように言ったのは自分の利益のためかもしれない。この先どこかでわたしを利用できるように。

少なくとも、それならその日まで生かしておくつもりがあるということだ。

「絆なしの候補生がどうやっておまえの部屋に入ったのか、解明する必要がある」ゼイデンが言った。

「騎手がひとりいたの」わたしは告げた。「あんたがくる前に逃げたけど。あの女が外から鍵をあけたんだと思う」

「誰だ？」ゼイデンは足を止めた。やんわりと肘をつかんでふりむかせる。

わたしはかぶりをふった。信じてもらえるはずがない。自分でもやっと信じたほどなのだ。

「おまえと俺は、いつかお互いのことを信用しはじめるしかない、ソレンゲイル。これからの人生がかかっている」ゼイデンの双眸《そうぼう》に怒りが浮かんだ。「さあ、誰なのか言え」

第二十章

騎竜団長の悪事を告発することは、告発の中でもっとも危険である。正しければ騎手科として最良の騎竜団長を選ぶことに失敗している。間違っていれば死ぬ。

――『候補生としての時代――ある回顧録』
オーガスティン・メルグレン総司令官著

「オレン・ザイフェルト」翌朝、一同が整列して立っている前でフィッツギボンズ大尉は死亡者名簿を読み終え、巻物を閉じた。みんなの呼気が冷たい空気を白くかすませる。「この人々の魂をマレクにゆだねる」

八つの名前のうち六つまでは、まったく悲しむ気になれなかった。無理に決まっている。こちらはあばらに沿って黒と青に染まった部分の痛みをやわらげようと体重を移し替え、首にぐるりとついたあざをほかの騎手たちにまじまじと見られるのを無視している状況なのだ。

今日のリストに載った残りのふたりは、第二騎竜団の三年生だった。朝食時の噂では、ブレイヴィクの国境近くの軍事訓練で死んだらしい。ゼイデンがゆうべわたしを助けにくる前にいたのはそこだろうか、と思わずにはいられなかった。

「寝てるときに殺そうとしたなんて、信じられないよ」朝食の席で同じテーブルの仲間になにがあったか伝えると、リアンノンはまだ腹の虫がおさまらない様子だった。

もしかするとゼイデンは、わたしがどれだけお荷物なのか隠すため、昨夜の事件を秘密にしておこうと奮闘しているのかもしれない。なぜって、ほかのどの幹部も知らなかったからだ。扉の鍵をあけた人物を教えたあと、ゼイデンはひとことも口にしなかった。だから信じてくれたのかどうか見当がつかない。

「もっと悪いのは、どうも慣れてきたような気がするんだよね」内心を細分化して切り離す能力に長《た》けているのか、常に標的とされることに本気で順応しつつあるのか。

フィッツギボンズ大尉がいくつか重要でない通達をし、わたしが聞き流していたとき、誰かがうちの騎竜団の炎《えん》小隊と尾《び》小隊のあいだをつかつかと歩いてきた。

いつもどおり、ゼイデンを目にしたとたん、ホルモンのせいで愚かな心臓がとびはねた。いちばん効果的な毒でさえ見かけはきれいなものだ。ゼイデンはまさにそれだった——致命的でありながら美しい。一見落ち着いた様子で近づいてきたものの、獲物を狙う豹《ひょう》さながらに緊張しているのが自分のことのようにわかった。風がその髪を乱し、わたしは溜息をついた。この中庭の男たちの誰よりも目を惹《ひ》きつけるけれど、どう考えても不公平だ。魅力的に見せようと努力する必要さえない……事実だから。

（まったくもう）いたって正常な友人たちのように誰かをベッドに引き込んだり、お祝いしたりしない理由は、まさにこの感覚だった——近くにいると息が止まり、全身がはりつめるような感覚。誰も……ほかに求める気にならなかったのは、そのせいだ。

ほしいのはあの男だから。

いくら悪態をついても足りない。

一瞬目が合い、脈拍が速くなったところで、ゼイデンは背後のフィッツギボンズ大尉の通達を無視してディンに声をかけた。「分隊名簿に変更がある」

「騎竜団長？」ディンは背筋を正して問いかけた。「解散した第三分隊から四名受け入れたところですが」

「ああ」ゼイデンは尾小隊第二分隊が直立不動の姿勢で立っている右側に目をやった。「ベルデン、名簿の変更をおこなう」

「はい、団長」分隊長は一回うなずいた。

「エートス、ヴォーン・ペンリーはおまえの指揮下を離れ、代わって尾小隊のリアム・マイリが入る」

ディンは勢いよく口を閉じてうなずいた。

ふたりの一年生が場所を交換するのを全員が見守った。ペンリーと一緒になったのは試煉《しれん》のときからなので、もとの分隊仲間は誰も別れを惜しまなかったけれど、同時に異動してきた三人は不満そうだった。

リアムがゼイデンにうなずきかけ、わたしは胃がねじれるのを感じた。どうしてあの子がディンの指揮下に入るのかよくわかっている。大柄で、ソーヤーぐらい背の高い、ディンに似た体格の男の子だ。淡い金髪に高い鼻、青い瞳。手首から不規則に広がって、チュニックの袖に消えていく反乱の証痕《レリック》が、その任務を暴露していた。

「護衛なんかいらない、い、い」わたしはゼイデンに言い放った。騎竜団長にこんな言い方をして、不適切だろうか？　もちろん。わたしが気にするか？　ぜんぜん。

ゼイデンはその言葉を黙殺してディンと向かい合った。「統計上、リアムは騎手科の一年生で最強だ。最短時間で籠手試《こてだめ》しを抜け、手合せは一度も負けず、並外れて強大な短剣尾《ダガーテイル》の赤竜と絆を結んでいる。どんな分隊でも手に入ったら運がいい、その男がおまえのものになる、エートス。春の分隊戦で勝ったら俺に感謝してもらおうか」

リアムが隊列に足を踏み入れ、わたしの後ろのペンリーの位置についた。

「護衛、なんか、必要、ない」やや声を高めて繰り返す。誰に聞かれてもかまうものか。

背後の一年生のひとりが息をのんだ。わたしの不遜《ふそん》な態度にいたたまれなかったに違いない。

イモジェンが鼻を鳴らした。「そのやり方でうまくいくといいね」

ゼイデンはディンの脇を通りすぎてわたしの真ん前に立つと、身を乗り出して迫ってきた。

「あいにく、必要だ。ふたりともゆうべ思い知ったようにな。俺がいつでもおまえにくっついているわけにはいかない。だが、このリアムは――」背後にいる金髪のティレンドール人を指さす。

「――一年生だ。どの授業にもどの試合にも同席できる。図書室当番さえ割り当てておいた。そういうわけで、せいぜいこいつに慣れることを祈る、ソレンゲイル」

「やりすぎでしょ」手のひらに爪が食い込んだ。

「やりすぎもなにも、まだこれからだぞ」ゼイデンは警告し、声を低めてわたしの背筋をぞくっとさせた。「おまえへの脅威は俺への脅威だ。すでに明確にしたように、俺にはおまえの床で寝るより重要な仕事がある」

首筋がかっと熱くなり、頬が赤くなった。「こんなやつ、わたしの部屋で眠らせたりしないから」

「むろんだ」むかつくことにゼイデンはにやにや笑い、裏切り者の心臓がぎゅっと締めつけられた。「おまえの隣の部屋に移動させた。やりすぎは望まないからな」背を向けると、自分の位置である隊列の先頭へ戻っていく。

「厄介なつがいの竜どもが」ディンが視線を前に向けたまま憤慨した。

フィッツギボンズ大尉が通達を終え、壇の後方へさがった。普段ならそれが整列終了の合図だったけれど、パンチェク騎手科長が台の上にあがった。いつもは朝の整列を避けているので、なにかあったということだ。

「パンチェク騎手科長、どうしたのかな？」リアンノンが隣で問いかけた。

「さあ」わたしは深く息を吸い、あばらの痛みに顔をしかめた。

「あそこで法典をいじってるってことは、きっと重大事件だよ」とリアンノン。

「静かに」ディンが命令し、今朝はじめて肩越しにこちらをふりかえった。わたしの首が視界に入ったとき、目をみひらいて二度見する。「ヴィー？」

きのうの喧嘩以来、話していなかった。信じられない、まるっきり別人になった気分なのに、まだ二十四時間たっていないなんて。

「大丈夫」と請け合ったけれど、ディンはなおも驚きにかたまったまま首もとを見つめていた。

「エートス分隊長、みんな見てますよ」今朝は処理すべき問題がもうひとつある、とパンチェク騎手科長が台の上で話し出したときには、わたしたちはずいぶんな注目を集めていた。それなのにまだ目をそらそうとしない。「デイン！」

相手はまばたきして視線を合わせてきた。やさしい褐色の瞳に浮かんだ謝罪の色に喉がつまった。「リオーソンがゆうべと言っていたのはそのことか？」

わたしはうなずいた。

「知らなかった。どうして教えてくれなかったんだ？」

（たとえ教えても、信じてくれないと思ったから）

「大丈夫」と繰り返し、壇のほうへ顎をしゃくった。「あとでね」

デインは向きを変えたものの、しぶしぶという動き方だった。

「騎手科長のもとに、法典に違反する行為が発生したという報告があった」パンチェク騎手科長は中庭に呼びかけた。

「知ってのとおり、われわれにとってもっとも神聖な法の違反は許容できない」と続ける。「この件はいまこの場でとりあげるものとする。告発人は進み出るように」

「誰かが面倒なことになってるね」リアンノンがささやいた。「リドックがとうとうタイヴォン・ヴァレンのベッドで捕まったとか？」

「それ、別に法典違反じゃないだろ」リドックがわたしたちの後ろから小声で言った。

「ヴァレンは第二騎竜団の副団長だよ」わたしは肩越しに辛辣《しんらつ》な視線を送った。

「で？」リドックは肩をすくめ、反省の色もなくにやにやした。「上官と親密な関係になるのは顰蹙《ひんしゅく》を買うけど、違法じゃないぜ」

わたしは溜息をついて前を向いた。「そういう関係が恋しいな」ほんとうにそう思う。肉体的に満足するためだけではなかった。人とつながっているという感覚、つかのま孤独感を追いやるあの瞬間がほしくてたまらない。

前者は、もしわたしをそういうふうに見ることがあるなら、ゼイデンでも充分に提供できるだろう。でも後者は？ 決して求めてはいけない相手なのに、欲求と論理は絶対に連携してはいないようだ。

「ちょっとしたお楽しみを探してるんだったら、喜んで望みどおりに――」リドックがやわらかな茶色い髪を額から押しやり、片目をつぶって言いはじめた。

「いい関係が恋しいの」笑いをこらえて言い返したとき、誰かが隊列の先頭から壇のほうへ歩いていった。分隊の列が邪魔になって誰なのかわからない。「それに、どう見てもリドックは売約済みだし」たしかに、こういうくだらないことで友だちをからかうのは悪くない。それ以外は人が死ぬばかりの環境で、わずかとはいえ正常な瞬間は貴重だ。

「おれたちは交際相手を限定したりしないぞ」リドックが逆襲した。「リアンノンとあの、なんて名前だったか……」

「タラ」リアンノンが口を出す。

「全員黙れと言っている」デインが上官の声でどなった。

みんなぱっと口をつぐむ。

わたしの口がまたあいたのは、壇に上っていくのがゼイデンだと気づいたからだ。胃がとびだしそうになり、ぎこちなく息を吸った。「わたしのことだ」とささやく。

デインが困惑に眉をひそめてちらりとこちらをふりかえり、すぐに壇へ注意を戻した。いまや台の上に立ったゼイデンは、どんな手を使ってか、その舞台全体に存在感を主張している。

わたしが読んだ記憶によると、父親も同じ魅力を持っていたらしい。言葉だけで群衆を惹きつけ、魅了する能力……その言葉がブレナンの死を招いた。

「今朝未明」と切り出したゼイデンの低い声は隊列の端まで届いた。「わが騎竜団の騎手が殺害目的で不法に寝込みを襲われた。犯人はおもに絆なしの候補生からなる集団だ」

ざわめきと息をのむ音があたりに満ち、ディンの肩がこわばった。

「周知のとおり、これは『竜騎手法典』第三条第二項に反し、恥ずべき行為であるばかりか、極刑に値する罪となる」

十数人の視線の重みがのしかかってきたけれど、いちばん強く感じたのはゼイデンのまなざしだった。

ゼイデンの両手が台の両脇をつかんだ。「自分は騎竜の警告を受け、第四騎竜団の騎手ふたりを連れて襲撃に介入した」うちの騎竜団のほうへ顎をしゃくると、ふたりの騎手――ギャリックとボウディ――が隊列を離れて壇にあがり、気をつけの姿勢でゼイデンの後ろに立った。「生死にかかわる問題であるため、炎小隊隊長ギャリック・テイヴィスおよび尾小隊副隊長ボウディ・デュランの立ち会いのもと、殺害未遂犯のうち六名をその場で直接処刑した」

「どっちもティレンドール人。なんて都合がいいの」分隊に新しく加わったひとり、ナディーンがリドックとリアムの後ろの列から言った。

わたしは肩越しにふりむき、にらみつけてやった。

リアムは目を前に向けたままだった。

「だが、襲撃を画策したのは、到着前に逃亡した騎手だった」ゼイデンが声を大きくして続けた。「一年生全員の寝る場所が割り当てられた地図を入手できる者だ。当該騎手を迅速に裁かなければなるまい」

どうしよう。いやな状況になりそうだ。

「ソレンゲイル候補生に対する犯罪の責任をとるよう呼びかける」ゼイデンの視線が隊列の中央に動いた。「第三騎竜団長アンバー・メイヴィス」

騎手科はそろって息を吸い込み、たちまち大騒ぎになった。

「なんだと?」ディンがかみつくように言った。

胸が締めつけられた。ああ、信じてくれないだろうと思ったことが事実だとわかるのはほんとうにいやだ。

リアンノンが手をのばし、支えるようにわたしの手をぎゅっと握りしめてくれた。中庭にいるすべての騎手の注目がゼイデンとアンバーと……わたしに集まる。

「あの女もティレンドール人だぞ、ナディーン」リドックがふりかえって言った。「それとも、おまえの偏見は焼き印持ちに対してだけか?」

アンバーの家族はナヴァールへの忠誠を保ったので、両親の処刑を強制的に見せられることはなかったし、反乱の証痕《レリック》も焼きつけられていない。

「アンバーがまさか」ディンがかぶりをふった。「騎竜団長なら絶対にそんな真似をしない」完全にわたしと向かい合う。「壇にあがって、あいつがうそをついているとみんなに言うんだ、ヴィー」

「でも、うそじゃないもの」わたしはできるかぎりやんわりと言った。

「そんなはずがない」ディンの頬がまだらに赤く染まった。

「わたしは現場にいたんだよ、ディン」信じてもらえないという現実は、予想よりはるかにつらかった。すでに傷ついている肋骨への一撃にひとしい。

「騎竜団長というのは非の打ちどころのない――」

「だったらどうして、自分の騎竜団長をそんなに急いでうそつき呼ばわりするわけ？」わたしは眉をあげて挑発した。口にしないよう気をつけていることを言ってみればいい。

その背後でアンバーが隊列から離れて前に出た。「そんな罪は犯していない！」

「ほらな？」ディンは片腕をまわして赤毛の騎竜団長を示した。「いますぐこんなことけやめさせろ、ヴァイオレット」

「あの人、襲撃犯たちと一緒にわたしの部屋にいたんだよ」それだけ答える。大声を出したところで説得できない。なにをしても無理だ。

「そんなことはあり得ない」ディンは両手をあげ、わたしの顔を包み込もうとした。「視《み》せてくれ」

なにをしようとしているか悟り、衝撃によろめいてあとずさる。ディンには験《しるし》の力で他人の記憶が読めるとなぜ忘れていたのだろう？

でも、アンバーが関与した記憶を見せれば、時間を止めたこともわかってしまう。それを許すわけにはいかない。わたしは首をふってもう一歩さがった。

「記憶をよこせ」ディンは命令した。

わたしはかっとなって顎をもたげた。「許可なく手を触れたら、一生後悔させてやるから」

デインの顔に驚きの色が広がった。

「騎竜団長一同」混乱を圧してゼイデンの声が響き渡った。「評議が必要だ」

まったく無防備になって中庭に立ちつくすアンバーの脇を、ナイラとセプトン・イザール――第一と第二騎竜団の団長――がそろって通りすぎ、壇の階段を上っていった。

耳慣れた騒がしさが空気に満ち、みんな尾根のほうに目をやった。六頭の竜が山をまわってまっすぐにこちらへ飛んでくる。いちばん大きいのはタールンだった。

数秒のうちに砦《とりで》に到り、中庭の城壁の上に浮かぶ。力強い羽ばたきが巻き起こす風が中庭を吹き抜けた。それから、タールンを中央にして一頭ずつ止まり木におりていく。

わたしの竜は足の下の石材を鉤爪で押しつぶし、全身で威嚇《いかく》しながら、怒りに満ちた目を細めてアンバーをみすえた。

右側にスーゲイルが止まり、ゼイデンの背後に陣取った。あの最初の日におとらず身がすくんだけれど、当時はまさかもっとおそろしい竜と絆を結ぶことになろうとは、夢にも思わなかった……わたし以外の全員にとっておそろしい、という意味だけれど。ナイラの蠍《スコーピオンテイル》尾の赤竜も自分の騎手の後ろにぬっとそびえ、左側でセプトンの茶竜が同じ態度をとっていた。両端には、パンチェク騎手科長の棍棒《クラブテイル》尾の緑竜とアンバーの短剣《ダガーテイル》尾の橙竜が勢いよく蒸気を吐き出しながら陣取っている。

「悪い予想が現実になりそうだな」ソーヤーが言い、隊列を崩してわたしの隣に立った。リドックが背後を固めてくれたのがわかる。

「きみならこんなことを全部ただちに止められるんだ、ヴァイオレット。やってくれ」ディンが訴えた。「ゆうべなにを見たのか知らないが、アンバーじゃない。あんなに規則を尊重しているんだ、破るはずがないよ」

そのアンバーは、籠手試しの最後の坂で短剣を使ったことで、わたしが規則を破ったと考えている。

「うちの家族への復讐を果たすためにこれを利用しているんだろう！」アンバーがゼイデンにどなった。「おまえの父親の反乱を支持しなかったからといって！」

いまのは最低の攻撃だ。

ゼイデンはその発言を聞いたそぶりも見せず、ほかの騎竜団長のほうを向いた。

あの男はディンのように証拠を要求したりしなかった。わたしを信じて、その言葉だけで騎竜団長をひとり処刑しようとしているのだ。まるで物理的な構造物のように、ゼイデンに対する防御にひびが入るのを感じた。

《わたしの記憶が視える？》タールンに問いかける。《みんなと共有できる？》

《可能だ》その頭がほんのわずか左右にくねった。《つがいの絆以外で記憶が共有されたことはない。違反行為とみなされておる》

《ゼイデンがあそこで闘ってるのは、わたしがアンバーだって言ったからだよ。助けてあげて》そうだ、ゼイデンの姿勢は立派だ。わたしは深く息を吸った。《視る必要があるものだけでいいから》

求めていて、しかも立派だと思っている？　もうだめだ。

タールンがしゅっと音をたてると、スーゲイル以外の竜がすべて城壁の上で身をこわばらせた。アンバーの竜でさえ。すぐに騎手たちも続き、中庭が静寂に包まれたので、みんなに伝わったことがわかった。

「あの腰抜けの悪党」リアンノンがいきりたち、わたしの手をさらに強く握りしめた。

デインは蒼ざめた。

「これで信じた？」非難の言葉を投げつける。「わたしのいちばん古い友だちじゃなかったの、デイン。いちばんの親友なんでしょ。なんで話さなかったのか、理由があるんだよ」

デインはよろよろとあとずさった。

「騎竜団長一同は評議をおこない、全員の意見が一致した」騎手科長が後ろにさがり、ナイラとセプトンを両脇に従えてゼイデンが宣言した。「おまえを有罪と評決する、アンバー・メイヴィス」

「違う！」アンバーは叫んだ。「騎手科からもっとも弱い騎手を排除することは、犯罪などではない！　騎竜団のまとまりを守るためにしたことだ！」恐怖に駆られて歩きまわり、ひとりひとりに——誰でもいいから助けを求めようとする。

隊列はそろって後退した。

「法に従い、処刑は炎によって遂行される」ナイラが言明した。

「いやだ！」アンバーは自分の竜を見た。「クライヒ！」

アンバーの短剣尾《ダガーテイル》の橙竜がほかの竜たちを威嚇して鉤爪をあげた。

タールンが巨大な頭をクライヒのほうへまわし、咆哮《ほうこう》が足もとの地面をゆるがした。それから、自分より小さな橙竜に向かって歯をがちがち鳴らしてみせると、クライヒはひきさがり、頭をたれてふたたび城壁をつかんだ。

その光景に胸が引き裂かれた。アンバーのためではなく、クライヒのために。

《こうしなきゃだめなの？》タールンにたずねる。

《これがわれらのやり方ゆえ》

「お願い、やめて」言葉を頭で考えるのを忘れてわたしは訴えた。アンバーに罰を与えるのはともかく、クライヒも苦しむことになるのだ。

もしかしたらアンバーと話ができるかもしれない。まだこの問題を克服できるのではないだろうか。合意できる点を見つけて、怒りを友情に、せめて、ただの無関心に変えられるかもしれない。わたしは頭をふった。心臓が喉もとで脈打っている。わたしがやったのだ。信じてもらえるかどうかを気にしすぎて、実際にそうなったときどうなるか、立ち止まって考えようとしなかった。

ゼイデンのほうを向いてもう一度頼み込む。声の末尾はかすれていた。「お願いだから機会をあげて」

相手はわたしの視線を受け止めたけれど、ちらりとも感情を示すことはなかった。

《ひとたび生かしてやった男は、昨夜おまえを殺すところであった、銀の子よ》タールンが言った。そして、ほんとうに重要なことはこれだと言わんばかりに続ける。《裁きが常に慈悲深いとはかぎらぬ》

「クライヒ」アンバーがかすかにうめいた。信じられないほど静まり返った中庭にその音が響く。

隊列が中央でふたつに割れた。

タールンが低く身を乗り出し、アンバーが立っている壇の向こう側まで頭と首をのばした。歯が分かれ、舌が巻きあがったかと思うと、ここからでも感じられるほど熱い炎が噴き出し、その体を焼き払う。鼓動がひとつ打つあいだに、すべてが終わった。

身の毛もよだつ絶叫が宙を裂き、学術棟の窓が一枚割れた。騎手という騎手が両手で耳を覆い、クライヒの嘆きを受け止めた。

第二十一章

竜の力をすぐに媒介することができなくてもおびえるな、ミラ。そう、なんにでもいちばんでないと気がすまないのは知っている。だが、これはおまえが制御できるものじゃない。竜たちは準備ができたと感じたときに力を媒介する。いったんそうなったら、験《しるし》を発現する覚悟をしておくといい。それまでは用意ができていないんだ。焦るな。

――『ブレナンの書』第六十一頁

「こんなのほんとに必要ないから」文書館の入口へ向かいながら、わたしは横目でリアムを見やった。もう台車はきしみさえしなかった。なんと初日に修理してくれたからだ。

「先週も言われたよ」リアムはにやっと笑いかけてきて、えくぼを見せた。

「なのにまだいるんだもの。毎日。一日じゅう」だからって嫌いなわけじゃない。心底腹の立つことに、実は……好感が持てた。親切だしおもしろいし、とんでもなく役に立つ。これでは四六時中はりついているのを嫌がるほうが難しくなる。たとえ行く先々に――つまり、いまではわたしの行く先々にという意味だ――木くずの小さな山を残していくとしてもだ。リアムはいつでもあの小型ナイフで木を削っている。きのうはちっちゃな熊の像を完成させた。

「命令が撤回されるまではね」とリアム。

わたしが頭をふってみせたとき、文書館の入口の前でピアソンがぱっと姿勢を正し、クリーム色のチュニックをなでつけた。「おはよう、ピアソン候補生」

「どうも、ソレンゲイル候補生」ピアソンがよこした礼儀正しい微笑は、リアムを見て消えた。

「マイリ候補生」

「ピアソン候補生」書記官の口調が一変したことなどなかったかのように、リアムが応じた。

わたしの肩がこわばったとき、ピアソンが急いで扉をあけた。バスギアスに入る以前は近くに焼き印持ちがいなかっただけかもしれないけれど、露骨な反感が存在していることがはっきりしてきて、居心地が悪かった。

ほかの朝とまったく同じように、ふたりで文書館に入っていくと、テーブルの脇で待機する。

「なんであんなふうにできるの？」声をひそめてリアムに問いかける。「あれだけ失礼な態度をとられて、反応しないですませるなんて」

「きみだってしょっちゅう失礼な態度とるだろ」指で台車の把手《とって》を叩きながら、リアムはからかった。

「それは子守りをされてるからで、別に……」口にすることもできなかった。

「別におれが汚名を受けたマイリ大佐の息子だからじゃないって？」顔をそむけたとき、一瞬、顎がぴくっと動き、眉が寄った。

わたしはうなずいた。この数カ月をふりかえると気が沈んだ。「でも、ほんとは同じなんだよね。なにひとつ知らないのに、ひとめでゼイデンを嫌ったんだし」だからって、いまなにか知っているわけでもないけれど。ほんとうにあの男は、頭にくるほど人を寄せつけないのがうまい。リアムは鼻で笑い、奥の隅のあたりにいる書記官ににらみつけられた。「そういう影響を与える人だからな、とくに女には。みんな父親の行動であの人を軽蔑するか、同じ理由で寝たがるかだ。立場で変わるだけだよ」

「あんたはちゃんとあいつのことを知ってるんでしょ？」わたしは首をまげて相手を見あげた。

「うちの学年でいちばん優秀だからってだけで、つきまとう役に選ばれたわけじゃないよね」

「いまわかったのか？」その顔ににやっと笑みがひらめいた。「最初の日に教えてやってもよかったのに。おれと一緒にいられる光栄な立場について、きみがあんなに文句ばっかり言ってなければね」

わたしがあきれた顔になったとき、フードで髪を覆ったジェシニアが近づいてきた。「おはよう、ジェシニア」わたしは手で合図した。

「おはよう」ジェシニアは手話を返し、恥ずかしそうに口もとをほころばせて、ちらっとリアムを見あげた。

「おはよう」リアムは片目をつぶって手を動かした。あからさまに気を引こうとしている。

初日にリアムが手話のやり方を知っているとわかって衝撃を受けた。まあ正直、つきまとわれたくなかったというだけの理由で、ちょっとリアムには批判的だったのだ。

「今日はこれだけ？」ジェシニアが台車を調べてたずねた。

「あとこれ」ふたりがわかりやすく視線を交わしている中で、わたしは依頼のリストに手をのばし、ジェシニアに渡した。

「完璧ね」ジェシニアは頬を赤らめ、リストを確認してからポケットにしまった。「ああ、それから、マーカム教授は日報が届く前にそちらへ戦況報告の講義に行ってしまったの。届けていただいてもかまわないかしら?」

「喜んで」わたしは友人が台車を押して行ってしまうまで待ってから、リアムの胸を突いた。

「やめてよ、それ」大きくささやく。

「なにをやめろって?」リアムはジェシニアが最初の書架の列をまがるまで後ろ姿を見送っていた。

「ジェシニアにちょっかい出すの。あの子は長いつきあいを求めるタイプの女の子なんだから、そうしたいんじゃなければ……とにかく……やめて」

リアムの眉が髪の生え際まであがった。「こんなところで長いつきあいなんて誰が考えられるんだ?」

「みんながみんな、死ぬのが偶然より既定の結末に近い兵科にいるわけじゃないから」わたしは文書館のにおいを吸い込み、本の香がもたらす安らぎを少しでもとりこもうとした。

「つまり、きみが言ってるのは、まだ人生計画なんてかわいいものを立てようとするやつがいるってことか」

「そう、で、ジェシニアはそういうやつなの。言っとくけど、長年のつきあいだからね」

「なるほど。きみは大きくなったら書記官になりたかったんだよな」リアムがおそろしく真剣に文書館の中を見まわしたので、噴き出しそうになった。まるで、本棚の陰から誰かがとびだしてわたしを襲うなどという事態があり得るかのようだ。

「どうしてそれを知ってるの？」声を低めたのは、二年生の一団が通りすぎたからだった。まじめな表情で、別々の歴史家ふたりの実績について論じ合っている。

「きみについては調べたんだ、おれが……その……配置されてから」リアムは頭をふった。「今週、あの短剣で練習してるところを見たよ、ソレンゲイル。リオーソンの言うとおりだ。きみが書記官になってたらもったいなさすぎる」

少なからず誇らしさに胸がふくらんだ。「それはまだわからないけど」少なくとも、手合せはまだ再開していない。たぶん、格技で死者を増やすのを遅らせるほど、飛行訓練で人が死んだということだろう。「大きくなったらなにになりたかった？」会話を続けるためだけに訊いてみる。

「生きていたかったな」リアムは肩をすくめた。

まあ、それは……なんというか。

「そもそも、どうやってゼイデンと知り合ったの？」さすがに、ティレンドール州の全員が知り合いだと考えるほど愚かではなかった。

「リオーソンとは連合離脱のあと、同じ地所に預けられて育った」リアムは反乱を示すティレンドールの表現を使って答えた。何年も耳にしていない言葉だ。

「里子に出されたの？」口がぽかんとあいた。貴族の子どもを里子に出すのは、六百年以上前のナヴァール統一後にすたれた風習だ。

「ああ、まあ」リアムは肩をすくめた。「両親が処刑されたあと、謀叛《むほん》人の――」その言葉に身をすくめる。「――子どもたちがどこへ行ったと思ってたんだ？」

わたしは広範囲に並ぶ学術書の棚を見渡し、この中に答えがあるだろうかといぶかった。「考えてなかった」その言葉が喉につまった。

「こっち側の大きな館の大部分は、忠誠を守った貴族に与えられた」リアムは咳払いした。「当然のことながら」

あきらかに用意された返答だったので、同意する手間はかけなかった。反乱後のタウリ王の反応は迅速で、無慈悲でさえあった。でも、わたしは十五歳の女の子で、兄の死をもたらした人々のことを寛大に考えるには、自分の悲しみに気をとられすぎていた。だとしても、ティレンドールの州都だったアレシアが焦土と化したことは決して受け入れられなかったけれど。リアムは同い年だ。母親がナヴァールとの誓約を破ったのはリアムのせいじゃない。「でも、お父さんの新しい家についていかなかったの？」

相手の視線がぱっとこちらを向き、眉が寄った。「母と同じ日に処刑された男と暮らすのは難しくないいか」

心が沈み込んだ。「うそ。うそ、そんなはずない。お父さんって、アイザック・マイリだよね？　わたしはどの州の貴族の家系も調べたんだから、ティレンドールのも」なにか間違っていたのだろうか？

「ああ、アイザックは父の名だ」リアムは首をかたむけ、ジェシニアが姿を消したあたりをながめた。どうやらこの会話を終わりにしたいらしい。

「だけど、その人は反乱には加わってなかったでしょ」わたしはその意味を理解しようとして頭をふった。「カルディールの処刑者名簿には載ってなかったもの」

「カルディールの処刑者名簿を確認したのか？」リアムの目が大きくなった。

わたしは勇気をふりしぼってそのまなざしを受け止めた。「ある人物が載ってるか、見る必要があったの」

リアムはわずかにあとずさった。「フェン・リオーソンか」

わたしはうなずいた。「あの男がアレシアの戦いでうちの兄を殺したから」自分が読んだものと相手の発言を整合させようとして、懸命に頭を絞る。「でも、リアムのお父さんは名簿に載ってなかった」ただし、リアム自身は載っていた——立会人として。急に恥ずかしくなった。いったいなにをしているのだろう。「ほんとにごめんなさい。訊くべきじゃなかったのに」

「父は一門の館で処刑された」リアムの顔がこわばった。「もちろん、館が別の貴族に与えられる前の話だよ。それに、そう、そのとき処刑されるのを見守ったのも言うとおりだ。もう反乱の証痕《レリック》はあったけど、痛みは変わらなかった」目をそらし、喉をごくりと動かす。「そのあとティルヴァインへ送られて、リオーソンと同じリンデル公に預けられたんだ。妹は別のところへ送られた」

「引き離されたの？」顎が外れるかと思った。里子に出したのもきょうだいをばらばらにしたのも、わたしが読んだ反乱関連の文書には言及がなかった。山ほど読んだのに。

リアムは肯定した。「でも、一歳しか違わないから、来年騎手科に入ったら会える。あいつは力も速さもあるし、平衡感覚もいい。うまくやるさ」その口調ににじむ恐怖は、ミラを思い出させた。

「妹さんがそうしたければ、いつだって別の兵科を選べるでしょ」なぐさめになればいいと思いながら、わたしは静かに言った。

リアムはまばたきしてこちらを見た。「おれたちは全員騎手だよ」

「は？」

「おれたちは全員騎手なんだ。取り決めのうちだよ。生きることを許されて、忠誠を証明する機会は与えられるにしろ、騎手科を卒業できたらの話さ」めんくらってわたしを見つめる。「知らないのか？」

「わたし、あの……」かぶりをふる。「反乱の指導者や士官の子どもはみんな強制的に徴兵されるのは知ってたけど、それだけ。条約の付加条項の多くは機密扱いだから」

「個人的には、騎手科が選ばれたのは、いちばん昇進できる可能性があるからだと思う。でも、ほかのやつらは、騎手の死亡率のほうがずっと高いからだと思ってる。自分の手を汚さずに全員を殺せるからさ。イモジェンが言ってるのを聞いたけど、当初は絶対的に信義を重んじる竜なら、そもそも焼き印持ちと絆を結んだりしないだろうと考えていたらしい。で、いまではおれたちをどうしたらいいかよくわからなくなってるわけだ」

「あんたたちって何人いるの？」母のことが頭に浮かび、この情報のうちどれだけを知っているのか、ブレナンの死後、バスギアスの司令官になったとき、その中のどこまで同意したのかと思わずにはいられなかった。

「ゼイデンは一度も？」リアムは間をおいた。「二十歳未満の子どもがいた将校は六十八人いた。おれたちの数は百七人で、みんな反乱の証痕《レリック》がついてる」

「いちばん年上がゼイデン」わたしはつぶやいた。

リアムはうなずいた。「いちばん小さいのがもう六歳になる。ジュリアンヌって名前の女の子だ」

吐きそうな気がした。「証痕《レリック》がついてるの？」

「生まれつきある」

竜のしたことだとわかっているけれど、いったいどういうつもり？

「あと、訊くのは別にかまわないよ。誰かが知るべきだしな。誰かが憶えておくべきだ」肩を上下させて深呼吸する。「ところで、きみは文書館にいるのがつらいのか？　それとも、むしろほっとする？」

（話題を変えたわけね）

わたしは机の列をながめ、作業の準備にかかる書記官で少しずつ埋まっていく様子を見て、あの中に父がいることを想像した。「家に帰ってくるみたいな感じだけど、また違うんだよね。別にここが変わったわけじゃなくて――この場所は絶対に変わらないもの。むしろ変化って書記官の不倶戴天《ふぐたいてん》の敵だと思う。でも、わたしが変わったんだって気づきはじめたかな。ここにはあんまり合わなくなったの。いまはもうね」

「ああ。それはわかる」その声のなにかが、ほんとうに理解していると伝えてきた。

この五年間はどんな感じだったか、もう少しで訊きそうになった。でもそのとき、ジェシニアが依頼された書物を積んだ台車を押して戻ってきた。

「これで頼まれたものは全部よ」と手話で言い、いちばん上の巻物を身ぶりで示す。「あと、それがマーカム教授へのお届け物」

「ちゃんと渡すから」と約束して、わたしは台車を受けとろうと身を乗り出した。高い襟がずれてジェシニアが息をのんだ。片手がぱっと口もとを覆う。

「まあ、ひどい、ヴァイオレット。その首！」鋭く手が動き、同情に満ちた目つきに胸が締めつけられた。〝同情〟という単語は騎手科では見つからない。激怒と憤怒と憤慨はある……でも、同情はない。

「なんでもない」襟もとを直し、黄色くなりかけたあざの輪を隠すと、リアムが体越しに手をのばして台車をひきとった。「じゃあ、またあした」

ジェシニアはぺこりと頭をさげ、手をぎゅっと握りしめた。わたしたちは出口のほうへ向きを変えた。廊下に出るとピアソンが扉を閉めた。

「ティルヴァインにいるとき、リオーソンが戦い方を教えてくれたんだ」リアムが話題を変えたのはありがたかった。今回もわざと話をそらしたに決まっている。「あんな動きをする相手はほかに見たことがない。最初の手合せの期間を切り抜けられたのはひとえにリオーソンのおかげだな。態度には出さなくても、仲間の面倒は見てくれるんだよ」

「あいつのいいところを売り込もうとしてるわけ？」上り坂にさしかかり、今日は脚がしっかりしているのに気づいて満足する。体が協力してくれる日はほんとうに楽しい。

「きみはちょっとばかりあの人と腐れ縁だしな……」リアムは顔をしかめた。「その、永久にさ」

「でなきゃ、どっちかが死ぬまでね」と冗談を言ったけれど、ウケなかった。わたしたちはかどをまわって治療師科を通り抜ける道へ進んだ。「だいたい、どうしてこんなことやってられるの？　両親を捕えた騎竜団を統率してたのがうちの母だったのに、その娘のわたしを守るなんて」今週ずっとこれを訊きたかったのだ。

「おれが信頼できるか悩んでるのか？」また気軽な笑みをひらめかせる。

「うん」返事は簡単だった。

リアムは声をたてて笑い、トンネルの壁と診療所のガラス窓にその音がはねかえった。「いい答えだ。おれに言えるのは、リオーソンが生き抜くにはきみの生存が不可欠だし、いまの自分があるのはなにもかもあの人のおかげだってことだけさ。なにもかも」その最後の言葉を口にしながら、まっすぐ視線を合わせてきたとき、台車が石敷の廊下の段差にぶつかった。

てっぺんにあった巻物が床に転がり落ち、わたしは急いで拾おうとして、肋骨の鈍痛にひるんだ。巻物が通路のなだらかな坂沿いにくるくると広がっていく。

「つかまえた」分厚い羊皮紙をもとどおり巻き戻すのに苦労していたわたしは、ふと、ある文章を目にして手を止めた。

〝サマートンの状況をとりわけ憂慮する。昨夜一村が荒らされ、補給部隊が掠奪《りゃくだつ》を受けた――〟

「なんて書いてあるんだ？」リアムがたずねた。

「サマートンが襲撃されたって」わたしは巻物をひっくり返して機密扱いかどうか確認したけれど、そうではなかった。

「南の国境の？」リアムはわたしにおとらず当惑しているようだった。

「そう」とうなずく。「地理の記憶がたしかなら、これも高地の襲撃だよ。補給部隊が掠奪を受けたって書いてある」もう少し先を読む。「それに、近くの洞穴にあったその地域の貯蔵庫が荒らされたって。でも、そんなのおかしいよね。ポロミエルとは通商協定があるのに」

「だったら奇襲部隊だろ」

わたしは肩をすくめた。「なにも書いてない。今日の戦況報告で聞くことになるんじゃないかな」南の国境沿いの襲撃は増加しており、すべて同じ状況だった。どこでも結界が弱まっている箇所で山村がやられる。

信じられないほどすさまじい飢えが襲ってきた。空白に蝕《むしば》まれた胃が血で満たせと要求してくる――

「ソレンゲイル？」リアムが心配そうに眉根を深く寄せてこちらを見た。

「タールンが起きたみたい」なんとかそう言い、自分自身が羊の群れを切望しているかのようにおなかをつかむ。山羊でもいい。いや、タールンが今朝食べると決めたものならなんでも。《ちょっと、頼むからなにか食べに行ってよ》

《おまえにも同じことを勧めよう》タールンはとげとげしく応じた。

《ずいぶん朝が得意みたいね？》空腹が消え失せ、その刹那《せつな》に絆を抑えたのはタールンだとわかった。わたしにはできないからだ。あの感情が流れ込んでくるのは、向こうが制御しきれなかったときだけだ。《ありがとう。アンダーナは？》

《まだ眠っておる。あれほどの力を使った以上、この先数日は意識を取り戻さぬであろうよ》

「そのうち少しは楽になるのかな？」わたしはリアムに訊いた。「竜の感じてることがどっと押し寄せてくるのって」

リアムは顔をしかめた。「いい質問だな。おれのジェイはかなりうまく自制してる。ただ、怒ったときは？」首をふる。「いったん竜が力を媒介しはじめて、遮蔽《シールド》ができるようになったらそれも役に立つらしいけど、カー教授は実際にそうなるまで教えるつもりがなさそうだしな」

どの授業にもくっついてくるぐらいだから、まだ能力が発現していないのだろうと推測はしていたものの、リアムがまだわたしと同じ状況だと知るのは心強かった。力の現れていない騎手はどんどん数が減っている。アンダーナが時を止める力を授けてくれたとしても、定期的に起きることではないはずだ。まして、回復するのに数日かかるときては。

「じゃあ、タールンもきみに力を媒介していないんだな？」自信なさげな、無防備な表情を見せて、リアムが問いかけてきた。

わたしはうなずいた。「深い関係を築くのがこわいんだと思う」と声をひそめる。

《聞こえておるぞ》

《だったらわたしの頭の中に口出ししないでよ》

またもや動けなくなるほどの飢餓感が押し寄せ、あやうくマーカム教授の巻物を握りつぶしそうになった。《ばかなことしないで》

間違いなく、タールンがしゅっと音をたてて笑うのが聞こえた。

「急いだほうがいいな、朝食に間に合わなくなる」

「そうだね」わたしは巻物を最後までまるめて台車に戻した。

「あたしもあの連中みたいに颯爽《さっそう》と歩きたいよ」リアンノンが愚痴った。その日の午後、カー教授の教室に続く小塔の階段から第二と第三騎竜団の一年生がどっと出てきて、戦況報告へ向かう廊下をいっそう渋滞させたからだ。

「そうなるよ」わたしは約束し、リアンノンの腕に腕をからめた。こちらも嫉妬でかなり胸がうずいていたのは認めざるを得ない。

「おまえらが颯爽と歩いても、絶対にオレほどさわやかには見えないな！」リドックがリアムを押しのけて肩に腕をまわしてきた。

「リアンノンが言ってるのは、もう力を媒介してる子たちのこと」わたしは説明し、持っていた本を落とさないようにごそごそ持ち替えた。「まあ少なくとも、媒介してない状態なら、魔法の負荷で死なないうちに験《しるし》を発現しなきゃって焦らなくてすむけど」背の中央にある証痕《レリック》がぴりぴりした。アンダーナの授けてくれた力がその時計を始動させたのだろうか、とつい思ってしまう。

「ああ、例の物理の試験でオレが勝った話をしてるのかと思ったよ」リドックはにやっとした。

「間違いなく最高点だった」

リアンノンがあきれた顔をした。「ちょっと。あたしのほうが五点高かったんですけど」

「おまえの点は何カ月も前に数えるのをやめたんだよ」リドックはいくらか身を乗り出した。

「あの授業での成績からしたら、ほかの連中に不公平だろ」わたしとリアンノンの肩のあいだからのぞく。「待てよ。おまえは何点だった、マイリ？」

「この話に巻き込まれるつもりはないぞ」リアムが反応した。

わたしが笑っているあいだに、みんなばらばらに離れ、戦況報告の教室への通り道をふさいでいる候補生たちの中に混じった。

「悪い、ソレンゲイル」階段状の教室に入っていくと、誰かがそう言い、友だちをひっぱって前からどいた。

「別に謝らなくても！」わたしは呼びかけたけれど、相手はすでに何列か先へ向かっていた。

「あれには絶対に慣れないと思う」

「場所取りが楽になるのはたしかだよね」見あげるような小塔の曲線を螺旋《らせん》状におりていく階段を進みながら、リアンノンがからかった。

《ふさわしい敬意を示しておるのであろうに》タールンが不満げに言った。

《将来のわたしの可能性に対する敬意で、いまのわたしにじゃないよ》一年生の中に自分たちの列を見つけ、席まで歩いていくと、分隊でまとまって座る。

《みごとな先見の明というもの》

騎手たちがぞろぞろ入ってくると、室内はざわざわと騒がしくなった。もう誰も立つ必要がないということに気づかずにはいられない。この四カ月で人数が急激に減った。空席の数はきびしい現実を突きつけてきた。きのう、飛行場で別の騎手の蠍《スコーピオンテイル》尾の赤竜に近づきすぎた一年生をまたひとり失った。いまそこに立っていたと思ったら、次の瞬間、焦げた地面しか残っていなかったのだ。授業時間の残りはなるべくタールンにぴったりくっついていた。

頭皮がぴりぴりしたものの、わたしはふりかえりたいという衝動に抵抗した。

「ちょうどリオーソンがきた」右側の席にいるリアムが小さな竜の像を彫る手を止め、三年生の列を見あげて言った。

「そうかなと思った」わたしは視線を前に向けたまま、中指を立てた。リアムが嫌いなわけではないけれど、そんな任務を割り当てたゼイデンにまだ腹が立っているのだ。

リアムは鼻を鳴らしてにやっと笑い、えくぼをちらつかせた。「ちなみに、いまはにらまれてる。教えてくれよ、騎手科でいちばん強い騎手を怒らせて楽しいか？」

「自分でやってみて確かめたら」わたしは勧め、ノートをひらいて次の空白のページを出した。ふりむくわけにはいかない。見たりするものか。ゼイデンに惹《ひ》かれるのはかまわない。どうしようもないもの。でも、そこから湧きあがる衝動に溺れる？　それはばかげている。

「そいつはやめておくよ」

わたしは自制心との闘いに負け、肩越しにふりかえった。案の定、ゼイデンは最上列でギャリックの隣に座り、退屈した顔をするという芸を極めていた。リアムにうなずきかけてきて、リアムもうなずき返す。

わたしはあきれて前に向き直った。

リアムは彫刻に集中していた。騎竜である短剣尾《ダガーテイル》の赤竜、ジェイによく似ている。

「こんなふうについてこさせて、まるで授業のたびに暗殺の企てでもあるみたい」わたしは頭をふった。

「あいつの弁護をしておくと、たしかにみんなあんたを殺したがってるからね」リアンノンが授業の道具を出した。

「一回！　一回あっただけだから、リー！」打ち身になったあばらに体重をかけないよう、わたしは姿勢を変えた。きっちり巻いてあっても、椅子の背にもたれるという選択肢はない。

「はいはい。で、タイナンとのあいだで起きた一件はどう呼ぶって？」リアンノンが問いかけた。

「試煉《しれん》」わたしは肩をすくめた。

「バーロウのしつこい脅しは？」片眉をあげられた。

「一理あるな」ソーヤーがリアンノンの隣の席から身を乗り出して口をはさんだ。

「あれはただの脅し。実際に狙われたのは夜だけだし、リアムがわたしの部屋で寝てるわけじゃないし」

「言っておくと、別にいやがっては――」リアムがナイフを木切れの上で浮かせて言いはじめた。

「やめてってば」わたしはきっと顔を向けたものの、つい笑ってしまった。「ほんとに見境ないんだから」

「照れるなあ」リアムはにやっとして彫刻に戻った。

「褒めてないから」

「この子のことは気にしないで、たんに欲求不満なだけ。そういうときって女の子は不機嫌になるからさ」リアンノンが空白のページに日付を書き込み、わたしもそれにならって携帯用インク入れに羽ペンの先をひたした。一年生の一部はすでに使える、あの使いやすくて汚れないペンも、力を媒介するのが待ちきれない理由のひとつだ。もう羽ペンは使わなくてよくなる。インク入れも。

「そんなことぜんぜん関係ないよ」まったく、もう少し小さい声で言えなかったわけ？

「でも、否定はしないんだね」リアンノンはにっこり笑いかけてきた。

「きみの基準に達しなくて申し訳ない」リアムがからかった。「でも、きっと候補者を何人か審査するぐらいは、リオーソンも気にしないはずだよ。とくに、そうすれば自分の騎竜団全体の前できみに中指を立てられなくてすむんだったら」

「へえ、いったいどうやって候補者を審査するわけ？　なにを採点するのさ？」リアンノンが片方の眉をあげ、にやっと大きく笑ってたずねた。「これは聞いとかないと」

　わたしはなんとかまる二秒間まじめな表情を保ってから、リアムが急にぞっとした顔になったのを見て笑い出した。「でも、提案してくれてありがとう。誰かとつきあう可能性があったら、リアムに管理してもらうことにするね」

「ていうか、あんたが見守っててもいいよね」リアンノンがリアムに向かって無邪気に目をぱちぱちさせながら続けた。「ちゃんと全身防御してるか確かめるためにさ。ほら、誰にも……なにか突っ込まれてひどい目に遭ったりしないように」

「おい、いま下ネタを話してるのか？」リドックがリアムの脇から問いかけた。「なにしろ、オレの全人生はまさにこの瞬間に話を持っていくためにあったんだぜ」

　ソーヤーさえ噴き出した。

「おいおい」リアムは小声でぼやいた。「おれが言ってるのはただ、夜はもう保護されてるから――」まわりがいっそう笑い転げたので、ふうっと息を吹き出す。

「待って」わたしは笑いを止めた。「夜は保護されてるってどういうこと？　あんたが隣の部屋にいるから？」笑顔が消え失せる。「お願いだから、廊下で寝てるとか最低なことをさせられてないって言ってよ」

「まさか。あたりまえだろ。あの人が襲撃の翌朝、きみの部屋の出入口に結界を張ったんだ」その顔つきはあきらかに、わたしが知っているはずだと告げていた。「どうやら本人に話さなかったみたいだな？」

「あいつがなに？」

「きみの部屋の出入口に結界を張った」今度はやや声を落としてリアムは言った。「きみしかあけられないように」

まさか。どう感じたらいいのかわからなかった。ちょっとどころではなく強引だし、かなり出すぎた真似だけど……気遣いとも感じる。「でも、あいつが結界を張ったんだったら、自分は入れるってことだよね？」

「まあ、うん」リアムが肩をすくめたとき、マーカム教授とデヴェラ教授が階段をおりて部屋の前方へ向かった。「でも、リオーソンがきみを殺そうとすることはないだろ」

「そうだけど。ほら、まだそのちょっとした心境の変化ってやつに慣れようとしてるところだし」羽ペンをいじって床に落としてしまった。でも、拾おうとかがみこむ絵に、机の横木の影がひょいと持ちあげて捧げ物のようにさしだしてくれた。わたしは影から受けとってゼイデンをふりかえった。

向こうはギャリックとの会話に夢中で、こちらのことなど気にもとめていなかった。

ただし、実は注意を払っているらしい。

「始めてよいだろうか？」マーカム教授が室内に呼びかけ、リアムとわたしが朝食前に届けた巻物を演壇に置くと、みんな口をつぐんだ。「たいへんけっこう」

わたしはページのいちばん上に〝サマートン〟と書き、リアムがナイフのかわりに羽ペンをとりあげた。

「最初の告知だ」デヴェラ教授が進み出て言った。「今年の分隊対抗戦の勝者は、勝利を自慢できる権利を得るだけでなく――」まるでご褒美でも渡すかのように、にやっと笑ってみせる。「前線へ赴《おもむ》いて活動中の騎竜団を追尾する体験を付与されることが決定した」

まわりじゅうで歓声があがった。

「つまり、勝ったらもっと早く死ぬ機会が手に入るってこと？」リアンノンがささやいた。

「もしかしたら、わざと逆のことをしたくなる反心理学みたいなのを試してみてるのかもね」わたしはどう見ても大喜びしている周囲を見やり、正気を疑った。とはいえ、この部屋にいるたいていの人は竜を乗りこなせるのだ。

《おまえもであろう》

《人の自己嫌悪を盗み聞きするよりましなことに一日を使えないの？》

《とりたてて思いつかぬな。さて、集中するがよい》

《いちいち口出ししてこなければ集中できるかもよ》わたしは言い返した。

タールンはしゅっと息を吐いた。いつかあの音を訳せる日がくるかもしれないけれど、今日は無理だ。

「分隊対抗戦が春まで始まらないことは知っているが」デヴェラ教授は続けた。「これを聞けば、課題に向けてあらゆる分野にきちんと取り組む意欲が全員に生まれるのではないかと考えた」

また喝采《かっさい》が響き渡る。

「さて、諸君の注目を集めたところで」マーカム教授が片手をあげると、室内は静かになった。

「今日は前線が比較的静かだったから、この機会にジアンファーの戦いを詳細に分析してみよう」

羽ペンがノートの上で動きを止めた。まさか、いまのは聞き間違いだろう。

魔法光がドレイラーの断崖まで上っていき、南の国境沿いにある古い要塞の上で最大の明るさになった。この断崖があるため、ティレンドール州全体が残りの大陸より数百メートルも高い位置にあり、周囲から隔てられているのだ。「この戦いはナヴァール統一にとってきわめて重要だった。六世紀以上前に起こったにもかかわらず、大切な教訓がいくつもあり、今日までわれわれの飛行編隊に影響を及ぼしているほどだ」

「先生、本気で言ってるの？」わたしはリアムにささやきかけた。

「ああ」リアムが握りしめたので羽ペンがまがった。「そうだと思う」

「この戦いを独特のものとしているのはなんだ？」デヴェラ教授が眉をあげて問いかけた。「ブライアント？」

「この要塞は、包囲攻撃のために設けられただけではなく」上のほうから二年生が言った。「弩《ど》砲《ほう》を備えた最初のもので、これは竜属に対して致命的であることが判明しました」

「そのとおり。そして？」デヴェラ教授がうながす。

「〈荒れ地〉の軍勢を殲滅《せんめつ》するため、グリフォンと竜が実際に連携した最後の戦闘のひとつです」二年生は続けた。

わたしは左右に目をやり、ほかの騎手たちがメモをとりはじめたのをながめた。うそのようだ。こんなのは……非現実的としか言いようがない。リアンノンさえ真剣に書いていた。

ここにいる候補生の誰も、わたしたちが知っていることを知らない。ゆうべ国境沿いにあるナヴァール人の村全体が荒らされ、補給品が掠奪されたことを。それでいて、便利な屋内便所が発明される以前に起きた戦いのことを論じている。

「さて、よく注意したまえ」マーカム教授が講義した。「なぜなら、三日後に詳細な報告書を提出し、この二十年間の戦闘と比較してもらうことになるからだ」

「あの巻物、機密扱いの印がついてたのか？」リアムが声を低めてたずねた。

「ううん」わたしも同様にそっと返す。「でも、見逃したのかも？」戦闘地図には、あの山脈付近の軍事活動さえ示されていない。

「そうだな」リアムはうなずき、羊皮紙に羽ペンを走らせてメモをとりはじめた。「そうに決まってる。見逃したんだ」

わたしはまばたきすると、むりやり手を動かして、父と何十回も分析した戦闘のことを書いていった。リアムの言うとおりだ。それしか考えられない。情報を扱う権限が足りないか、あるいは正確な報告書を作るのに必要な情報がまだ全部集まっていなかったのかもしれない。

でなければ、機密扱いの印がついていたに違いない。ただ見過ごしただけで。

第二十二章

最初に力がほとばしるときは間違いようがない。はじめて自分に向かって流れが生じ、際限なく供給される気がするエネルギーに囲まれると、昂揚感に心を奪われる。その力で実現可能なあらゆる事柄、みずからの手のうちにある支配力にやみつきになってしまうんだ。しかし、問題はそこだ。その力があっという間に向きを変え、おまえを支配する可能性がある。

——『ブレナンの書』第六十四頁

十一月の残りはサマートンでの事件に触れることなく過ぎ去り、十二月になって吹きすさぶ風が雪を運んでくるころには、司令部が情報を解禁するだろうと期待するのをやめた。リアムにしろわたしにしろ、教授たちに直接訊いたりはできない。そんなことをしたら、あきらかに機密扱いの報告書だったものを読んだと白状することになる——たとえ印がついていなかったとしても。

この一件で、ほかにも戦況報告でとりあげられないことがあるのだろうか、と疑問になったものの、わたしは胸に秘めておいた。それに加えて、力の媒介ができないこと——同級生の四分の三はできているのに——へのもどかしさが募《つの》ったこともあり、このところひとりでいることが多くなっていた。

《ひとりきりではなかろう》タールンがうなった。

《ひっこんでてよ、今日もう少しでわたしを山腹にぶつけるところだったくせに》どこまで落下させられたか、考えるだけでも吐き気がする。

第三騎竜団の一年生の女の子はそれほど運がよくなかった。新しい機動飛行の途中ですべりおち、今朝の死亡者名簿に加わることになった。

リアンノンが棒をふりまわしたので、わたしはさっと後屈の姿勢をとり、かろうじて攻撃を逃れた。まったく思いがけず、訓練用マットの上でバランスを崩さずにいられた。

《ならば、この次は落ちるな》

《力を媒介しはじめてくれたらできるかもね》と切り返す。

「今晩は気が散ってるね」リアンノンは後退し、わたしが体を立て直すのを待ってくれた。手合せの相手だったら、絶対にこんな甘い真似はしないだろう。その視線がマット越しに、リアムが腰かけてまた別の竜を彫っているベンチへと動いた。またわたしに目を戻し、夜になってあの影から解放されたら追及するぞ、と暗に語りかけてくる。「でも、前より速くなったよ。イモジェンになにをやらされてるか知らないけど、効果が出てるみたいだね」

《おまえはまだ媒介の準備が整っておらぬ、銀の子》

「効果を疑ってたとでも言いたげじゃないか」イモジェンが隣のマットから呼びかけた。リドックにあっさりヘッドロックをかけ、降参するのを待っている。

左側ではソーヤーとクインがさらにひと試合しようと身構え、お互いにぐるぐるまわっていた。

リアンノンの後ろでは、三年生のエメリーとヒートンが試煉《しれん》後に加わった一年生たちに稽古をつけようと最善をつくしている。その様子を見守るデインは、わざとわたしにかかわること全部を避けていた。

デインの最近の指示で、火曜の夜には分隊内で格技の練習をすることになっている。なにしろあれだけの量の勉強と飛行訓練に加え、いまでは一部が力の操作の指導も受けているので、マットで稽古する時間がほとんど残らないのだ。離れたマットのいくつかは同じ考えの騎手たちに占領されており、そのうちひとりはジャック・バーロウだった。

リドックに練習試合を頼まれたとき、リアムが断ったのはそれが理由だ。

「手加減してるでしょ」わたしはリアンノンに言った。背中に汗が伝い、ぴったりしたチュニックを湿らせた。リアムの隣のベンチで竜の鱗《うろこ》の胴着を乾かしているあいだ、かわりにこれを着ているのだ。

リアムに余分な稽古が必要だということはない。すでにデイン以外の全員をマットに沈めているのだから。しかも、わたしは心のどこかで、それもデインが年下の騎手に負けるわけにはいかないからにすぎない、と考えていた。

「もう一時間もやってるよ」リアンノンが棒でさっと宙を突いた。「あんたはくたびれてるし、怪我をさせるのだけは避けたいから」

「冬至が過ぎたら手合せが再開するのに」わたしは指摘した。「遠慮したってちっともわたしのためにならないよ」

「そのとおりだな」背後で低い声がした。

視野の端でリアムが立ちあがるのが見え、こっそり悪態をつく。

「そんなことわかってる」わたしはふりかえって答えた。いつもどおりギャリックを伴ったゼイデンがマットの横を通っていく。残念ながら、通りすぎてしまうまで視線をひきはがすことができなかった。ほんとうに重症だ。「役に立つことが言えないんだったら、あっちへ行ってよ」

「動きを速くしろ。そのほうが死ぬ確率がさがる。どうだ、これなら役に立つか？」ゼイデンは大声で返すと、格技場の中央に近いマットで位置についた。

リアンノンが目をみはり、リアムが頭をふった。

「なに？」

「その話し方」リアンノンがぼそっと言った。

「あいつがなにをするっていうわけ？　わたしを殺す？」突進し、脚を狙って棒をふる。

リアンノンはその攻撃をとびこえて一回転し、手にした棒でこちらの棒をぴしりと打った。

「きみたちはお互い殺し合うことになりそうだな」リアムが口をはさみ、また腰をおろした。

「卒業後、ふたりがどんなふうにやっていくか見るのが待ちきれないよ」

（卒業後）

「今週よりあとのことは考えないようにしてるの、ましてずっと先の卒業なんてね」まだ訊く覚悟のできていない難問がいくつもあるかぎりは。

「あのさ、タールンに力を媒介してもらうのに時間がかかってて、あんたが……いらいらしてるのはわかってるけど」リアンノンがマットの上でふたたびわたしの周囲をめぐりながら言った。

「ただね、その怒りをぶつけるのは、あの影使いのばかでかい騎竜団長より、マットの上のあたしにしといたほうが安全だよ」

「リーに怒りをぶつけたりしたくないよ。友だちなのに」わたしは漠然とゼイデンのほうを示した。「わたしが自分の弱点だと思って、絶対にひきはがせない影をくっつけたのはあいつだもの。でも、じゃあ力を貸してくれるかって?」棒で打ちかかると、はねかえされた。「ううん。稽古をつけてくれるか?」またとびかかり、棒を打ち合わせる。「まさか。わたしが死にそうなときに現れて、脅威をとりのぞくのはすごく得意だけど、それだけ」わたしのように、相手から目が離せなくなるようなことがないのはたしかだ。

「なるほど、つまりその点に腹が立ってるわけか」楽々とかわしながらリアンノンがもったいぶって言った。

「そっちだって自由を奪われたら頭にくるでしょ。毎日朝から晩までリアムがそばにひっついてたら。たとえあんないい人に見えても」攻撃のひとつをかわす。

「その評価はありがたいな」リアムが割り込んできて、わたしの主張を証明した。

「まあね」リアンノンは同意した。「あたしだって怒るよ。それに、あんたのためにむかついてもいるしね。さて、そのくやしさを役立てようか」さらに一連の動きをあびせかけてくる。なんとかついていったとはいえ、それはまさにさっき責めたとおり、リアンノンが手心を加えたからだった。

そのあとわたしは、うっかりリアンノンの肩越しに格技場の中央を見やるというあやまちを犯してしまった。

(うそ。信じられない。すごい)

ゼイデンとギャリックがシャツを脱ぎ、命がかかっているかのように戦っている。目にもとまらぬ早業で足やこぶしが飛び、筋肉が波打つ。ふたりの人間がこれほど速く動いているところを目にするのははじめてだ。ギャリックがとどめを刺しにかかり、ゼイデンが受け流すたびに、わたしは息を殺して物騒なふりつけの華麗な舞にみとれた。

この数カ月でシャツを脱いだ騎手が試合をしているのは数え切れないほど見てきた。別に目新しいことでもない。男の体なんてまったく気にならないはずだ。ただし、あの男がシャツをつけていないところを見るのははじめてだった。

体のあらゆる部分が武器として鍛え抜かれ、鋭い線と抑えきれないほどの力のかたまりだ。上半身に巻きついた反乱の証痕《レリック》が濃いブロンズ色の肌にくっきりと映え、一撃一撃を際立たせている。しかもあの腹部――いやいや、どれだけ腹筋があるのだろう？　あんまりみごとに割れていて、ほかのところにこれほど気をとられていなかったら、ひとつひとつ数えることもできそうだ。そして、竜の証痕《レリック》はいままで目にしたうちでいちばん大きかった。わたしのは肩甲骨のあいだの皮膚を占領しているけれど、スーゲイルの焼き印は背中全体を覆いつくしていた。

それに、あの体がのしかかったときの感触もよく知っている。いったいどれだけの力が――

腰に痛みが走って恍惚《こうこつ》とした状態から叩き出され、はっとした。

《当然の報いというもの》ターールンがお説教してくる。

「気をつけなよ！」リアンノンがどなり、棒を引き戻した。「あやうく……ああ」どうやら、そこでわたしの見ているものに気づいたらしい。女の子たちがほぼ全員――と、男の子も何人か――嬉々として見物している光景に。

あれだけ魅惑的なふたりを見ないでいられるはずがない。

ギャリックのほうがゼイデンより横幅が広くて、みっしり筋肉がついていた。反乱の証痕《レリック》は肩までしか広がっておらず、見た中では二番目に大きい。けわしい顎の線まで届いているのはゼイデンの証痕《レリック》だけだ。

「あれって……」リアンノンが隣でもごもご言った。

「たしかに」わたしは同意した。

「うちの騎竜団長を品定めするのはやめろよ」リアムがからかった。

「いまやってるのって、そういうこと？」わざわざ目をそらすこともせずにリアンノンが問いかけた。

筋肉質の広い背中や、あのひきしまったお尻に唾《つば》が湧く。「うん、そういうことだと思う」

リアムが鼻を鳴らした。

「技術を見学してるだけってこともあるけどね」

「そうそう。その可能性は絶対あるね」でも、わたしは違う。あの肌を指先でなでたらどんな感触か、あれだけの集中力がすべてわたしに向けられたら体がどう反応するか、臆面もなく思いを馳せていた。熱が血管を駆けめぐり、頬がほてる。

ばしばし打つ音がして、右側に注意がそれた。そこではリドックが懸命に降参を表明していた。イモジェンが手を離すと、リドックはマットの上でぜいぜい息を切らした。ゼイデンとギャリックを見つめるイモジェンの表情に隠し切れない純粋な思慕が浮かび、不要な上にまるで筋違いのゆがんだ醜い嫉妬が胸をつらぬいた。

「こんなに簡単に気が散るようなら、分隊対抗戦はどうにもならないぞ」ディンがどなった。

「前線を訪れるなんて考えはさっさと捨てたほうがいい」

みんな一気にわれに返り、わたしは頭をふった。まるでそうすれば、ゼイデンを見る以上のことをしたいという強烈な欲求を消し去れるかのようだ。そんなのはまったく……ばかげている。あの男がわたしの存在を許容しているのはお互いの竜がつがいだからなのに、ここで半裸の体にうっとりしているとは。

まあ、ほんとうにみごとな半裸の体だとしても。

「稽古に戻れ。あと三十分あるぞ」というディンの命令は、直接わたしに言われている気がした。だとしたら、あの記憶のせいでアンバーが死んで以来、はじめてかけられた言葉だ。

《あの女は法典に違反し、みずから死んだにすぎぬ》タールンがうなった。

予想どおり、そちらを見るとディンが目を細めてわたしをみすえていた。でも、あの表情はわたしの勘違いに決まっている。まさか裏切られたと思って唇をすぼめているわけではないだろう。

「やったほうがいいかな？」リアンノンがたずね、棒を持ちあげた。

「うん、確実にやったほうがいいと思う」わたしは肩をまわし、またふたりで始めた。リアンノンに教わった型を使って相手の動きに合わせたものの、次の攻撃で切り替えられてしまう。

《防ぐのをやめ、攻撃せよ！》タールンが要求した。その怒りが体じゅうにあふれ、足さばきが乱れる。

リアンノンが低い位置で払った。わたしはあおむけにひっくり返され、マットに衝突して息ができなくなった。

存在しない空気を求めてあえぐ。

「うわ、ごめん、ヴィー」リアンノンがぱっと脇に片膝をついた。「とにかく力を抜いて、ちょっと待ちな」

「いやいや、あれがタールンの選んだ騎手だとさ」ジャックがマットのふちで意地悪くにやにやしながら、自分の分隊の誰かに話しかけてあざ笑った。「実は間違って選んだんじゃないかと思いかけてるぜ。しかし、力を使ってるところをいっさい見かけないからな、おまえも同じことを考えてるんじゃねえか、ソレンゲイル？　二頭竜がいるんだから、媒介する能力は二倍あるべきだろ？」

アンダーナとはそういうふうに働くわけじゃないけれど、誰もそのことは知らない。

ようやく空気が細々と肺に入ってきたとき、リアムが立ちあがり、ジャックとのあいだに割って入った。

「落ち着け、マイリ。おまえの預かりものを攻撃しようってわけじゃねえ。二週間後には手合せして、観客の前でうっかりその細っこい首をへし折ってやれるんだからな」ジャックは胸の前で腕組みして、息をしようと苦労しているわたしを大喜びでながめた。「だが、聞かせろよ、子守りごっこには飽きねえのか？」第一騎竜団の友人がなにか渡すと――食べていたオレンジのひと切れだ――ジャックは手首を払ってその手を押しやった。「そんな有害物を近づけるんじゃねえ。おれを病院送りにする気か？」

「失せろ、バーロウ」リアムが短剣を手に警告した。

なんとかひと息つき、続いてもう一回呼吸したとき、ジャックの視線がわたしから、誰か背後に立っている相手のほうへとあがった。半分うらやましそうな、半分おびえている顔つきからして、ゼイデンに違いない。

「こいつが生きてるのはひとえにあんたのおかげさ」ジャックは吐き捨てたものの、すっかり顔色を失っていた。

「そうそう、試煉であんたの肩に短剣を埋めてやったのはわたしだからね」

　やっといくらか正常な息遣いに戻り、わたしは急いで立つと、両手で棒を握りしめた。

「いま決着をつけてもいいぜ」ジャックが言い、横に踏み出してリアムをよけると、わたしの目をのぞきこんだ。「おまえが強くて大きい男どもの陰に隠れるのをやめるならな」

　胃が空っぽになったように感じたのは、それが事実だったからだ。ジャックと手合せしない唯一の理由は、勝つかどうかわからないからだし、この男が襲いかかってこないのは、リアムとゼイデンがいるからでしかない。いまわたしが攻撃したら、このふたりがジャックを殺すだろう。ギャリックのばかでかい体が左側に現れたので、不本意ながら保護者の数に加える。それどころか、イモジェンまでじりじり寄ってきた。でも、これはわたしのためじゃない。

　ゼイデンのためだ。

「そうだろうと思ったさ」ジャックが言い、キスを投げてきた。

「逃げたくせに」わたしは低くうなり、とびかかって叩きのめしてやれたらと願いつつも、その場から足を動かさなかった。「あの日空き地で、三対一だったのにあんたは逃げ出したよね。いざというときにはまた逃げるって、わたしたち両方ともわかってる。卑怯者ってそうするものだから」

ジャックはかっと赤くなり、顔からとびだしそうなほど目をむいた。

「おい、頼むから、ヴァイオレット」デインがつぶやいた。

「間違ってはいない」ゼイデンがものうげに言った。

ギャリックが吹き出し、ジャックがわたしにとびつこうとしたのを、リアムが力ずくでマットからひきずりだした。硬材の床にブーツをこすりながら足を踏ん張ろうとしたものの、失敗に終わり、リアムの手で格技場から押し出される。

ゼイデンが片手をふって大きな扉を魔法で閉じ、ジャックを締め出した。

「いったいなにを考えてるんだ、あんなふうにあいつを挑発して？」デインが信じられないというふうに眉をあげ、足音荒く歩いてきた。

「へえ、いまはわたしと話す気になったの？」顎をもたげたけれど、視界をさえぎったのは正面に割り込んだゼイデンの姿だった。瞳にはっきりと憤怒の色が浮かんでいても、わたしはひきさがらなかった。

「少しふたりで話させろ」視線がからみあったものの、わたしへの言葉ではないとお互い承知していた。

脈が乱れる。

リアンノンがあとずさった。

「なぜあれをつけていないか言い訳したいか？」やんわりと、それなのに剣呑《けんのん》な口調で、わたしの防具が置いてあるベンチを指さす。

「どこかの時点で洗わなくちゃいけないでしょ」

「で、試合のあいだに洗うのがいい考えだと思ったか？」懸命に自制しようとつとめているかのようにゼイデンの胸が波打った。

わたしはその胸や、かまどさながらに放射してくる熱を気にしないようにするのでせいいっぱいだった。「試合の前に洗ったの、あんたの番犬が見張ってるあいだに乾くってわかってたから。つけないで寝るかわりにね。このあたりじゃ鍵のかかった扉の奥でなにが起こるか、ふたりとも知ってるじゃない」

「おまえの扉の奥ではもう起こらない」顎がぴくっとひきつる。「俺がそうした」

「あんたを信用しろってこと？」

「そうだ」首筋の血管が浮き出した。

「本人のせいでそれがすごく簡単だしね」わたしの声から皮肉がしたたった。

「俺には殺せないとわかっているはずだ。いいかげんにしろ、ソレンゲイル、俺におまえが殺せないことは騎手科全体が承知している」格技場の光景をさえぎって、近々と身を寄せてくる。

「だからって傷つけられないわけじゃないでしょ」

ゼイデンは目をしばたたき、後ろにさがると、一拍数えるより短い時間で気を落ち着けた。わたしの心臓はまだどきどきしているのに。「棒で訓練するのはやめろ。そんなものは簡単に手から叩き落とせる。短剣に専念しろ」

驚いたことに、可能だと証明するためだけに棒をひったくろうとはしなかった。

「タールンが怒って頭の中に押しかけてきて気を散らすまでは、充分うまくやってたんだから」犬が毛を逆立てるように身構えて反駁《はんばく》する。

「だったら遮断する方法を学べ」簡単なことだと言わんばかりだ。

「へえ、いま使ってる力で？」眉があがった。「それとも、わたしがまだ力を媒介してないって気づいてないの？」こいつの喉を絞めあげて、おきれいな頭に常識ってものを叩き込んでやりたい。

ゼイデンはもう少しで鼻がぶつかるほど身を乗り出した。「おまえのやることなすこと、腹が立つほど気づいている」

リアムのおかげでね。

わたしは憤《いきどお》りと苛立《いらだ》ちと……なんだか知らないけれど、ふたりのあいだのびりびりする緊張感のせいで、全身をぶるぶるふるわせた。突っ立ってゼイデンとにらみあう。

「リオーソン騎竜団長」ディンが言いはじめた。「この子はまだ絆に慣れていないだけなんだ。遮断する方法はそのうち覚える」

その言葉は打たれたように効いた。わたしは鋭く息を吸い込み、ゼイデンから離れた。信じられない、こんな見世物になるなんて。いったいゼイデンのなにが、ほかのことを全部無視するような真似を誘発するのだろう？

「弁護するのにずいぶん妙な機会を選んだな、エートス」ゼイデンはあきれたと言いたげにディンを見た。「しかも、弁護しないのはいちばん都合のいいときだ」

ディンは歯を食いしばり、両脇でこぶしを握った。

アンバーの話をしているのだ。わたしにはわかった。ディンにもわかっている。この気まずい室内にいる全員に伝わっていた。ゼイデンをうそつきと呼ぶようディンに要求されたとき、うちの分隊はみんなその場にいたのだから。

ゼイデンはあの底知れないまなざしをふたたび向けてきた。「どちらのためにも、そのろくでもない防具をつけなおせ」と結ぶ。

わたしが反論する前に、相手は背を向けてマットからおり、端にいたギャリックに合流した。

（あの背中）

ひそかに息をのむのは制御できなかった。ゼイデンは一瞬身をこわばらせたあと、ギャリックのさしだした手からシャツを受けとった。頭からかぶり、腰から広がって両肩を覆う紺色の竜の証痕《レリック》を隠してしまう――格技場の反対側にいたときには見えなかったけれど、隆起した銀色の線がその模様に複雑な陰影をつけていた。

傷痕だとひとめで見分けのつく銀色の線。

《屈せず怒りをなんとか制御したではないか》ターールンが言い、わたしは誇らしさで胸がいっぱいになった。

《準備ができたね》アンダーナが有頂天になってつけたしたので、たちまち頭がくらくらしてしまった。

《準備ができた》ターールンは同意した。


二時間後、わたしは自室にこもって荒々しく髪を梳《と》かしていた。まだブーツも防具も身につけたままの服装だ。分隊全員の前でばかなふるまいをしたのがいまだに信じられない。それも、ゼイデンがシャツなしで訓練しようと決めたからというだけで。

ほんとうに欲求不満を発散する必要がありそうだ。

手を動かしている途中でふとためらう。ふいにエネルギーがほとばしって背筋を駆け抜け、一瞬で霧散したのだ。

なんだろう、いまのは……変だった。

もしかすると……（ううん）そんなはずはない。アンダーナがわたしを通じて時を止めたときとはまるで違う感じだった。あれは全身にあふれ、手足の指から広がって……そのあと離れていった。

また別の波が体の中を伝わっていく。今回はもっと強かった。わたしはブラシをとりおとした。膝が崩れそうになり、倒れないように化粧台のふちをつかむ。今度はエネルギーが霧散しなかった——そこに残って皮膚の下でぶんぶん音をたて、耳鳴りを起こして、あらゆる感覚を制圧した。

わたしの中のなにかが膨張する。この体には大きすぎるもの、厖大《ぼうだい》すぎて抑えきれないものがふくらんで、全神経を灼《や》く苦痛とともにわたしはぱっくりと割れた。骨が砕けるときのように、その音が頭蓋骨をつらぬいてこだまする。まるで、わたし自身を織りあげる生地の縫い目そのものが引き裂かれたかのようだった。

膝が床にぶつかった。わたしはぱっと両手をこめかみにあて、自分のありったけを頭蓋骨の中に押し戻し、どうにか縮ませようとした。

エネルギーが流れ込む——際限なくあふれる生《なま》の力が——わたしのなにもかもを侵蝕し、毛穴という毛穴、臓器という臓器、骨という骨を満たしながら、まったく新しいものを造りあげていく。頭が悲鳴をあげた。タールンがあまりにも高く速く飛んでいるのに、耳から空気を逃すこともできないときのようだ。その場で床に横たわり、圧力の均衡がとれるように祈るしかなかった。

わたしはブラシと頬に食い込む硬材の床を見つめ、呼吸した。

吸って、それから吐いて。

吸って……それから吐いて……押し寄せる波に身をまかせる。

ようやく痛みが引いたけれど、エネルギー――力――は引かなかった。ただ……そこにあって、血管を徘徊し、体の全細胞にしみこんでいく。それは現在のわたしのすべてであり、同時にわたしがなり得るすべてでもあった。

のろのろと上半身を起こし、両手を返してじんじんする手のひらを調べる。前と違って見えるべきだ、変化しているべきだという気がしたけれど、そんなことはなかった。依然としてもとの指、もとの細い手首なのに、いまやそれをはるかに超えている。身の内の激流を方向づけ、なんでも望む形に造りあげるのに充分なだけの力を持っているのだ。

《これはあんたの力でしょ？》わたしはタールンにたずねたけれど、答えはなかった。《アンダーナ？》

沈黙だけが応じる。

いつだってそばにいて、ひとりでいたいときには頭の中に押し入ってくるくせに、逆の場面ではどこにも見あたらないなんておかしい。さっきわたしの準備ができたと言ったのを聞いたけれど、タールンが力を媒介しはじめてから、心の中にその路《みち》がすっかりひらくまでに一日二日はかかると思っていた。そうじゃなかったらしい。

リアンノン。リアンノンに話さなければ。やっと一緒にカー教授の授業に行けると大喜びするだろう。あとリアムは？　一日一時間離れざるを得ない状況を避けるため、力の媒介ができないふりをしないですむようになる。

押し寄せてきた熱が肌をぴりぴり焼き、下腹部に集中した。

奇妙だけれど、まあそんなものだろう。きっと力の副作用かなにかだ。わたしは扉の鍵をあけてぐっとひらいた。

視界がぼやけ、欲求が体に叩きつけられた。あらゆる論理的思考が吹き飛び、欲を満たすことしか考えられなくなる。この圧倒的な――

「ヴァイオレット？」廊下に不鮮明な男の影が立ち、まばたきするとリアムに焦点が合った。

「大丈夫か？」

「あんた、廊下で眠ってるの？」落ちていく映像で頭がいっぱいになり、扉の枠をつかむ。雪片がほてった皮膚に触れてしゅうしゅう音をたてるのがわかった。現れたときと同様、あっという間に消えたけれど、すさまじく強烈な渇望は残った。

ああ、どうしよう。これは……性欲だ。

「いや」リアムは首をふった。「寝る前にここでぶらぶらしてただけだよ」

その時点でわたしは相手を見た。ほんとうに、真の意味でその姿を見た。力強い顔立ち、はっとするほどきれいな空色の瞳は、いい男という程度ではおさまらなかった。

「なんでそんなふうにこっちを見てるんだ？」リアムはナイフと彫刻中の竜を下に置いた。

「どんなふうに？」下唇に歯が食い込み、わたしは盛りのついた猫みたいに体をこすりつけて、想像を絶するこのうずきを鎮めるよう要求するべきかどうか迷った。

(でも、ほんとうにほしいのはこの人じゃない)

この人はゼイデンじゃない。

「そうだな……」リアムは片側に首をかしげた。「なにかが起きてる最中みたいだ。なんだか——その——本来のきみじゃないように見える」

(勘弁して)

それはわたし自身ではないからだ。これは全部、欲求も渇望も、ともにあるべき唯一の相手を激しく求める感覚も……タールンのものだった。

タールンの昂奮に圧倒されているにとどまらず——支配されつつある。

「わたしは元気! 寝て!」わたしはあとずさって部屋に戻り、まだそうする思考能力が残っているうちに扉をばたんと閉めた。

それから行ったりきたりしはじめたものの、そんなことをしても、次に襲ってきた熱は抑えられなかったし、あの衝動も——

タールンの情動をリアムにぶつけてしまうというとんでもない大間違いをしでかす前に、ここから出なければ。

毛皮で裏打ちしたマントを片手でつかむと、もう片方の手で髪をひっぱりあげ、ふわりと布を肩にかぶせて喉もとで留める。一拍おいて、扉の外をのぞき、ひとけがないことを確認してから、急いで逃げ出した。

螺旋《らせん》階段——川に通じている階段——の入口までたどりつくと、石の壁にもたれるしかなくなった。タールンの感情の霧越しに息をつく。

波が去ったとたん、またひきずりこまれたときに備えて片手を壁にあてながら、階段を駆けおりた。

わたしが近づくと魔法光がともり、走りすぎたあと徐々に消えていく。手に入れたばかりのこの力がすでに働いていて、周囲の世界に広がっているかのようだ。

離れないと。誰にも近づいてはいけない、タールンが終わらせるまでは……なんであれ、スーゲイルとしていることを。

階段から転がり出ると、砦《とりで》の構造壁の前だった。空は雪に埋めつくされており、わたしは顔をそらし、どう考えても間違った理由でほてった肌に雪片が一瞬くちづける感覚を楽しんだ。

空気はさわやかで冷たく、そして――

漂ってきたにおいにぱっと目をあける。甘い香りはたやすく嗅ぎ分けられ、マントを後ろにひるがえしてふりむくと、煙の出どころが見つかった。

ゼイデンが片足を石にかけて壁によりかかっていた。まるでこの世になにひとつ悩みなどないかのように、煙草を吸いながらこちらをながめている。

「それ……チュラム？」

ゼイデンは煙をひと吹き吐き出した。「いるか？　さっきの論争を続けるためにきたのなら別だが。その場合、分けてやるつもりはない」

顎が外れそうになった。「いらない！　それを吸うのは禁止でしょ！」

「ああ、まあ、その規則を作った連中はあきらかにスーゲイルやタールンと絆を結んではいなかったらしいな、そう思わないか？」口の片端がつりあがり、にやりと笑う。

どうしよう、あの唇だったらずっと見ていられる。完璧な形なのに、あれだけ鋭い顎の線にしてはあまりにも頽廃的《たいはい》だ。

「これは……自分と距離を置く助けになる」ゼイデンはチュラムの葉巻をさしだし、片眉をあげてみせた——傷痕のあるほうだ。「遮蔽《シールド》した外側の話だ、もちろん」

わたしはかぶりをふると、積もったばかりの雪を横切った。ゼイデンの横の壁に身を預け、後頭部を石にもたせかける。

「好きにしろ」ゼイデンは深々とチュラムを吸うと、壁に押しつけて消した。

「体に火がついてるみたいな感じ」ひかえめな表現だ。

「ああ。そういうものだ」その笑い声にはいたずらっぽい響きがあった。わたしはつい、首をめぐらして笑顔を見るという決して許されないあやまちを犯してしまった。

陰鬱《いんうつ》で傲慢《ごうまん》で危険きわまりないゼイデンを見ると、背筋がぞくぞくして脈が速くなる。でも、頭をそらして口もとをゆるめ、声をたてて笑うゼイデンは、息が止まりそうに美しかった。この愚かな心臓をぐっとつかまれた気がする。

どんな犠牲を払ってもいい。なにを投げ出してもいい。一生お互いに縛りつけられる運命のこの男と、たった一瞬、無防備な時間を分かち合うことができるなら。

これはタールンの気持ちだ。絶対に……そのはずだ。

でも、そうではないと知っていた。上階でリアムに目を奪われたときでさえ、わたしは完全に、どうしようもなくゼイデンの虜《とりこ》になっている。

月明かりのもとで目が合った。「おい、ヴァイオレンス。タールンを遮断することを学ばないと、スーゲイルと羽目を外されたときに頭がおかしくなるぞ——でなければ誰かのベッドに飛び込むことになるかだ」

魅力的な顔から逃れようとして、わたしはぎゅっと目をつぶった。全身を熱が走り抜け、皮膚のすみずみまでぴりぴり焦がしていく。また体を支えようと、片手をのばして壁についた。「そんなことわかってる。今度リアムと顔を合わせるのがこわいもの」

「リアム？　なぜだ？」ゼイデンはくるりとこちらに向き直り、一方の肩で壁にもたれかかった。「いったいおまえの護衛はどこにいる？」

「自分の護衛ぐらい自分でできるから」わたしは言い返し、氷のような石に頰をあてた。「リアムはベッドで寝てるよ」

「おまえのベッドで？」雷鳴のような声だった。

わたしは瞼《まぶた》をこじあけてその視線を受け止めた。雪のおかげでなにもかもずっと明るく、寄せた眉の輪郭や、引き結んだ口もとが強調されている。「ううん。あんたには関係ないはずだけどね」

焼きもちだろうか？　だとすれば……妙に心がなぐさめられた。

ゼイデンはゆるゆると息を吐き出し、肩を落とした。「お互い合意の上なら、たしかに関係ないだろう。言っておくが、おまえは合意できるような状態じゃない」

「わたしがなにに合意できるかなんて、あんたにわかるはず——」否定しがたい、抑えようのない欲望がつきあげ、もう少しで膝をつくところだった。

ゼイデンの片腕がわたしの腰にまわって体を支えた。「いったいどうして遮蔽《シールド》していない？」

「みんなが教えてもらってるわけじゃないんだってば！　タールンが力を媒介しはじめたのは……これの直前だったの。忘れてるかもしれないけど、力を使えなきゃカー教授の授業には出席させてもらえないんだよ」

「ばかげた規則だと前々から思っていた」ゼイデンは溜息をついた。「わかった。集中講義だ。こんなことをしてやるのは、俺も同じ経験をしたからというにすぎないが。目覚めて少なからず後悔したものだ」

「まさか助けてくれるの？」

「俺は何カ月もおまえを助けてきたぞ」腰のあたりで手が動いた。マントと革服越しにぬくもりが伝わってくる。

「違う、リアムをよこして助けさせたんでしょ。何カ月も助けてくれたのはあっち」額に皺が寄った。「何週間もか。もう何カ月に近いよね。どうでもいいけど」

ゼイデンはずうずうしくも気を悪くした顔になった。「寝室の扉を突破して、おまえを襲撃した連中をひとり残らず殺したのは俺だ。しかも、そのあと公衆の面前で、見せしめのためにおまえの命を狙う相手を排除した。大きく意見が割れていたにもかかわらずだ。リアムはやっていない。俺の行動だぞ」

「別に割れてなかったじゃない。みんな賛成だったし。わたしもその場にいたもの」

「おまえが迷っていただろう。実際、タールンに殺すなと頼み込んでいたな、また狙われるだけだと重々承知していながら」

その点に関しては、まだ議論の余地が残っている。

「わかった。でも、ほとんどは自分のためにやったくせに、そうじゃないふりはやめてよ。わたしが死んだら都合が悪いんでしょ」肩をすくめ、遠慮なく突っ込みを入れて、体じゅうを暴れまわる欲望の波を無視しようとする。

ゼイデンは信じがたいという顔でこちらを見つめた。「いいか？　今日はやりあうつもりはない。おまえが遮蔽《シールド》の方法を知りたいというならだが」

「諒解。やりあわない。教えて」わたしは顎をもたげた。うそでしょ、やっと鎖骨までしか背が届かないなんて。

「ていねいに頼んでみろ」ゼイデンはずいと身を寄せた。

「昔からこんなに背が高かったの？」わたしは頭に浮かんだ最初の言葉を口走った。

「いや。どこかの時点では子どもだった」

わたしはあきれた顔をしてみせた。

「ていねいに頼んでみろ、ヴァイオレンス」ゼイデンがささやく。「さもないと帰るぞ」

心の端にタールンを感じた。昂奮の流れが引いている。次の波がどかんとやってくるに違いない。あの二頭、いったいどれだけ長く続けるつもりなのだろう？「こういうのってどのくらい頻繁《ひんぱん》にあるの？」

「適切な遮蔽《シールド》が必要になる程度には頻繁だ。完全に締め出すことは決してできないし、今夜のように、向こうがこっちを遮断するのを忘れることもある。だからチュラムが役に立つわけだ。しかし、少なくとも積極的に参加するのではなく、娼館の脇を歩くほどの感覚にはなる」

うわ……最悪。「そう、なるほどね。わかった。遮蔽《シールド》のやり方を教えてくれない？」

ゼイデンの唇が笑みをたたえて弧を描いた。ついその口もとに視線が落ちる。「〝お願いします〟だろう」

「いつでもこんなに意地が悪いわけ？」

「おまえのほしがるものが手もとにあるとわかっているときだけだ。なんというか、居心地の悪い思いをさせるのが気に入っている。この二カ月、おまえに苦しめられたつけを少しずつ払わせるようで、実に爽快だ」わたしの髪から雪を払い落とす。

「わたしに苦しめられた？」信じられない。

「一、二度死ぬほどひやりとさせられたからな、〝お願いします〟は正当な要求だ」

まるで人生で一日でも正当な勝負をしたことがあるかのような言い方だ。わたしは深く息を吸い、鼻に落ちてきた雪のひとひらを払いのけた。「お望みどおり、ゼイデン？」にっこりと見あげて、ほんのわずか身をすりよせる。「どうぞ、どうぞお願いですから、遮蔽《シールド》の仕方を教えてくださらない？　わたしがうっかりあなたにすがりついたりして、ふたりとも目覚めて後悔することにならないようにね」

「あいにく、俺は自分の能力をきっちり制御している」ゼイデンはまた微笑し、わたしは愛撫されたように感じた。

危険だ。ほんとうにどうしようもなく危険だ。肌がかっとほてり、あまり暑くなったので、マントを地面に投げ捨ててわずかでも解放感を得ようかと考えたほどだった。注目すべきことに、ゼイデンはマントを羽織っていなかった。

「さて、それほどていねいに頼まれたからには」姿勢を変えて両手をわたしの頬に添え、顔を包んでから、後ろへずらして頭をつかむ。「目をつぶれ」

「さわる必要があるわけ？」肌と肌が触れ合う感覚に、瞼がぱたりと落ちた。

「まったくない。はっきり考えないことの役得のひとつだな。驚くほどさわりたくなる肌だ」

褒められて思わず息を吸い込んでしまう。能力を制御するどころではなさそうだ。

「どこか思い描いてみろ。どこでもいい。俺はアレシアの廃墟に近い気に入った丘の頂上にしている。どこにしろ、わが家のように感じる必要がある」

思いつく場所は文書館だけだった。

「足を地面につけて、その感覚を意識してみろ」

文書館のぴかぴかした大理石の床にブーツが載っているのを想像し、もぞもぞ爪先を動かす。

「わかった」

「これを接地と呼ぶ。力に押し流されないよう、自分の精神をどこかへつないでおくことだ。さあ、おまえの力へ呼びかけてみろ。五感を開放しろ」

手のひらがじんじんしはじめ、エネルギーの洪水がわたしをのみこんだ。寝室にいたときのように飽和状態になったものの、苦痛はなかった。力があらゆるところにある。文書館いっぱいに広がり、壁を押してまげ、たわませ、突き破りそうになった。「多すぎる」

「足に集中しろ。しっかり地面につけておけ。どこから力が流れてくるか見えるか？　見えなければ適当に選べ」

わたしは心の中で向きを変えた。白熱した力の激流は扉から流れ込んでいる。「見える」

「完璧だ。おまえは天才だな。たいていの人間は接地のやり方を学ぶだけで一週間かかる。さあ、どんな方法でもいい、その流れから身を守る壁を精神的に築いてみろ。タールンが力の源だ。力を遮断すれば、ある程度はまた制御できるようになる」

扉。あの扉を閉じて、防火用に文書館を封鎖している巨大なまるい把手《とって》をひねるだけ。

渇望に鼓動が激しくなり、わたしはゼイデンの腕にしがみついて自分を現実につなぎとめた。

「おまえならできる」その声はこわばって聞こえた。「心の中で創りあげたものがおまえにとっては現実だ。弁を閉めろ。壁を築け。納得できるならなんでもかまわない」

「扉なの」ゼイデンのチュニックのやわらかな生地に指が食い込んだ。心の中で扉に体を押しつけ、力ずくでじりじりと閉じていく。

「それでいい。続けろ」

精神的に扉を押すのは現実の体がふるえるほどたいへんだったけれど、どうにか閉まった。

「扉を閉じたよ」

「よくやった。錠をおろせ」

巨大な把手をまわすところを想像すると、錠がカチッとおりる音が聞こえた。たちまち解放感が訪れ、熱っぽい皮膚に雪まじりの冷たい風が吹きつけた。力が脈打ち、扉が透明に変わった。

「なにか変わった。扉が透けて見える」

「ああ。完全に遮断することは決してできない。錠はおろしたか?」

わたしはうなずいた。

「目をあけていい。だが、できるかぎりその扉は錠をおろしたままにしておけ。それは片足を接地しておくということだ。その足がすべってもあわてるな。また始めからやるだけだ」

文書館の閉じた扉の映像を心に保ったまま、わたしは目をひらいた。すると、体はまだほてって熱で赤らんでいたものの、あの避けられない猛烈な欲求は、ありがたいことに……若干落ち着いていた。「タールンが……」正確な表現が見つからない。

じっと見つめられ、ついゼイデンのほうへすりよってしまう。

「驚異的なやつだな」ゼイデンは頭をふった。「俺には何週間もそれができなかった」

「先生がよかったんだと思う」内心にふくらんだ感情は歓喜を超えるものだった。有頂天になったわたしは、ばかみたいににやにやした。ついになにかが上手だというだけではなく、驚異的と言われたのだ。

ゼイデンの両手の親指が耳の下のやわらかい皮膚をくすぐり、わたしの口もとに落ちた視線に熱がこもった。手が反射的に動き、体をわずかに抱き寄せてから、いきなり離れる。ゼイデンは大きく一歩さがった。「だめだ。おまえに触れたのはまずかった」

「最悪だよね」わたしは同意したものの、下唇をそっとなめた。

ゼイデンはうめいた。体の芯がとろける響きだ。「キスするのはとりかえしのつかない間違いだろうな」

「悲惨な結果を招きそう」どうすればあのうめき声をもう一度耳にできるだろう？

ゼイデンとの隙間は熱の気配でもあれば火のつく焚《た》きつけさながらで、わたしは生きて息づく炎だ。絶対に逃げるべき状況なのに、ひしひしと感じるこの原始的な魅力を否定することは、どうやってもまったく不可能だった。

「ふたりとも後悔するぞ」ゼイデンは頭をふったけれど、わたしの唇をながめるまなざしには渇望以上のものがあった。

「あたりまえ」わたしはささやいた。でも、後悔すると知っていても、それを――この男を求めることはやめられなかった。後悔は未来のヴァイオレットの問題だ。

「くそ」

いま手が届かないところにいたのに、次の刹那《せつな》、その唇が熱く執拗《しつよう》にわたしの唇に食らいついた。

ああ、そう。これこそ求めていたものだ。

動かない石の壁とゼイデンの硬い体にはさまれて、これ以上行きたいところはない。その思考で正気に返ってもいいはずなのに、わたしはいっそうすりよっただけだった。

ゼイデンは髪に片手をくぐらせてくると、後頭部を支えて角度を変え、いっそう深くくちづけた。こちらが唇を熱心にひらくと、誘いを受けてくすぐるようにたくみに舌をからませる。わたしはその胸にしがみつき、シャツの生地を握りしめてさらに引き寄せた。欲望の波が背筋を躍りまわる。

ゼイデンはチュラムとミントの味がした。決して望んではいけないのに、求めることをやめられない、禁じられた味わいのすべて。わたしは全身全霊でキスを返し、相手の下唇を吸って歯をあてた。

「ヴァイオレンス」ゼイデンが声をもらした。この唇からその渾名《あだな》を聞くと、激しい飢えが襲ってくる。

もっと近く。もっと近くに行かないと。

まるで思考が聞こえたかのように、いっそう強くキスされた。口のありとあらゆる輪郭をまさぐられ、奔放《ほんぽう》な動きに体がじんじんした。向こうもわたしにおとらず飢えている。ゼイデンの手が下に動いて抱きあげられたとき、わたしは両脚を相手の腰に巻きつけ、このキスが終われば死んでしまうと言わんばかりにすがりついた。

壁が背中に食い込んだけれど、気にしなかった。ようやく両手があの髪に触れる。ちょうど想像したとおりにやわらかい。完全にむさぼりつくされ、探りつくされたと感じるまでキスしたあと、同じことができるようにとゼイデンはわたしの舌を口に吸い込んだ。

正気の沙汰じゃないのに、どうしても止められない。まだ足りない。こうして唇を合わせていられるのなら、重なり合った体の熱と巧妙な舌の動きだけに世界が狭まったまま、このちっぽけな狂気の中で永遠に過ごしてもいい。

腰をすりつけられ、絶妙な摩擦に息をのむ。ゼイデンはキスを中断し、口をわたしの顎から首へとすべらせた。この人をここにとどめておけるなら、どんなことでもする。体じゅうに唇を感じたくてたまらない。

雪が降りしきるなか、舌と歯をからませ、唇と手で探り合う。さっき力に圧倒されたように、全身の細胞で感じられるほど徹底的にキスにのみこまれた。腿のあいだで欲望が脈打つ。なにをされても歓迎するだろうと単純に悟って衝撃を受けた。この人がほしい。

この人だけを。ここで。いま。どこでも。いつでも。

たった一度のキスでこれほど自制心を失ったことはなかった。こんなふうに誰かを求めたこともない。昂揚すると同時におそろしくもあったのは、この瞬間、相手にわたしを破壊できる力があると知っていたからだ。

そして、自分が受け入れるだろうと。

わたしはすべてを明け渡して身をまかせた。しなやかに体をゆだね、ゼイデンが接地と呼んでいるあの心のよりどころを手放す。閉じた瞼の奥に閃光《せんこう》が走り、雷鳴がとどろいた。このあたりでは雷を伴う雪嵐もめずらしくはないけれど、これではまるで、手に負えないこの荒ぶる感覚を要約しているかのようだ。

でも、そのとき、ゼイデンが鋭く息をのんでキスを中断した。恐怖に近い色をたたえて眉を寄せてから、ぎゅっと目をつぶる。

まだ深く息を吸おうと奮闘しているわたしを置いて、唐突に壁から身を引く。わたしの腿の裏から手のひらを離すと、ふたたび地面におろした。足もとがたしかなのを確認して、その距離で命が助かると言わんばかりに数歩あとずさる。

「おまえが戻れ」その言葉は突き放すようで、瞳の熱や荒い息遣いと食い違っていた。

「どうして？」相手のぬくもりがなくなると、冷気が痛烈に感じられた。

「俺にはできないからだ」ゼイデンは両手で髪をかきまわし、そのまま頭の上に置いておいた。

「それに、本人のものでもない欲望につけこむつもりはない。だから、その階段を上って戻るのはおまえのほうだ。いますぐに」

わたしは頭をふった。「でもわたしが望んでるのに――」なにもかも。

「これはおまえの望みじゃない」ゼイデンは頭をそらして空を見あげた。「そこが問題だと言っている。しかも、おまえをひとりでここに置いていくわけにはいかない。そういうわけで、少しは俺に憐《あわ》れみをかけて、行ってくれ」

ふたりのあいだに凍りついた沈黙が落ち、わたしは正気に戻った。ゼイデンは拒否しているのだ。

この件で最悪なところは、騎士道精神から拒絶されたという失望感ではなかった。相手が正しいということだ。こんなことが始まったのは、わたしがタールンと自分の昂奮を区別できなかったからだ。でも、その感覚はなくなったのでは？　あの扉はすっかり開放されているけれど、タールンのほうからはなにも流れてきていない。

わたしはなんとかうなずくと、今夜二度目に逃げ出した。できるかぎりの速さで階段を駆け上り、砦へ戻る。遮蔽《シールド》はあけっぱなしだったけれど、タールンが侵入してきていない以上、わざわざ立ち止まってあの精神的な扉を閉じたりしなかった。

筋肉が痛むほど腿を酷使して上にたどりついたころには、良識が勝利を得ていた。ゼイデンはふたりが大きなあやまちを犯すことを防いだのだ。

でも、わたしはそうしなかった。

いったいどうしたというのだろう？　好きでもないばかりか、もっと悪い——完全には信頼できない相手に近づこうとして、服を脱ぎ捨てる一歩手前だったなんて、なぜそんなことに？

そんなに難しいはずはないのに、寮の自室へと進み続けるのはきつかった。このばかばかしい階段を引き返したくてたまらないからだ。

あしたは最低の日になりそうだ。

（下巻につづく）

訳者略歴　早稲田大学第一文学部卒，英米文学翻訳家　訳書『メアリ・ジキルと怪物淑女たちの欧州旅行』シオドラ・ゴス，『パン焼き魔法のモーナ、街を救う』T・キングフィッシャー，『吸血鬼ハンターたちの読書会』グレイディ・ヘンドリクス（以上早川書房刊），『伝説とカフェラテ』トラヴィス・バルドリー他多数

フォース・ウィング
—第四騎竜団《だいよんきりゅうだん》の戦姫《せんき》—〔上〕

2024年9月15日　初版発行
2025年4月15日　再版発行

著　者　レベッカ・ヤロス
訳　者　原島《はらしま》文世《ふみよ》
発行者　早　川　　浩

発行所　株式会社　早川書房
東京都千代田区神田多町2－2
電話　03-3252-3111
振替　00160-3-47799
https://www.hayakawa-online.co.jp

印刷所　株式会社亨有堂印刷所
製本所　人口製本印刷株式会社

定価はカバーに表示してあります
ISBN978-4-15-210349-9 C0097
Printed and bound in Japan
乱丁・落丁本は小社制作部宛お送り下さい。
送料小社負担にてお取りかえいたします。

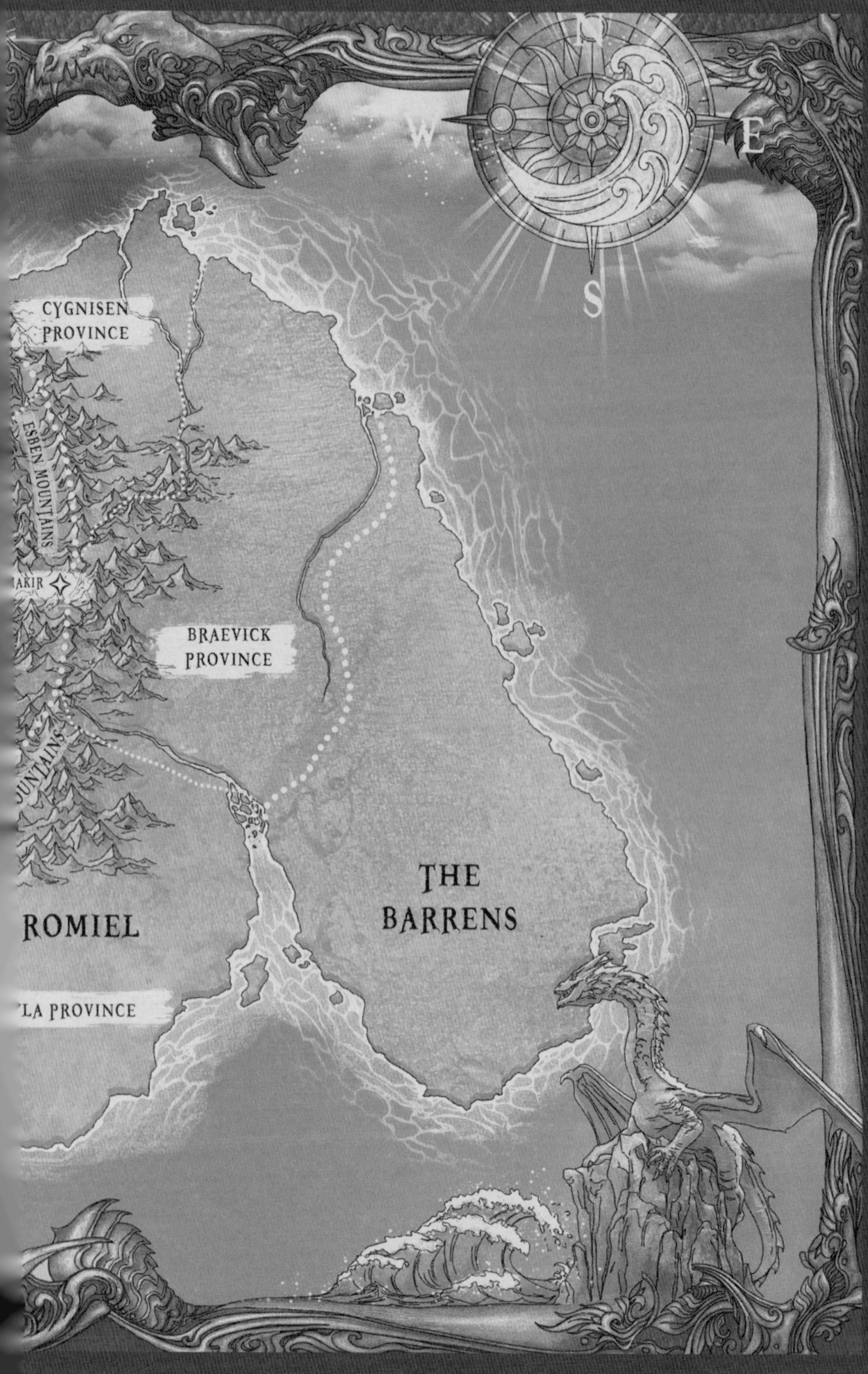
N
W
E
S
CYGNISEN PROVINCE
ESBEN MOUNTAINS
AKIR
BRAEVICK PROVINCE
UNTAINS
THE BARRENS
ROMIEL
LA PROVINCE